D’ombre et de lumière

Du même auteur
chez le même éditeur

Cœurs solitaires
Les Étrangers dans la maison
Scalpel
Off Minor
Les Années perdues
Lumière froide
Preuve vivante
Proie facile
Eau dormante
Now's the Time
Couleur franche
Bleu noir
Demain ce seront des hommes (anthologie)
De chair et de sang
De cendre et d'os
Traquer les ombres

John Harvey

D'ombre et de lumière

Traduit de l'anglais
par Jean-Paul Gratias

Collection dirigée par
François Guérif

Rivages/noir

Retrouvez l'ensemble des parutions
des Éditions Payot & Rivages sur
www.payot-rivages.fr

Titre original : *Darkness and Light*

ISBN : 978-2-7436-2107-0

Pour mon éditrice, Susan Sandon, sans qui…

Toutes les notes sont du traducteur.

Elle me dit, d'une voix à demi étranglée : *Refais-moi ça. Et puis l'autre truc, aussi.*

John Berryman, *Dante's Tomb*

L'idée d'engendrer des hommes lui réchauffait le cœur. Elle regarda l'enfant. Il avait des yeux bleus, une masse de cheveux blonds, et il était beau. Un amour brûlant monta en elle, en dépit de tout le reste. Elle l'avait près d'elle, dans son lit.

D.H. Lawrence, *Amants et fils*

1

1965

Derrière ses lunettes, le gamin semblait avoir des yeux en verre taillé.

Pivotant sur son fauteuil, Alice Silberman régla le store afin de filtrer le soleil de cette fin d'été. Sur les surfaces boisées – la table pâle, les dossiers et les accoudoirs des deux fauteuils, le long classeur bas aux tiroirs peu profonds – l'air vibrait de toutes les particules en suspens dans une lumière couleur de miel. Chaque tiroir était nettement étiqueté au nom de l'enfant auquel il était consacré ; certains, ceux des plus jeunes, portaient près de la poignée l'image peinte, aux tons vifs, d'un animal : un dauphin, un diplodocus, un ours brun aux pieds démesurés portant un gros nœud papillon rouge.

Près du poignet fin d'Alice était posé le bloc de feuilles blanches sur lequel elle notait de temps à autre, d'une écriture précise, des mots, des expressions, quand elle ne griffonnait pas, hachurant des formes sombres qui pouvaient être des nuages ou des arbres. Entre Alice et le gamin se trouvaient des feuilles de papier vierge, blanc ou teinté, et près d'elles une boîte en bois contenant des crayons noirs, des crayons de couleur et des crayons cire.

– Il y a plein de papier, ici, dit Alice. Tu pourrais dessiner quelque chose. Fais-moi un dessin.

Dans ces yeux-là, c'est à peine si elle vit passer une étincelle pour toute réaction.

– C'est difficile, hein ? reprit Alice. Il y a une moitié de toi qui voudrait bien, mais l'autre moitié ne veut pas.

Toujours rien.

Elle le lui avait déjà demandé. Ou plutôt, elle l'avait harcelé, le lui avait ordonné. Parce qu'elle avait besoin d'une réaction. D'un élément sur lequel elle pourrait s'appuyer. Alice ne voulait pas qu'il se sente trop à l'aise. Ce n'était pas son genre, les questions gnangnan que posent habituellement les assistantes sociales : « Qu'est-ce que tu as fait pendant les vacances ? C'est quoi, ton groupe préféré ? Les Beatles ou les Stones ? »

Alice le regarda, et le gamin gigota, mal à l'aise, dans son fauteuil, jusqu'à se retrouver assis pratiquement en biais, tête baissée, détournant le visage.

Les Stones, pensa-t-elle, forcément. Pour elle, du moins. Les paroles de *Mother's Little Helper* lui trottaient dans la tête. La façon suggestive dont Mick Jagger, maigre comme un clou, se déhanchait sur scène, avec une moue obscène et cruelle.

Un frisson la parcourut et elle sentit le gamin se raidir, comme si, elle ne savait trop comment, il s'en était aperçu.

À l'origine, le môme lui avait été envoyé par son institutrice. Non pas à cause d'un problème particulier, mais d'une série d'incidents dont l'accumulation l'avait alertée, car ils semblaient révéler un malaise sous-jacent qui dépassait la norme. Brusques changements d'humeur, explosions de colère, crises de larmes ; plusieurs occasions en lesquelles il avait fait dans sa culotte, dans la cour de récréation et, une fois, en classe ; un incident, peut-être interprété de travers, entre lui et la secrétaire de l'école, alors qu'ils étaient seuls dans son bureau, quelque chose de vaguement sexuel.

Alice avait lu les rapports, tergiversé, et fini par lui trouver un créneau dans son emploi du temps. Il y avait bientôt cinq ans qu'elle avait terminé sa formation, trois qu'elle avait rejoint ce poste. Avec les enfants plus jeunes, de sept, huit, neuf ans, elle avait moins d'appréhension, elle maîtrisait mieux la situation. Avec les gamins comme celui-là, cependant, qui allait sur ses onze ans, physiquement malingre avec malgré tout un côté menaçant, ce désir de provoquer l'affrontement qui palpitait à fleur de peau…

Sentant que le temps imparti à l'entretien touchait à sa fin, Alice se permit de jeter un coup d'œil à sa montre ; elle ôta et remit en place le capuchon de son stylo, puis se força à se tenir tranquille. Une tasse de thé et un biscuit, deux autres entretiens, et elle aurait fini sa journée. Ce soir, le ciné-club proposait un Buñuel. *Viridiana*. Elle s'y rendrait peut-être, pour se changer les idées, se détendre.

– Très bien, fit Alice d'un ton aussi enjoué que possible. Je te reverrai la semaine prochaine.

2

Quand Elder avait pris sa retraite pour s'installer en Cornouailles – cela ferait donc bientôt quatre ans ? –, l'une des choses qu'il s'était promis de faire, c'était d'apprendre le nom de tous les arbres et de toutes les fleurs qui pousseraient près de l'endroit où il choisirait de s'établir. Mais vers le haut de la péninsule, entre Zennor et St Ives, sur une étroite bande de terre qui sépare la lande de la mer, il n'y avait pas d'arbres – ou fort peu –, et les fleurs qui parvenaient, péniblement, à percer chaque printemps, restaient pour la plupart anonymes. Il connaissait le lychnis rouge, et la digitale ; la campanule, bien sûr, et la primevère, mais pas grand-chose d'autre. Le guide de poche qu'il avait acheté d'occasion était niché, à demi oublié, parmi les livres qui se bousculaient pêle-mêle sur ses étagères.

Ce matin, le ciel était pâle au-dessus de la mer, et d'un blanc sale vers l'intérieur des terres, virant au gris foncé à la verticale de l'ancienne mine d'étain de Sperris Croft. Du soleil, le seul signe était une vague tache tirant sur le rouge qui auréolait les collines vers le sud-est. La veille au soir, la radio avait annoncé une chute des températures de l'ordre de dix degrés, et aussi, chose rare en avril, une légère chute de neige sur les sommets.

Elder fit du café et du pain grillé, puis il se carra dans son unique fauteuil en compagnie d'un livre : *Le Renard dans le grenier*, de Richard Hughes. La maisonnette d'ouvrier agricole qu'il louait était restée vide pendant près d'un an avant qu'il ne s'installe ; les projets du propriétaire pour la rendre plus confortable, plus adaptée à la clientèle des vacanciers, s'étaient heurtés à des querelles familiales et des problèmes de liquidités. Les murs de pierre, suffisamment épais pour résister au vent, étaient encore à nu çà et là ; quant aux endroits où on avait, à la hâte, commencé à les plâtrer, ils attendaient toujours leur première couche de peinture, et avec le temps ils avaient pris une teinte rosâtre qui évoquait pour Elder le marbre usé. Une cuisinière à mazout, sur laquelle il préparait ses repas, constituait l'unique source de chauffage, suffisante pour les besoins d'une personne seule, à condition d'être disposé à porter plusieurs couches de vêtements en hiver et à se contenter d'un seul bain, peu abondant, par jour.

Pendant les dix-huit premiers mois, la radio avait été son seul lien avec le monde extérieur. Puis, cédant à une certaine pression de la part de son ex-femme, Joanne, et des rares amis qui affirmaient avec insistance qu'ils voulaient garder le contact, il s'était fait installer le téléphone. Une ligne fixe – aucun signal ne parvenant dans son coin reculé, c'était la seule solution. Et ce téléphone ne sonnait pratiquement jamais.

Après avoir lu pendant presque une heure, Elder reposa son livre, s'étira, et mit le nez dehors. Il faisait plus froid, certes, mais pas tant que ça ; les météorologues s'étaient peut-être trompés. Un quart d'heure plus tard, brodequins aux pieds, veste imperméable fermée jusqu'au col, chapeau de laine rabattu sur les oreilles, il partit sur un sentier qui le mènerait, en traversant Nancleda, jusqu'à la côte opposée, en vue du mont St Michael. À présent qu'il avait franchi le cap de la cinquantaine, Elder avait choisi un style de vie qui, au moins, lui permettait de rester en forme.

Sur le chemin du retour, ce même après-midi, ragaillardi par un pâté en croûte acheté à la boulangerie de Marazion et deux reinettes qu'il avait emportées, il aperçut depuis le point culminant du sentier une masse blanche qui survolait la mer à grande vitesse, un mur, palpable, de neige et de grêle.

Quand il fut à l'abri chez lui, il se débarrassa de sa veste, ôta ses brodequins, et mit la bouilloire à chauffer sur la cuisinière. Avant que le thé fût infusé, des grêlons gros comme une pièce d'une livre commençaient à tambouriner sur le toit et contre les vitres, et le vacarme suffit à couvrir les premières notes du téléphone qui sonnait dans le coin de la pièce.

Tout en répondant, Elder se couvrit l'autre oreille.

La voix de Joanne, en retour, était distante, mais suffisamment reconnaissable pour lui donner des sueurs froides. Sa première crainte, toujours, quand Joanne l'appelait, c'était d'apprendre qu'il était arrivé quelque chose à leur fille, Katherine. Une fois de plus.

– Qu'est-ce qui ne va pas ? demanda Elder.

Le rire de Joanne fut instantané, mais il ne sonnait pas juste pour autant.

– Faut-il qu'il y ait quelque chose qui n'aille pas, Frank ?

Probablement, pensa-t-il.

– Tu vas bien, alors ? dit-il.

– Ça va.

– Et Katherine ?

– Katherine va très bien. Elle a des examens bientôt.

– Elle sera au niveau ?

– Elle travaille beaucoup.

Katherine préparait un bac spécialisé dans l'espoir d'intégrer une université à l'automne, soit Loughborough, soit Sheffield Hallam, en vue d'un diplôme de management sportif. Après tout, pourquoi pas ? En Cornouailles, Elder en était sûr, il était possible de passer des diplômes en surf et en technologie des rouleaux marins. Et l'athlétisme, la course à pied, avaient pendant longtemps tenu une place importante dans la vie de sa fille.

– Comment va Martyn ? demanda Elder.

Il n'obtint pas de réponse.

Propriétaire d'une chaîne de salons de coiffure et de beauté, Martyn Miles était à la fois le patron de Joanne et son ancien amant, l'homme avec qui, à l'insu d'Elder, elle avait savouré une longue liaison. Quand Elder et Joanne s'étaient séparés, c'est avec Martyn qu'elle s'était installée. Et depuis cette époque, c'est Martyn qui à son tour avait quitté, une fois sinon deux, leur domicile commun. Cela rappelait à Elder le chalet suisse en miniature qui trônait sur le buffet de ses parents, et dont les occupants, deux figurines en bois peint, entraient et sortaient brusquement à chaque changement atmosphérique.

– Tu te souviens de Jennie ? demanda Joanne. Jennie Preston.

– Pas vraiment, non.

– Blonde. Petite. Elle travaille comme commerciale. Dans les produits de beauté, les soins capillaires, tu vois ? On a pris un verre avec elle dans l'ancien Marché aux dentelles, une fois ou deux.

– Non, je regrette.

– Elle a une sœur, qui s'appelle Claire. Plus âgée qu'elle. Une fille qui n'a pas eu la vie facile, d'après Jennie.

Viens-en au fait, pensa Elder.

– Il semblerait qu'elle ait disparu. Claire.
– Disparu ?
– Cela fait presque une semaine, maintenant. Pas de lettre d'adieu, pas de messages, pas d'appels téléphoniques. Cela ne lui ressemble pas du tout. Elle en devient folle, la pauvre Jennie.
– Elle a signalé la disparition aux flics ?
– Ils n'ont pas semblé très intéressés.
– Mais elle a quand même fait un signalement ?
– Oui. Tout ce qu'ils lui ont dit, en gros, c'est : il s'agit d'une femme adulte, rien ne permet de penser à un acte criminel, alors, on ne peut pas faire grand-chose.
– C'est probablement vrai.
– Frank, ça la rend folle.
– Tu l'as déjà dit.
Bref silence.
– Jennie se demande si tu pourrais faire quelque chose.
– Je ne pense pas.
– Pourquoi ?
– Elle habite là-bas aussi ? La sœur ? Claire ?
– Oui.
– Et moi, je suis à cinq cents kilomètres de chez elle.
– Rien ne t'empêche de venir.
– Tu crois ?
– C'était quand, la dernière fois où tu nous as rendu visite ?
– Aux environs de Noël.
– Alors, viens passer quelques jours ici. Tu verras Katherine. Tu pourrais rencontrer Jennie ; lui parler, au moins.
– Ça servirait à quoi ?
– Je ne sais pas. La rassurer, déjà. Peut-être y a-t-il des choses qu'elle peut faire elle-même, auxquelles elle n'a pas pensé. Le simple fait d'avoir quelqu'un à

qui parler, quelqu'un qui la prend au sérieux, cela lui ferait du bien.

Elder sentait la totale inutilité de l'entreprise, comme une eau glacée, lui recouvrir les pieds et grimper le long de ses chevilles.

– Allons, Frank, ce n'est pas comme si tu n'avais pas une minute à toi, après tout, dans ta lointaine province.

Justement, pensa Elder, c'est bien pour ça que je n'ai pas envie d'en bouger.

– Laisse-moi y réfléchir, dit-il. Je te rappellerai.

– Tu me le promets ?

Tes promesses – que disait sa mère, au fait ? –, tes promesses, on sait ce qu'elles valent. Sa mère disait beaucoup de choses.

– Je te le promets, dit Elder avant de raccrocher le téléphone.

Il rappela, effectivement, deux jours plus tard. Le lundi. Entre-temps, il avait pris contact avec la police du comté de Nottingham. Après avoir échangé quelques civilités pimentées de vannes diverses avec des officiers qu'il connaissait, il fut mis en relation avec l'inspecteur chargé des Personnes disparues.

La disparition de Claire Meecham avait été signalée par sa sœur le 12 avril. Une déposition avait été enregistrée, mais on n'y avait pas encore donné suite. Après tout, il ne s'était écoulé guère plus d'une semaine depuis le signalement. Et combien de milliers de gens disparaissaient chaque année ? Combien de personnes pliaient bagage sans dire au revoir à qui que ce soit ? N'était-ce pas ce qu'Elder avait fait, d'une certaine façon ? Et le pourcentage de ces disparitions résultant d'un acte criminel était faible, il le savait.

Mais Katherine... ses relations avec sa fille n'avaient pas toujours été des meilleures, ces dernières années.

Cette histoire concernant la sœur de Jennie était un bon prétexte pour la revoir. Il prendrait la route dès demain.

Au restaurant Little Chef de l'A46, à mi-chemin entre Evesham et Stratford-upon-Avon, il fit une halte pour prendre un pot de café et une « collation matinale », un genre de petit déjeuner spécial qu'on pouvait commander, semblait-il, à toute heure de la journée. Après cela, il n'eut pas à rouler longtemps pour atteindre Fosse Way, l'ancienne route romaine qui le mènerait tout droit jusqu'à la périphérie de Leicester; de là, après un petit bout d'autoroute, il verrait les panneaux indiquant Nottingham Sud, puis il emprunterait la route à deux voies qui passait devant la centrale électrique, l'ancien lycée technique, et le domaine de Clifton.

Elder avait entendu une émission de radio consacrée à un écrivain – Graham Greene, si sa mémoire était bonne –, à l'occasion du centenaire de sa naissance. Greene avait habité à Nottingham, dans sa jeunesse, et il en avait une piètre opinion – c'était une sorte de trou perdu, sombre et sinistre, selon ses dires –, à ceci près que cette ville avait quelque chose, malgré tout, qui faisait que, dès lors qu'on y avait vécu, elle ne se laissait jamais complètement oublier.

Quittant en douceur la nationale par le pont routier, Elder suivit la large courbe qui plongeait vers le centre-ville. En cinq minutes, dix au maximum, il serait chez Joanne, dans la résidence du Parc – composée en majorité de maisons victoriennes, à l'abri des murailles du château. Encore qu'il n'y eût rien de victorien dans ce bloc étroit, conçu par un architecte, et dont la façade ne présentait guère aux regards des passants qu'un mur gris et lisse et deux petites fenêtres.

Joanne ouvrit la porte avec une promptitude qui laissait à penser qu'elle guettait presque l'arrivée d'Elder – ou celle d'un autre visiteur. Elle le gratifia d'un bref sourire en reculant d'un pas pour le laisser entrer. Le parquet du vestibule était si clair, si propre, qu'il se crut presque obligé d'ôter ses chaussures.

Il suivit Joanne dans le salon qui paraissait d'autant plus spacieux grâce au plafond surélevé et au mur du fond qui n'était pratiquement qu'une paroi de verre donnant sur le patio pavé et le jardin au-delà.

– Comment s'est passé ton voyage ?

– Oh, tu sais...

– Ça t'a pris combien ? Six heures ?

– Plus près de sept.

– Tu dois être épuisé.

– Ça va.

Joanne portait une robe argentée qui semblait à peine toucher son corps sinon, peut-être, à la hauteur des hanches. Ses cheveux – plus foncés, à présent ? – étaient enroulés en une tresse souple derrière sa tête, et quelques mèches échappées tombaient sur sa nuque.

– Laisse-moi te servir quelque chose à boire. Du thé ? Du café ? Un verre de vin ?

Il y avait un verre de vin blanc sur la table basse, au centre du salon ; à moitié vide ou à moitié plein ? Il n'était pas encore trois heures de l'après-midi.

– Non, je te remercie, je n'ai pas soif.

– Tu es sûr ?

– Oui.

– Eh bien, assieds-toi, au moins.

Bon sang, faillit-il rétorquer, je suis resté assis pendant une bonne moitié de cette foutue journée... Il ne savait pas ce qu'il y avait, chez Joanne, dans cette maison, qui lui tapait si vite sur les nerfs.

Il se posa sur un bout du long canapé qu'il avait connu blanc, mais dont la nouvelle couleur, une délicate nuance de mauve, s'harmonisait avec les murs d'un bleu pâle tirant sur le gris.

Joanne disparut dans la cuisine et revint avec son verre presque plein. S'asseyant sur une causeuse en face d'Elder, elle alluma une cigarette et laissa fuser lentement une colonne de fumée dans l'atmosphère.

– J'ai parlé à Jennie. Tu la verras ce soir.

Elder hocha la tête.

– Très bien.

– Frank, elle t'est vraiment reconnaissante du mal que tu te donnes pour elle.

– Je n'ai rien fait du tout.

– Mais tu vas faire quelque chose, malgré tout, j'en suis sûre.

Elder ne releva pas.

– Et Katherine ? demanda-t-il. Elle sait que je suis ici ?

– Bien sûr. Elle a dit qu'elle téléphonerait, qu'elle essaierait de s'arranger pour te voir.

– C'est gentil de sa part.

– Voyons, Frank. Elle est très occupée, avec ses révisions. Tu devrais être content d'elle.

– Je le suis. J'aimerais la voir, c'est tout.

– Je suis sûre que tu la verras.

– Et dans cet appartement où elle habite, ça se passe bien ?

– Oui, pour autant que je sache.

– Comment une personne sensée peut-elle avoir envie de vivre dans un taudis d'un quartier pourri de Lenton…

– … plutôt que d'habiter ici ?

– Oui.

– Frank, elle a dix-neuf ans. Elle a sa vie à elle, maintenant.

– Je sais, je sais.

– On ne peut pas la dorloter éternellement.

– Elle l'a beaucoup été.

– Tu comprends ce que je veux dire.

– Je comprends.

Se carrant contre le dossier du canapé, Elder ferma les yeux un instant. S'il ne parvenait pas, lui-même, à se libérer l'esprit de cette période où sa fille avait été enlevée en pleine rue, séquestrée et violée par un meurtrier, comment Katherine pouvait-elle vivre avec ça ? Pour elle, était-ce dix fois, cent fois pire ? Et comment l'un et l'autre auraient-ils pu oublier que le responsable de ce drame, en grande partie, c'était Elder lui-même ?

– Peut-être, dit-il, vais-je accepter ton café, finalement.

Alors que Joanne passait devant la fenêtre, le soleil surgit aussi soudainement que si on avait allumé la lumière, et Elder vit les contours de ses seins et de ses cuisses sous le bouillonnement de sa robe.

La suivant dans la cuisine, Elder s'adossa contre le chambranle et la regarda verser deux cuillerées de café moulu dans le fond de la cafetière.

– Quand je t'ai demandé des nouvelles de Martyn au téléphone, tu n'as pas répondu.

– C'est parce qu'il n'y avait rien à dire.

– Tu as cessé de le voir ?

– De le *voir* ?

– Je veux dire, il n'habite plus ici ?

Joanne enfonça trop tôt le piston de la cafetière.

– Comment se fait-il, Frank, qu'à chaque fois que nous avons une conversation, j'aie l'impression de subir un interrogatoire ?

– Je m'intéresse, c'est tout.

– Ah, oui ?

– Oui. Bien sûr.

– Martyn a déménagé en juin dernier, tu le sais. Ou tu l'as su.

– Je pensais qu'il était revenu.

– Pas vraiment. Nous avons bien essayé… comment dis-tu ? … de nous *revoir* pendant un certain temps, après son départ. Ça n'a jamais réellement marché. (Elle versa le café, à peine foncé, dans deux grandes tasses en porcelaine.) Avec toutes ces jeunes femmes, à peine plus âgées que Katherine, qui gravitent autour de lui, je ne suis plus dans la course.

– C'est ridicule.

– Tu crois ?

Poussant une tasse vers lui, Joanne alluma une nouvelle cigarette.

– Tu as cessé de dormir avec lui, alors ?

– *Dormir ?*

– Tu sais ce que je veux dire.

– Le mot ne te fait pas peur, quand même, Frank ?

– Très bien, baiser, alors. Tu ne baises plus avec lui, c'est plus clair comme ça ?

L'espace d'un instant, elle soutint son regard.

– Seulement quand l'envie lui en prend, Frank. Et, comme je le disais, ça n'arrive pas souvent, ces derniers temps.

Le bousculant pour passer, elle regagna la pièce voisine.

3

Elder descendit au Premier Travel Inn, en face de l'immeuble de la BBC, au bout de London Road. La chambre était propre et anonyme, avec un lit au matelas ferme, un petit téléviseur et une vue sur le canal à l'endroit où il s'incurve, modérément, en direction du tribunal et de la gare. Un pêcheur solitaire était assis sur un pliant au bord du canal, une canne près de sa main droite, une seconde reposant sur un trépied quelques mètres plus loin. Près de la rive opposée, deux poules d'eau plongèrent dans l'eau grisâtre leur bec au bout écarlate.

Encore furieux contre lui-même de s'être comporté en adolescent avec Joanne, Elder se déshabilla et resta sous la douche plus longtemps que nécessaire, comme si l'hydrothérapie pouvait avoir, entre autres vertus, le pouvoir de lui faire entrer un peu de bon sens dans le crâne.

Au fin fond de la Cornouailles, il pensait à peine à Joanne pendant plusieurs semaines d'affilée, et quand cela lui arrivait, ce n'était guère à l'avantage de son ex-femme. Il n'avait pas réellement le sentiment que Joanne lui manquait, qu'il désirait renouer avec elle les relations qu'ils avaient eues autrefois. Et quand il lui arrivait de la revoir, c'était comme s'il rencontrait une amie qu'il avait perdue de vue – quoi qu'il ait pu y avoir entre eux, cela remontait à un passé si lointain que le souvenir en était pratiquement effacé.

Deux étrangers.

Elder rit.

La jalousie, alors, c'était de cela qu'il s'agissait ?

Jaloux de Martyn Miles, après tout ce temps ?

Merde !

Il frappa du plat de la main le carrelage de la douche, et ouvrit le robinet à fond. Une giclée d'eau froide avant de sortir. Contre sa peau, le contact un peu rugueux de la serviette fraîchement revenue du lavage le rassura ; quand il s'étira, son corps dans le miroir lui apparut mince et vigoureux, sans aucun signe d'avachissement – pas encore. Il avait eu envie d'elle, c'était ça le problème, envie d'elle alors qu'elle passait devant la baie vitrée, et puis, de nouveau, quand ils étaient ensemble dans la cuisine, tout près l'un de l'autre. *Seulement quand l'envie lui en prend, Frank*. Sa peau, quand elle avait levé le regard vers lui, si pâle que c'était presque comme si la lumière la transperçait, ces ombres légères teintées de violet, sous ses yeux. *Seulement quand l'envie lui en prend*.

Elder laissa tomber sa serviette et resta debout, nu, au milieu de la chambre, la tête baissée, les yeux fermés, dépliant lentement les doigts pour qu'ils cessent de former des poings.

Depuis qu'il avait quitté Nottingham pour s'installer dans l'Ouest, des bars avaient jailli telles des plaies aux couleurs vives d'un bout à l'autre du centre-ville. Qu'est-ce que cela représentait ? Quatre cents débits de boissons dans un rayon d'à peine plus d'un kilomètre et demi ? Un demi-million de livres sterling qui changeaient de mains les vendredis et samedis soir ? Vers deux heures du matin, les rues piétonnes seraient inondées d'urine et de vomi, remplies de jeunes types en chemisette prompts à saisir le moindre prétexte pour échanger des insultes, des menaces, des coups de pied, au pire des coups de couteau; et de filles, quel que soit le temps, vêtues (si c'était bien le mot) de jupes microscopiques – le cul offert à tous les regards, comme le dit la chanson.

Même en plein milieu de semaine, tôt dans la soirée, il devenait difficile, voire impossible, de trouver un endroit tranquille où prendre un verre sans qu'une sono omniprésente ne martèle des basses dans ses enceintes.

Jennie Preston avait fait de son mieux. Un bar situé à un carrefour, à deux pas de la grand-rue d'Hockley, coincé entre le mur en brique d'un parking à étages et la splendeur philanthropique d'usines textiles victoriennes, depuis longtemps transformées en appartements de luxe ou en salles de conférences pour la nouvelle université. Il y avait de profonds fauteuils en cuir disposés le long des murs par groupes de deux ou trois, des tables éparpillées çà et là sur un plancher impeccablement récuré, et des tabourets le long du comptoir. Les clients étaient encore peu nombreux : un petit groupe d'hommes en costume qui buvaient des bières étrangères servies en bouteille; deux femmes venues tout droit de leur travail, en tête à tête devant une bouteille de chardonnay; un homme seul, journal ouvert et plié en deux, qui faisait les mots croisés au bar, marquant une pause de temps à autre pour réfléchir à une définition et consulter sa montre. La musique était surtout instrumentale – de l'orgue, peut-être? Du saxophone? Du jazz de salon, se dit Elder.

Il sut que c'était elle dès l'instant où elle franchit la porte.

Petite, avait dit Joanne, et c'était vrai; sans ses talons, pensa Elder, Jennie Preston ne devait pas atteindre le mètre cinquante-cinq. Elle portait un tailleur rouille, dont la jupe s'arrêtait juste au-dessus du genou. Sa coiffure au carré, blonde et parsemée de mèches plus sombres, avait été façonnée par un expert ; elle encadrait son visage selon une courbe qui suivait celle de son menton. Ayant vécu avec une coiffeuse pendant près de vingt ans, Elder, presque malgré lui, avait acquis quelques connaissances sur ces choses-là.

– Frank. (Elle se dirigeait vers lui, la main tendue, et il se leva pour la saluer.) Vous êtes bien Frank Elder ?

– Oui.

– C'est vraiment gentil de votre part d'être venu.

Il la gratifia de l'un de ces gestes, entre le haussement d'épaules et le signe de tête, qui signifient : ce n'est rien, je ne me suis pas donné tant de peine que ça.

– Qu'est-ce que vous buvez ? demanda Jennie.

– Je n'ai pas commencé, j'ai préféré vous attendre.

– Du vin, alors. Du rouge, d'accord ?

– Oui. Permettez-moi…

Mais elle partait déjà vers le comptoir, ses talons cliquetant sur le plancher. Seul l'un des hommes en costume ne tourna pas la tête pour la suivre des yeux.

Quelques minutes plus tard, elle était de retour avec deux grands verres, qu'elle posa délicatement avant de récupérer un cendrier sur une table voisine.

– Ça ne vous dérange pas ? demanda-t-elle avant d'allumer sa cigarette.

Elder secoua la tête.

– Et le merlot ? Vous n'avez rien contre le merlot ?

– Pas que je sache.

– J'ai vu un film, il y a quelque temps, et l'un des personnages, un véritable amateur de vin, vous connaissez le genre, son ami et lui ont rendez-vous au restaurant avec deux femmes, et il dit : « Si l'une d'elles commande du merlot, je me lève et je repars tout de suite. » (Elle sourit.) Mais ce n'est pas votre opinion ?

– Non.

– Alors, à la vôtre.

Elle fit tinter son verre contre celui d'Elder et but une gorgée de vin. Même sous l'éclairage tamisé du bar, son maquillage ressortait nettement.

Ils bavardèrent pendant une quinzaine de minutes, Jennie Preston parla de son métier, de sa rencontre avec Joanne, quelques années plus tôt, alors qu'elle était venue vanter les mérites d'une marque de shampooing et de démêlant dans le salon dont Joanne était la gérante. Dans son entreprise, Jennie était tout en bas de l'échelle, alors, simple V.R.P., et non pas comme aujourd'hui responsable des ventes pour l'est de l'Angleterre, chargée de s'occuper de plusieurs centaines de comptes – le porte-à-porte, Dieu merci, n'était pour elle qu'un souvenir.

Elle posa à Elder des questions sur la Cornouailles. Il ne se sentait pas seul, là-bas ? Les hivers devaient être pires que tout. Et Katherine, elle ne l'avait rencontrée que deux ou trois fois, mais c'était une jeune fille adorable, absolument adorable. Après tout ce qu'elle avait enduré – qu'elle soit arrivée à s'en remettre aussi bien et à reprendre sa vie en main, il devait être vraiment fier d'elle.

Quand il parvenait à éviter son sentiment de culpabilité, supposa Elder, c'est bien de la fierté qu'il éprouvait.

– Ma sœur, dit Jennie, ma sœur Claire…

– Toujours aucun signe ?

Jennie secoua la tête.

– Et cela fait combien de temps maintenant ?

– Depuis le dimanche de la semaine dernière. Neuf jours.

– Il n'y a pas eu le moindre appel téléphonique, pas de lettre, rien ?

– Rien.

Jennie attrapa son sac et alluma une nouvelle cigarette. Dans le bar, les clients étaient plus nombreux, à présent, l'éclairage avait baissé d'un cran, et la musique se faisait un peu plus présente. Sur le trottoir, des gens passaient par deux ou par trois, à peine plus visibles que de simples silhouettes.

– Je suis passée chez elle le dimanche après-midi, reprit Jennie, à ce pavillon où elle habite, à Sherwood. Elle s'est installée là-bas après le décès de Brian, son mari. Il est mort il y a cinq ans. D'un cancer. Les enfants, tous adultes, étaient partis, et elle a dû penser, je suppose, qu'elle allait prendre un nouveau départ, vous voyez ? Commencer une nouvelle vie.

Un bref instant, il y eut une fêlure dans la voix de Jennie, et elle se hâta de détourner le regard.

– Vous êtes allée la voir, dit Elder.

– Oui. C'est devenu une habitude, pour moi, de lui rendre visite toutes les deux semaines. Le dimanche. Simplement, vous comprenez, pour prendre une tasse de thé et bavarder un moment. Pour essayer de lui changer un peu les idées.

– Elle avait besoin de ça ?

– Oh, oui, je crois bien. (Jennie vida le fond de son verre de vin et tira sur sa cigarette.) Je suis arrivée là-bas un peu plus tard qu'à l'accoutumée. Vers quatre heures, quatre heures et demie, je suppose. Dans ces eaux-là. Il ne faisait pas encore noir, mais la nuit tombait. Il n'y avait pas de lumière dans la maison, pas la moindre lampe allumée, et je me rappelle avoir trouvé ça bizarre. Et puis je me suis dit qu'elle était peut-être couchée, qu'elle faisait la sieste. Elle a parfois de ces maux de tête, des migraines, qui l'obligent à s'allonger dans le noir en attendant que ça passe. Alors, j'ai frappé à la porte, plusieurs fois, et j'ai sonné, et comme il ne se passait rien, je me suis permis d'entrer. Claire avait insisté pour que je garde une clé de chez elle.

» J'ai appelé son nom, et comme elle ne répondait pas, je suis allée dans sa chambre. J'étais sûre que c'était là que j'allais la trouver, sous les couvertures, dormant profondément. (Jennie marqua une pause.) Il n'y avait que son ours en peluche, un vieux nounours, calé contre l'oreiller. On l'avait depuis qu'on était petites, il a été à elle d'abord, et puis à moi ; je ne sais plus comment elle l'a récupéré. Un vieux jouet tout râpé, avec un seul œil. Et elle n'était nulle part, Claire. Nulle part.

– Elle savait que vous alliez venir ?

– Pas vraiment, je veux dire, pas avec certitude. Mais elle devait s'y attendre, oui. Comme je vous le disais, c'était devenu comme une habitude, entre nous. De plus, elle ne sortait jamais, pas à cette heure-là. Quand j'arrivais chez elle, Claire regardait un film à la télé, ou elle faisait un peu de repassage. Elle lisait.

– Elle n'aurait pas pu aller rendre visite à des amis ?

– Elle n'avait pas d'amis. Pas ce genre d'amis. Oh, elle connaît quelques personnes à qui elle dit bonjour, des voisins, mais pas d'amis proches. Pas le genre de personnes chez qui on peut se pointer à l'improviste. D'ailleurs, elle ne ferait jamais une chose pareille. Ce n'est pas son genre.

– Et il n'y avait rien qui puisse indiquer où elle était partie ?

– Rien. Vous pouvez me croire. J'ai examiné ses vêtements, fouillé l'armoire, ses affaires de toilette dans la salle de bains – au cas où elle serait partie pour le week-end, je ne sais où, et ne serait pas encore revenue. Mais, pour autant que je puisse en juger, il ne manquait rien, tout était là, à sa place, comme toujours, propre et bien rangé. Tout, sauf cette satanée Claire.

Rageusement, Jennie écrasa sa cigarette dans le cendrier. Elder rapporta les verres vides au bar et revint après les avoir fait remplir, encore du merlot, qui lui paraissait bon, mais qu'est-ce qu'il en savait ?

– Ce que vous devez comprendre, au sujet de Claire…, insista Jennie dès qu'Elder eut regagné son siège, … c'est qu'elle n'est pas comme moi. Elle ne monte pas en première ligne, prête à affronter la situation. Elle n'a jamais… (S'appuyant contre le dossier de sa chaise, Jennie écarta ses cheveux de son visage.) Quand on était gamines, notre mère a quitté la maison. Elle a fait ses valises et elle est partie. Je ne sais pas pourquoi, je pense que ça durait depuis des années, la mésentente entre mon père et elle, pour une raison ou une autre. On dit que les mômes remarquent ce genre de chose, mais nous, non, on n'a rien vu venir. Pas moi, en tout cas. Même en y repensant aujourd'hui, je n'ai rien remarqué. Mais un jour – quelle que soit la raison, la crise qui a fait déborder le vase, je n'en sais rien, Papa ne nous l'a jamais dit –, elle a claqué la porte et salut. Une bise sur la joue, une petite tape sur la tête. Terminé. J'avais cinq ans. Je n'ai pas compris, je n'avais pas la moindre idée de ce qui se passait. Je me suis dit, elle va revenir. Ce soir, demain, après-demain. Elle n'est jamais revenue. Pas une seule fois.

Jennie se pencha en arrière et tira une longue bouffée de sa troisième cigarette.

– Je peux le comprendre. Aujourd'hui. Pas le fait qu'elle soit partie de cette façon, pas ça. Mais une fois que c'est fait, que vous avez tout laissé derrière vous, la seule solution pour que ça marche, pour que vous puissiez espérer vivre avec vous-même, ce doit être de rompre complètement les ponts. D'oublier.

On dit que les mères n'oublient jamais, mais je n'en suis pas sûre...

Quelqu'un qui passait juste derrière Jennie la frôla et s'excusa.

– Mon père a très mal encaissé le coup. Il n'a pas fait de drame ni quoi que ce soit, mais ça se voyait ; quelque temps après le départ de ma mère, particulièrement, c'était flagrant. Claire, elle était beaucoup plus âgée que moi, elle avait quatorze ans. C'est elle qui s'est occupée de moi quand Maman n'était plus là. Elle y était obligée, plus ou moins. Surtout après la mort de Papa. Elle a quitté l'école dès qu'elle a pu pour trouver du travail. Elle aurait pu aller à l'université, elle était assez brillante pour faire des études supérieures, mais non. Ce n'était même pas un emploi qui lui plaisait. Ça lui permettait de régler quelques factures, c'est tout, en attendant mieux. Dès que Brian l'a épousée, elle a démissionné. Elle restait à la maison, elle s'occupait des mômes. Ils en ont eu deux, Jane et James. (Jennie secoua la tête.) C'était ça, sa vie, les enfants, la maison.

Elle but une gorgée de vin, puis garda le verre entre ses deux mains.

– Un jour, pour aller à l'université ou ailleurs, ils ont quitté la maison. Et puis Brian est tombé malade, il a perdu du poids, au bout de trois mois il était maigre comme un clou. Les médecins lui donnaient six mois à vivre, mais il s'est accroché pendant près de trois ans. Parfois, je me dis que c'est parce que notre mère était partie qu'il s'est battu contre la maladie de cette façon. Comme s'il refusait, à tout prix, de partir en abandonnant sa famille. Et, bien sûr, elle a été aux petits soins pour lui, Claire, jusqu'au bout. Elle a fait tout ce qu'il fallait faire.

Pendant un instant, Jennie ferma les yeux.

– Quand Brian est mort, pendant les premiers mois qui ont suivi, elle a été géniale. Moi, je croyais qu'elle allait s'effondrer, mais non, les dispositions à prendre pour les obsèques, elle s'en est occupée, et puis elle a rangé tous les vêtements de Brian dans des cartons pour les donner à des œuvres de charité. Elle a mis la maison en vente, elle s'est trouvé un emploi. Dans un bureau, encore une fois, rien de terrible, mais un boulot quand même. Quand elle a vendu la maison, elle a donné une somme d'argent à chacun des enfants, et elle s'est acheté le pavillon avec le reste. Et puis, elle a baissé les bras, comme si elle avait épuisé toute son énergie. C'était il y a cinq ans. Aujourd'hui, c'est cinq jours par semaine dans un bureau à faire un boulot abrutissant, les courses au supermarché le samedi, et rien d'autre. Jane revient la voir de temps en temps – pas aussi souvent qu'avant –, et parfois, c'est Claire qui descend la voir. Du moins, elle le faisait quand Jane vivait à Londres. Elle est à Bristol, maintenant, où elle fait une maîtrise de gestion.

– Et le fils ? Vous avez parlé d'un fils ?

– James.

– Où est-il ?

– En Australie. Il est parti pour six mois, pour une sorte de stage imposé par l'entreprise pour laquelle il travaille, et il est resté.

– Claire ne serait pas allée lui rendre visite ? Ce n'est pas une possibilité à envisager ?

Jennie secoua la tête.

– Sans en parler à personne ? Sans le dire à Jane, ou à moi ? Non.

– Mais vous avez quand même vérifié ?

Jennie sourit un peu, avec les yeux.

– J'ai vérifié. Le dernier contact qu'ils ont eu, c'était un appel téléphonique, deux semaines avant que Claire ne disparaisse. James la tanne sans arrêt pour qu'elle achète un ordinateur et qu'ils puissent communiquer par e-mail, mais Claire dit non, elle veut entendre le son de sa voix.

– Ils sont proches, alors ?
– Aussi proches qu'on peut l'être quand on vit à plusieurs milliers de kilomètres de distance.
– Cette histoire fait peser sur vous une pression terrible.
– Je fais de mon mieux pour tenir le coup.
Des larmes menaçaient la perfection de son visage.
Elder hésita, puis but une nouvelle gorgée de vin.
– Vous n'avez peut-être pas pensé à m'apporter une photo d'elle, dit-il.
Mais, évidemment, Jennie y avait songé. Elle en avait même deux, en fait. Des portraits en plan rapproché, du genre de ceux qu'on prend soi-même dans les cabines automatiques des gares et des bureaux de poste. Une femme à l'air sérieux, avec un visage rond et des cheveux bruns, plutôt plats. Proche de la soixantaine, aurait parié Elder. Sinon plus.
– Je me suis rendu compte il n'y a pas si longtemps, fit Jennie, que je n'avais pas de photos récentes de Claire, pas depuis le décès de Brian, en fait, alors je lui ai demandé de s'en faire faire. Je lui ai dit que je la rembourserais. Je pensais qu'elle irait chez un vrai photographe, en ville. Et c'est ça qu'elle m'a donné.
Elder hocha la tête et les remit dans l'enveloppe.
– Ce que j'aimerais que vous fassiez, dit-il, c'est une liste de tous les gens avec qui elle aurait pu être en contact – ses enfants, bien sûr, mais aussi n'importe qui d'autre. Je sais, je sais, vous m'avez dit qu'elle n'avait pas beaucoup d'amis, mais repensez-y, et s'il vous vient un nom à l'esprit, notez-le. Son lieu de travail, avec tous les détails, j'aurai besoin de ça aussi.
– Vous êtes prêt à m'aider, alors ?
– Je ferai ce que je pourrai.
– Merci.
– Seulement, n'espérez pas des miracles.

Aussitôt, il vit les larmes lui monter aux yeux.

– Je voulais dire, en ce qui concerne ce que je suis capable de faire. Pour ce qui est de votre sœur, je parierais qu'il ne lui est rien arrivé.

– Alors, où est-elle ? Pourquoi ne donne-t-elle pas de nouvelles ?

– Je n'en sais rien. Mais elle doit avoir ses raisons, j'en suis sûr.

Dix-huit ans plus tôt, Elder avait enquêté sur la disparition d'une adolescente, partie sans laisser de traces d'un terrain de camping sur la côte du North Yorkshire. Quand il l'avait retrouvée, bien des années plus tard, elle vivait dans une petite ville de Nouvelle-Zélande, face à la mer de Tasman. Elle avait eu ses raisons, elle aussi.

Dehors, sur le trottoir, Jennie lui parut bien petite près de lui, mais avec un maquillage de nouveau intact après un saut aux toilettes, elle semblait s'être ressaisie. Elle ne donnait plus l'impression d'être sur le point de s'effondrer.

– Pour cette liste dont vous avez besoin, vous pourriez patienter jusqu'à demain après-midi ? Je peux la faxer à votre hôtel.

– Parfait.

– D'accord. (Elle s'éloigna d'un pas.) Ma voiture est au parking. Je peux vous déposer quelque part ?

– Non, merci, je vais rentrer à pied.

Jennie lui tendit la main de nouveau.

– Ce que vous faites pour moi, je vous en suis vraiment reconnaissante.

Elder esquissa un sourire.

– Le pavillon, ça ne vous dérangerait pas que j'y jette un coup d'œil ?

L'hésitation de Jennie ne fut que passagère, fugitive. Ôtant la clé de son trousseau, elle la déposa dans la paume d'Elder. Elle lui avait déjà donné sa carte avec ses divers numéros de téléphone, son adresse postale et son e-mail.

– On reste en contact, dit-elle. D'accord ?
– Bien sûr.
Il la regarda franchir l'entrée du parking, puis il partit dans Stoney Street, pour regagner son hôtel.

Spectacle incongru, les pêcheurs étaient plus nombreux, à présent, emmitouflés, la tête couverte d'une capuche pour se protéger du froid. Chacun était flanqué d'une petite lanterne dont la lumière verte trouait la nuit. Les phares des voitures jetaient des lueurs changeantes sur les eaux du canal. Elder avait essayé de dormir, en vain. Il avait ouvert son livre, sans pouvoir se concentrer sur sa lecture, quel que fût l'attrait de l'intrigue. *Après tout ce qu'elle avait enduré – qu'elle soit arrivée à s'en remettre aussi bien et à reprendre sa vie en main... Après tout ce qu'elle avait enduré.* Le tueur qu'Elder traquait avait enlevé sa fille de seize ans, Katherine, puis il l'avait nargué, se vantant de ce qu'il avait fait, de ce qu'il pourrait faire encore. Quand Elder avait fini par le rattraper, Katherine avait déjà subi des violences et des souffrances qu'elle n'oublierait jamais, et sa vie ne tenait plus qu'à un fil. *Tu as failli la tuer, Frank*, lui avait dit sa femme, Joanne. *Toi. Pas lui. Parce qu'il a fallu que tu t'en mêles, tu ne pouvais pas rester sans rien faire.* Derrière la colère de Joanne, il y avait une vérité, une sorte de vérité qui les transperçait tous les trois, les unissant dans une même déchirure.

À présent, l'homme qui lui avait fait le plus de mal était incarcéré dans un quartier de haute sécurité à Broadmore ; quant à Katherine, après une période où elle avait semblé faire n'importe quoi et flirter avec le danger (comme si, peut-être, il ne pouvait rien lui arriver de pire), elle s'était peu à peu assagie. Elle avait repris ses études et commencé à remettre de l'ordre dans sa vie.

Vous devez être fier d'elle.

Le simple fait d'y repenser pendant une seconde avait suffi à lui couper le souffle.

Il tenta de lire un autre chapitre du *Renard dans le grenier* avant d'éteindre la lumière.

À quatre heures et demie, il se réveilla, trempé de sueur. Quelque chose, une image, lui taraudait le cerveau. Il lui fallut un bon moment avant de comprendre qu'elle provenait du livre, non pas des dernières pages qu'il avait lues, mais d'un chapitre antérieur – une image inoubliable. Deux hommes, côte à côte, sortant d'un marais ; à part la pluie mêlée de brume, seules leurs deux silhouettes bougeaient dans une grisaille implacable. Deux hommes armés de fusils, le plus grand portant sur son épaule le corps d'un enfant mort. Une fillette. Elder la distinguait nettement. Ses jambes maigres rebondissaient, légères, sur le thorax de l'homme.

4

Elder se tenait debout, seul, au centre de la pièce. Quelqu'un, probablement Jennie, avait entrouvert les doubles rideaux beiges qui masquaient la baie vitrée, et posé les journaux gratuits et le maigre courrier sur la petite table, juste à côté de la porte d'entrée. Des voilages en dentelle industrielle, à motifs, pendaient tout contre la vitre, pour arrêter les regards indiscrets. Des têtières étaient soigneusement posées sur le dossier du canapé à deux places et celui du fauteuil assorti. Entre les deux sièges, placés à bonne distance, se trouvaient un repose-pied muni d'un coussin, et, tout près, une table basse recouverte d'un placage en hêtre. Contre le mur du fond, il y avait un buffet qui devait provenir, pensa Elder, de la maison plus vaste qu'avait habitée Claire Meecham auparavant; ses étagères étaient encombrées d'assiettes décorées, de petits chiens en porcelaine, de photos encadrées, les deux plus grandes représentant ses enfants en toque et toge d'étudiants, leur diplôme tenu fièrement contre leur poitrine. D'un format plus petit, posée au centre, se trouvait une photo de Claire et Brian, pelotonnés l'un contre l'autre à cause du froid, devant un front de mer quelque part en Angleterre – à Scarborough, ou Filey, ou Skegness –, de toute évidence à demi gelés, mais souriants, malgré tout. Un souvenir d'une époque plus heureuse, qui remontait peut-être à une dizaine d'années ? Elder prit le cadre et présenta la photo à la lumière. Claire devait avoir une quarantaine d'années, alors, à peu de chose près l'âge qu'avait Jennie aujourd'hui, mais elle paraissait plus vieille. Le visage plus rond, les cheveux virant naturellement au gris. Une cinquantaine confortable, voire davantage. Confortable.

Elder se recula d'un pas.

La pièce sentait le renfermé.

La cuisine était étroite et bien rangée, le thé et le café stockés dans des boîtes carrées en plastique dûment étiquetées ; du lait malté en poudre Horlicks, de l'Ovomaltine, un chiffon à vaisselle à rayures bleues et blanches tendu sur la cuvette en plastique, dans l'évier. Punaisé au mur, près de la porte de derrière, un calendrier du Woodland Trust ; tous les jours précédant le week-end où Claire avait disparu étaient barrés d'un trait oblique. Dans une case, le mot « banque » était inscrit en lettres si petites qu'il était à peine lisible ; « docteur » figurait dans une autre, « bibliothèque » revenait plusieurs fois.

Au fond du jardin, un petit groupe de moineaux et de mésanges se chamaillait autour de deux mangeoires à moitié vides. Pour autant qu'on sache, Claire Meecham s'était rendue comme tous les jours à son travail le vendredi, rentrant chez elle à l'heure habituelle. Le samedi, apparemment, elle était allée à Arnold en bus, pour faire son marché hebdomadaire : Jennie avait dit avoir trouvé du lait et des blancs de poulet dans le réfrigérateur, du pain frais dans la boîte à pain. Il n'y avait pas de voiture ; plus maintenant. C'était Brian qui conduisait ; pour on ne sait quelle raison, Claire n'avait jamais appris.

Un tapis de bain moelleux était posé à cheval sur le rebord de la baignoire ; le couvercle des toilettes était recouvert d'une housse verte et rouge en acrylique. La chambre était plus vaste que ce à quoi s'attendait Elder, ses murs peints d'un rose sombre. L'ours borgne mentionné par Jennie n'était plus sur le lit, mais assis sur une chaise, entre la penderie et la coiffeuse. Près du lit, sur un meuble bas, il y avait un petit radio-réveil, une boîte de mouchoirs en papier, et une édition club du *Rebecca* de Daphné du Maurier. Elder l'avait lu, ainsi que plusieurs autres livres du même auteur, en fait, après avoir visité sa maison en Cornouailles. Son préféré, c'était cette histoire de pirates et de naufrage. Comment s'appelait-il? *L'Auberge de la Jamaïque*?

Les portes de la penderie s'ouvrirent sans mal. Des robes vert olive et de diverses nuances de gris et de marron; un tailleur noir strict. Des jupes et des chemisiers assortis. Des paires de chaussures alignées sur le plancher. Sur la coiffeuse, des crèmes hydratantes et de l'huile d'onagre, quelques accessoires de maquillage, d'autres mouchoirs en papier, une brosse et un peigne.

Les deux tiroirs du haut, comme il s'y attendait, contenaient surtout des sous-vêtements, des collants, plusieurs chemises de nuit, et quelques camisoles en thermolactyl. En dessous, soigneusement pliés, se trouvaient des pulls, des hauts en coton et des vestes en laine. Elder repoussa le dernier tiroir, puis le rouvrit. Le bord d'un objet blanc, à peine visible entre deux nuances de vert, avait attiré son regard.

Ce papier épais, gaufré, plus crème que blanc, c'était l'un de ces présentoirs semi-rigides qu'on vous offre pour contenir les agrandissements de vos photos préférées. Ce tirage-ci montrait une femme en qui Elder, au premier coup d'œil, n'avait pas reconnu Claire : entièrement maquillée, un verre de vin à la main, les cheveux mis en plis avec élégance, vêtue d'une robe dégageant les épaules qui accentuait son décolleté.

Dans la photo avec Brian, elle paraissait heureuse, oui, satisfaite, mais ici, c'était autre chose. Elle exultait. Elle était radieuse.

Elder s'assit à la coiffeuse et alluma la lampe. Sa première réaction fut de penser que le cliché avait été pris plusieurs années auparavant, lorsque Claire était plus jeune, mais non. Si l'on faisait abstraction du fond de teint, du fard à joues et du rouge à lèvres, la photo était récente, il en était sûr. Claire Meecham, sinon aujourd'hui, telle qu'elle était quelques semaines, quelques mois plus tôt.

Il y avait deux tiroirs étroits sous le miroir, et il les ouvrit l'un après l'autre. Dans le premier, il trouva quelques bijoux bon marché – des bracelets, des boucles d'oreilles, un collier tout simple en argent, avec une croix. Dans le second, enveloppé dans un morceau de tissu, il y avait un vibromasseur, strié sur les flancs, et muni d'une grosse tête lisse.

Ma foi, pensa Elder un peu surpris, pourquoi pas ?

Fidèle à sa promesse, Jennie faxa à l'hôtel d'Elder les renseignements qu'il lui avait demandés. L'adresse e-mail et le numéro de téléphone de la fille de Claire, Jane, à Bristol. Le numéro de téléphone et l'adresse e-mail de son fils James à Melbourne, en Australie. La société qui employait Claire s'appelait Midas Holdings, et ses bureaux se trouvaient à Castle Gate. Jennie croyait savoir que le patron de Claire s'appelait Tranter, mais à part ce détail, elle n'avait pas été capable de fournir le nom d'un seul collègue de Claire.

Elder composa le numéro que Jennie avait fourni pour qu'il puisse la joindre, mais il tomba sur sa messagerie ; sur son portable, la réception était hachée, et Elder eut juste le temps de lui demander de le retrouver à l'hôtel avant que le signal ne disparaisse complètement.

Le parcours, à pied, à travers la ville jusqu'au commissariat central se passa sans incident, sinon qu'Elder eut du mal à compter les vendeurs de journaux qui lui proposèrent l'hebdo au profit des SDF et qui, bien que ne parvenant pas à le convaincre de mettre la main à la poche, lui souhaitèrent une bonne journée d'une voix pleine d'enthousiasme.

Neil Grimes, l'inspecteur responsable des Personnes disparues, avait promis de lui consacrer cinq minutes, et le fit patienter un quart d'heure à la réception avant de descendre l'escalier d'un pas lourd. C'était un personnage imposant, au visage couperosé, qui menaçait de faire exploser aussi bien le pull que la veste qu'il portait.

– Allons parler dehors, dit Grimes. Je serais prêt à tuer quelqu'un pour griller une cigarette.

Contournant le coin de la rue, les deux hommes s'engagèrent dans Shakespeare Street. Sur le trottoir d'en face, en diagonale par rapport à eux, se trouvait un bar qui s'appelait, dans le souvenir d'Elder, Chez Russell, bien qu'il semblât avoir à présent changé de nom.

– Vous étiez de la maison, dit Grimes après avoir tiré la première bouffée de sa cigarette. Vous avez travaillé ici, aux Crimes majeurs. Il y a quelques années.

– Vous vous êtes renseigné sur mon compte ?

– Je ne serais pas en train de vous parler si je ne l'avais pas fait.

Elder hocha la tête.

– Claire Meecham. Sa disparition a été signalée…

– Cela a fait une semaine, hier. Elle doit être partie en croisière, probablement… Quelque chose de ce genre. Elle sera de retour d'un jour à l'autre, vous verrez, bien bronzée de partout, avec son sac de produits hors taxe sous le bras.

– Sa sœur affirme que jamais elle ne serait partie comme ça, sans dire un mot à personne.

Un sourire narquois passa sur le visage de Grimes.

– Vous avez traité beaucoup de dossiers de disparitions, quand vous étiez dans la maison ?

– Quelques-uns.

– Parce que si c'était le cas, vous sauriez qu'il y a des gens qui se réveillent un beau matin, qui font leur valise, et qui s'en vont sans se donner la peine de fermer la porte à clé ni de nourrir leur chat.

– Il y en a d'autres à qui il arrive des malheurs, aussi.

– Vous croyez que c'est le cas, ici ?

– Je n'en sais rien.

– Ouais, justement.

Grimes tira une nouvelle bouffée de sa cigarette puis il en pinça l'extrémité entre le pouce et l'index ; il allait garder le reste pour plus tard.

– La sœur, dit Elder, elle pense que vous n'accordez peut-être pas à cette affaire la priorité qu'elle mériterait.

Grimes s'esclaffa.

– Et c'est vous qui prenez le relais ?

Elder haussa les épaules.

– Je lui ai dit que je jetterais un coup d'œil. Pour lui faire plaisir, c'est tout. Je ne voulais pas que vous pensiez que je fricotais quelque chose derrière votre dos.

– Ça m'est complètement égal, dit Grimes en retournant vers l'entrée du commissariat. Si vous trouvez quelque chose, vous nous préviendrez ?

– Bien sûr.

– Alors, on n'a aucune raison de se bouffer le nez, hein ?

Les deux hommes se serrèrent la main. Comme il entendait son estomac protester, Elder, se rendant compte qu'il n'avait pas déjeuné, se mit en quête de nourriture.

Il avait toujours aimé Le Café français, dans King Street, et il fut heureux de découvrir que l'établissement existait toujours. Il commanda un sandwich baguette-jambon-fromage et le mangea en feuilletant le *Post* du jour ; son édition du *Renard dans le grenier* était trop volumineuse pour tenir dans sa poche. Grave erreur.

Toujours pas rassasié, il prit une crêpe au sucre et au citron avant son café. Il avait le temps de faire un tour jusqu'à l'Arboretum en passant devant le Theatre Royal avant de retourner à l'hôtel pour son rendez-vous avec Jennie.

Plus tard dans la soirée, il téléphonerait aux enfants de Claire, espérant joindre James avant qu'il ne parte à son travail, et puis, le lendemain, il se rendrait chez Midas Holdings. Peut-être retournerait-il au pavillon pour parler à quelques voisins. Cela faisait plus de vingt-quatre heures qu'il était en ville, et jusqu'à présent il n'avait pas tenté de prendre contact avec Katherine. Et pourtant, il avait trouvé le moyen d'accomplir tout ce qu'il avait déjà fait. De consacrer du temps et de l'énergie à quelqu'un qu'il connaissait seulement pour avoir visité son domicile désert et vu deux photos d'elle. Parce que c'était plus facile : plus facile que de s'occuper de quelqu'un qu'il connaissait presque trop bien.

Il savait que Katherine vivait dans une résidence pour étudiants à Lenton, bien qu'il n'y fût jamais allé. Le numéro de portable auquel il pouvait la joindre autrefois n'était plus attribué. La distance qui les séparait augmentait sans cesse.

Elder acheta une bouteille de Jameson et la rapporta dans sa chambre d'hôtel. Il alluma le téléviseur, puis l'éteignit aussitôt. Quatre murs. Chez lui en Cornouailles, le soir venu, il enfilait sa veste et allait marcher à travers champs, où les têtes de bétail se pressaient les unes contre les autres dans l'obscurité grandissante, alors que les derniers rayons du soleil se dispersaient en un anneau pâle qui frangeait l'océan, à l'horizon.

Quand Jennie arriva, plus tard qu'elle n'en avait eu l'intention, elle était furieuse contre les embouteillages, frustrée par l'incompétence des autres automobilistes, par les propos de l'imbécile qu'elle venait d'entendre sur son autoradio, et un voile de transpiration couvrait sa lèvre supérieure.

– Il vaudrait mieux que je ne vous demande pas quel genre de journée vous avez eue, fit Elder en esquissant un sourire.

– Il vaudrait mieux.

Ils s'installèrent dans le coin le plus reculé du bar de l'étage inférieur. À cette heure-ci, ils avaient pratiquement toute la salle pour eux deux. Qu'elle conduisît ou pas, Jennie avait grand besoin d'un gin tonic, et Elder prit un petit scotch pour lui tenir compagnie. Quand elle fut installée et qu'elle eut allumé une cigarette, il sortit la photo d'entre les pages de son livre.

– Mon Dieu ! s'exclama Jennie, stupéfaite. Où avez-vous déniché ça ?

– Dans l'un des tiroirs de sa chambre. Sous des vêtements.

Pendant un instant, il crut qu'elle allait demander de quel droit il avait fouillé partout, mais Jennie retint sa langue.

– Vous n'aviez jamais vu cette photo, donc ? fit Elder.

– Jamais.

– Vous avez une idée de l'endroit où elle a été prise ?

Jennie regarda la photo de nouveau.

– Aucune, je le crains.

– Ou à quelle occasion ?

Jennie secoua la tête.

– Elle est récente, malgré tout ?

– Difficile à dire. Avec certitude, du moins. Mais, oui, je le pense. Elle n'a pas plus de deux ans, en tout cas. (Jennie prit l'épreuve à deux mains.) C'est incroyable. Claire affublée de cette façon… Ne vous méprenez pas, je la trouve superbe. C'est seulement que je n'ai jamais… Je ne l'ai jamais vue comme ça, c'est tout.

– Aussi bien habillée, ou aussi heureuse ?

– L'un ou l'autre. Les deux. On dirait qu'elle vient de gagner à la loterie. Au minimum. Et cette robe… J'avais le sentiment qu'elle me prenait pour une vraie traînée quand j'avais un décolleté deux fois moins révélateur que celui qu'elle exhibe ici.

– Vous êtes sûre de ne pas savoir où cette photo a été prise ?

Jennie secoua la tête.

– C'est une sorte de réception, non ? Un mariage, peut-être ? Je ne sais vraiment pas.

– Est-ce que cela pourrait avoir un rapport avec l'entreprise où elle travaille ? Un pot de départ, peut-être ? Un Noël ?

– C'est possible, mais… (Jennie tendit la main vers son verre.) Si vous l'appreniez, vous pensez que ça vous serait utile ? Je veux dire, vous pensez que cela pourrait avoir un rapport avec ce qui a pu arriver ? Et l'endroit où elle est allée ?

– Il y a des chances. De toute évidence, cette photo représentait quelque chose pour elle, suffisamment pour qu'elle la conserve. Cela dit, pourquoi la garder cachée ? À vous entendre, sa fille mise à part, vous étiez pratiquement la seule personne à lui rendre visite. De façon régulière, en tout cas. Elle aurait ressenti le besoin de vous cacher cette photo ?

– Pas vraiment. (Jennie sourit.) Pas une fois que j'aurais encaissé le choc.

– Et Jane, comment réagirait-elle ?

– Je n'en sais vraiment rien. Elle serait surprise, certainement. Mais à part ça… Avec James, ce pourrait être une autre histoire.

– Le fait de découvrir sa mère, vous voulez dire, qui prend du bon temps, dans une robe sexy.

– Ce n'est pas ce que les garçons ont envie de voir, n'est-ce pas ? Quand il s'agit de leur propre mère.

– Sans doute pas.

Jennie jeta un dernier coup d'œil au cliché avant de le reposer.

– Il y avait autre chose, dit Elder.

– Je vous écoute.

– Cela ne mériterait sans doute pas d'être mentionné, si ce n'était en contradiction avec l'impression que vous m'avez donnée.

– Au sujet de Claire ?

– Oui.

– C'est encore quelque chose que vous avez trouvé en fouillant dans les tiroirs de ma sœur ?

Elder hocha la tête.

– Un vibromasseur.

– Quoi ?

– Un vibromasseur.

– Mon Dieu ! Je ne savais pas qu'elle avait ça dans le ventre.

Et Jennie devint cramoisie en se rendant compte de ce qu'elle venait de dire.

– Je n'avais pas l'intention…

– Je sais.

– J'ai toujours cru que pour Claire, le sexe n'était pas… enfin, ce n'était pas quelque chose qu'elle considérait comme très important. Alors, je suis surprise, évidemment. Et aussi, il me semble, d'une certaine façon… eh bien, oui, je suppose que je suis contente. (Jennie écarta de son visage l'extrémité de ses cheveux.) Et je vais vous reposer, malgré tout, la même question : découvrir ces détails, de quelle façon est-ce que cela va nous aider à retrouver Claire ?

– Et je ne le sais toujours pas. Sinon que cela implique qu'elle n'était pas tout à fait la personne que vous pensiez connaître. Pas complètement.

– Vous voulez dire qu'elle menait une double vie ?

– Ce n'est pas forcément aussi extravagant que ça. Mais plus nous en apprendrons sur elle, plus nous aurons de chances de découvrir l'endroit où elle se trouve.

Dix minutes plus tard, ils étaient en haut de l'escalier, devant l'hôtel. La circulation, que ce soit pour entrer dans la ville ou pour en sortir, commençait à se fluidifier.

– Vous allez loin ?

– Pas très.

Elder se rendit compte qu'il ne savait pas du tout où elle habitait, ni si elle vivait seule ou pas. Elle ne portait de bagues qu'à la main droite.

– Je risque d'être difficile à joindre pendant les deux prochains jours, fit Jennie. Une conférence avec les représentants. Le mieux, si vous avez besoin de moi, ce sera de me laisser un message sur mon portable.

De retour dans sa chambre, Elder se versa un verre de Jameson avant de décrocher le téléphone.

5

Au début, Jane Meecham lui répondit d'une voix perçante et acerbe, furieuse qu'elle était que sa tante eût communiqué son numéro de téléphone à un parfait inconnu. Puis, après qu'Elder eut expliqué la situation et la nature de sa propre implication, elle se radoucit. Pas beaucoup, un peu seulement. Son inquiétude au sujet de la disparition de sa mère et de ce qui avait pu lui arriver semblait sincère.

Avait-elle une idée de l'endroit où sa mère aurait pu aller ? Elle n'en avait pas. Elle y avait réfléchi, encore et encore, elle s'était trituré la cervelle, mais non, rien du tout.

Sauf…

Sauf quoi ?

Elle se rappelait vaguement avoir entendu sa mère lui dire qu'une de ses voisines cherchait à la convaincre de se joindre à elle, pour les vacances. Elles seraient parties toutes les deux. Une sorte de voyage culturel. Ce n'était pas récent. Cela remontait à un an, peut-être plus. Non, désolée, elle ne se souvenait plus du nom de la voisine. Aujourd'hui, elle pouvait même avoir déménagé. Mais dans le cas contraire, il ne devrait pas être trop difficile, sûrement, de la retrouver ?

Quand avait-elle vu, demanda Elder, sa mère pour la dernière fois ?

Il y avait deux bons mois de cela. En janvier. Depuis qu'elle avait commencé à préparer ce diplôme, elle n'avait pratiquement plus une minute à elle. C'était à Londres. Elle était allée y passer la journée, pour faire des courses. C'étaient les soldes. Sa mère était descendue par le train pour la rejoindre.

Comment lui avait-elle semblé ?

Comment lui semblait-elle en général ? Toujours la même.

Elder marqua un silence, notant un soupçon de frustration dans la voix de la fille.

– Dites-moi la vérité, fit alors Jane. Vous pensez que tout va bien pour elle ? Je veux dire, vous croyez que quelque chose… lui est arrivé ?

– Je ne sais pas, répondit Elder. Honnêtement, je n'en sais rien.

– Dès que vous aurez du nouveau…

– Je vous le ferai savoir.

– Merci.

Moins de dix minutes plus tard, Jane rappela.

– Écoutez, monsieur Elder…

– Frank.

– Frank, je me fais du souci depuis que vous avez appelé – je veux dire, est-ce que vous pensez que je devrais venir ? Tout de suite ? Pour vous aider. Je ne sais pas comment, mais pour faire quelque chose…

– Je ne crois pas. Pour être franc, j'ai du mal à imaginer ce que vous pourriez faire.

– Vous en êtes sûr ?

– Certain.

– Seulement, je ne voudrais pas que vous pensiez que je me désintéresse…

– Je ne pense rien de tel.

– Et vous m'appellerez si quelque chose… ?

– Je vous appellerai.

Elder composa le numéro du frère, James Meecham, en Australie, mais il était sorti, ou bien il ne désirait pas répondre. Elder laissa un message, lui demandant de le rappeler. La télévision lui proposa le choix suivant : acheter un studio à Greenwich pour la coquette somme d'un quart de million de livres, ou une villa délabrée en Toscane, à restaurer et rénover pour un montant considérablement moins élevé. Quand le téléphone sonna une seconde fois, il décrocha en s'attendant à ce que ce soit James, ou Jane de nouveau. C'était Katherine.

Le matin suivant commença clair et lumineux ; le ciel était pâle, mais indéniablement bleu. L'air était encore frais pour la saison. Elder trouva sans mal l'endroit indiqué par Katherine : une salle étroite, à la fois café et boutique de traiteur, avec quelques tabourets le long de la façade, et d'autres disposés le long de chaque mur latéral. Quand il arriva, Katherine était déjà là, assise dans l'angle de la vitrine ; elle lisait un cours polycopié, un surligneur jaune à la main.

– Bonjour, Papa.

– Bonjour.

Elle lui tendit sa joue pour qu'il y dépose un baiser. Sa peau était douce sous les lèvres d'Elder.

Ses cheveux étaient coupés court, bien nets sur sa nuque, avec quelques mèches en pointe sur le devant ; son visage, un peu plus rond que la dernière fois qu'ils s'étaient vus.

– Excuse-moi de t'avoir fait lever tôt, dit Katherine.

– Non, ça ne me dérange pas.

– J'ai un cours à dix heures. Et ensuite, je suis prise toute la journée.

– Tu en veux un autre ? demanda-t-il en désignant sa tasse presque vide.

– Non, merci, ça va.

– Très bien. J'attends ici, ou bien… ?

– Il faut que tu passes ta commande là-bas, au fond.

– D'accord.

– Et, Papa…

– Oui ?

– Je mangerais bien une part de gâteau au fromage blanc, en fait.

Il y avait plusieurs clients devant lui, qui attendaient surtout pour commander des sandwiches et du café à emporter. Elder regarda Katherine alors qu'elle surlignait un passage de son document : paire de baskets rouge passé, jean, pull noir sans manches sur un haut pâle, veste en jean roulée en boule sur le tabouret voisin.

Il y avait quelque chose, dans la façon dont elle était assise, là, concentrée sur son travail, se passant de temps à autre une main dans les cheveux, qui lui serra la gorge.

Vous devez être fier.

Il fouilla son portefeuille pour en sortir un billet de cinq livres.

– Alors, dit-il en s'asseyant sur son tabouret, ça marche, les études ?

– Oh, tu sais…

– C'est intéressant ?

– Ça ? La psychologie du sport. Pas mal. Ça se résume à une simple question de bon sens, la plupart du temps, du moins. Ça me sera utile quand je serai à la fac. (Elle sourit.) C'est ce que j'espère, en tout cas.

– Et ça se présente comment ? Ton admission ? Tu as une place ?

Katherine secoua la tête.

– Rien de sûr pour l'instant.

– Mais tu le sauras quand ?

– Oh, bientôt.

– Et tu iras où ? À Loughborough ?

– À Loughborough ou à Sheffield.

Le café d'Elder arriva, en même temps que le gâteau de Katherine.

– J'ai demandé à Maman comment il se faisait que tu sois là, mais elle a fait des mystères.

– Il n'y a rien de secret.

Il lui raconta, brièvement, ce qu'il faisait.

– Une fois de plus, tu joues les chevaliers errants, alors ?

– Pardon ?

– Tu te souviens de ces livres que tu me lisais, quand j'étais petite ? Avec des princesses endormies en haut d'une tour, qui attendaient que Sire Machin-chose surgisse à l'horizon, sur son fier destrier.

Elder but une gorgée de café ; il prit plaisir à voir Katherine engloutir sa part de gâteau, quatre, cinq bouchées, et ce fut terminé.

– Quoi qu'il arrive, dit-il, je devrais rester en ville encore quelques jours. On pourrait peut-être se revoir quand tu auras le temps ? Pour aller déjeuner quelque part, peut-être ?

– Oui, bien sûr.

Déjà, elle remballait ses affaires dans son sac.

Il avait envie de lui demander si elle voyait toujours son thérapeute, mais sans trop savoir pourquoi, il n'osa pas.

– Merci pour le gâteau.

– Je t'en prie.

Elle lui fit une bise qui atterrit juste sous son oreille, et elle franchit la porte. Bizarrement, Elder se sentit désorienté. Sans aucune raison, il remua soigneusement son café avant d'en boire une nouvelle gorgée : il était bon et il était fort. Suffisamment fort pour que son pouls s'emballe ? Ou bien la cause se trouvait-elle ailleurs ?

Midas Holdings était annoncé par un discret panneau doré fixé à la façade. À l'interphone, Elder annonça son nom et le but de sa visite, et la porte s'ouvrit. Au deuxième étage, on avait abattu plusieurs cloisons intérieures pour créer un espace paysagé, mais Simon Tranter avait un bureau pour lui seul, avec vue sur un jardin, à l'arrière du bâtiment. Des arbustes sombres et une pelouse bien tondue.

Tranter était jeune, plus jeune que ce à quoi s'attendait Elder. Cela dit, en général, la plupart des gens l'étaient, de nos jours.

Il proposa du café à Elder, qui déclina son offre.

– Vous vouliez me parler de Claire Meecham.

– Oui.

– Je ne suis pas sûr de pouvoir vous en dire grand-chose.

– Le moindre détail pourrait se révéler utile.

– Eh bien, elle est efficace, minutieuse, et bien trop compétente pour ce qu'on lui donne à faire chez nous – elle devrait être, au moins, responsable de service quelque part. Mais cet emploi, c'est ce qu'elle désirait. Semble-t-il, du moins.

– Donc, le jour où elle ne s'est pas présentée à son travail…

– Ça m'a surpris, naturellement. J'ai appelé chez elle, mais personne ne m'a répondu. J'ai pensé, voyez-vous, qu'elle était tombée malade. Comme elle était toujours absente le mardi, j'ai envoyé quelqu'un sur place. C'était tellement inhabituel, vous comprenez. Mais la maison était fermée, et il n'y avait personne.

– Et tout ça sans prévenir ?

– Absolument.

Quand le téléphone posé sur le bureau se mit à sonner, Tranter enfonça une touche et l'appareil se tut.

– A-t-elle des amis proches, ici ? demanda Elder. Quelqu'un à qui elle aurait pu se confier davantage qu'à d'autres collègues ?

Tranter secouait déjà la tête.

– Ce n'est pas comme si elle était distante, pas réellement. Elle était toujours polie, plutôt affable de prime abord, mais, bon, elle est nettement plus âgée que les autres membres du personnel, d'une part, et puis, voyez-vous, elle donnait toujours l'impression d'être l'une de ces personnes qui préfèrent rester dans leur coin. Ce qui était très bien. Elle était ponctuelle, elle faisait son travail. Des sandwiches à l'heure du déjeuner, je crois ; parfois elle les mangeait devant son bureau. À la fin de la journée, elle rentrait chez elle. C'était ça, Claire.

– À vous entendre, on penserait que vous ne vous attendez pas à ce qu'elle revienne.

– On va lui conserver son poste encore une semaine ou deux, mais ensuite, on devra recruter quelqu'un.

Sans grande subtilité, Tranter jeta un regard à l'horloge numérique posée sur sa table de travail, aux secondes qui s'égrenaient derrière le cadran en plexiglas.

– Juste un dernier détail, fit Elder. À Noël, est-ce que l'entreprise organise une sorte de… je ne sais pas… de soirée, de fête ?

– Pour le nouvel an, oui. Pour relancer l'activité après les congés. Il y a un buffet, un bar avec boissons à volonté jusqu'à un certain point. Un animateur. Les gens apprécient.

– Et Claire, elle se joignait aux autres ?

Tranter rit.

– Vous ne savez vraiment pas grand-chose de Claire, n'est-ce pas ? Même de force, vous n'auriez jamais réussi à la traîner à ce genre de soirée. Jamais de la vie.

Elder le remercia de lui avoir consacré un peu de son temps.

Bon nombre des voisins de Claire étaient absents, ou alors ils refusaient tout simplement d'ouvrir leur porte. *Pas de journaux gratuits*, annonçaient les pancartes ; *pas de pub, pas de courrier non sollicité*. Ceux qui répondaient à son coup de sonnette le regardaient d'un air méfiant, prêts à dire non à ce qu'il aurait à leur proposer : Dieu, ou du gaz domestique moins cher, ou une adhésion d'essai au club de gym et de remise en forme du quartier. Plusieurs d'entre eux, en voyant Elder sur le pas de leur porte, reconnurent en lui le policier qu'il avait été, et leur visage se décomposa, car dans leur esprit sa venue annonçait le pire : un accident, une arrestation, un décès.

Gladys Knowles, cependant, était loquace, plus que disposée à bavarder, soûlée de solitude et d'émissions télévisées pour femmes au foyer. Il y avait une touche de rose dans ses cheveux gris permanentés, son regard vif évoquait celui d'un oiseau, et elle était chaussée de tennis sans lacets.

– Vous n'êtes pas venu pour le tout-à-l'égout ?

– Je crains que non, répondit Elder.

– C'est bien ce que je pensais. Il ne faut pas se faire trop d'illusions. Je n'ai appelé le service d'assainissement des eaux qu'une demi-douzaine de fois depuis mardi dernier, et ça ne suffit pas pour les arracher de leur lit.

Elder sourit.

– Ça n'a rien de drôle, vous savez. Vous devriez aller renifler du côté du collecteur, encore qu'il vaudrait mieux pas. On dirait un mélange entre un sauna et la plage de Skegness à marée basse. J'ai bien envie d'en mettre un échantillon en bouteille pour aller la leur fourrer sous le nez, en la secouant un peu. Pour qu'ils se rendent compte.

– Claire Meecham, fit Elder en sautant sur l'occasion quand elle reprit son souffle. Je me demandais si vous la connaissiez bien ?

– C'est elle qui habite en face, au 43 ? Il ne lui est rien arrivé de grave, au moins ?

– Pas que je sache, non.

– Je me faisais la réflexion, pas plus tard qu'hier, que je ne l'avais pas vue depuis… Oh, ça fait bien plusieurs jours, maintenant. Ce n'est pas qu'on soit tout le temps fourrées ensemble, comprenez bien, mais je la vois quand elle sort sa poubelle, vous savez comment c'est, quand elle part à son travail le matin. Elle descend vers l'arrêt de bus, tous les jours à la même heure. On pourrait régler sa montre quand elle passe.

– Il y a un certain temps que sa sœur n'a plus aucune nouvelle d'elle, voilà le problème.

– Et elle se fait un sang d'encre, je parie.

– Elle s'inquiète.

– Par les temps qui courent, il y a de quoi.

– Vous ne savez pas, demanda Elder, si elle aurait pu décider de prendre des vacances ? Peut-être avec quelqu'un du quartier ?

– Des vacances ?

– Sa fille croit savoir qu'une de ses voisines lui a proposé de partir quelque part avec elle.

– Ça doit être Mme Furter, alors. De ce côté-ci de la rue, au 38. Sa maison est en retrait par rapport à la chaussée. Elle ne s'appelle pas Furter pour rien. Pour fureter, elle furète. (Gladys se tapota le bout du nez.) Elle n'arrête pas de fourrer son pif chez les uns, chez les autres, pour nous faire signer je ne sais quelle pétition, pour venir en aide aux réfugiés, ou pour obtenir un nouveau passage pour piétons. Pour récolter des fonds contre la faim dans le monde. Et pour les victimes de ce… comment ça s'appelle ?… tsunami. Elle voulait que je m'inscrive à son club de lecture.

– Et ça ne vous a pas tentée ?

Gladys fit la moue.

– Trop intellectuel pour moi.

Le logo de Greenpeace était placardé à côté de la porte d'entrée du 38, juste au-dessus d'un autre proclamant que la propriétaire faisait partie du comité de surveillance du quartier. *Bienvenue* était décliné en quatre langues sur le paillasson, mais il n'y avait personne à la maison.

Elder retourna à sa voiture, cala son roman contre le volant, et se mit à lire. Il avait presque atteint la fin du troisième chapitre quand une créature filiforme descendit la rue à bicyclette, à une allure plus nonchalante qu'énergique. C'était une femme portant une jupe longue par-dessus ses bottes, un anorak vert sombre, une écharpe, des gants, et un bonnet de laine à rayures. Elle prenait toutes ses précautions contre le froid. Accroché au guidon, un couffin bringuebala lorsque la cycliste et sa machine ralentirent pour s'arrêter.

Elder glissa son marque-page au bon endroit.

– Madame Furter ?

Elle fit pivoter sa tête dans la direction d'Elder.

– Mademoiselle.

– Je vous demande pardon. Mademoiselle.

– Que puis-je faire pour vous ?

– Je me demandais si nous pourrions parler de Claire Meecham ?

Elle l'examina soigneusement.

– Laissez-moi le temps de ranger ça derrière la maison, et puis vous feriez mieux d'entrer.

Sur un canapé profond était tendue ce qui ressemblait aux yeux d'Elder à une couverture sud-américaine ; un chat noir et blanc était lové sur un fauteuil, et l'arrivée d'Elder l'intéressa suffisamment pour qu'il daigne jeter un coup d'œil par-dessous une de ses pattes, mais sans plus. Sur le mur, une photo encadrée montrait une jeune Mlle Furter à la tête d'une manifestation, hurlant des slogans au cœur d'un cordon de police et brandissant d'un air de défi une pancarte contre le nucléaire.

– Une manif contre les missiles Solaris, expliqua-t-elle. À Holy Loch. Ça n'a servi à rien, bien sûr. Le projet d'implantation des Solaris a été abandonné, mais à la place on a eu quelque chose de pire. Mais on fait ce qu'on peut. Soit on se bat, soit on est laminé. (Elle le scruta avec attention.) Je suppose que vous n'êtes pas de cet avis ?

– Ça dépend.

– Vous êtes de la police, pourtant ?

– Pas exactement.

– Dites-moi votre nom, alors, et pas votre grade.

– Elder. Frank Elder.

– Marjorie Furter.

– Mademoiselle, dit Elder en souriant.

– Je vous prie de m'excuser, à ce propos. D'avoir insisté, je veux dire. Mais c'est à cause de ces suppositions stupides. À partir d'un certain âge, si vous n'êtes pas Madame Quelque chose, vous feriez mieux d'être morte.

– Ce que vous n'êtes manifestement pas.

Elle s'égaya.

– Je pense que vous boiriez bien une infusion ?

– Merci, elle serait la bienvenue.

– Camomille, thé à la menthe ou thé d'Assam ?

Elder choisit le thé d'Assam.

Quand celui-ci arriva, accompagné d'une assiette de biscuits, il résuma les inquiétudes de la sœur de Claire.

Marjorie Furter reposa sa tasse.

– Je savais qu'elle n'était pas là, bien sûr. Pas de lumière le soir, ce genre de détail. Je veux dire, on ne peut pas s'empêcher de le remarquer. En fait, j'ai téléphoné moi-même à la police. Ne serait-ce que parce que la maison restait vide. J'ai dû attendre deux jours avant que quelqu'un me rappelle. *On s'en occupe*, voilà ce qu'il m'a déclaré, le jeune officier qui m'a appelée. Il n'a pas voulu m'en dire plus. *On s'en occupe*. Comme si cette pauvre Claire était une de ces voitures que l'on voit, abandonnées, avec sur le pare-brise un autocollant qui annonce « Signalée à la police ». Elles restent six mois à la même place avant que quelqu'un se décide enfin à venir pour les emmener à la casse.

Hochant la tête, Elder but une gorgée de thé.

– Vous avez dit : « Pauvre Claire ».

– Oui, c'est vrai. C'est comme ça que je pensais à elle, je ne sais pas pourquoi. J'avais tort, en fait. Elle n'avait pas de problèmes de santé, du moins à ma connaissance. Elle semblait parfaitement compétente, elle avait un bon emploi.

– Pourtant, elle reste la pauvre Claire.

Marjorie Furter y réfléchit un peu plus.

– J'avais l'impression, je suppose, qu'elle avait renoncé trop tôt à profiter de la vie.

– Et vous pensiez qu'elle aurait dû lutter contre cette résignation ?

– Pas vous ?

Elder n'en était pas sûr.

– Les gens font leurs propres choix. Il n'est pas toujours facile de comprendre pourquoi.

– Ce que vous voulez dire, c'est qu'il ne faut pas se mêler de leurs affaires. Les laisser tranquilles.

– Ce n'est pas à moi de le dire.

– Mais c'est ce que vous penseriez, cependant. Et vous le diriez, aussi. Derrière mon dos, sinon devant moi. C'est ce que font les gens. Ils me traitent de vieille fouine qui se mêle de ce qui ne la regarde pas. Ou pire encore. (Elle soupira.) Quand vous pensez, depuis toujours, qu'il est de votre devoir d'aider les autres, de vous sentir concernée, c'est difficile de rester les bras croisés sans rien faire. Que vos initiatives soient appréciées ou non.

– Et vous avez tenté d'aider Claire ?

– Je me suis toujours efforcée de trouver du temps pour lui parler, oui. Je lui ai suggéré deux ou trois petites choses qui pourraient l'intéresser. Des expositions au château, ou à Lakeside, ce genre de sortie.

– Et comment a-t-elle réagi ?

– Oh, de façon très polie. Elle est venue avec moi, une fois, et elle a semblé trouver cela intéressant. Elle parlait même de s'inscrire à un cours, je m'en souviens, mais je ne suis pas sûre qu'elle l'ait fait, en fin de compte. (Elle marqua une pause pour boire une autre gorgée de thé.) Une fois, j'ai essayé de la convaincre de venir en vacances avec moi. Dix jours en Égypte. Cela aurait été fascinant, comme voyage. (Elle sourit.) On aurait cru que je lui proposais d'aller sur la lune.

– Donc, elle ne sortait jamais ?

– Pratiquement jamais. Pour autant que je sache, évidemment. (Nouveau sourire.) Je ne suis l'ange gardien de personne, contrairement aux apparences. Et Claire rendait visite à sa fille, bien sûr. Mais sinon, dans sa vie de tous les jours, je ne pense pas qu'elle s'éloignait de chez elle plus que nécessaire.

– Et vous n'avez pas remarqué si elle recevait des visites ?

– À part celles de sa sœur, vous voulez dire ?

– Oui.

– Pas vraiment. Sa fille faisait une apparition de temps en temps, mais cela fait un bon moment que je ne l'ai pas vue. Comme je vous le disais, c'était plus souvent Claire qui allait la voir.

– Vous ne vous souvenez pas, par hasard, de la dernière fois où elle a rendu visite à Jane ?

– Je crois bien que si, en fait. Oui, c'était… attendez un peu… il y a quatre ou cinq semaines. Peut-être un peu plus. Je l'ai rencontrée à l'arrêt du bus, c'est pour ça que je me le rappelle. Elle avait une petite valise, alors je lui ai demandé si elle partait en voyage. Je vais seulement à Londres, m'a-t-elle dit. Jane vient de Bristol pour le week-end.

– Et c'était quand ?

– En février, j'en suis sûre. Je pourrais sans doute trouver la date exacte si vous pensez que c'est important.

– Ça pourrait l'être, oui.

Un petit agenda fournit la réponse.

– Nous y voilà. Ce devait être l'avant-dernier week-end de février. Je me rappelle lui avoir dit que j'irais moi-même à Londres le week-end suivant. Pour assister à une conférence sur le désarmement nucléaire à Westminster Hall.

Elder se leva.

– Vous avez été très généreuse de votre temps.

Marjorie Furter l'accompagna jusqu'à la porte.

– J'avais une amie proche, autrefois, dit-elle. Elle est allée se promener et elle a fait une chute. Elle s'est cogné la tête. Rien de bien grave. Quelqu'un qui passait par là l'a emmenée aux urgences, à l'hôpital. Quand l'infirmière de service, à l'accueil, lui a demandé son nom, mon amie s'est rendu compte qu'elle n'en savait rien. Il s'est écoulé trois semaines avant qu'elle ne commence à se rappeler quoi que ce soit.

– Et comment était-elle, après avoir retrouvé la mémoire ?

– En pleine forme.

– Espérons que dans le cas de Claire il s'est passé quelque chose de semblable, dit Elder. Au pire.

– Oui, espérons.

Marjorie lui tendit la main.

– L'une de vos autres voisines, ajouta Elder, m'a parlé d'un club de lecture.

– Ah, oui.

– Claire n'en faisait pas partie ?

– Non. Je lui ai proposé de se joindre à nous, bien sûr. Mais sa réaction a été la même que d'habitude. Elle n'aimait pas beaucoup lire, voilà ce qu'elle m'a dit. Pourquoi me posez-vous la question ?

– Oh, je n'ai pas de raison particulière.

– Elle va réapparaître, j'en suis sûre.

– Oui, je crois que vous avez raison.

Retraversant la rue, Elder entra dans le pavillon. Il resta quelques instants dans la demi-pénombre du salon aux rideaux tirés, respirant la même odeur de renfermé des habitations désertes. Dans la cuisine, il fit couler l'eau du robinet, puis but de l'eau dans un verre. Quand il se retourna vers le calendrier, effectivement, le week-end des 19 et 20 février était marqué d'une croix. Elder réexamina les inscriptions portées sur les pages. Chaque mois, le mot *bibliothèque* apparaissait nettement à plusieurs reprises. Elle n'aimait pas beaucoup lire, avait dit Mlle Furter.

6

1965

Alice était venue avec des fleurs, aujourd'hui, et les avait laissées à la réception. Elle les avait achetées sur un coup de tête, les tenant entre ses doigts dans leur cône de papier à motifs sur le chemin de la clinique. Sur sa main, leur parfum subsistait encore, faiblement.

Le gamin parlait très peu, quand il daignait ouvrir la bouche ; il évitait encore son regard. Il s'était produit un incident, à l'école. L'un des élèves de sa classe, un môme plus âgé que lui, l'avait insulté. En guise de riposte, il avait attaqué l'autre, tentant de le frapper à coups de chaise. Le temps qu'un instituteur intervienne pour les séparer, le plus vieux des deux, plus fort que lui, avait pris le dessus, le plaquant au sol pour lui donner un coup de poing. Dans le porte-documents à présent posé près d'elle, Alice avait apporté la lettre, le rapport.

Il y avait un morceau de gaze sur la joue droite du môme, près de l'oreille, maintenu en place par du sparadrap.

– Raconte-moi ce qui s'est passé, dit Alice.

Aucune réaction, pas même un regard, un haussement d'épaules.

– Ton œil, il a pris un sacré coup.

Rien. Toujours rien. Tant qu'il restait dans la pièce, une partie de lui voulait qu'elle sache, désirait qu'elle comprenne. Mais quoi ? Ce môme lui donnait l'impression d'être déconnectée, privée de perceptions.

– Il s'est passé quelque chose à l'école, dit-elle. Tu t'es bagarré.

Le gamin ferma les yeux.

N'insiste pas, se dit Alice ; laisse tomber, passe à autre chose.

– C'était pas à l'école..., dit-il d'une voix si basse qu'Alice eut du mal à capter ses paroles.

– Tu en es certain ?

– Bien sûr que je le suis.

Il parlait plus vite, plus fort, à présent, on aurait pu croire qu'il était en colère.

– C'était où, alors ?

– À la maison. Chez moi.

– Tu t'es cogné dans quelque chose.

– Soyez pas idiote.

– C'était quoi, alors ?

– Il m'a tapé dessus.

– Qui t'a tapé dessus ?

– Lui, bien sûr.

– Qui c'est, lui ?

– Mon père, qu'est-ce que vous croyez ?

Alice passa ses deux mains sur l'arête de la table.

– Il m'a frappé. En plein sur la joue avec le dos de la main. Et puis il m'a tenu par terre et il m'a donné un coup de poing.

– Ce n'est pas vrai.

– Mais si, c'est vrai, putain ! Il m'a flanqué un putain de coup de poing. Mon père. Là. Regardez. Là, bordel !

Le gamin arracha le sparadrap et le morceau de gaze resta collé un instant avant de voleter jusqu'au plancher. L'odeur d'urine noya complètement les derniers vestiges du parfum que les freesias avaient laissé sur la main d'Alice. Le père, elle le savait, avait trouvé la mort dans un accident de la route quand le môme avait trois ans.

7

Elder comptait sur le fait que Claire Meecham avait sans doute eu recours à la bibliothèque de son quartier, plutôt que de faire le trajet jusqu'au centre-ville pour se rendre à la bibliothèque centrale d'Angel Row. La dame de l'accueil était une quadragénaire replète, portant lunettes, et dont les cheveux couleur paille étaient surtout empilés tout autour de sa tête et maintenus en place par des épingles. Pour le moment, elle s'efforçait, avec une politesse exquise, de se débarrasser d'un vieillard qu'on aurait cru sorti d'une toile de Lowry, une casquette plate sur la tête et un long imperméable qui pendait sur ses tibias. Sa passion, de toute évidence, c'était les trains à vapeur, surtout ceux de l'ancienne compagnie London and North Eastern Railway.

Quand la dame parvint enfin à le convaincre d'aller voir, à petits pas mesurés, le rayon des livres de référence, elle adressa à Elder un sourire d'excuse.

– S'il le pouvait, il resterait planté là toute la journée à me faire la causette. Il y a longtemps, bien sûr, que je ne l'écoute plus, et que je rêve d'une piña colada sur une plage en été pendant qu'il radote sur le 7 h 47 de Grantham à Hartlepool, ou je ne sais où. Que puis-je faire pour vous ?

Elder s'expliqua, en évitant au maximum de dramatiser.

– Et vous pensez qu'elle a pu venir ici ? Qu'elle serait une de nos abonnées fidèles ? Son nom me dit vaguement quelque chose, mais je ne suis sûre de rien.

Il lui montra la photo confiée par Jennie. Son visage s'éclaira.

– Ah, oui, Mitchum, c'est ça ? Non, Meecham, plutôt. Meecham, Claire. C'est souvent moi qui suis de service quand elle téléphone.

– Elle téléphone ?

– Pour réserver l'un des ordinateurs. Si on ne réserve pas, on risque de ne pas trouver de poste disponible, vous voyez. Nous en gardons deux pour les gens qui viennent à l'improviste, les autres, on peut les réserver à l'avance. (D'un mouvement de tête, elle désigna la salle informatique, sur sa droite.) Vous voyez l'affluence qu'il y a en ce moment.

– Et Claire réservait un poste ?

– La plupart du temps, oui, il me semble.

– Le soir ?

– Oui. Elle a pu venir plus tôt, bien sûr, sans que je le sache nécessairement. Mais à ma connaissance, elle venait le soir. Peu avant la fermeture.

– Donc, elle ne restait pas longtemps ?

– Pas vraiment, non. (La bibliothécaire secoua la tête, et quelques cheveux reprirent leur liberté.) Pas comme certains. Ils resteraient bien là toute la journée, si on les laissait. Deux heures, c'est le maximum autorisé, maintenant. Autrefois, c'était trois, mais l'inspection du travail a décrété que c'était trop long si on ne prenait pas de pause. À cause des microtraumatismes répétés, je suppose. Sans oublier qu'on risque de rester bigleux.

Elle s'esclaffa, et Elder eut un sourire de connivence.

– Vous ne sauriez pas, par hasard, pour quel usage particulier Claire Meecham avait besoin d'un ordinateur ?

– Oh, non. Chaque personne obtient son propre code d'accès, voyez-vous, au moment de l'inscription. Ensuite, il lui suffit de s'installer devant le clavier et de se connecter. Parfois, si ce sont des gamins qui font des recherches pour leurs devoirs, et que je les soupçonne de mijoter quelque chose, de surfer à la recherche de sites scabreux, il m'arrive de passer derrière eux, de jeter un coup d'œil par-dessus leur épaule pour leur flanquer la frousse, mais sinon, à moins que les gens aient des problèmes et demandent de l'aide, je les laisse se débrouiller.

– Et c'était le cas de Claire : elle arrivait, elle repartait, et entre-temps elle se débrouillait toute seule ?

– Elle ne restait pas plus de dix minutes, parfois. Voire moins.

– Elle aurait pu, alors, se contenter de lire ses e-mails ?

– C'est possible. Et même plus que probable, maintenant que j'y repense.

Ôtant ses lunettes, elle les essuya avec le devant de son pull.

– Ces ordinateurs pour les gens qui viennent sans prévenir, dit Elder, je ne pense pas qu'il y en ait un de libre en ce moment ?

La bibliothécaire lui adressa son plus beau sourire.

– En fait, si, il y en a un.

Si Elder voyait juste, l'adresse e-mail la plus probable, pour Claire Meecham, devait se trouver chez l'un des cinq ou six fournisseurs les plus importants : aol, hotmail, btinternet, virgin ou ntlworld. Si tel était le cas, et si elle avait utilisé son propre nom, ou un dérivé approchant, il avait quelque chance de retrouver la trace de son compte. Après cela, et après seulement, la suite des opérations pourrait peut-être commencer à s'envisager. Et aussi – grâce à la loi sur l'informatique et les libertés – à se compliquer sérieusement.

Il poursuivait ses recherches depuis un peu plus d'une heure lorsque la bibliothécaire lui apporta discrètement une tasse de café instantané et un petit pain fourré à la confiture. Elder commençait à avoir mal au dos, et à comprendre que les microtraumatismes répétés n'étaient pas seulement un moyen facile d'obtenir une autorisation d'absence pour aller passer une visite médicale.

Après une brève promenade parmi les rayonnages et un rapide coup d'œil aux DVD, il se remit à l'ouvrage, et une heure plus tard, il décrocha le gros lot :

claire.meecham@hotmail.com

L'euphorie qu'éprouva Elder au moment de la connexion retomba comme un soufflé lorsque le serveur lui demanda d'entrer son mot de passe.

Huit lettres. Huit chiffres. Ou une combinaison quelconque des deux. En dépit des mises en garde, la plupart des gens, il le savait, utilisaient quelque chose de facilement mémorisable et de très personnel, exactement comme ils le faisaient au moment de choisir le code de leur carte de crédit ou de retrait aux distributeurs automatiques. Leur date de naissance, leur nom de jeune fille.

La seule personne qui pourrait lui procurer facilement ces renseignements, se dit-il, c'était Jennie, et elle participait à cette conférence avec les représentants de son entreprise, chantant avec enthousiasme les louanges d'un nouveau démêlant ou d'un shampooing testé par des dermatologues.

À court d'idées, il décida de solliciter la bibliothécaire une dernière fois.

– Il ne serait pas possible, vu les circonstances, que vous puissiez m'aider à trouver le mot de passe de Claire Meecham ?

Il aurait aussi bien pu lui demander le nom du machiniste qui conduisait le dernier express Londres-Crewe via Nottingham.

– Je n'en ai pas la moindre idée, mon cher monsieur, dit-elle, et même si je le savais…

Elder la remercia et ressortit de la bibliothèque. La température avait chuté de trois ou quatre degrés et il commençait à pleuvoir. Une averse d'avril.

Il y avait une cabine téléphonique vers le milieu du petit alignement de magasins, et il fouilla ses poches à la recherche de piécettes. Comme il s'y attendait, Jennie ne répondait pas aux appels passés vers son portable, et quand il tenta de joindre Jane il tomba sur son répondeur. Laisser le numéro de son hôtel ne servait pas à grand-chose, il s'en rendit compte ; ici, dans cet univers civilisé, il allait devoir se procurer un téléphone portable.

Il se rendit au centre-ville et gara sa voiture dans le parking à étages de Fletcher Gate, trouvant enfin un emplacement libre au dixième étage. Il y avait une boutique de téléphonie tout près de la librairie Waterstone.

La dernière – et unique – fois où il avait essayé d'acheter un portable, il avait eu le même problème : convaincre un vendeur hypermotivé qu'il voulait seulement acquérir l'appareil le moins cher possible, sans gadgets, sans perfectionnements superflus. Il allait devoir le déposer plus tard à son hôtel pour le laisser en charge. Donc, il lui fallait trouver une nouvelle cabine pour appeler Maureen.

Maureen Prior.

Quand Elder avait intégré la police de Nottingham huit ans auparavant, Maureen Prior avait été son adjointe. Aujourd'hui, elle était inspectrice principale aux Affaires criminelles – c'est ainsi qu'on avait rebaptisé la Division des crimes majeurs –, avant de gravir un échelon supplémentaire, ayant déjà passé concours internes et autres entretiens. Il lui suffisait d'attendre qu'un poste se libère.

Après un flirt à éclipses avec Starbucks et Prêt-à-manger, Maureen était revenue à ses premières amours, un petit bistro où le café était encore, tout simplement, du café, et un sandwich au bacon restait un vrai sandwich au bacon.

Elder passait sa commande lorsqu'elle entra en trombe, son visage ovale se fendant d'un sourire. L'espace d'un instant, il crut qu'elle allait, impulsivement, le serrer dans ses bras, mais elle se contenta d'une poignée de main.

– Je suis contente de te revoir, Frank, dit-elle. Je me demandais quand tu donnerais de tes nouvelles.

– Tu savais que j'étais là ?

– Neil Grimes en a touché deux mots à Willie Bell ; et c'est Willie qui me l'a dit. La ville est petite, Frank.

Son expression était à mi-chemin entre sourire et grimace.

Elle avait fait couper ses cheveux plus court, se dit Elder. Elle portait toujours le même genre de vêtements, cependant, anonymes et de couleur sombre, de ceux qui passent inaperçus dans la foule. Un bon flic, Maureen. L'une des meilleures.

– Tu as beaucoup de travail ? demanda-t-il.

Elle fit la moue.

– Pas plus que d'habitude. Des affaires absurdes, pour la plupart. Des fusillades. En rapport avec la drogue. Des bandes rivales. Des gamins qui ont du temps à perdre et quelque chose à prouver – du moins, c'est ce qu'ils croient. Ils achètent un flingue, ils volent une voiture. La vie ne vaut pas cher, Frank. Pour certains. Vendredi dernier, par exemple, deux jeunes se retrouvent nez à nez en sortant du cinéma, vers 11 heures du soir. L'un des deux a sa copine avec lui, il veut jouer les gros bras pour l'impressionner. Il traverse la rue jusqu'à sa voiture, il sort un calibre .22 planqué dans son coffre, il revient et il flingue l'autre type dans la nuque. La victime avait dix-sept ans.

» Ou bien ça, poursuivit Maureen. Peu avant une heure du matin, on reçoit un appel : dans une BMW, quelqu'un parcourt Mansfield Road dans les deux sens, en montant sur les trottoirs et en percutant les voitures en stationnement. On envoie une voiture en reconnaissance, et bien sûr, la BM détale aussitôt. Dix minutes plus tard, le conducteur perd le contrôle du véhicule au bout de Sherwood Drive, fait une embardée, et fauche un groupe de personnes qui sortaient d'une soirée. Deux adultes se retrouvent aux urgences avec des fractures et des hémorragies importantes ; une gamine de quinze ans est déclarée morte à son arrivée à l'hôpital central. Et le conducteur – le conducteur, Frank, à moitié défoncé aux poppers et à la vodka, il était plus jeune encore. Treize ans.

– Je ne t'envie pas, fit Elder.

– Tu sais comment c'est, Frank. On essaie de se blinder au maximum. De faire ce qu'on peut.

– Oui…, dit Elder en se plongeant dans ses souvenirs.

Pendant longtemps, il était parvenu à se préserver, et puis, il ne savait trop comment, il avait perdu cette faculté.

– Tu es venu ici pour jouer à cache-tampon, dit Maureen.

– Quelque chose comme ça.

– Ça donne des résultats ?

– Pas beaucoup.

– Tu as vu Joanne ?

– À mon arrivée.

– Et Katherine ?

– Elle s'est arrangée pour me consacrer dix minutes entre deux cours.

S'esclaffant, Maureen secoua la tête.

– Quoi ? fit Elder.

– Tu t'exprimes comme un vieux râleur.

– Vraiment ? Ce n'était pas mon intention.

– Comme si tu t'attendais à ce que ta pauvre fille laisse tout tomber et arrive en courant parce que tu daignes sortir du trou où tu te caches.

– C'est ce que je fais ? Je me cache ?

– À ton avis ?

Elder se tortilla sur sa chaise.

– Donc, je devrais la laisser tranquille ?

– Tout ce que je veux dire, Frank, c'est que... Katherine, tu ne devrais pas trop lui en demander. C'est toi qui es parti, après tout, en la laissant se débrouiller toute seule. Tu avais peut-être tes raisons. Et aujourd'hui, elle continue de se débrouiller. Sans toi.

Elder secoua la tête.

– Facile à dire, Maureen.

– Laisse-la prendre ses propres décisions, au moins. C'est ce que tu dois faire. Si elle n'a pas envie de se rapprocher davantage de toi, il faut l'accepter. Tu es ici en ce moment, mais pour combien de temps ? Une fois que cette affaire sera réglée, tu repartiras.

– Sans doute. Encore que, si je n'avais pas eu envie de la voir, je ne pense pas que j'aurais accepté de venir, pour commencer.

– Et elle le sait ?

– Aucune idée.

– Non, elle ne le sait pas, c'est évident. À moins que tu le lui aies dit toi-même. Elle doit se dire que la seule raison de ta venue, c'est encore une enquête quelconque. En profiter pour la voir, pour toi, c'est secondaire. La cerise sur le gâteau.

– Ce n'est pas vrai.
– Alors, dis-le-lui.
– Je ne peux pas.
– Et pourquoi donc, bon sang ?
Elder secoua la tête.
– Ce serait faire peser trop de pression sur elle, voilà pourquoi. Et comme tu le disais, elle a envie de vivre sa propre vie, elle l'a clairement fait comprendre.
– Elle reste ta fille, Frank.
– Elle a bientôt vingt ans.
– Et elle est meurtrie.
– Quoi ?
On aurait dit qu'Elder venait de recevoir une gifle.
– Elle est meurtrie, Frank. Ce qui lui est arrivé, tout ce qu'elle a subi. Elle ne l'oubliera jamais.
Elder baissa la tête.
– Elle a besoin de toi, Frank. Tu t'en rends compte. Elle a besoin de savoir que tu l'aimes.
– Bon sang, Maureen…
– Quoi ?
– Lâche-moi un peu, tu veux ? Fiche-nous la paix.
– Excuse-moi. (Ses traits se détendirent. Elle sourit.) Je deviens donneuse de leçons, avec l'âge.
– Tu veux dire que tu ne l'as pas toujours été ?
Maureen lui fit une grimace.
Le café d'Elder était à peine tiède.
– Combien de temps vas-tu rester ? demanda Maureen.
– Cela dépend vraiment de la suite des événements. Maintenant que j'ai commencé mes recherches, j'aimerais aller jusqu'au bout.
– Et elle a disparu, cette femme, depuis combien de jours ?
– Dix, onze…
– Frank…
– Quoi, encore ?

– Si cela fait si longtemps, c'est qu'il lui est probablement arrivé quelque chose, ou bien qu'elle n'a pas envie qu'on la retrouve.

Elder expira lentement et se cala contre le dossier de sa chaise. Autour d'eux, le café se remplissait. Même ici, il y avait une musique d'ambiance ; d'une autre époque, mais de la musique quand même.

Maureen s'était levée.

– Frank, il faut que j'y aille.

– Bien sûr.

Il l'accompagna jusqu'à la porte.

– Tu me tiens au courant ?

– Compte sur moi.

Il hésita tandis qu'elle s'éloignait, ses talons plats martelant le trottoir. En un instant, elle disparut de son champ de vision. Bien qu'ils aient travaillé en étroite collaboration par le passé, Maureen ne l'avait jamais harcelé à ce point sur des questions purement personnelles. Il ne put s'empêcher de se demander pourquoi elle l'avait fait aujourd'hui.

Quand il revint à son hôtel, deux messages l'attendaient : un de Jennie, et un de James Meecham en Australie.

8

Quand Elder parvint enfin à joindre Jennie, la soirée était bien avancée, et la jeune femme semblait se trouver dans une ambiance plutôt animée : voix sonores, musique de fond, éclats de rire. Un pot au bar, supposa-t-il, pour clore la conférence.

– Il faut que j'essaie de deviner le mot de passe de votre sœur, dit Elder en haussant déjà la voix.

– Son quoi ?

– Son mot de passe.

– Un mot de passe pour quoi ?

– Son compte e-mail.

– Son quoi ?

– Son compte e-mail. Il semblerait qu'elle…

– Écoutez, l'interrompit Jennie alors que le vacarme la cernait de plus en plus. On ne va jamais y arriver comme ça. Je vous rappelle dans cinq minutes, d'accord ?

Sans attendre de réponse, elle coupa la connexion.

Quand elle rappela Elder, ce fut dans le calme de sa chambre d'hôtel.

– Si je vous ai bien entendu, Claire a un compte e-mail ?

– Apparemment, oui.

– Elle n'a même pas d'ordinateur.

– Il semble qu'elle utilisait ceux de la bibliothèque.

– Et pour faire quoi, bon sang ?
– C'est ce que j'ai besoin de découvrir.
– Et pour ça, vous avez besoin de son mot de passe.
– Exactement.
– Je n'en ai pas la moindre idée.
– La plupart des gens choisissent des dates de naissance, parce qu'ils sont sûrs de ne pas les oublier. Ce pourrait être la sienne, celles de ses enfants, de son mari.
– J'en connais quelques-unes. Les autres, je peux les retrouver, en passant quelques coups de téléphone. Je vous rappelle demain matin ?
– D'accord. Des noms, aussi. Je suppose qu'elle a changé de nom en se mariant ?
– Oui. Claire Cowdrey est devenue Claire Meecham.
– Un deuxième prénom ?
– Alexandra.
Une lettre de trop.
– Si vous pensez à quoi que ce soit qui pourrait être utile, dites-le-moi quand vous me rappellerez.
– Comptez sur moi.
Elder lui donna à tout hasard le numéro de son portable.

À dix heures le lendemain matin, armé de la plupart des renseignements qu'il désirait avoir, Elder se connecta depuis l'un des ordinateurs de la bibliothèque et commença à essayer les combinaisons les plus probables pour découvrir le mot de passe de Claire.

Cela lui prit du temps, mais moins qu'il ne l'aurait cru.

cowdreyc.

Aussi simple que ça : elle avait repris le nom qu'elle portait autrefois.

Elder remercia sa bonne étoile que Claire, comme la plupart des gens, eût renoncé à se creuser la tête pour choisir quelque chose d'évident ; pas étonnant que la fraude bancaire sur Internet fût aussi répandue.

En deux clics, les messages les plus récents de sa boîte de réception apparurent sur l'écran. Claire, semblait-il, était abonnée à pas moins de trois sites de rencontres sur Internet : *Présentations personnalisées pour partenaires compatibles*, *Célibataires aimant la vie à la campagne* et *Adultes sans attaches.*

J'ai été intrigué par la description que vous donnez de vous-même, écrivait Norman, de Northampton, *et j'aimerais beaucoup vous rencontrer.*

S'il vous plaît, envoyez-moi une photo récente, suppliait Roy, de Leicester, *nue si possible.*

Veuf depuis peu, disait Gary, de Kettering, *en semi-retraite, je suis énergique, chaleureux et sensible. J'espère rencontrer une femme avec laquelle je pourrais partager expériences et bonheur à deux. Répondez-moi, s'il vous plaît.*

Il y avait dix-sept messages non ouverts qui remontaient à la date de la disparition de Claire. Tandis qu'il les faisait défiler, Elder s'attarda sur la promesse précise, mais relativement innocente, d'un week-end loin de tout, dans un petit nid d'amour des Cotswolds auquel il ne manquait rien, ni le lit ancien en cuivre, ni les flambées dans la cheminée. Ce qu'il recherchait, en plus d'un indice l'éclairant sur le lieu où Claire pouvait se trouver actuellement, c'était une explication de son voyage à Londres de la mi-février.

Et soudain, il l'eut sous les yeux :

Ravi que vous ayez décidé d'accepter mon invitation. Je vous attendrai comme prévu à la gare de St Pancras. Stephen.

Il n'y avait aucune trace de la réponse de Claire. Elle semblait avoir, en fait, scrupuleusement effacé tous les messages qu'elle avait elle-même envoyés : ce dossier-là était vide. De même, aucun message de la boîte de réception n'était antérieur au premier de l'an. Cela n'avait guère d'importance. Au besoin, et à la suite d'une décision judiciaire, n'importe quel expert en informatique digne de ce nom serait capable d'effectuer sans mal une… – comment cela s'appelait-il ? – « analyse rétrospective » des courriers de Claire, il en était sûr.

Pour l'instant, il ne pouvait pas aller plus loin. Composant déjà le message dans sa tête, il cliqua sur l'adresse de Stephen :

stsinger@aol.com

Jennie était incrédule.

– Elle est quoi ? Elle a fait quoi ? Non, non, ne me le redites pas. J'ai bien entendu.

– Il semble qu'elle se soit rendue à Londres à la mi-février. Elle a passé le week-end avec un certain Stephen. Stephen Singer. Ce nom vous dit quelque chose ?

– Rien du tout.

– J'ai pris mes dispositions pour le rencontrer. Demain après-midi.

– Je viens avec vous.

– Ce n'est pas nécessaire.

– Je viens.

– D'accord.

– Donnez-moi l'adresse et je vous retrouve là-bas.

– Maman a fait quoi ? Des rencontres sur Internet ? (La voix de James avait pris un grasseyement typiquement australien.) Eh bien, je suis ravi pour elle.

Ce n'était pas exactement la réaction freudienne typique à laquelle Elder s'attendait.

– Cela ne vous dérange pas, alors ?

– Nan, pourquoi voulez-vous que ça me dérange ? Je suis un peu surpris, je suppose. Tout le monde, là-bas, est tellement coincé, assis derrière des rideaux qu'on écarte pour épier le voisin, critiquant les autres. Dieu merci, ce n'est pas comme ça ici. C'est pour ça que je m'y plais. (Il rit.) Et en plus, il y a le surf. On habite à vingt minutes de la plage. C'est génial pour les enfants. Vous avez des enfants ?

– Une fille. Elle est adulte, maintenant.

– J'allais vous dire, si vous avez des enfants, amenez-les ici. Vous y passerez les vacances de votre vie. (Il rit de nouveau.) Bien sûr, ils risquent de vouloir rester.

– Votre tante et moi...

– Vous parlez de Jennie ?

– Oui. Nous allons parler à un homme que votre mère avait rencontré par le biais d'Internet.

– Vous pensez qu'il pourrait savoir où elle se trouve ?

– Pas nécessairement. Pas directement. Mais ce qu'il sait pourrait nous être utile.

– Et ils étaient quoi, l'un pour l'autre ? Ils avaient une liaison ? Maman et ce type ?

– Il semble qu'ils aient passé un week-end ensemble. Pour le reste, on ne sait rien.

– À mon avis, c'est là qu'elle se trouve en ce moment, quelque part dans un petit nid d'amour. Si c'est le cas, je suis content pour elle. Rien ne pourrait me faire plus plaisir. Après toutes ces années passées à soigner mon père, elle le mérite bien. Elle est encore assez jeune, non ? Cinquante-cinq ans, ce n'est pas vieux, de nos jours. On n'est pas vieux, maintenant, tant qu'on n'a pas franchi la soixantaine. Et encore.

Elder aurait bien voulu qu'il ait raison. Sur toute la ligne.

– Si vous découvrez quelque chose, ajouta James, le moindre détail nouveau, vous me tiendrez au courant, d'accord ?

– D'accord.

C'était comme si Elder parlait à quelqu'un qui se trouvait deux ou trois rues plus loin. Et cependant, en même temps, terriblement loin. Dans une autre vie.

Finalement, Jennie l'appela pour lui annoncer qu'elle le rejoindrait entre huit heures et huit heures et demie : ils prendraient le petit déjeuner ensemble, puis ils iraient à Londres dans sa voiture à elle.

Pas de discussion possible.

Elle arriva tôt, portant un gilet noir matelassé pardessus une chemise blanche à manches bouffantes, un jean sombre en velours aux jambes enfoncées dans des bottines marron. Élégante, mais décontractée. Pour le week-end. Elder croyait savoir que ce genre de gilet avait un nom spécial, sans parvenir à se le rappeler.

Au buffet, il choisit des œufs brouillés et du bacon, du café et un jus de fruit. Jennie commanda une omelette, et emplit un bol de yaourt et de fruits arrosés d'une pincée de noisettes et d'amandes.

– Les conférences..., dit-elle alors qu'ils s'asseyaient. On y boit trop, on y fume trop, et on absorbe trop de nourriture malsaine. Il y a tout ça, et puis les types qui vous draguent dès qu'ils ont picolé suffisamment pour oser le faire.

– Ça arrive ?

Jennie leva les yeux au ciel.

– Tout le temps. Dans notre branche, les hommes sont en minorité, alors ils ont toujours tendance à penser qu'ils ont une chance. Et si vous avez un tant soit peu d'influence, comme moi, ça suffit à les faire fantasmer. Ils s'imaginent déjà en train de vous culbuter sur un bureau directorial.

Elle prit une cuillerée de yaourt et de pruneaux.

– Qu'est-ce que vous faites ? demanda Elder. Dans une situation pareille ?

– Oh, j'entre dans leur jeu, j'essaie de prendre ça à la plaisanterie. Et si ça ne marche pas, je leur conseille de retourner voir leur femme et leurs mômes.

– Et ensuite ? Si ça ne suffit toujours pas ?

Jennie se passa la langue sur les lèvres pour en décoller un morceau de fruit.

– En général, ça ne va pas beaucoup plus loin. (Son omelette arriva et elle remercia le serveur d'un signe de tête.) Une fois, par contre, comme un de ces types ne voulait pas me lâcher, j'ai demandé à Derek de venir me chercher. Derek, c'est mon copain, mon compagnon, je ne sais plus trop quel terme on est censé employer de nos jours. Il est haltérophile, Derek. Enfin, il l'a été. Il a fait les J.O. d'Atlanta. Et il est vraiment costaud, vous voyez ? (Jennie s'esclaffa.) Après ça, je n'ai plus jamais eu de problèmes. Pas avec cet abruti, du moins.

À neuf heures et quart, ils étaient sur la route, dans la petite voiture de sport de Jennie, une Mazda qu'elle conduisait à la limite de l'imprudence, dépassant pratiquement n'importe quoi sur la troisième voie.

– Vous roulez toujours aussi vite ? demanda Elder d'une voix inquiète.

Jennie sourit.

– Vous voulez que je roule vraiment vite ?

Elder resserra sa ceinture de sécurité et fit de son mieux pour ne pas avoir l'air trop crispé.

Quand ils s'approchèrent de Londres, les radars et la densité de la circulation les obligèrent à ralentir, et Jennie alluma son lecteur de CD.

– Écoutez. Vous connaissez ça ?

– J'ai bien peur que non.

– Boz Scaggs. Un sacré nom, hein ? Mais la voix, alors… *Blue-eyed Soul*, je crois que ça s'appelle.

Montant un peu le volume, elle chanta en même temps que l'interprète.

9

Stephen Singer vivait à Hampstead – South End Green, pour être précis –, dans un duplex minuscule constitué du rez-de-chaussée et du sous-sol d'une habitation incorporée à une longue rangée de maisons mitoyennes semblables, à deux pas du Heath. Chacune des pièces était petite, basse de plafond, les murs presque uniquement recouverts de livres. Elder aurait parié que le compagnon de Jennie, Derek, n'aurait pas pu franchir la porte d'entrée, même à genoux.

Stephen se révéla être un alerte sexagénaire avec des cheveux grisonnants et une esquisse de barbe bien taillée, et pas très grand – entre 1 m 65 et 1 m 70 au maximum. Il portait un cardigan Fair Isle sur une chemise violette un peu délavée, un jean en velours vert et, malgré la température extérieure, des sandales aux pieds.

Une musique provenait d'une autre pièce. Mozart ? En général, quand il entendait du classique, Elder en attribuait la paternité à Mozart.

– Du café ? Je peux vous offrir du café ? Sinon, je peux faire du thé ?

Le café convenait très bien à Elder et Jennie.

Ils s'assirent à angle droit l'un par rapport à l'autre, leurs genoux se touchant presque.

– Quand j'ai acheté cette maison, expliqua Stephen, bien longtemps avant de prendre ma retraite, je pensais en faire plus ou moins un pied-à-terre. C'est à Oxford que j'enseignais, et que je passais le plus clair de mon temps. Et puis, quand j'ai pris une retraite anticipée, avec grand plaisir, je dois dire, c'est ici que je suis venu vivre. Cela fait presque dix ans, à présent.

Il regarda autour de lui, comme s'il avait du mal à croire qu'il s'était écoulé autant de temps.

– Ma sœur…, commença Jennie, pour en venir au fait.

– Bien sûr, bien sûr. Claire. D'après ce que vous m'avez dit dans votre e-mail, monsieur Elder, je conçois que vous soyez tous les deux très inquiets. Terriblement inquiets, vraiment.

– Vous ne l'avez pas revue ? demanda Jennie. Depuis votre week-end de je ne sais quand ?

– Depuis février. Non.

– Vous n'avez pas eu de ses nouvelles non plus ?

– Non.

– Vous en êtes sûr ? Pas d'appels téléphoniques, pas de lettres ni d'e-mails ?

– Rien du tout. (Il secoua lentement la tête.) Si seulement je pouvais dire le contraire…

– Ce week-end que vous avez passé ensemble, dit Elder. C'était le premier ?

– Oui. Je veux dire, non. Nous nous étions rencontrés deux fois auparavant, pour la journée seulement. Dernièrement, vers la fin janvier, et avant cela, en novembre. Novembre dernier.

– Et cela s'est passé où ?

– À Londres. Nous nous sommes retrouvés au centre de Londres, pour passer quelques heures ensemble avant que Claire ne reprenne le train pour rentrer chez elle. C'est seulement à sa dernière visite qu'elle est venue ici, à l'appartement. Je l'avais invitée, voyez-vous, à rester… (S'interrompant, il regarda Jennie, avec une pointe d'appréhension.) … à rester pour le week-end. Nous nous entendions si bien… Du moins, c'est ce que je pensais. Ce que je supposais. D'abord, elle a dit non, elle pensait que ce n'était pas convenable, qu'elle n'était pas prête. C'est ce qu'elle m'a dit. Et puis, elle a changé d'avis.

– Vous savez pourquoi ?

Il secoua vivement la tête, comme un oiseau.

– Pas réellement, non.

– Vous avez dû lui demander.

– Bien sûr. « Je suis là, maintenant », m'a-t-elle dit. « Cela ne vous suffit pas ? » Si, ça me suffisait.

– Est-ce que vous avez couché avec elle ? demanda Jennie d'une voix un peu tendue.

– Excusez-moi, je ne pense pas…

– Est-ce que vous avez couché avec elle, bon sang ?

– Oui. Oui, je l'ai fait. Si cela vous inquiète, je dois dire que c'est une chose qui ne lui posait absolument aucun problème. Il n'y a jamais eu l'ombre d'une…

– Ça va.

– Je ne voudrais surtout pas que vous pensiez…

– Ça va ! Vous m'avez mal entendue ?

Jennie détourna la tête.

– Ce week-end, de façon générale… Vous diriez qu'il s'est bien passé ?

– Oui. Oui, je crois. Nous sommes allés à la galerie Tate Britain le samedi. « Turner, Whistler, Monet ». C'était bondé, bien sûr, mais une merveilleuse exposition. À vous couper le souffle, vraiment. Claire a beaucoup apprécié. Plus tard, dans l'après-midi, nous nous sommes promenés sur le Heath. J'ai préparé un dîner ici même. Le dimanche matin, il y avait un concert à Wigmore Hall. Elle a repris le train pour rentrer chez elle vers le milieu de l'après-midi.

– Elle était heureuse de son séjour ?

– Oui. Je crois que nous avons tous les deux passé de merveilleux moments. En ce qui me concerne, j'en suis sûr. Quant à Claire, elle m'a envoyé une carte charmante. Juste un petit merci, comprenez-vous…

– Vous l'avez toujours ? fit aussitôt Jennie.

– Oui, bien sûr.

– Faites voir.

Se levant, Stephen se rendit dans la pièce voisine, dont il revint avec une carte postale que Claire avait sans doute achetée à l'exposition. Le recto était une reproduction du *Nocturne en bleu et or* de Whistler ; au verso, d'une écriture ronde et précise, elle avait tracé ces mots, suivis d'un “ X ” solitaire représentant un baiser : « Cher Stephen, Mille mercis pour ce délicieux week-end. Affectueusement, Claire. »

– Vous affirmez ne pas l'avoir revue depuis ?

– C'est exact.

– Il n'y a eu aucun contact ?

– De la part de Claire, non.

– Et de la vôtre ?

– Je lui ai écrit plusieurs fois.

– Écrit ? Des lettres ? Pas des e-mails ?

– Non. C'est tellement impersonnel. Et de plus, elle m'avait donné son adresse. À contrecœur, je m'en suis rendu compte sur le moment, et j'ai peut-être eu tort d'insister. Mais j'avais vraiment envie de la revoir, et cela me semblait la meilleure façon.

– Manifestement pas, fit Jennie. Persuader une femme de faire quelque chose contre son gré, c'est rarement la meilleure façon.

Stephen s'apprêtait à répliquer, mais il se ravisa.

Le Mozart, si cela avait bien été du Mozart, était terminé. Au-dehors, un chien aboya, faiblement d'abord, puis avec plus de présence. Des voitures circulaient. Un promeneur passa devant la porte en sifflotant.

– Claire vous a-t-elle dit quoi que ce soit, demanda Elder, concernant d'autres relations qu'elle aurait pu avoir ?

Stephen secoua la tête.

– Rien du tout au sujet d'autres hommes qu'elle aurait pu fréquenter, avec qui elle aurait pu avoir une liaison ?

– Je ne lui ai pas demandé.

– Même sans cela…

– Mais je lui ai demandé, par contre, au cours de nos conversations, si elle avait déjà eu recours à l'Internet pour rencontrer des gens, et elle a avoué l'avoir fait.

– Avoué, releva Elder. C'est un mot intéressant.

Stephen se tourna vers lui.

– Parce que cela sous-entend une certaine culpabilité, vous voulez dire ?

– Je crois bien, oui.

Stephen réfléchit un moment à la question.

– Pour les gens de mon âge, il me semble, cette connotation existe. Quelque chose de secret, de furtif. Je dirais même que c'est ce qui constitue en grande partie l'attrait de la chose.

– Et pour Claire ?

– Je ne pense pas que j'irais aussi loin. Encore qu'elle m'ait donné l'impression de vouloir séparer ce genre d'activité du reste de son existence.

Quelques minutes plus tard, ayant quitté Stephen Singer sur le pas de sa porte, ils se dirigeaient vers Hampstead High Street pour y trouver de quoi se restaurer.

– Alors, demanda Elder, qu'en avez-vous pensé ?

– De Stephen ?

– Oui.

– Je ne sais pas trop. Il est un peu trop maître de ses nerfs, à mon goût. Un peu trop intelligent, aussi.

Il enseignait à Oxford, c'est bien ça ? Mais, bon, il paraissait plutôt convenable.

– Digne de confiance, alors ?

Jennie eut un regard en biais.

– Oui, il me semble. (Elle secoua la tête.) En fait, je n'en sais vraiment rien.

Ils continuèrent de remonter la pente.

– Vous l'avez cru ? Quand il a dit qu'il n'avait pas revu Claire ?

Jennie s'arrêta net.

– Pas vous ?

– Je n'en suis pas sûr. Ma première réaction, c'est de dire : oui, je le crois.

– Mais ?

– Mais il y a une chose que j'ai apprise : les premières réactions, les premières impressions, on ne peut pas s'y fier. Pas toujours, en tout cas.

– Donc, vous pensez qu'il a pu nous mentir ? Qu'il a peut-être revu Claire plus récemment, c'est ce que vous voulez dire ? Qu'il sait peut-être ce qui lui est arrivé, et où elle se trouve en ce moment ?

– Holà, holà ! Pas si vite. Vous vous emballez beaucoup trop.

Ils s'écartèrent du chemin pour laisser passer deux joggeurs.

– Mais c'est possible ?

– C'est possible.

Elder repartit, Jennie marchant à ses côtés. Dans l'esprit de la jeune femme, l'implication était claire, mais elle préférait ne pas l'énoncer à haute voix : d'une façon ou d'une autre, Stephen Singer avait pu lui faire du mal.

– Cet endroit où il habite, il m'a laissé une drôle d'impression, dit Jennie alors qu'ils s'engageaient dans High Street. À vous aussi ? Sa drôle de petite maison.

– Qu'est-ce que vous voulez dire ?

– Je ne sais pas au juste. Une question d'atmosphère. Plutôt étrange. Irréelle. La dimension des pièces, pour commencer. J'ai eu l'impression d'être Alice, *Alice au pays des merveilles*, vous vous rappelez ? Quand elle entre dans la maison du lapin pour chercher la paire de gants qu'il a égarée ? Et la maison rétrécit sans cesse autour d'elle, au point qu'Alice finit par en être prisonnière, incapable d'en ressortir. C'est le sentiment que j'éprouvais.

– Quand nous rentrerons, dit Elder, j'en toucherai deux mots à un de mes amis. Pour voir si on ne peut pas découvrir, discrètement, deux ou trois petites choses à propos de Stephen. À tout hasard.

– Elle prenait des risques, vous ne trouvez pas ? demanda Jennie quelques instants plus tard. Ma sœur. En rencontrant des gens de cette façon. Remarquez, passé un certain âge, si une femme veut rencontrer quelqu'un, un homme, qu'est-ce qu'elle peut faire d'autre ? Elle ne va quand même pas se mettre à sortir en boîte, hein ? À faire des virées en ville le vendredi soir ? Et puis, quoi que j'aie pu apprendre sur Claire récemment – et ce n'est pas négligeable –, je n'arrive pas à l'imaginer adepte du *speed dating*. Et vous ?

Bien que son expérience personnelle du *speed dating* fût absolument nulle, Elder pensait que cela était probablement vrai. Quoi qu'elle ait pu faire par ailleurs, Claire ne semblait pas être le genre de femme qui se rue dans une expérience nouvelle sans en avoir pesé les avantages et les inconvénients et sans conserver un certain sang-froid.

– En tout cas, la disparition de Claire a forcément un rapport avec tout ça, vous ne croyez pas ? fit Jennie. (Ils se trouvaient devant un pub qui proposait des saucisses-purée.) Avec ces histoires de rencontres grâce au Net.

– C'est la seule piste que nous ayons, confirma Elder. Pour le moment.

Cela faisait deux semaines pleines que Claire n'avait plus donné signe de vie.

Jennie déposa Elder à son hôtel. Avant de réinsérer sa voiture dans le flot de la circulation, elle prit le temps d'appeler Derek sur son portable.

– Laisse-moi deviner, dit-il. Tu vas être en retard.

Ce qu'elle devina dans sa voix, c'était un sourire, pas de la colère.

– Raté ! Cinq minutes au maximum.

– Pourquoi tu m'appelles, alors ?

– J'ai pensé que tu pourrais commencer à servir le vin.

Quand Derek et elle avaient commencé à ressembler à un vrai couple, au point d'inciter ses amis à lui demander si elle comptait se remarier, Jennie s'était empressée de les détromper. Une fois, c'était amplement suffisant, merci bien. De plus, elle n'avait jamais imaginé que Derek pût avoir envie de se marier. Il était présent, la plupart du temps, quand elle avait besoin de lui, et cela lui suffisait. Apparemment, cela suffisait à Derek aussi.

Cela ferait deux ans, cet été, qu'ils se connaissaient, et ils ne vivaient toujours pas ensemble, ils n'avaient même pas envisagé sérieusement cette possibilité. Jennie avait sa maison, Derek son appartement : chacun conservait son espace personnel. Celui de Derek était suffisamment proche du centre-ville pour qu'il puisse se rendre à pied à son travail.

Comme ses cousins, Derek surveillait les entrées d'un certain nombre de boîtes de nuit et de pubs de la ville. Portiers, videurs, appelez-les comme vous voudrez. La plupart du temps, le samedi soir en particulier, Derek faisait des tournées d'inspection, pour vérifier que tout allait bien, qu'il n'y avait pas de débordements, pour régler les quelques petits problèmes qui avaient pu surgir. C'est précisément ce qu'il allait faire ce soir.

Chaque semaine ou presque, le mardi ou le mercredi – c'étaient les soirées les plus calmes – Derek venait chez Jennie, ils commandaient des plats chinois, ils regardaient un DVD au lit. D'autres fois, c'était elle qui allait chez Derek, et il faisait la cuisine. Maintenant, Jennie laissait quelques vêtements chez lui, dans sa penderie, et il lui laissait la moitié de son armoire de salle de bains.

– Alors, Sherlock…, fit Derek en l'accueillant à la porte avec un verre de sauvignon généreusement rempli, c'était comment ?

– Bizarre.

Levant son visage vers le sien, elle lui prit des doigts le verre de vin blanc tandis qu'il l'embrassait sur la bouche. Un instant plus tard, elle se débarrassa de ses chaussures.

– Bizarre de quelle façon ?

– Je ne sais pas. Simplement… bizarre. Étrange. D'être assise là, entre gens civilisés, avec cet homme qui savait peut-être ce qui est arrivé à ma sœur.

– Tu crois qu'il le sait ?

– Je n'en suis pas sûre. Il prétend que non, mais… (Jennie avala une longue gorgée de vin.) Les gens mentent, non ? Ils mentent tout le temps.

Elle se hissa sur l'un des tabourets de cuisine. Derek était en train de préparer une sorte de sauce pour les pâtes – anchois, champignons, oignons, tomates –, et il portait un tablier de cuistot sur un T-shirt blanc et un pantalon de toile noire.

– Le flic, fit Derek, l'ex-flic, qu'est-ce qu'il en pense ?

– Il en garde une bonne impression, je pense. Il croit à ce que l'autre nous a raconté, du moins c'est ce qu'il m'a dit, concernant sa rencontre avec Claire…

– Il a avoué l'avoir rencontrée ?

– Oui. Trois fois. (Jennie hésita.) Il a couché avec elle, aussi.

Derek sourit.
– C'est un rapide.
– Ça n'a rien de drôle.
– Je sais.
– Il a dit qu'il avait voulu la revoir, mais c'est elle qui a refusé.
– Alors, c'est qu'il ne devait pas être très performant au plumard, non ?
Jennie secoua la tête.
– Quoi ?
– Tu crois que c'est la réponse à toutes les questions, hein ?
– Non.
Il posa la main sur l'épaule de Jennie, mais elle s'en débarrassa d'un mouvement brusque.
– Je ne suis pas d'humeur.
– D'accord, d'accord. Détends-toi. Mets un disque dans le lecteur de CD pendant que je termine ça. À moins que tu préfères préparer l'assaisonnement de la salade ? Seulement ne mets pas trop d'huile de noix, cette fois, hein ? Juste un soupçon.
Jennie repoussa son verre et se laissa glisser du tabouret. Elle se dit qu'elle pourrait sans doute faire les deux, préparer la vinaigrette et trouver un disque. Ce Jill Scott qu'elle lui avait offert pour son dernier anniversaire…

10

Réveillé de bonne heure, comme d'habitude, Elder prit une douche, se rasa et s'habilla sans perdre une seconde. Alors qu'il sortait de l'hôtel et descendait l'escalier vers le bord de l'eau, il vit deux cygnes passer lentement.

La veille au soir, avant de reprendre sa voiture pour rentrer chez elle, Jennie lui avait posé une dernière question :

– Vous pensez qu'il y a encore de l'espoir, n'est-ce pas ? Je veux dire, où qu'elle se trouve, vous croyez qu'elle va bien ?

– Oui, avait-il menti, j'en suis sûr.

Sûr de quoi ? Qu'elle se trouve dans une quelconque maison de campagne, qu'elle est réveillée en ce moment même par le chant des oiseaux et la perspective d'un café qui embaume, de tartines grillées toutes chaudes, peut-être de champignons fraîchement cueillis et d'œufs légèrement pochés ?

Il marchait d'un pas vif, mais il accéléra encore l'allure en passant sous le premier pont, laissant derrière lui ce qui avait été, autrefois, un alignement d'entrepôts croulant doucement, et s'était transformé, en grande partie, en lofts et en bars chics. Une vieille enseigne aux lettres blanches presque effacées – pour la compagnie des Voies navigables britanniques – était encore visible, très haut sur sa droite. Quand Joanne et lui s'étaient installés ici, il n'y avait pas tant d'années que cela, Katherine pas encore adolescente et sur le point d'entrer dans le secondaire, tout lui avait paru riche de promesses. De nouveaux emplois pour Joanne et pour lui, en temps voulu une nouvelle maison, de nouvelles vies.

– Et merde ! fit-il, ne s'adressant à personne ni à quoi que ce soit en particulier. Merde et re-merde !

D'un coup de pied, il expédia un caillou dans le canal, provoquant la bruyante débandade d'un groupe de canards. Au-dessus de sa tête, le ciel avait pris cette teinte particulièrement plombée qui présageait la neige. Mi-avril, bon sang ! Comment pouvait-il neiger à la mi-avril ?

Les mains dans les poches, il rebroussa chemin.

De retour dans sa chambre d'hôtel, il regarda une fois de plus le tirage papier qu'il avait fait des messages reçus par Claire. Il y avait dix adresses qui méritaient une prise de contact, dix hommes à qui demander s'ils avaient été de quelque façon que ce soit en relation avec Claire, dix hommes à voir, à qui rendre visite.

Il pensa de nouveau à l'image que Jennie avait gardée de Stephen Singer, repassant dans sa tête le film de la matinée pour tenter de voir Singer de la façon dont Jennie l'avait perçu, de ressentir cette atmosphère décalée, quelque peu menaçante. S'était-il senti pris au piège, dans cette maison ? Non, il n'avait pas eu cette impression. Peut-être fallait-il être une femme, élevée avec *Alice au Pays des Merveilles*, pour comprendre ces choses-là ? Ou simplement une femme ? Peut-être cela suffisait-il.

La résidence pour étudiants où vivait Katherine se distinguait par sa façade bordée de poubelles trop remplies qui débordaient, une fenêtre du premier étage occultée par une couverture en guise de rideau, et derrière une vitre du rez-de-chaussée, une énorme tête d'élan, des banderoles multicolores accrochées à ses bois orangés.

Le jeune homme qui finit par ouvrir portait un jean crasseux, un bonnet bleu en laine lui couvrant les oreilles, et rien entre les deux.

– Kate ! lança-t-il en direction de l'escalier. Y a quelqu'un qui te demande.

Il disparut vers le fond de la maison, laissant Elder sur le seuil. Il se passa cinq bonnes minutes avant que Katherine n'émerge, une couette autour des épaules, les jambes nues.

– Il ne fait pas trop froid dehors, fit Elder. Je me suis dit qu'on pourrait aller faire un tour.

Elle le regarda comme s'il était fou à lier.

Quand ils arrivèrent au parc, les premiers flocons de neige commençaient à tomber mollement çà et là, au gré du vent qui les emportait. Malgré les vaines protestations de Katherine, Elder se mit à descendre vers le lac d'un pas énergique, mais dès qu'il eut trouvé une allure de croisière plus raisonnable, ce fut Katherine qui le dépassa en trombe, l'incitant à accélérer de nouveau.

De l'autre côté de l'eau, les tours baroques de Wollaton Hall étaient à peine visibles à travers une brume blanche et tournoyante.

– Bon sang ! dit Katherine. On est vraiment cinglés. Tu le sais, n'est-ce pas ?

Elder sourit. Pendant vingt ou trente mètres, il resta à la hauteur de Katherine quand elle se mit à courir. Mais sa fille avait été championne régionale d'athlétisme quelques années plus tôt, et même à court d'entraînement, elle était encore capable de le battre à plate couture.

Quand ils atteignirent la pente qui allait les ramener vers les anciennes écuries et son café de prédilection, Elder, les mains sur les hanches, cassé en deux, tentait désespérément de reprendre son souffle.

– Tiens ! fit Katherine d'une voix où perçait l'exultation, ça t'apprendra à me tirer du lit un dimanche matin.

Elder sourit.

Avec leurs grandes tasses de chocolat chaud, Katherine prit un toast au fromage et au jambon, Elder un petit pain généreusement garni de bacon. Calés contre le dossier du long banc de bois, à l'abri du vent, ils savourèrent ce moment de détente. Dans la salle, il y avait quelques familles venues avec chiens et enfants, un couple âgé sagement équipé pour la marche à pied, et plusieurs célibataires feuilletant les journaux du dimanche.

Ils parlèrent sans réticence des études de Katherine, de certains des autres étudiants de la résidence, dont la plupart étaient déjà à l'université ; ils glissèrent rapidement sur les relations entre sa mère et Martyn Miles. Quand Elder lui posa la question, Katherine lui dit que, oui, elle était encore en contact avec son ancien compagnon, Rob Summers, qui préparait actuellement une maîtrise de création littéraire au Pays de Galles du Nord, mais ils étaient simplement amis. Rien de sérieux, d'accord ?

Elder se demanda si Summers arrondissait toujours ses revenus en vendant de la drogue, mais il s'abstint de poser la question.

Lorsque, une bonne heure plus tard, il quitta Katherine devant la résidence, elle l'embrassa sur la joue, le serra dans ses bras, et lui promit de le rappeler dans la semaine.

– On dîne ensemble, hein ?

– D'accord.

Encore maintenant, la regarder s'éloigner, c'était comme voir une partie de lui-même lui échapper.

Il était presque arrivé à l'hôtel, sortant à peine du rond-point de London Road, la neige réduite à présent à quelques rafales sporadiques, lorsque son portable se mit à sonner. C'était Jennie.

– Attendez une minute, dit Elder en s'engageant dans le parking pour s'arrêter sur le premier emplacement disponible. Très bien, je peux vous parler, maintenant.

Jennie s'exprimait d'une voix perçante, les mots se précipitaient dans sa bouche.

– C'est à propos de Claire. Claire. Elle est là. Je suis allée faire un tour au pavillon, je ne sais pas pourquoi. Comme je le faisais d'habitude. Vous savez, le dimanche. Je me suis dit que je passerais seulement devant la maison, mais il y avait de la lumière à l'intérieur. Je n'arrivais pas à y croire. Je suis entrée, et elle était là. Dans la chambre.

– Jennie, c'est une excellente nouvelle !

– Non, vous ne comprenez pas. Elle est morte.

11

Quelqu'un infligeait à son gazon sa première coupe de la saison, et le ronronnement de la tondeuse se faisait entendre, discret et lointain. Le temps avait changé, une lumière douce filtrait à travers une horde de nuages pâles. La neige du matin, aux rares endroits où elle s'était fixée, avait depuis longtemps fondu et disparu. Les arbres, plantés à intervalles réguliers le long de la rue, commençaient à se couvrir de fleurs roses ou blanches. La voiture de Jennie était garée le long du trottoir; la porte du pavillon était entrouverte.

Les stores de la chambre avaient été partiellement entrouverts, le rose délavé des murs paraissait terne et indistinct. Claire Meecham reposait au milieu du lit, les yeux ouverts et vitreux, la couverture remontée jusqu'au menton. Dans l'ombre, près du mur latéral, Jennie était assise, tête baissée, les mains nouées.

– Jennie…

Un bref instant, elle leva le visage vers Elder, puis elle battit des paupières et se détourna.

– Je vais allumer la lumière…

Jennie se protégea les yeux.

Elder contourna le lit pour soulever la courtepointe à fleurs. À première vue, Claire était entièrement habillée : chemisier crème, jupe noire. Il ne lui manquait que ses chaussures. Ses cheveux semblaient avoir été peignés avec soin. Son bras gauche était plié à angle droit sur son torse, l'autre longeait son flanc. Une chaîne en argent ornait son cou ; la peau, à l'endroit où reposait le pendentif en rubis, était marquée d'une légère ecchymose, à peine visible.

L'antique ours en peluche, râpé, usé, était calé à l'intérieur de son coude replié, son œil unique réfléchissant la lumière du plafonnier.

Avec précaution, Elder remit la courtepointe en place.

Sec et rauque, un sanglot déchira la gorge de Jennie.

– Venez, dit Elder. Passons dans la pièce d'à côté.

Jennie secoua la tête. Des traces de maquillage détrempé lui barraient le visage.

– Venez, insista-t-il.

Se baissant vers Jennie, il l'aida à se lever, puis la conduisit dans le salon et la fit asseoir sur le petit canapé.

– Vous avez appelé la police ? demanda Elder.

– Non. Non. Je vous ai appelé d'abord. Je ne savais pas… Je ne savais pas quoi faire.

– Peu importe.

Elder sortit son portable de sa poche, en espérant que le numéro personnel de Maureen lui reviendrait à la mémoire. La troisième tentative fut la bonne. Elle ne parut pas enchantée d'être dérangée un dimanche, mais elle l'écouta malgré tout.

– Donne-moi dix minutes, dit-elle avant de couper la communication.

Elder s'assit en face de Jennie alors que celle-ci, de ses doigts malhabiles, arrachait la cellophane d'un paquet de cigarettes neuf.

– Dites-moi ce qui s'est passé, fit-il, à partir du moment où vous êtes arrivée.

Le briquet de Jennie s'enflamma.

– La police va vous le demander, vous faire tout reprendre depuis le début, et plus d'une fois. Cela pourrait vous aider de reconstituer les événements pour moi d'abord.

Plissant les paupières, Jennie aspira une longue bouffée.

– Il n'y a pas grand-chose à ajouter à ce que je vous ai déjà dit. J'étais sortie en voiture pour faire le plein et acheter des cigarettes. Et puis, je ne sais pas pourquoi, je suis venue ici. Ce n'est pas comme si je m'attendais à ce que Claire soit là, ni rien. Je ne pouvais même pas entrer, c'est vous qui avez ma clé. Je suis seulement passée devant la maison, j'ai fait demi-tour, et je me suis garée devant la porte. Je suis restée assise dans ma voiture. Et puis j'ai vu la lumière. À l'intérieur. J'aurais voulu pouvoir sortir de la voiture plus vite encore. Je me suis dit, elle est là, elle est revenue. J'ai couru jusqu'à la porte, j'ai sonné, j'ai frappé. J'ai crié par l'ouverture de la boîte à lettres. Claire, Claire, j'ai répété son nom je ne sais combien de fois. Et puis quand j'ai frappé à la porte de nouveau, plus fort cette fois, elle s'est entrouverte. Juste un peu. Elle n'était pas verrouillée. Je suis entrée et j'ai encore appelé, j'ai regardé dans cette pièce et puis dans la cuisine, et puis j'ai vu que la porte de la chambre était fermée et j'ai pensé, c'est là qu'elle doit être, au lit avec une de ses migraines…

Les doigts de Jennie serraient très fort le bras d'Elder.

– … Quand je l'ai vue dans son lit, j'ai cru que je ne m'étais pas trompée et j'ai fait demi-tour pour ne pas la réveiller, mais j'étais si contente qu'elle soit revenue ! Je l'ai regardée, et je me suis dit, oui, elle est paisible, elle se repose, quand elle se réveillera elle se sentira mieux. Et je me suis penchée pour l'embrasser, juste sur le front, et sa peau… Elle était froide. J'ai regardé ses yeux et ils étaient… ils étaient…

Jennie bascula en avant, enfouit son visage au creux de l'épaule d'Elder, et il la tint serrée contre lui.

Quelques minutes plus tard, quand il entendit arriver la voiture, il repoussa doucement Jennie contre le dossier du canapé et se dirigea vers la porte.

Maureen Prior portait une veste ample en coton, un jean, et des chaussures de sport pas très neuves. Elle n'était pas maquillée, et ses cheveux tirés en arrière dégageaient son visage. Elder se dit que c'était sans doute la première fois qu'il la voyait arriver dans une tenue aussi décontractée sur une scène de crime.

– Tu sais à combien de week-ends de liberté j'ai eu droit, Frank, depuis un mois ? À combien depuis Noël ?

– Pas beaucoup, je suppose.

– Exact.

Elder eut un sourire compatissant qui ne déclencha aucune réaction.

– Cette femme, reprit Maureen, c'est celle que tu cherchais ?

– Oui.

– Bon, allons voir.

Se retournant, Elder entra derrière elle dans le pavillon. Dans peu de temps, c'est une équipe entière qui allait suivre leurs pas.

Maureen s'immobilisa un instant, avec Elder sur ses talons, pour examiner la pièce. Les techniciens allaient filmer et photographier la scène avant que le médecin légiste ne commence son travail, mais les clichés et les vidéos, aussi précis soient-ils, ne remplaçaient jamais la réalité, avec laquelle ils gardaient toujours un léger décalage.

S'avançant d'un pas, elle enfila avec des claquements secs une paire de gants de caoutchouc.

– La peau, ici, sur le cou, Frank, elle est à peine tuméfiée.

La pression avait-elle été suffisante pour briser l'os hyoïde ? Ils le sauraient bientôt. Ailleurs, où elle n'était pas cachée par les vêtements, la peau avait pris un aspect marbré, sous lequel les veines proches de la surface étaient devenues plus visibles.

– Il y a un bon moment qu'elle est morte, Frank. Vu l'état du corps, six ou sept jours.

Elder hocha la tête.

– La personne qui l'a découverte, dit Maureen. La sœur… Elle est toujours là ?

– Oui.

– Elle tient le coup ?

– Tout juste.

Jennie s'était rendue dans la salle de bains pour retoucher son maquillage. Elle avait fumé une cigarette. Elle répondit aux questions de Maureen Prior aussi directement que possible, jetant de temps à autre un regard à Elder pour se rassurer.

– Y a-t-il quoi que ce soit que vous souhaitiez me demander ? dit Maureen quand Jennie eut fini.

Derrière eux, se déplaçant en silence, des hommes et des femmes en vêtements de protection examinaient patiemment les pièces l'une après l'autre.

– Claire, dit Jennie. Le corps… Qu'est-ce qu'il va devenir ?

– On va l'emporter au centre médical. Il y aura une autopsie.

– Elle va être ouverte en deux, dit Jennie à voix basse.

– Le légiste va l'examiner. Il fera le nécessaire pour déterminer la cause du décès. Et nous fournir les éléments qui pourraient nous aider à découvrir ce qui s'est passé.

– On va l'ouvrir en deux, répéta Jennie.

– Selon les directives du ministère de l'Intérieur…

– L'ouvrir en deux et la recoudre…, ajouta-t-elle, d'une voix plus forte à présent.

– Oui, confirma Maureen.

Les yeux remplis de larmes, Jennie chercha à tâtons une cigarette.

– Y a-t-il quelqu'un que vous souhaiteriez que nous appelions ? proposa Maureen. Quelqu'un qui pourrait vous tenir compagnie un moment ? De votre famille, ou…

– Elle est là, ma famille. Elle est morte, dans la pièce d'à côté.

– Je suis navrée. Je sais bien, c'est seulement…

– Ma famille.

– Et Derek ? suggéra Elder, se rappelant le prénom de l'haltérophile. Vous voulez que je lui passe un coup de téléphone ?

– Non, pas maintenant. Pas tout de suite. Je n'ai pas envie de le voir si vite.

– Attendez-moi là une minute, dit Elder.

Marjorie Furter était chez elle, d'où elle observait les allées et venues avec intérêt. Bien sûr, elle ne demandait pas mieux que d'accueillir Jennie, lui offrant une tasse de thé et un endroit calme où elle pourrait reprendre ses esprits sans gêner personne. Elder n'aurait pu dire avec certitude combien de temps ils auraient encore la paix, avant qu'un journaliste de la presse locale ne vienne fouiner dans le quartier, dans l'espoir, sans aucun doute, de faire la une de son journal lundi matin. Un quelconque flic bien informé avait déjà dû passer un coup de fil, récoltant au passage une ou deux pintes de bière en guise de remerciement. En revanche, il avait l'impression que Marjorie Furter enverrait promener tous les journalistes, d'où qu'ils viennent.

Quand il rentra dans le pavillon, Elder découvrit Maureen Prior qui examinait une dernière fois le corps de Claire Meecham avant qu'on ne l'emporte. Les cheveux méticuleusement peignés et brossés ; le cadavre vêtu avec soin, étendu sur le lit, comme au repos : toute cette mise en scène était comparable, si ce n'était exactement semblable, à une autre qui lui revenait en mémoire.

– Tu sais à quoi cela me fait penser ? demanda Elder.

Il fallut un moment à Maureen pour faire le rapprochement.

– Quatre-vingt-dix-sept ?

Elder hocha la tête.

– Irene… Comment s'appelait-elle ?

– Fowler. Irene Fowler.

– C'était il y a longtemps, Frank.

– Quand même, dit Elder. Quand même.

Huit ans plus tôt, en 1997, Elder était depuis peu à Nottingham, et il venait d'intégrer la Division des crimes majeurs. Inspecteur principal, il avait obtenu son transfert depuis « La Fumée ». Les officiers les plus âgés, certains d'entre eux du moins, continuaient à utiliser cette expression pour parler de Londres – La Fumée.

Maureen Prior, récemment promue au grade d'inspectrice, avait été chargée de l'accueillir et de l'initier au fonctionnement de la division ; quelque peu à contrecœur, avait-il semblé à Elder. Il allait lui falloir du temps avant de gagner la confiance de sa collègue, et plus longtemps encore pour mériter son respect.

L'appel était arrivé en milieu de matinée, le troisième jour de la prise de fonctions d'Elder. Irene Fowler, 57 ans, directrice exécutive d'une petite compagnie de distribution alimentaire, venue à Nottingham assister à une conférence du ministère du Commerce sur l'extension des échanges au-delà de la CEE, avait été découverte morte, toute habillée, sur le lit de sa chambre d'hôtel.

Cent quarante-sept dépositions de témoins, recueillies séparément, et près de trois mille heures de travail consacrées à l'affaire par la police n'avaient permis d'isoler que deux suspects seulement. L'un et l'autre avaient été appréhendés, interrogés, et relâchés. Personne ne fut jamais inculpé du meurtre d'Irene Fowler.

Ce fut la première enquête d'Elder dans l'équipe des Crimes majeurs.

Son échec restait gravé, indélébile, dans sa mémoire.

– Si tu as raison, Frank, dit Maureen, il faut qu'on parle.

Vingt minutes plus tard, assis à l'avant de la voiture de Maureen Prior (une Honda vieille de cinq ans garée contre le flanc du centre médical), ils buvaient le café trop amer de la cafétéria, Elder énumérant pour Maureen tous les faits entourant le meurtre de Claire Meecham.

Un peu plus tôt, Jennie avait assuré à Elder qu'elle était capable de rentrer chez elle au volant de sa voiture ; elle se présenterait le lendemain matin au commissariat pour répondre à d'autres questions. Pour le moment, ce dont elle avait besoin, c'était de repos.

– Elles étaient proches, alors ? demanda Maureen. Jennie et sa sœur ?

– Je crois, oui. (Un silence, puis :) Il me semble qu'elle avait un peu pitié d'elle.

– Pitié ?

– D'une certaine façon, oui. Et puis, elle se sentait quelques obligations envers elle.

Maureen hocha la tête.

– Elle a bien réussi, je suppose – un bon job, des fringues à la mode, une petite voiture qui en jette –, et voilà sa sœur qui mène une vie de merde, sans mari, sans amis, vieille avant l'âge.

– Quelque chose comme ça, oui.

– Sauf que, d'après ce que tu m'as dit, ce n'était pas vrai. (Maureen prit une dernière gorgée de café, descendit la vitre, et vida le fond du gobelet sur le bitume.) Jennie n'était peut-être pas au courant, mais ce n'était pas la réalité. Claire sortait, elle rencontrait des gens, elle établissait des contacts, elle partait en week-end, elle s'amusait. Concerts, expos, que sais-je encore ? Elle faisait l'amour. Et pourquoi pas ? Pourquoi s'en serait-elle privée ? Elle n'était pas, comme sa sœur l'imaginait, la petite souris timide qui allait se flétrir au fil des ans sans réagir. Elle avait une vie à elle.

– Et ça l'a tuée.

– Nous n'en savons rien.

– Nous pouvons supposer…

– Supposer, Frank ? C'est ce que nous faisons ?

– Tu comprends ce que je veux dire.

– Pour le moment, nous ne sommes pas en mesure de supposer grand-chose. Il y a une femme de cinquante-cinq ans, derrière ces murs, probablement morte étranglée, mais nous n'en avons pas encore confirmation. Jusqu'à cet après-midi, aucun de nous n'avait la moindre idée de ce qui lui était arrivé depuis… Combien de temps ? Deux semaines ? Nous ne savons pas qui elle a vu, où elle est allée, où et quand elle est morte. Comme dit le poète, ce qu'on sait, ça compte pour que dalle.

– Une vie secrète.

– C'était sa prérogative, Frank. C'était son choix, de rester dans son coin. C'est ce que font certaines personnes.

Oui, Maureen, pensa Elder. Tu es bien placée pour le savoir.

– Ces adresses e-mail…, ajouta Maureen.

– Demain à la première heure.

– Quoi que nous ayons besoin de faire pour en savoir plus – on aura peut-être besoin d'une ordonnance du tribunal –, je mettrai les informaticiens sur l'affaire le plus tôt possible.

– Les gens à qui j'ai parlé, dit Elder, je t'en donnerai la liste. Tu auras besoin de les réinterroger.

– Ce type que tu es allé voir à Londres…

– Singer.

– Quelle impression t'a-t-il laissée ?

Elder sourit.

– Tu me demandes une supposition ?

– Je te demande ton opinion.

– Je regrette, Maureen, mais en l'absence d'éléments supplémentaires…

Elle lui frappa le gras du biceps de son poing.

– Allez, Frank. Sur une échelle de 1 à 5, coupable ou pas coupable ?

– Est-ce qu'il l'a tuée ?

– C'est ça : est-ce qu'il l'a tuée ?

– Spontanément, je dirais que non. Mais… A-t-il pu la tuer ? C'est une tout autre question. Si le moment s'y prête, si l'occasion se présente, nous pouvons tous tuer n'importe qui.

– Sors de la voiture, Frank, avant que je mette ta théorie à l'épreuve.

Elder emporta sa tasse de café à moitié vide.

– Ton bureau se trouve toujours au même endroit ?

– Il y était la dernière fois que j'ai vérifié.

Elder s'éloigna d'un pas.

– À demain, alors.

– À demain.

La voiture d'Elder se trouvait un peu plus loin, à la seule place libre qu'il avait pu trouver.

– Oh, Frank… (Il tourna la tête au son de sa voix.) Maintenant que tu es là, tu ne vas pas laisser tomber cette affaire. Tu en es bien conscient, j'espère ?

Sur une échelle de 1 à 5, pensa Elder, tu as raison, ou tu te trompes ?

12

1997

– Katherine !

Pas de réponse.

Secouant lentement la tête, Joanne éleva la voix pour une seconde tentative.

– Katherine !

– Quoi ?

– Tu as vu l'heure ?

Pas d'autre réponse qu'un choc sourd, Katherine jetant un livre sur le plancher de sa chambre, en frappant celui-ci des talons. Joanne leva les yeux au ciel et laissa échapper un soupir.

– J'y vais, dit Elder.

Katherine était assise en tailleur sur son lit, la jupe de son nouvel uniforme tendue sur ses genoux, sa chemise blanche déboutonnée, la cravate qu'Elder lui avait vu porter quelques instants plus tôt ôtée de son cou et lancée à l'autre bout de la chambre.

– Kate, fit Elder d'une voix calme.

– Quoi ?

– Qu'est-ce que tu fais ?

– À ton avis ?

Tendant le bras derrière lui, Elder ferma la porte de la chambre.

– Oh, bon sang ! fit Katherine.

– Quoi ?

– Leçon de morale numéro un : Katherine, tu n'es plus un bébé. Une petite fille. Tu es une jeune fille, une jeune adulte. Il serait temps que tu te comportes en conséquence.

– Exactement.

– Que tu commences à prendre tes responsabilités.

– C'est ça.

– Eh bien, c'est ce que je fais en ce moment, non ?

– En restant assise sur ton lit à faire la tête, au lieu de te préparer à aller en classe ?

– Je ne fais pas la tête. Et je n'irai pas en classe.

– C'est ridicule.

– Vraiment ?

– Bien sûr que oui.

– Tu l'as vu, ce collège ? Il est horrible.

– Il ne m'a pas semblé si mal que ça.

Ils étaient venus de Londres, tous les trois, pour voir le principal, vers la fin du dernier trimestre précédent. Les autres élèves, ceux qui ne les ignoraient pas totalement, avaient fixé Katherine avec ce qu'elle avait manifestement ressenti comme de l'hostilité. Le principal avait débité des platitudes, énoncé des objectifs pédagogiques et des statistiques concernant la réussite aux examens ; Katherine, les yeux braqués sur ses chaussures, refusant de le regarder dans les yeux quand il lui posait une question, lui répondant à peine. Elder n'avait eu qu'une seule envie : sortir de là le plus vite possible.

– C'est pareil pour moi, tu sais, dit-il.

– Qu'est-ce qui est pareil ?

– Changer de lieu, rencontrer des gens que je ne connais pas, des gens avec qui je vais devoir travailler – ce n'est pas facile, je le sais.

– Alors, pourquoi le faire ? Pourquoi est-ce qu'on n'a pas pu rester à Londres ?

– Tu le sais bien.

– Parce que c'est *elle* qui n'a pas voulu.
– On était d'accord.
– Ça, c'est de la blague.
– Pas du tout. On en a parlé tous les trois, et on a pris la décision ensemble.
– Moi, je n'ai pas pris de décision. Et toi non plus, d'ailleurs. Tu as seulement accepté ce qu'elle proposait, pour lui faire plaisir.
– Ta mère a pensé…
– Ma mère n'en a fait qu'à sa tête, comme toujours.
Telle mère, telle fille, pensa Elder.
– Bon, on est ici, maintenant, dit-il. Alors, il va falloir qu'on en tire le plus de profit possible, tu ne crois pas ?
Katherine resta de marbre.
– Tu ne crois pas ? répéta Elder.
Se penchant vers elle, il l'entoura de ses bras et posa un baiser dans ses cheveux.
– D'accord ?
– Je suppose que oui.
– C'est bien. (Elder se recula, traversa la chambre, et ramassa la cravate de Katherine.) Et si tu remettais ça avant de redescendre ? Tu as encore le temps d'avaler ton petit déjeuner en vitesse, si tu te dépêches. Il ne faut pas que tu arrives en retard, pour ton premier jour au collège.
– Papa ?
Il était déjà sur le palier.
– Pour que je sois à l'heure, emmène-moi en voiture, tu veux bien ? Juste cette fois ?
Quand Katherine entra dans la petite salle à manger, quelques minutes plus tard, elle avait de nouveau sa cravate autour du cou, pendant à mi-hauteur pour montrer qu'elle la portait à contrecœur, et elle avait enfilé ses chaussures réglementaires.
– Il reste du pain grillé ?

– Si tu veux du pain grillé, répliqua Joanne, il faut te lever plus tôt. Il y a des céréales dans la cuisine, tu sais où je les range.

– Non, ça va, je n'ai pas faim.

– Comme tu voudras.

– Ça te dirait, une banane ? proposa Elder. Une moitié. Je partage avec toi.

Joanne fit claquer bruyamment sa cuiller contre le fond de son bol et quitta la pièce.

– Qu'est-ce qui lui prend ? demanda Katherine.

Elder garda son opinion pour lui.

Quand il revint du collège, après avoir déposé Katherine, Joanne était à l'étage. Elle se maquillait. Dehors, il tombait une bruine persistante, et le ciel était de ce gris d'ardoise omniprésent qui semblait durer depuis qu'ils s'étaient installés à Nottingham.

– Nous avions décidé, me semble-t-il, de ne pas l'emmener au collège en voiture. Je croyais qu'elle devait y aller à pied.

– C'est seulement pour aujourd'hui. De plus, ce n'était pas la peine qu'elle arrive là-bas trempée de la tête aux pieds.

Joanne lui sourit dans le miroir.

– Moi aussi, tu vas m'emmener en ville en voiture, n'est-ce pas ?

– Si tu veux.

Il s'assit sur le lit, pour la regarder appliquer autour de ses yeux des fards de différentes couleurs, l'un après l'autre. C'était le même minutieux rituel chaque matin depuis qu'il la connaissait. « Avec le métier que je fais, les clientes s'attendent à ce que je sois toujours impeccable. » Joanne avait été coiffeuse dans un petit salon du Lincolnshire, du genre qui cherchait des clientes à coiffer gratuitement pour que les apprenties se fassent la main, et qui offrait une ristourne de cinquante pour cent aux dames du troisième âge chaque mardi.

– Tu dois commencer à t'ennuyer, dit Joanne en s'adressant au reflet d'Elder.

– Pas vraiment. Il y a encore pas mal de choses à faire.

Elder avait des congés à prendre, et il avait choisi de les utiliser pour mettre de l'ordre dans la maison qu'ils louaient. À Chiswick, c'est vrai, ils n'avaient qu'un appartement, mais il était vaste, et déjà plein à craquer. Et ici, dans cette maison grande comme une boîte d'allumettes, il était difficile de trouver une place pour tout ce qu'ils avaient accumulé en quinze années de mariage, surtout pendant les onze ans écoulés depuis la naissance de Katherine. Ces derniers jours, Elder avait partagé son temps entre des expéditions à la décharge, et d'autres à la plus proche association caritative acceptant des dons pour la revente. Dès que leur installation serait terminée, que le salon dont Joanne devait assurer la gérance serait ouvert, ils commenceraient à chercher une maison à acheter, sans se presser, en prenant le temps nécessaire pour trouver quelque chose de bien.

– Tu veux une tasse de café avant de partir ? proposa Elder.

– Il vaut mieux pas.

Ce qui tenait lieu d'heure de pointe à Nottingham touchait à sa fin, et le trajet jusqu'au centre-ville ne présenta pas de difficulté.

– Tu as été un peu dure avec Kate, ce matin, tu ne crois pas ? dit Elder.

– Elle se permettrait n'importe quoi si on la laissait faire, tu le sais aussi bien que moi.

N'importe quoi ? Quand même pas, pensa Elder. À onze ans, bientôt douze, au seuil de l'adolescence, si certains des gamins qu'il avait connus à Londres constituaient un élément de comparaison, ils avaient de la chance que Katherine soit aussi raisonnable qu'elle l'était habituellement.

– Ce n'est pas facile pour elle, tu sais, dit Elder, de déménager comme ça.

– Ce n'est pas précisément facile pour nous non plus.

– C'est plus dur pour elle.

– Ne t'inquiète pas, Frank, dit Joanne en posant la main sur la cuisse d'Elder. Au moins, elle peut toujours pleurer sur ton épaule.

– Et pas toi ?

– Ce n'est pas ton épaule qui m'intéresse.

En souriant, elle laissa sa main glisser le long de la cuisse d'Elder.

– Attention, on va avoir un accident.

Joanne s'esclaffa.

– D'une manière ou d'une autre.

Avec un sourire complice, Elder jeta un regard à son rétro et se déporta vers la voie extérieure d'un coup d'accélérateur. Avec un peu de chance, Joanne serait encore dans les mêmes dispositions ce soir, une fois que Katherine serait couchée.

Il se gara sur Fletcher Gate et fit le reste du chemin à pied, tenant la main de Joanne, jusqu'au passage pavé – une ruelle, lui semblait-il, une venelle – où la nouvelle succursale de Select-Tif avait ouvert ses portes. Joanne avait travaillé pour eux à Londres, et le propriétaire, Martyn Miles, lui avait proposé la gérance du nouveau salon qu'ils ouvraient à Nottingham.

– C'est une chance inouïe, Frank, avait dit Joanne. Tous les choix, depuis la couleur des murs jusqu'à l'embauche du personnel, ce sera à moi de les faire. Et ce ne sera pas comme à Londres, avec Martyn qui entrait et qui sortait tout le temps, et qui se mêlait de tout. Là, je serai la seule à prendre des décisions.

Ils avaient fait leur première visite, tous les trois, un peu plus tôt dans l'année. La boutique était vide, les vitrines recouvertes de panneaux annonçant *Défense d'afficher*. Le courrier de plusieurs semaines s'entassait derrière la porte.

– Tu sais que c'est ce dont j'ai envie, n'est-ce pas ? avait dit Joanne, glissant les mains dans les poches d'Elder pour l'attirer vers elle.

– Oui, je le sais.

– Alors ?

Tandis qu'elle le forçait à s'approcher encore plus, son visage s'était levé vers celui d'Elder, et au moment où il fermait les yeux, elle l'avait embrassé lentement sur la bouche.

– Ah non, pas ça ! s'était écriée Katherine en frappant le dos de son père d'un coup de poing.

Elder s'était retourné aussitôt, plus amusé qu'irrité.

– Qu'est-ce qu'il y a ?

– Vous vous donnez en spectacle, voilà ce qu'il y a.

Cette scène avait eu lieu plusieurs mois auparavant. À présent, ils étaient devant le salon à la vitrine toute neuve, étincelante, Joanne plongeant la main dans son sac pour en sortir les clés, et voilà que Martyn sortait sur le pas de la porte pour les accueillir, costume impeccable, cheveux idem, avec sur les lèvres un sourire prêt à l'emploi.

– Martyn, qu'est-ce que vous faites là ? s'exclama Joanne.

– Je me suis dit que j'allais vous faire une surprise, et voir comment allaient les affaires.

Il déposa un baiser léger sur la joue de Joanne, puis tendit la main à Elder.

– Heureux de vous voir, Frank. Votre installation est terminée ?

– Pratiquement.

– C'est une belle ville, vous allez vous y plaire.

– Sans doute.

– Notez bien, vous n'en verrez que le côté le moins reluisant, je suppose. Avec le métier que vous faites. Pas comme Joanne. Hein, Jo ? Ici ne viennent que les meilleurs éléments, et les plus élégants.

Joanne eut un sourire contraint.

– Je vous offre un café, Frank ? Avant qu'on se mette au travail, Jo et moi.

S'il l'appelle Jo encore une fois, se dit Elder, je le frappe.

– Non, je vous remercie, répondit-il. Je ferais mieux de rentrer.

– À ce soir, Frank, dit Joanne. Vers cinq heures. Si je suis retardée, je te préviendrai.

Pas de baiser d'adieu.

Les pas d'Elder résonnèrent sur le dallage tandis qu'il s'éloignait.

Un peu plus tard dans la journée, il appela la Division des crimes majeurs, et il prévint le responsable qu'il intégrerait l'équipe plus tôt que prévu.

Son bureau était en quelque sorte coincé dans un renfoncement, offrant à Elder une vue restreinte sur le parking et pas grand-chose de plus. Cela témoignait d'un certain manque de respect pour son grade, non qu'Elder fût le seul inspecteur principal de la division, loin de là, et il allait devoir faire ses preuves avant de réclamer un cadre de travail plus agréable. Il avait vu le commissaire divisionnaire lorsqu'il s'était présenté pour son entretien, et une seconde fois, brièvement, ce matin même, une rencontre par hasard au pied de l'escalier. Le commissaire lui avait serré la main et l'avait présenté à la demi-douzaine de collègues qui se trouvaient là – et dont il avait déjà, pour la plupart, oublié les noms. Il aurait le temps de les retenir.

– L'inspectrice Prior va vous faire visiter les lieux, vous aider à démarrer. En attendant, voilà votre bureau.

Une main sur l'épaule, et il repartit.

Le fauteuil dans lequel Elder était assis penchait nettement d'un côté. Le plateau du bureau était marqué par diverses éraflures et autres graffitis, son rebord, sur le devant, portait des traces de brûlures de cigarettes qu'on avait laissées se consumer – et qui témoignaient de son grand âge : il était loin, le temps où tout le monde fumait au bureau, et c'était une époque qu'Elder avait vu disparaître avec plaisir.

Une pile de dossiers, anciens pour la plupart, semblait avoir été larguée sur sa table sans raison particulière. Presque toutes les cartes de son fichier rotatif étaient copieusement biffées, les nouveaux renseignements griffonnés à la hâte dans les coins. L'écran de son ordinateur était fêlé, le disque dur n'avait plus de cordon d'alimentation. Le tiroir supérieur de son bureau était plein à craquer d'enveloppes en papier kraft et de papier machine; dans celui du milieu, plusieurs plans des villes voisines, et un annuaire téléphonique de 1994. Parmi les dossiers qui traînaient dans le tiroir du bas, Elder découvrit un pâté en croûte entamé, encore dans son emballage, la moisissure collant à la pâte qui entourait une viande d'un vert agressif.

– Je vois que vous avez trouvé le chemin de la cantine.

Elder laissa tomber le pâté sur le bureau et fit pivoter son fauteuil.

– Maureen Prior, fit l'inspectrice en lui tendant la main.

De taille moyenne, cheveux châtains ni longs ni courts, yeux marron clair, elle portait un pantalon de velours noir et un pull de coton noir, et pour seul accessoire la montre à bracelet de cuir qu'elle avait au poignet. Dans les trente-cinq ans, se dit Elder, à quelques années près dans un sens ou dans l'autre. La plaisanterie qu'elle avait utilisée pour se présenter, si c'en était bien une, fut la seule qu'Elder allait entendre de sa bouche pendant plusieurs années.

– Et si on allait prendre une tasse de thé, d'ailleurs ? ajouta Maureen. Vous pourrez me poser toutes les questions que vous voudrez.

Les deux premiers jours passèrent plutôt vite, Elder se familiarisant avec le système, la routine. La Division des crimes majeurs du comté était répartie entre deux bases : Carlton, ici même, aux confins de la ville à l'est, et Mansfield, une ancienne cité minière, très dure, à une vingtaine de kilomètres au nord. Meurtres, agressions et violences physiques, vol organisé : la division collaborait, parfois dans la crispation, avec la brigade des stupéfiants et celle des mœurs. En ce moment, elle participait à une opération conjointe avec la police de Leicester, pour élucider les meurtres de quatre femmes, toutes étranglées : deux dans le Leicestershire, une à Keyworth, une à Grantham. Les équipes étaient à la limite du surmenage.

À la fin de sa deuxième journée de travail, Elder fut invité par un de ses collègues à se joindre à un groupe d'officiers pour boire un pot dans un bar, en début de soirée. Comme souvent dans ces cas-là, le début de soirée s'éternisa. Quand Elder rentra chez lui, Joanne était déjà au lit. Elle dormait. Lorsqu'il la réveilla, sans vraiment le faire exprès, mais avec une idée derrière la tête malgré tout, elle s'écarta de lui en roulant sur elle-même, avec ce commentaire :

– Bon sang, Frank, tu empestes !

Ce fut le troisième jour, peu après onze heures, qu'il reçut l'appel.

– On dirait que celui-ci pourrait bien vous concerner, annonça la standardiste du 999.

Après avoir écouté son interlocuteur, Elder se dit qu'elle avait sans doute raison.

Maureen Prior était à son bureau, utilisant tous ses doigts sauf les auriculaires pour frapper les touches de son clavier d'ordinateur.

– Le Royal Palm Hotel, dit Elder. Vous savez où ça se trouve ?

Maureen cliqua sur *Enregistrer*, fit descendre le curseur jusqu'à *Fermer*, et se retourna pour rafler son sac.

Vingt minutes plus tard, ils se trouvaient à la réception, où on les dirigeait vers le bureau du directeur.

– C'est impensable, leur déclara ce dernier. Impensable dans cet hôtel. (Il avait une cravate d'un jaune pisseux, un accent du Moyen-Orient, et des ongles polis comme de l'ivoire.) Suivez-moi, je vous prie.

L'ascenseur s'éleva avec une telle douceur qu'il semblait ne pas bouger du tout.

– La femme de chambre…, leur expliqua le directeur alors qu'ils sortaient de la cabine, … Lottie, une employée modèle. Elle est entrée dans la chambre pour faire le ménage, changer les draps. Il n'y avait rien sur la porte, pas de panneau *Ne pas déranger*. Tout d'abord, elle a seulement cru que la couette avait été roulée en boule. Et puis elle a vu le visage…

Il se servit de sa clé pour ouvrir la porte, puis il s'écarta, suivit les deux officiers de police dans la chambre, et referma énergiquement la porte derrière eux.

– Il y a quelqu'un qui dort encore, s'est-elle dit, après une nuit agitée, peut-être, et puis…

Mais ni Elder ni Maureen ne l'écoutaient vraiment. Leur attention était retenue par autre chose.

Le visage de la morte était légèrement tourné vers la gauche, une mèche de cheveux foncés, presque noirs, tombant en travers de sa joue, et ses yeux grands ouverts étaient braqués sur la fenêtre. Le col d'une sorte de chemise ou de chemisier était visible au-dessus de la lisière de la couette, et sous ce col la peau présentait une trace rouge, pâle mais indéniable, pareille à une irritation. La peau elle-même était froide ; pas de veine battant sur la tempe, pas de trace de vie.

La victime n'était ni jeune ni vieille.

Elder regarda Maureen, qui s'était postée en face de lui de l'autre côté du lit, et sur un signe de tête, ils rabaissèrent la couette ensemble.

Le col, c'était celui d'une robe longue et légèrement évasée, au tissu or pâle parcouru d'un léger motif ; des manches courtes, une ceinture serrée autour de la taille.

Ce n'était pas une robe dans laquelle on avait dormi.

Le tissu n'était pas froissé, chaque pli du vêtement était à sa place.

L'inconnue n'était pas morte pendant son sommeil, donc ; on l'avait habillée et déposée soigneusement sur son lit.

Les bras n'étaient pas parallèles au torse, mais légèrement pliés afin que la main gauche repose sur la droite. Celle-ci était ornée d'un petit diamant serti dans une bague en or. Sur l'annulaire de la main gauche, une légère dépression, un cercle de peau pâle, indiquait l'endroit où elle avait porté une alliance.

Elder s'écarta du lit.

– C'est bien la cliente au nom de laquelle la chambre était réservée ? demanda-t-il.

– Je crois que oui, répondit le directeur. Je suppose.

– Vous n'en savez rien ?

L'homme secoua la tête.

– Mais vous savez, malgré tout, au nom de qui cette chambre a été réservée ?

Elder tentait de faire en sorte que le ton de sa voix ne trahisse pas son impatience.

– Oui, bien sûr.

– Alors ?

– Irene Fowler, c'est ce qui est inscrit sur le registre. J'ai vérifié, bien sûr.

– Et vous ne pouvez pas nous dire si c'est bien cette femme ?

– Ces derniers temps, nous avons eu beaucoup de clients ; avec la conférence, l'hôtel était complet.

Elder s'approcha de la penderie et fit coulisser la porte. Le tiers des cintres était occupé : deux autres robes, longues également, des jupes et des hauts, un manteau beige, un tailleur bleu nuit à rayures et larges revers. Dans les tiroirs, des sous-vêtements qui semblaient luxueux ; un pull en cachemire contre le froid ; quatre paires de chaussures.

Dans la salle de bains, une brosse à dents et un tube de dentifrice dans un gobelet en plastique. Une brosse à cheveux et un peigne. Des lotions et des crèmes. Sur le carrelage, une serviette qu'on avait jetée là, sous l'évier, après usage ; une autre, propre et pliée, à cheval sur le rebord de la baignoire. Le rideau de la douche était repoussé contre le mur.

– Venez voir, fit Maureen.

Quand Elder rentra dans la chambre, elle tenait à hauteur des yeux, à l'aide d'un stylo à bille marqué du nom de l'hôtel, un sac à main en cuir noir.

– Il était coincé entre le lit et la penderie.

Elle reposa le sac et, avant de l'ouvrir, enfila une paire de gants en plastique.

Un agenda, du rouge à lèvres, des lingettes, un petit peigne, des mouchoirs en papier, des protège-slips, de l'Ibuprofen, des pièces de monnaie ; un portefeuille contenant soixante livres en billets de banque, des cartes nominatives de magasins, des cartes de crédit, un permis de conduire au nom de

Fowler, Irene Patricia, née le 21 juin 1940, domiciliée au 71 Sheridan Avenue, Market Harborough.

– Intéressant, fit remarquer Maureen. Un permis de conduire, pas de clés de voiture.

– Elles sont peut-être dans une poche du manteau.

Elles n'y étaient pas ; le manteau ne contenait aucune clé, de quelque sorte que ce fût.

– La femme de chambre, dit Elder, la femme qui l'a découverte…

– Elle n'aurait rien pris du tout, affirma le directeur.

– Ce n'est pas ce que je voulais dire. Nous avons besoin de lui parler, c'est tout.

– Elle est au rez-de-chaussée, dans mon bureau. Elle est bouleversée.

– Nous allons devoir parler aux autres membres du personnel, aussi, dit Maureen. À toutes les personnes qui étaient de service hier soir. Et ce matin, aussi.

– Elles ne sont pas toutes là. Elles…

– Vous nous donnerez une liste. On les contactera, on les convoquera.

– Il nous faudra aussi une liste de toutes les personnes présentes dans l'hôtel, ajouta Elder, surtout de celles qui assistaient à la conférence. Y compris les intervenants extérieurs, et les invités.

– Je peux vous fournir le nom de l'organisateur de la conférence, bien sûr. De plus, il existe un programme. J'en ai des exemplaires en bas.

– Bien.

– Et si vous descendiez ? suggéra Maureen à Elder. Vous pourriez peut-être parler à la femme de chambre ? Je vais passer quelques appels, pour faire avancer les choses.

– D'accord.

Mais avant de quitter la chambre, il retourna vers le lit et regarda la morte. Irene Fowler, 57 ans, depuis peu veuve ou divorcée ; élégante, soignée de sa personne, sans doute bardée de diplômes et occupant un poste bien rémunéré. Sur son cou, autour de l'endroit où il présentait une légère boursouflure, on distinguait des traces violettes, pas plus grosses que des têtes d'épingle, comme si de petits vaisseaux sanguins avaient éclaté sous l'épiderme.

De nationalité croate, la femme de chambre, inquiète pour son statut d'immigrée, était désorientée. Oui, elle avait déjà vu cette dame auparavant, une fois, au moins une fois. La veille, elle en était sûre. Ou peut-être l'avant-veille. Elle était revenue dans la chambre avant que le nettoyage ne soit terminé. Seule ? Oui, seule. Ella avait oublié quelque chose. Des papiers. Ou des livres. Polie. Elle s'était montrée très polie. Très gentille.

Intéressant, se dit Elder. Une femme d'affaires qui assiste à une conférence devrait avoir une mallette, au moins ; sans doute un ordinateur portable ; certainement un téléphone.

Aucun de ces objets ne semblait avoir été présent dans sa chambre.

À la fin de l'après-midi, on n'en avait toujours pas retrouvé la trace.

Un peu plus tôt, on avait découvert dans le parking de l'hôtel une berline Volvo marron immatriculée au nom d'Irene Fowler. Les portières n'étaient pas verrouillées. La morte avait été une automobiliste méticuleuse : à part le manuel d'entretien du véhicule et un atlas routier récent, les détritus qui traînent habituellement dans les voitures se réduisaient à très peu de chose – l'enveloppe bleue et argent d'une barre de chocolat Cadbury, une peau de chamois, des tickets de parcmètres imprimés à Nottingham, Derby et Leicester, datant tous des dix derniers jours.

Quand on parvint enfin à prendre contact avec l'ex-mari d'Irene Fowler pour l'informer de son décès, il jura, tempêta, et fondit en larmes.

Il y avait des enfants, aussi, tous adultes à présent, mais des enfants malgré tout.

Quand Elder rentra enfin chez lui, Katherine était au lit depuis longtemps, et Joanne regardait une escouade de chirurgiens qui ouvraient en deux la cage thoracique d'un patient ; il n'aurait su dire s'il s'agissait d'un documentaire ou d'une fiction.

– Longue journée…, dit Joanne en lui tendant sa joue pour qu'il l'embrasse.

Elder marmonna de vagues paroles.

– Il y a des pâtes, fit Joanne. Je peux te les réchauffer. Avec des boulettes de viande et de la sauce tomate.

– Ça ne me dit rien.

– Tu as déjà mangé ?

– Non, pas vraiment.

– Alors, tu devrais. (Éteignant le téléviseur à l'aide de la télécommande, Joanne se leva.) Tu ne peux pas te permettre de sauter des repas. Et puis… (elle lui planta son index dans l'estomac) … je n'ai pas envie que tu t'étioles.

Dans la chambre de sa fille, la lumière était toujours allumée. Katherine lisait laborieusement, pour la deuxième ou troisième fois, une version abrégée de *Jane Eyre*.

– Tu ne devrais pas déjà dormir, à l'heure qu'il est ?

– Papaaaa !

La seconde syllabe s'étirait decrescendo.

– Quoi ?

– Tu n'arrêtes pas de m'asticoter, tu t'en rends compte ?

Elder lui ébouriffa les cheveux.

– Comment ça s'est passé, au collège ?

– Pas mal.

– Vraiment ? J'avais cru que tu redoutais cette première journée.

– Non, c'était bien.
– Pas aussi terrible que tu ne le redoutais, alors ?
Katherine le gratifia de cet air exaspéré qu'elle avait mis au point à l'âge de cinq ans : une façon de tourner lentement la tête tout en levant les yeux au plafond.
– Encore cinq minutes, d'accord ? fit Elder. Et puis c'est l'extinction des feux, pour de bon.
– D'accord.
Son dîner l'attendait dans un grand saladier blanc, acheté le jour même chez Muji, Joanne ne ratant jamais une occasion de faire quelques emplettes. Du parmesan, une petite salade de tomates et d'épinards, un verre de vin rouge.
Quand Elder fut assis, Joanne fit tinter son verre contre le sien.
– C'est en quel honneur, tout ça ?
– Il faut vraiment qu'il y ait quelque chose à fêter ?
– Je ne sais pas.
– Eh bien, je dois dire que ma journée a été excellente. Nous avons engagé deux nouveaux coiffeurs et une manucure. Et une fille bien, je crois, pour travailler comme réceptionniste. Martyn semblait satisfait.
– Alors, tout va bien.
– Tu n'es pas obligé d'être sarcastique.
– Je n'avais pas l'impression de l'être.
– Tu parles !
Elder soupira, sourit, et secoua la tête.
– Excuse-moi.
– Pas de problème.
De temps à autre, pas trop souvent, Joanne avait une réflexion, un petit bout de phrase, qui le mettait en rage.
Quand il eut fini de manger, Joanne remplit leurs verres et ils les emportèrent dans la pièce voisine. La

chaîne stéréo diffusait un de ces chanteurs que Joanne aimait bien.

– Et toi, ta journée, elle s'est passée comment ? demanda Joanne.

– Disons... pas aussi bien que la tienne.

Dans cette lumière, elle était belle, et Elder comprit qu'il l'aurait suivie pratiquement n'importe où si elle le lui avait demandé ; et cette maison n'était ni mieux ni pire que beaucoup d'autres.

Quand il posa la main à l'intérieur de la cuisse de Joanne, elle ne fit rien pour l'en chasser.

L'autopsie de la morte ne leur apprit pas grand-chose. La mort était survenue par strangulation, avec fracture de l'os hyoïde et perte de sang au cerveau. On avait utilisé un lien souple, sans doute une pièce d'habillement, qui n'avait pas laissé de trace facilement repérable.

Son système sanguin contenait de l'alcool, mais en quantité raisonnable. Il y avait des traces d'activité sexuelle récente, mais rien n'indiquait qu'il y ait eu agression. Pas de trace de sperme, ni à l'intérieur ni à l'extérieur du corps ; si son partenaire avait utilisé un préservatif, il ne l'avait en tout cas pas laissé sur place.

Le scénario le plus probable, de l'avis des enquêteurs, était que la morte avait invité un homme dans sa chambre, qu'elle avait consenti à une relation sexuelle, mais qu'après cela la situation avait dérapé de façon incontrôlable. Si tel était bien le terme qui convenait : la disposition du corps, tel qu'il avait été laissé sur le lit, témoignait d'un certain sang-froid, d'un grand calme, d'un étrange degré de détachement. Comme s'il s'agissait d'un rituel. D'une marque de respect.

Ainsi que Maureen Prior le fit remarquer, rien ne permettait d'affirmer que le partenaire sexuel d'Irene Fowler et son meurtrier étaient un seul et même homme, même si les circonstances rendaient l'hypothèse probable.

Pendant un certain temps, l'ex-mari fut soupçonné, comme le sont souvent les intimes et les proches. Mais ils eurent beau creuser la question, il n'y avait rien à découvrir de ce côté-là, rien d'autre que de la colère, de la tristesse et des regrets. L'un des intérimaires de l'hôtel avait parmi ses antécédents quelques délits mineurs d'ordre sexuel – exhibitionnisme, vol de sous-vêtements dans une laverie, et une accusation, dépourvue de preuves, selon laquelle il se serait frotté contre une passagère dans un autobus bondé. Maureen et Elder l'interrogèrent, séparément et de concert, sans rien trouver de probant qui pût établir une relation entre lui et le meurtre d'Irene Fowler.

On chercha des connexions possibles entre ce décès et d'autres affaires de strangulation pour lesquelles des enquêtes étaient en cours, mais on n'en trouva aucune. Au bout de trois mois, le dossier, toujours pas clos, fut repoussé vers l'extrémité du bureau, puis se retrouva au fond d'un tiroir.

Affaire non élucidée.

13

Elder sentit les premières gouttes de pluie alors qu'il traversait Fletcher Gate pour rejoindre l'endroit où Joanne avait suggéré qu'ils se retrouvent : un café-restaurant à la façade tout en verre, dont les deux niveaux étaient reliés par un escalier en spirale. Joanne était installée au premier étage, contre la vitre, et elle regardait la rue.

– Frank, c'est abominable. (La nouvelle du meurtre de Claire Meecham avait été le sujet principal des informations locales, et elle avait fait la une du *Post*.) Pauvre Jennie.

Hochant la tête, Elder tira une chaise à lui en douceur.

– Je ne savais pas si je devais lui téléphoner ou pas, ajouta Joanne. Je ne sais toujours pas ce qui est le mieux.

– Je l'ai vue tout à l'heure, répondit Elder. Brièvement. Elle ne m'a pas semblé trop effondrée. Tu devrais l'appeler si tu peux.

Il s'était rendu au quartier général des Affaires criminelles pour y déposer les informations qu'il avait promises à Maureen, et Jennie était arrivée au moment où il repartait.

– Je vous présente Derek, avait dit Jennie en désignant l'homme qui l'accompagnait.

Grand, le teint mat, Derek était imposant dans son costume de lin clair. Les phalanges d'Elder gardaient le douloureux souvenir de sa poignée de main.

Il commanda un café noir et regarda Joanne boire son crème à petites gorgées. Dehors, la pluie tombait sans interruption, à présent, et laissait sur la vitre des traînées sinueuses. Un tramway qui montait la côte passa lentement devant eux. Il s'arrêta pour prendre des passagers avant de tourner dans Victoria Street vers la place de l'ancien marché.

– Dans le journal, ils disaient qu'elle a été étranglée.

Elder hocha la tête.

– Quelqu'un est entré chez elle par effraction et l'a étranglée ?

Elder fit un signe de dénégation.

– Je ne pense pas.

– Je ne comprends pas.

– Je crois qu'elle était déjà morte.

– Mais comment… ?

– Son meurtrier. Je suppose qu'il l'a ramenée chez elle.

Joanne tripota ses bagues.

– On va l'arrêter, Frank ? Qu'est-ce que tu en penses ?

– Je ne sais pas. Je l'espère.

– Tu vas rester ici ? Pour les aider ?

– J'en doute. Ils se débrouilleront bien sans moi. C'est Maureen qui est chargée de l'enquête. Maureen Prior, tu te souviens d'elle ?

– Raison de plus, alors.

– Pour quoi ?

– Pour que tu te joignes à l'enquête. Maureen et toi, vous avez toujours formé une bonne équipe.

– Non. Maureen connaît son métier. De plus, j'ai rendu mon tablier, tu te souviens ? Je suis rayé des cadres. Sur la touche.

Joanne sourit avec les yeux.

– Que tu dis.

– Tu ne me crois pas ?

– Il t'est déjà arrivé de reprendre du service.

– Ce n'était pas la même chose. Et cela a plutôt tourné au désastre. Comme tu ne t'es pas privée de me le faire remarquer.

– Je le regrette. Il y a des choses que je n'aurais jamais dû dire.

– Mais tu avais raison. Si je ne m'étais mêlé de rien, ce que Katherine a enduré ne se serait jamais produit.

– Tu n'en sais rien.

– Bien sûr que si.

Elle était encore en suspens, entre eux trois, cette responsabilité qui était la sienne dans les événements qui avaient failli provoquer, à son corps défendant, la mort de Katherine.

Joanne regarda sa montre.

– Il est temps que j'y retourne.

– Très bien. Je vais rester et finir mon café.

– Tu vas revoir Katherine avant de repartir ?

– J'essaierai.

Joanne sembla hésiter un instant, puis elle se baissa et déposa un baiser rapide sur sa joue.

– Prends bien soin de toi, Frank.

– Je ferai de mon mieux.

Il entendit ses talons cliqueter dans l'escalier, puis, un moment plus tard, il la regarda traverser la rue, pressant un peu l'allure pour ne pas s'éterniser sous la pluie. Elle fit encore cinq, dix mètres sur le trottoir d'en face avant de disparaître de son champ de vision. Ce serait tellement plus facile, se dit Elder, si elle s'était enlaidie avec l'âge au lieu de devenir plus belle.

Katherine lui avait donné son nouveau numéro de portable, mais quand il le composa, il n'obtint pas de réponse ; à la résidence pour étudiants, il n'y avait personne non plus. Malgré la pluie qui tombait toujours, il choisit de retourner à pied vers le centre, traversant Castle Boulevard avant de longer le canal. Malgré tous ses efforts pour concentrer ses pensées sur d'autres sujets, certaines coïncidences continuaient à se répondre en écho à plusieurs années de distance : la façon dont les deux femmes avaient été vêtues puis disposées sur leur lit ; le moyen employé pour les tuer, similaire bien que pas exactement identique ; l'absence, à sa connaissance, d'éléments concrets de nature médico-légale.

Arrivé au bord de la marina, Elder s'arrêta pour regarder quatre canetons, pas plus gros qu'un poing, traverser l'eau dans le sillage sinueux de leur mère.

Ce qui lui restait vraiment sur le cœur, c'était le fait qu'on n'avait jamais découvert le meurtrier d'Irene Fowler, que l'enquête – son enquête – n'ait jamais connu de conclusion. C'était encore ce même instinct imbécile, déclenché par son orgueil blessé, qui l'avait déjà poussé à s'impliquer dans une affaire, pour un résultat catastrophique. Eh bien, cette fois, il s'abstiendrait. Dans moins d'une heure, il aurait bouclé sa valise, réglé sa note d'hôtel, et il roulerait vers l'ouest. Une fois rentré chez lui, il appellerait Katherine pour lui expliquer ; il l'inviterait à venir le voir en Cornouailles, aux prochaines vacances universitaires.

Alors qu'il s'éloignait du bord du canal pour entrer dans l'hôtel, il vit Maureen Prior qui se dirigeait vers lui.

– Tu es venue pour me dire au revoir ? demanda Elder.

Maureen secoua la tête.

– Je suis venue t'inviter à déjeuner.

– Ça ne me dit rien.

– Tu n'as pas faim ?

– Quelque chose comme ça.
– Alors, tu pourras me regarder manger.
Ils partirent en voiture, passèrent devant l'hippodrome, et se garèrent au bord du lac de Colwick, face à la vaste étendue d'eau calme.
– Tu as apporté ton casse-croûte ? dit Elder.
Maureen tendit le bras vers le siège arrière pour attraper un sac en plastique blanc uni ; il contenait deux sandwiches poulet-salade, emballés séparément, et un paquet de chips.
– C'est tout ?
– Tu n'avais pas faim, rappelle-toi.
– Ça, c'était tout à l'heure.
Elle lui tendit un sandwich et se mit à manger. Les gouttes d'une pluie légère rebondissaient sur le toit de la voiture. Il y avait deux autres berlines garées un peu plus loin. Un homme pêchait, protégé par un ciré vert foncé muni d'une capuche.
– On a reçu les résultats de l'autopsie, tout à l'heure, dit Maureen. Les premières conclusions, tout du moins. Elles ne contiennent rien que nous n'aurions pu deviner tout seuls. Contusions assez graves des tissus sous la peau. Fracture de la trachée. Strangulation. La configuration de l'hémorragie coïncide avec celle des marques relevées sur le cou.
– Il y a d'autres traces ?
– Quelques abrasions autour des chevilles et des poignets, pas récentes. Des contusions légères aux bras.
– Elle a été immobilisée, ligotée.
Prior hocha la tête.
– Violée ?
Un signe de dénégation.
– Sans doute pas. Des traces d'activité sexuelle, vaginale, mais sans lésions ni déchirures particulières.
Deux canards décrivirent une courbe au ras du lac et se posèrent, soulevant une gerbe d'eau, près de la rive opposée.

– Autre chose ? demanda Elder.

– Pratiquement rien. Pas de quantité importante d'alcool dans le système sanguin ; une légère trace d'aspirine, mais aucune autre substance.

– Et en ce qui concerne la date du décès ?

– Selon leur estimation la plus probable, il se situerait entre dix et douze jours avant la découverte du corps.

Elder hocha la tête. Il sortit de la voiture et quelques instants plus tard Maureen fit de même. La pluie, enfin, semblait faiblir un peu, bien que le ciel fût encore pris dans la grisaille.

– Claire Meecham a disparu au cours du week-end du 9 au 10 avril, dit Elder. À présent, il semblerait qu'elle soit morte à peine quelques jours plus tard.

– Il faut que l'on découvre où elle se trouvait à ce moment-là.

– Et avec qui elle était.

Ils continuèrent de marcher en longeant le lac.

– Irene Fowler, dit Maureen. Tu penses vraiment que c'est le même scénario qui se reproduit ?

Elder sourit.

– Tu me l'as déjà dit : ne suppose rien.

– Mais si tu t'y risquais ?

Il haussa les épaules.

– Les similitudes sont bel et bien là.

– Certaines sont évidentes, je te l'accorde. Mais il existe des différences, également. Irene Fowler a été assassinée dans un hôtel, pour commencer. Et c'est dans cet hôtel qu'on l'a découverte. On a retrouvé Claire Meecham chez elle, mais on l'a tuée ailleurs. Quelqu'un a caché son corps pendant un certain temps, puis a pris le risque non négligeable de la ramener et de la border dans son propre lit. C'est très différent, Frank. C'est une autre paire de manches.

– Pas nécessairement.
– Bien sûr que si.
Elder secouait la tête.
– Ce pourrait être une variation sur le même thème, et rien de plus. Les bases n'ont pas changé. Deux femmes qui ont à peu près le même âge. La façon dont les corps ont été disposés. La façon dont on les a tuées.
– Je sais. On ne peut pas ignorer ces faits, je m'en rends bien compte. (Maureen leva les yeux vers Frank.) On a besoin de ton aide, Frank. Pour que tu reprennes tout ça depuis le début.
Elder secoua la tête.
– Je ne pense pas. Je me suis cassé le nez sur la première enquête, tu te souviens ? Si quelqu'un doit éplucher le dossier Fowler, il vaudrait mieux que ce ne soit pas moi.
Il ramassa une pierre plate et la fit ricocher sur la surface du lac.
– Si, il vaudrait mieux, insista Maureen. Ce dossier, tu le connais mieux que personne. Et puis, tu sais combien d'enquêtes nous menons de front en ce moment même ? Combien de meurtres ont été commis ici depuis le premier de l'an ? Ce n'est un secret pour personne, nos effectifs sont surchargés, au bord de la rupture. Et maintenant, le directeur de la police a sur le dos le ministère de l'Intérieur, qui le menace d'envoyer des officiers de l'extérieur, venus d'un autre secteur.
– Mieux vaut un emmerdeur qu'on connaît qu'une bande d'emmerdeurs qu'on ne connaît pas, c'est ce que tu veux dire ?
– Quelque chose dans ce goût-là.
Elder ramassa une autre pierre plate et l'envoya suivre le même chemin que la première, se revoyant, à cet instant précis, sur la plage de Mablethorpe avec Katherine quand elle avait cinq ou six ans et qu'ils

jetaient tous les deux des cailloux à la marée montante ; Joanne était assise plus haut sur la plage, derrière un pare-vent, avec une thermos et une pile de magazines.

– Bernard Young, dit Elder, c'est toujours lui, le commissaire principal ?

– Je lui ai parlé ce matin, répondit Maureen. Il sera ravi de t'intégrer à l'équipe. Comme consultant civil, au tarif en vigueur. Je crois qu'ils iraient même jusqu'à t'aider à te loger.

– Et le directeur adjoint, comment il prendrait ça ? On ne peut faire ce genre d'arrangement derrière son dos.

Maureen jeta un coup d'œil à sa montre.

– À l'heure qu'il est, Bernard devrait être en train de lui en parler.

– Vous en étiez pratiquement sûrs, non ? Que j'accepterais ?

– Je te connais depuis longtemps, Frank.

C'était vrai. Et à part le fait que Maureen était très compétente dans son domaine, Elder ne savait, quant à lui, pratiquement rien sur elle.

Qu'avait-elle dit au sujet de Claire Meecham ? *C'était son choix, de rester dans son coin. C'est ce que font certaines personnes*. Même si elle ne faisait pas étalage de sa beauté, Maureen était une femme séduisante, sans doute avec des désirs et des besoins bien à elle.

– D'accord, fit Elder. Je ferai ce que je pourrai.

Depuis trois ans que Bernard Young était le commissaire principal en charge de ce qui avait été la Division des crimes majeurs, celle-ci avait dû changer de nom, ses effectifs et ses ressources avaient subi des coupes sombres, et l'unité elle-même était menacée de disparition. « Encore deux ans avant la retraite », disait-il à qui voulait bien lui prêter une oreille attentive. « Deux ans, et je m'installe dans ce coin que j'ai dégotté dans les Yorkshire Dales. Je vais relire jusqu'à la dernière ligne tout ce qu'a écrit ce bon vieux Thackeray, et je vais élever des poissons exotiques. »

Cet après-midi, il portait un costume en serge plutôt tristounet dont le gilet n'était pas boutonné ; sa cravate à rayures pendait mollement, le nœud desserré. Ses joues congestionnées laissaient à penser qu'il avait négligé de prendre ses comprimés contre l'hypertension – à moins qu'il n'ait tété la bouteille de Lagavulin que de notoriété publique il gardait dans son bureau.

Le noyau du groupe de Maureen Prior était rassemblé : deux inspecteurs, quatre inspecteurs adjoints, et deux civils : le premier se chargeait du réseau informatique, le second gérait le flot des demandes de renseignements par téléphone et toute la paperasse. Une équipe poussée au maximum de ses possibilités, c'était l'expression qui venait à l'esprit quand on savait dans quelles conditions elle travaillait.

– Certains d'entre vous connaissent Frank Elder, que voici, commença Young. La plupart d'entre vous, dirais-je. Il a été inspecteur principal dans notre unité, et un inspecteur principal sacrément efficace. Jusqu'au jour, en fait, où il a tout envoyé promener pour partir se terrer au fin fond de la Cornouailles. Mais il retravaillé avec nous une ou deux fois, depuis, et il est prêt à le faire de nouveau. Maureen vous donnera tous les détails. Ce que je tiens à vous dire, c'est : apportez-lui toute l'aide dont il aura besoin. Ce n'est pas un étranger, il est des nôtres. Et ce n'est pas la peine que je vous rappelle à quel point on a besoin de résultats, en ce moment. Ceux d'entre vous qui gardent un œil sur les résultats de foot, ils savent bien que les gars de Nottingham Forest, vu la façon dont ils jouent ces derniers temps, sont sur le point de disparaître au fond de la cuvette, et c'est eux qui auront tiré la chasse eux-mêmes. Et nous, si on ne garde pas la tête hors de l'eau, on va subir le même sort. Alors, il faut qu'on assure, sur ce coup-là, d'accord ? Qu'on ne perde pas des yeux ce putain de ballon.

Quelques postérieurs changèrent de position sur leurs sièges ; des murmures d'approbation unanimes se firent entendre.

– Et maintenant, reprit Young en se levant, il faut que j'aille me déguiser en pingouin pour aller bouffer du poulet mal réchauffé avec le directeur de la police et ce putain de lord-maire. Si Sa Sainteté veut bien excuser l'expression. Alors que si j'avais le choix, j'aimerais mieux me joindre à vous pour une descente au pub.

D'un geste quelque peu emphatique, il passa la parole à Maureen Prior et sortit nonchalamment de la pièce. De brefs échanges s'amorcèrent puis s'éteignirent alors qu'elle se levait de sa chaise. Des photos de Claire Meecham et d'Irene Fowler étaient déjà punaisées sur le mur, derrière l'endroit où Maureen se tenait debout, ainsi que les descriptions détaillées des lieux où on les avait trouvées et de la façon dont elles étaient mortes.

Avec clarté et précision, Maureen passa en revue les points communs entre les deux affaires. Deux femmes d'âge mûr, étranglées, leurs cadavres traités avec un respect paradoxal. Huit ans séparant les deux meurtres. Huit longues années. Un intervalle qui pouvait inspirer à certains d'entre eux des hypothèses différentes. Si – et c'était un grand « si » – le même homme était l'auteur des deux meurtres, avait-il séjourné en prison entre-temps ? Ou à l'étranger ? Ou bien existait-il d'autres raisons qu'il leur restait encore à découvrir ? D'autres victimes, même ?

Maureen Prior laissa cette question en suspens, de façon troublante, frustrante, avant de poursuivre.

– Donc, reprit-elle, deux meurtres. Et c'est sur le plus récent, celui de Claire Meecham, que portera principalement l'enquête. Frank se consacrera à celui d'Irene Fowler, en épluchant toutes les pièces du dossier, réexaminant les faits, réinterrogeant les témoins clés. C'est pour ce travail, essentiellement, que nous lui avons demandé de se joindre à notre équipe. Quant à nous, s'il a besoin de notre aide, nous la lui apporterons, dans la mesure où nous serons disponibles pour le faire.

Les visages se tournèrent vers Elder, certains pour le jauger, d'autres, souriant, pour manifester leur enthousiasme, que soulignèrent, qui plus est, quelques pouces brandis.

– Avant de se replonger dans le passé, cependant, Frank va nous dire deux ou trois choses au sujet du meurtre de Claire Beecham. Il enquêtait sur sa disparition lorsque le corps a été découvert. Frank…

Elle s'écarta lorsque Frank se leva. Rapidement, il leur résuma ce qu'il avait appris sur Claire Meecham, son histoire, son passé, ses emplois, et, plus important encore, l'aspect de sa vie qu'elle avait caché à sa propre sœur.

Après avoir répondu à quelques questions, Elder se rassit.

– Bien ! fit Maureen en guise d'ultime cri de ralliement. Nous en savons un peu, il faut que nous en apprenions bien davantage. Sur les dernières semaines de la vie de Claire Meecham, en particulier : où elle était, et avec qui. Avec de la chance et un coup de pied au cul bien placé au service informatique, nous devrions obtenir dans les quarante-huit heures un historique complet de ses e-mails. Dès que nous l'aurons, il nous faudra retrouver et interroger toutes les personnes avec qui elle a été en contact ces douze derniers mois. En attendant, nous allons nous concentrer sur les noms que Frank a déjà extirpés du dossier. Ensuite, on s'occupera de la famille, des amis, des collègues, des voisins, vous connaissez la procédure. On vérifie, on établit des priorités, et on revérifie.

Maureen n'eut pas besoin d'ajouter que toutes les bases de données appropriées, y compris le registre des auteurs de crimes sexuels, allaient devoir être consultées et explorées.

– Claire Meecham et Irene Fowler, conclut Maureen Prior, il n'y a peut-être pas de lien entre ces deux affaires, mais s'il en existe un, nous le trouverons, j'en suis sûre. Rappelez-vous seulement que rien n'est gravé dans le marbre. Gardez l'esprit ouvert. Et restez concentrés. D'accord ?

Elle se recula d'un pas.

– Il y a des questions ?

Le lendemain matin, Elder régla sa note d'hôtel pour s'installer dans un appartement entretenu par un personnel de service, dans un immeuble de sept étages réaménagé près de la patinoire olympique. L'appartement lui-même était meublé de façon spartiate mais avec goût, avec un plancher si propre que l'on n'eût pas hésité à manger par terre si la situation l'avait exigé, et un petit balcon d'où l'on découvrait toute la ville.

Grâce au hasard plus qu'à une recherche délibérée, il était tombé sur un petit restaurant italien tout proche, dans l'ancien marché aux fruits et aux légumes qui longe Sneinton, à quelques minutes de sa nouvelle base. Jennie l'avait assuré qu'elle trouverait sans difficulté.

Quand Elder arriva, un peu plus tôt que l'heure du rendez-vous, plus de la moitié des tables de l'établissement – qui en comptait une douzaine – étaient déjà occupées. Il prit place dans l'angle le plus éloigné, entre le mur et le verre fumé qui séparait la salle de la rue, et fit signe au serveur qu'il attendait que quelqu'un le rejoigne.

Il s'était arrangé pour voir Katherine la veille au soir, le temps de boire un verre en vitesse dans son bar habituel, un vieux bistrot remis à neuf surtout fréquenté, à présent, par des étudiants. Les anciens habitués, vieillissants, aujourd'hui bien rares, étaient relégués dans les coins de la salle où ils restaient assis, tournés vers le comptoir en serrant fort leurs pintes, se plaignant sans doute du vacarme.

Katherine avait paru plutôt contente d'apprendre qu'il allait rester en ville encore un moment, mais elle semblait préoccupée, l'esprit ailleurs. Quand Elder l'interrogea à ce sujet, peu après, dans la rue, elle lui répondit qu'elle se faisait du souci au sujet d'un devoir qu'elle aurait déjà dû rendre, pour lequel elle avait obtenu un délai supplémentaire, lui-même dépassé de trois jours. Compréhensif, il avait hoché la tête, sans croire tout à fait qu'elle lui disait la vérité. À quel âge, se demanda Elder, les enfants sur la défensive commencent-ils à mentir systématiquement à leurs parents ?

Après un nouveau coup d'œil à sa montre, il fut tenté de commander un verre de vin. Jennie avait dit qu'elle viendrait peut-être avec Derek, mais quand elle entra, une dizaine de minutes plus tard, elle était seule.

– Excusez-moi…, fit-elle, un peu essoufflée. J'ai eu plus de mal que je ne pensais à repérer le restaurant, et ensuite, pas moyen de trouver une place pour cette foutue bagnole.

– Ça ne fait rien, dit Elder. Il n'y a pas longtemps que je suis arrivé. Asseyez-vous. On va boire quelque chose.

Le serveur se dirigeait déjà vers eux.

Aujourd'hui, Jennie portait des vêtements plus sobres et néanmoins élégants, et son maquillage était plus discret. Elle restait assez séduisante, cependant, pour que les hommes se tournent vers elle.

– Alors, demanda Elder, comment ça va ?

– Pas trop mal, il me semble. (Jennie alluma une cigarette, remit son briquet dans son sac, et laissa échapper lentement un panache de fumée.) Il a fallu que j'appelle les enfants de Claire. Jane s'est littéralement effondrée, elle n'a pas arrêté de pleurer. James n'a pas tellement mieux réagi, à vrai dire. Et en plus, pour lui, ce sera toute une expédition de venir d'Australie pour les obsèques. Bien que, tant que nous ne connaîtrons pas la date…

– Je suis navré, fit Elder.

Jennie parvint à afficher un bref sourire.

– Je crois que je n'ai pas encore très bien digéré tout ça. Non pas le fait que Claire soit morte. Ça, je le sais. Simplement… vous savez… c'est le reste qui ne passe pas. Tout le reste.

Le vin arriva, et Jennie avala le tiers de son verre d'une seule gorgée.

– C'est comme si je ne l'avais jamais connue, vous comprenez ? Comme si je n'avais jamais su qui elle était vraiment. Et je ne vois pas pourquoi elle était si secrète. Je ne sais pas si elle était gênée, si elle avait honte ou autre chose.

– Elle craignait peut-être votre désapprobation.

– Parce qu'elle voyait des hommes ? Parce qu'elle avait une vie à elle ?

– C'est possible.

Jennie secoua la tête, incrédule.

– Après la mort de son mari, dit Elder, elle a peut-être pensé qu'elle devait se comporter d'une certaine façon.

– En veuve inconsolable ?

– Quelque chose comme ça.

– Rien ne pourrait être plus éloigné de la vérité, déclara Jennie. C'était moi qui la poussais à sortir et à s'amuser. Qui l'en suppliais. Prendre du bon temps, voilà ce qu'elle méritait. Ce qu'elle avait gagné de faire. En soignant Brian de cette façon. Je le lui ai dit et répété. Mais non, disait-elle, c'est bon pour toi, ce genre de chose, tu es encore jeune.

Jennie but une autre gorgée de vin.

– Si seulement elle m'en avait parlé, de ses rencontres avec des types trouvés sur Internet, tout ça. On aurait pu en discuter, en rire ensemble.

Seule la nécessité de choisir leur menu endigua un nouveau flot de larmes. Après avoir passé sa commande, Jennie posa des questions sur l'enquête en cours, la façon dont elle allait se poursuivre, et Elder lui répondit comme il le put.

– Cet autre meurtre, dit Jennie après l'avoir écouté, celui qui a eu lieu avant, vous pensez qu'il a été commis par le même homme ?

– C'est possible. Les similitudes sont trop nombreuses pour qu'on les ignore. Mais ce n'est que ça, une possibilité.

– Et cela s'est passé quand? Il y a huit ans, m'avez-vous dit ?

– Oui.

Jennie se pencha vers lui.

– Alors, pourquoi Claire ? Pourquoi maintenant ?

– C'est ce que nous devons découvrir.

Quand leurs commandes arrivèrent, Jennie éteignit sa cigarette. L'assiette de pâtes fraîches d'Elder était copieuse; la sauce au gorgonzola, forte mais trop piquante. Jennie mangea peut-être la moitié de sa salade au poulet et délaissa le vin pour l'eau minérale.

– Cet après-midi, il faut que je passe un coup de fil qui ne m'enchante pas. L'une de nos représentantes, elle n'arrive à rien, nous allons devoir nous séparer d'elle.

– Vous allez lui dire ça au téléphone ?

– Non. Je vais lui demander de venir me voir, mais elle comprendra de quoi il s'agit. Elle a été engagée à l'essai il y a trois mois. Ses chiffres ont augmenté, un peu, mais pas assez.

– La corvée qui vous attend, c'est le prix à payer quand on est la patronne, dit Elder.

Quand ils furent sortis du restaurant, Jennie posa la main sur son bras.

– Ce que vous découvrirez sur Claire, dit-elle, vous m'en ferez part, n'est-ce pas ?

– Oui, bien sûr…, répondit Elder, sans être certain qu'il lui dirait tout.

– Il faut que je me sauve, fit Jennie.

Une brève pression de sa main sur le bras d'Elder, puis elle partit d'un pas vif, ponctué par le cliquetis de ses talons.

Faisant volte-face, Elder rentra dans le restaurant. Il avait le temps de boire un expresso avant de retrouver Maureen pour qu'ils passent en revue ce qu'ils avaient appris jusqu'à maintenant.

14

1965

Il dessinait, aujourd'hui, il dessinait et coloriait, et il n'y avait pas moyen de l'arrêter. Il couvrait fiévreusement chaque nouvelle feuille de grands traits, de lignes énergiques et larges, appuyant parfois si fort sur son crayon ou son pastel que l'extrémité se fendait ou se brisait. Il créait des taches de couleur que par la suite il hachurait, les rendant plus foncées. Du violet sur du rouge sur du marron sur du bleu.

Alice le pressait sans cesse.

– Parle-moi de ça. Ça me plaît bien. Cette partie, ici. Ces lignes sombres. C'est difficile à expliquer avec des mots, je le sais, mais essaie quand même. Tu peux dire tout ce qui te passe par la tête, tu le sais. Raconte-moi.

Et le gamin ne répondait pas.

Il était assis en biais à sa table. Comme il ne pouvait pas lui tourner le dos, pas tout à fait, il entourait sa feuille avec son bras gauche et son épaule, la masquant le mieux possible.

– Montre-moi. Laisse-moi voir. Je veux regarder ce que tu as fait. Et toi aussi, tu veux que je le voie. Tu as envie de me le montrer, et en même temps, tu ne veux pas le faire.

Maladroitement, le môme tenta de prendre un pastel d'une autre couleur, et il lâcha un juron quand celui-ci lui échappa des doigts. Il prit un crayon à la place et zébra le centre de la feuille de lignes épaisses jusqu'à ce que la mine se brise.

– Tu devrais sans doute t'arrêter un peu, maintenant ? Te reposer ? Ça suffit peut-être pour aujourd'hui, tu ne crois pas ?

Agrippant la feuille de papier à deux mains, il la froissa en une boule compacte et la lança à l'autre bout de la pièce.

Et il commença un nouveau dessin.

Alice se cala contre son dossier, s'employant à maîtriser sa respiration.

Pour qu'elle soit calme et régulière.

Sois patiente.

Attends. Mais pas trop longtemps, cependant.

Le gamin avait le souffle court, saccadé, sonore ; il gardait la bouche ouverte. À demi levé de son siège, il était penché sur la table, qu'il faisait tressauter à chaque fois qu'il traçait un trait.

Au bout de ce qui sembla une éternité, il se rassit, laissant échapper de ses doigts le pastel dont il s'était servi.

– Laisse-moi voir.

Pendant un instant, il fixa Alice, puis il tira la feuille vers lui et la plaqua contre son thorax.

– Tu ne veux pas que je regarde ton dessin. Tu as envie de me le montrer, et pourtant tu le gardes.

D'un mouvement brusque, il le brandit devant les yeux d'Alice.

Presque camouflée par un quadrillage de traits rageurs, rudimentaire mais sans ambiguïté, une femme accroupie tenait écartées les lèvres de son vagin. C'était aussi obscène et saisissant, pensa Alice, qu'une figure impudique sculptée sur l'arcature d'une église médiévale, ou un dessin gravé à la pointe d'un couteau sur un mur de toilettes publiques.

– Qu'est-ce que c'est ? demanda Alice.

Le gamin détourna brusquement la tête.

– Dis-moi ce que ça représente. Donne-lui un nom.

Aucun mouvement.

– C'est un vagin.

– Non.

Il avait parlé à voix basse, la tête toujours baissée et tournée sur le côté.

– C'est un vagin.

Soudain, il la regarda.

– Non, dit-il. C'est vous.

– C'est mon vagin, c'est ça que tu veux dire ?

– C'est vous, c'est vous ! répéta-t-il, hurlant presque. C'est vous, bordel !

Il avançait la tête vers elle, les paupières plissées, les lèvres entrouvertes.

Alice cligna des yeux.

– Mon vagin. Ce n'est pas le mot que tu emploierais ? Pour ce que tu as dessiné ?

Il secoua la tête de nouveau, en évitant le regard d'Alice.

– Quel mot tu emploies ?

– Je sais pas.

– La moule, c'est ce que tu dis ?

– Non.

– Tu dis quoi, alors ?

– Rien.

– La chatte ? Tu dis chatte ?

– Non.

– Pourquoi ?

– Parce que c'est pas bien. Elle dit que c'est pas bien.

– Qui ? Qui dit ça ? Ton institutrice ?

– Non.

– Qui, alors ?

– Arrêtez ! Arrêtez de me demander qui, c'est tout !

Le gamin s'empara d'un crayon et, plantant ses dents dans la chair tendre de l'intérieur de sa lèvre, se mit à tracer, d'un mouvement de va-et-vient, des lignes épaisses par-dessus les couleurs qui avaient couvert la feuille auparavant.

– Ta mère. C'est ta mère qui t'a dit que ce n'était pas bien.

La main du môme s'agita de plus en plus vite jusqu'à ce que le crayon traverse le papier, puis il le jeta contre le mur. Soulevant la feuille de papier transpercée, il la déchira en deux, puis encore en deux, et continua de même jusqu'à ce qu'il n'en reste plus que des bribes qui lui glissèrent entre les doigts et voletèrent jusqu'au plancher.

Puis, en pleurant, il renversa sa chaise d'une ruade, se retourna en trébuchant, se pencha pour ramasser la chaise et la brandit au-dessus de sa tête pour la projeter contre le mur avec suffisamment de force pour en briser l'un des pieds. Enfin, tombant à genoux, il se cogna la tête contre le bureau et la recouvrit de ses bras.

Enfin, pensa Alice : enfin, on va peut-être arriver à quelque chose.

15

Le groupe rassemblé dans la galerie d'art était peu nombreux, vingt à trente personnes occupant plusieurs rangées de chaises empilables ; c'était un mélange d'étudiants et de représentants de cette génération dont Elder avait fini par croire qu'elle devenait peu à peu omniprésente dans la société – les gens qui avaient pris leur retraite avec un compte en banque bien garni et leurs neurones intacts.

Stieglitz et les débuts de la photographie américaine : une conférence illustrée de Vincent Blaine.

Elder attendit un peu, puis se glissa dans un siège libre au moment où l'image projetée sur l'écran changeait : des immeubles immenses et élancés surgissant d'une masse d'ombres presque noires cédèrent la place à un ciel argenté, presque vide, dans lequel le soleil, ou peut-être la lune, était masqué par une esquisse de nuage blanc.

Blaine, qui devait avoir une bonne cinquantaine d'années, était râblé et soigné de sa personne, pas très grand, avec des cheveux courts et grisonnants. Sa barbe et sa moustache grises étaient méticuleusement taillées. Il n'était pas sans rappeler Stephen Singer, nota Elder avec intérêt ; au premier regard, pas très différent de lui. Blaine portait des lunettes à verres rectangulaires, qu'il enlevait de façon sporadique tandis qu'il parlait.

– Rappelez-vous, disait Blaine, le nom donné par Stieglitz à la galerie photographique qu'il dirigeait à New York. Il l'avait baptisée : *Un petit coin d'Amérique.* L'Amérique des villes et l'Amérique de la nature.

Marquant une pause, il observa ses auditeurs, comme pour s'assurer que ceux-ci comprenaient bien qu'il s'agissait là d'un détail lourd de sens.

– C'était un nom, poursuivit-il, dont le poète William Carlos Williams prétendait qu'il avait été inspiré par son propre recueil d'essais, *Au grain d'Amérique*, qui fut lui-même fortement influencé par le grand D. H. Lawrence. Lawrence qui, comme nous le savons tous, est né pas très loin de l'endroit où nous nous trouvons actuellement, dans la petite ville minière d'Eastwood. Et Stieglitz, qui avait lui-même échangé une correspondance avec Lawrence, en est venu à croire, tout comme Lawrence, bien sûr, à la primauté de l'aspect physique dans la vie comme dans tout art créatif. Ce que vous touchez; ce que vous ressentez; ce que vous voyez. Le corps d'abord et non l'esprit.

Sous les yeux d'Elder, plusieurs étudiants se hâtèrent de noter cette dernière phrase. Ce beau principe, il l'aurait parié, allait bientôt fleurir sur les murs des chambres de plusieurs d'entre eux, les encourageant, comme s'il en était besoin, à se lancer dans toutes sortes d'expériences idiotes.

Dans la même rangée qu'Elder, un homme dont les cheveux blonds frisaient autour de ses oreilles se redressa soudain et jeta autour de lui un regard coupable, au cas où quelqu'un l'aurait vu s'assoupir.

– Pour terminer..., reprit Blaine d'une voix à la fois complice et empreinte de cette distance narquoise qu'affectionnent tant les universitaires, ... et pour éviter de vous laisser croire que la passion de Stieglitz ne s'enflammait que pour ce qu'il pouvait observer dans Madison Avenue depuis sa fenêtre, je vous propose que nous nous quittions avec ceci, le portrait d'une artiste peintre, Georgia O'Keeffe, réalisé en 1918, quand O'Keeffe n'avait que trente et un ans et Stieglitz cinquante-quatre.

Sur la photo, O'Keeffe était apparemment nue sous un peignoir brodé, les mains croisées sur la poitrine, les doigts maintenant le peignoir pas tout à fait fermé ; on apercevait son nombril, l'un de ses pouces reposait sur la naissance d'un sein. Les cheveux, longs et en désordre, étaient ceux d'une personne qui vient de quitter son lit.

– O'Keeffe avait rencontré Stieglitz à New York lorsqu'elle était étudiante, âgée de vingt ans à peine, et leur liaison avait abouti à leur mariage en 1924, six ans après la réalisation de ce portrait. Entre leur première rencontre et son décès en 1946, à l'âge de quatre-vingt-deux ans, Stieglitz devait prendre plus de trois cents photos de la femme qu'il aimait. Des photos de ses mains, de son visage, de sa nuque ; des photos d'elle nue ou habillée de la tête aux pieds. Et le présent portrait, avec son expression étrange, presque égarée, est à mon avis l'un des plus beaux.

Elder continua de fixer l'écran alors que Blaine s'asseyait, salué par des applaudissements plus enthousiastes que simplement polis, et qu'un homme mince affligé d'un léger bégaiement entamait un bref discours de remerciements.

Ce qui intriguait le plus Elder, c'était le regard de cette femme, ses yeux sombres braqués sur un point situé un peu au-dessus et sur la droite de l'objectif, comme si elle contemplait un souvenir, ou qu'elle songeait à quelque chose qu'elle n'avait pas encore vu. Ce n'était pas le portrait, pensait Elder, d'une femme tranquille, détendue, sereine ; plutôt de quelqu'un qui s'attendait à ce que la vie lui apporte des souffrances, des regrets.

Autour de lui, des gens se levaient, repoussaient leurs chaises, échangeaient leurs impressions. Plusieurs étudiants s'étaient regroupés autour de Blaine, s'efforçant d'engager avec lui une conversation, et pendant plusieurs minutes il resta debout, à rassembler ses documents, ne les écoutant que d'une oreille, avant de finir par les congédier d'une remarque qui les fit rire bruyamment.

Elder l'attendit vers le fond de la salle.

Après un dernier mot échangé avec l'organisateur, Blaine boucla les lanières de sa sacoche en cuir et traversa la galerie dans sa direction.

– Je vous connais, dit Blaine d'un ton plutôt affable, mais vous voudrez bien m'excuser si je ne me rappelle pas dans quelles circonstances nous nous sommes rencontrés.

– Frank Elder.

– Non, je regrette.

– Il y a huit ans. J'étais…

– Non, attendez. Cela me revient, à présent. Cette pauvre femme qu'on a retrouvée morte dans sa chambre d'hôtel.

– Irene Fowler.

– Oui, bien sûr. Vous êtes l'inspecteur qui dirigeait l'enquête sur son décès.

Elder hocha la tête.

– Inspecteur principal, il me semble.

– C'est exact.

– Et maintenant… (Blaine esquissa un sourire), … maintenant vous vous intéressez à la photographie.

Derrière ses lunettes, remarqua Elder, les yeux de Blaine étaient bleus.

– Pas vraiment, fit Elder.

– À Lawrence, alors ? C'est lui qui retient votre attention ? Sa réputation, malheureusement, n'est plus ce qu'elle a été, mais j'ai toujours pensé que c'était un homme fascinant. Et incompris. Ici, tout particulièrement. Dans cette partie du monde qui était la sienne.

– Non, dit Elder. Je ne m'intéresse pas à Lawrence non plus.

Un jour, il avait essayé de lire *L'Amant de lady Chatterley*; les passages scabreux, tout au moins. Leur seul effet sur lui avait été de le faire rire.

– J'ai du mal à croire, dit Blaine, que vous soyez entré dans cette galerie par hasard.

Elder secoua la tête.

– Irene Fowler... Je reprends l'enquête sur son assassinat.

– Après tout ce temps ?

– Le coupable, quel qu'il soit, n'a jamais été arrêté.

Blaine scruta Elder attentivement avant de parler.

– Et cet échec, vous vous en sentez responsable.

– Pas exactement..., répondit Elder qui estimait pourtant, bien sûr, dans une large mesure, que c'était le cas.

L'organisateur de la conférence rôdait près de la porte, en s'efforçant de ne pas sembler contrarié. Sans aucun doute, il y avait un gardien, quelque part, prêt à se plaindre que la conférence avait duré plus longtemps que prévu, alors que sa fiche de paie allait s'allonger d'une heure supplémentaire.

– Nous pourrions peut-être en parler autour d'un verre ? proposa Elder.

– Maintenant, vous voulez dire ?

– Si cela ne vous dérange pas ?

– Je crains que si. J'ai une amie qui m'attend. Nous sommes invités à dîner.

Ils traversèrent la galerie, puis une seconde salle, et descendirent l'escalier vers la sortie, alors qu'on éteignait toutes les lumières derrière eux.

– On remet cette conversation à demain, alors ? demanda Elder. Cela ne devrait pas prendre trop de temps.

S'arrêtant sur la dernière marche, Blaine donna sa carte à Elder.

– J'ai bien peur de ne pas me rappeler mon emploi du temps avec exactitude. Et si vous m'appeliez demain matin ? Quand vous voudrez, à partir de huit heures. Je suis sûr que nous trouverons une solution satisfaisante pour nous deux.

L'amie qui attendait Blaine avait été parmi les auditeurs, Elder se rappelait l'avoir vue assise au bout de la première rangée. C'était ce qu'on avait pu appeler autrefois une belle femme : visage énergique, cheveux roux foncé, elle dépassait Blaine de trois bons centimètres. Tandis qu'ils s'éloignaient, en direction de la place de l'ancien marché, elle glissa son bras sous celui du conférencier.

Ils avaient essayé bon nombre des nouveaux restaurants qui avaient ouvert depuis trois ans – ouvert et, pour certains d'entre eux, fermé pour être remplacés –, mais régulièrement ils revenaient ici, chez Sonny, à l'angle de George Street et de Goose Gate, à deux pas du marché aux dentelles.

Si, le week-end, l'atmosphère y était animée bien que jamais bruyante, en début de semaine c'était un havre de paix, nappes de lin et chandelles blanches, plats soigneusement préparés et conversations feutrées.

Enchanté de sa soirée telle qu'elle s'était déroulée jusqu'à maintenant, Blaine commanda un pinot noir de Nouvelle-Zélande.

– Alors, comment c'était ? demanda-t-il. À la galerie. Ton verdict ? Sans tourner autour du pot.

Presque malgré elle, Anna Ingram sourit. Bien que son comportement pût suggérer le contraire, il y avait des moments où Vincent avait autant besoin d'être rassuré qu'un enfant en équilibre instable au seuil de l'adolescence.

– Tu as été parfait, affirma-t-elle. C'était très réussi.

– Tu ne trouves pas que mon exposé a un peu trop traîné en longueur ?

– Mais non, je viens de te dire…

– Pendant que je parlais des débuts de l'influence japonaise, j'ai bien vu que plusieurs regards devenaient vitreux.

– Vincent…

– Je crois que j'aurais dû laisser ce chapitre complètement de côté. Tout ce fatras du faux impressionnisme japoniste, qui cela intéresse-t-il, d'ailleurs ?

– Vincent… (tendant le bras, Anna Ingram tira sur le revers de sa veste), c'était une conférence parfaitement réussie, bien adaptée à ton public. Si parmi eux, il se trouve des gens qui désirent creuser la question, ils trouveront ce qu'ils cherchent sur Internet. Ou bien ils s'inscriront à l'un de tes cycles de cours à l'université. Tous les autres sont rentrés chez eux avec le sentiment que tu leur as appris quelque chose et que tu leur as fait passer le temps agréablement. Et maintenant, tu veux bien qu'on commande ? Je meurs de faim.

Le serveur se tenait discrètement à l'écart de la table, tenant leur bouteille de vin; après avoir montré l'étiquette à Blaine et obtenu son approbation, il lui en versa un fond de verre afin qu'il le goûte. Observant le rituel consacré, Blaine fit lentement tourner le vin dans son verre, le porta à son nez, le huma, puis le goûta, gardant quelques instants le vin contre son palais avant de le laisser glisser dans sa gorge.

– Très bon, prononça-t-il en hochant la tête d'un air satisfait.

– Êtes-vous prêt à commander, Monsieur ? demanda le serveur.

– Laissez-nous encore quelques minutes, je vous prie.

Anna Ingram soupira.

Ayant rempli leurs deux verres, le serveur se retira. Blaine parcourut le menu de nouveau, hésitant entre le filet de saumon et le foie d'agneau. Le foie, cuit juste assez mais pas une seconde de trop, était un mets qu'il adorait, et qu'il ne pouvait pourtant se résoudre à préparer chez lui, la consistance de la viande crue entre ses doigts et la vue du sang qui suinte lui soulevant facilement le cœur.

Anna s'était déjà décidée pour une marinade d'encornets suivie d'un carré d'agneau.

– Qui était cet homme à qui tu parlais ? demanda-t-elle lorsque Blaine se fut enfin décidé.

– L'étudiant, tu veux dire ? Le grand type avec un anneau dans le nez, comme un taureau ?

– Non, l'homme qui t'attendait, à la fin.

– Oh, un type quelconque.

– Tu lui as quand même consacré pas mal de temps – pour un type quelconque. Et tu lui as donné ta carte.

– C'est quelqu'un que j'avais déjà rencontré avant, c'est tout. Un policier.

– Un policier ?

– Oui, qu'est-ce que ça a de si extraordinaire ? Même les policiers peuvent s'intéresser à la culture, je suppose ?

– Et c'est pour ça que tu lui as donné ta carte ? Pour que tu puisses continuer à élargir son horizon culturel ?

Blaine lança un regard mauvais vers la table voisine dont les occupants, à son goût, faisaient trop de bruit.

– Personne ne t'a jamais dit, Anna, que tu posais trop de questions ?

– À vrai dire, si. De nombreuses, nombreuses fois. En général, c'est toi.

– Manifestement, j'ai gaspillé ma salive, alors.

– Vincent, dit-elle en levant son verre, toi et moi, nous sommes ce que nous sommes. Figés dans nos habitudes. Nous ne changerons jamais, et l'un comme l'autre, je pense, nous le savons très bien et nous respectons cet état de fait. C'est pourquoi nous nous entendons si bien.

– Ah, c'est donc pour ça ? Je me l'étais souvent demandé.

– Et maintenant, tu connais la réponse.

En souriant, Anna posa sa main sur celle de Blaine, et il se passa quelques instants avant qu'il ne la retire.

16

La maison de Vincent Blaine se trouvait dans la vallée de Belvoir, à quelque trente minutes en voiture de la ville. Quittant l'A52, Elder emprunta une petite route étroite qui filait tout droit entre des pâturages déjà verts en ce début de printemps et des champs qui viraient au jaune avec les premières pousses de colza. Au-delà des petites fermes qui se succédaient, blotties tout près de l'ancien canal de Grantham, le terrain s'élevait, abrupt, vers le bois de Barkestone, et la silhouette du château de Belvoir se détachait nettement dans le ciel d'un gris incertain.

Conformément aux indications que Blaine lui avait données, il quitta la route pour s'engager dans ce qui ne valait guère mieux qu'un chemin de terre et qui menaçait de se perdre dans un fouillis de haies entremêlées. Puis elle apparut soudain, abritée par un rideau d'arbres élancés : une petite ferme à un étage dont la façade en brique avait été récemment rejointoyée, flanquée d'un appentis bas sur l'un de ses flancs.

– Onze heures trente, avait dit Blaine, ce serait le meilleur moment. J'ai un rendez-vous un peu plus tôt dans la matinée, ici, chez moi, mais il devrait être terminé à cette heure-là.

Alors qu'Elder s'engageait dans l'allée de gravier, Blaine disait au revoir à un jeune Japonais vêtu d'une combinaison noir et argent, un portfolio en cuir noir sous le bras. Quant à Blaine, il portait une tenue de gentleman-farmer à l'ancienne : pantalon de velours côtelé olive et chemise à carreaux Viyella. Seul manquait le foulard.

Après une interminable poignée de main et une petite courbette, le visiteur grimpa dans un 4 x 4 strié par des projections de boue et s'éloigna à vitesse soutenue sur le chemin de terre.

– Vous avez trouvé sans difficulté, alors ? dit Blaine en tendant la main à Elder.

– Aucun problème.

– Ce jeune homme, dit Blaine, a beaucoup de talent. Un œil fabuleux. Je vais publier un livre de ses photos vers la fin de l'année prochaine. Toutes prises dans le métro de Tokyo. Il y aura une exposition ici, à Nottingham, conjointement à la sortie du livre – au centre culturel de l'université, à Lakeside, et peut-être aussi à Londres à la Galerie des photographes. Après cela, il se pourrait que l'exposition parte en tournée.

– Et c'est ce que vous faites ? Publier des livres de photos ?

Blaine gratifia Elder d'un sourire condescendant.

– Oui, je fais ça, et je donne quelques conférences. Dans le cadre de ce que les universités aiment appeler la formation permanente. J'écris des articles à l'occasion, quand j'en trouve le temps. (Il se tourna vers la maison.) Vous voulez bien entrer ?

Un porche dallé menait directement à une vaste pièce en L, dont le mur du fond était percé d'une large baie vitrée donnant sur le jardin. On avait abattu une cloison intérieure, au moins, pour que l'intérieur de la pièce, en dépit d'un plafond bas, semble spacieux et aéré. À angle droit par rapport à la cheminée, de chaque côté d'une table basse couverte de magazines soigneusement empilés, étaient disposés divers sièges en bois et cuir, en bois et acier chromé – plus élégants que confortables, jugea Elder. Les murs étaient occupés en grande partie, ce qui n'avait rien de surprenant, par des photographies montées dans des cadres.

– Vous prendrez bien un café, je suppose ? dit Blaine. Il devrait être prêt d'un instant à l'autre, maintenant.

– Merci, oui.

– L'un des avantages que cela présente de vivre ici – parmi bien d'autres –, c'est qu'on entend arriver les visiteurs à un kilomètre de distance. On ne court pas le risque d'être pris au dépourvu. (L'espace d'un instant, Blaine sourit.) L'intimité, monsieur Elder, à notre époque plus qu'à d'autres, est un privilège inestimable. Vous n'êtes pas de cet avis ?

Elder l'était.

– Du lait ? Du sucre ?

– Un peu de lait, pas de sucre.

Blaine pivota prestement sur les talons, laissant Elder seul avec les photos. Des tirages, supposa Elder, à partir des clichés originaux – il n'était pas sûr de la façon dont ces choses-là fonctionnaient – de cet artiste dont Blaine avait présenté l'œuvre à la galerie. Stieglitz, c'était bien ça ?

Une photo de la lune passant derrière des nuages était semblable, sinon identique, à celle que Blaine avait projetée à la galerie, et puis il y avait un gros plan d'une femme qui pouvait être O'Keeffe, mais cadrée de façon telle qu'il était difficile d'en être sûr. La tête était tournée franchement vers la droite et coupée au-dessus de la bouche. Au centre de l'image, le muscle du cou, proéminent, saillait depuis la base de l'oreille jusqu'au sternum. Et dans le bas du cadre, on voyait les doigts d'une paire de mains, posés sur la peau nue et dirigés vers le cou. Rien ne permettait de dire s'ils appartenaient au modèle ou à quelqu'un d'autre.

– C'est beau, n'est-ce pas? demanda Blaine qui venait de surgir derrière Elder.

– Vraiment? Je n'en suis pas sûr.

– En tant qu'étude sur la forme, les proportions, l'esthétique, c'est fascinant. Proche de la perfection.

– Et en tant que portrait?

– La partie pour le tout. Parfois, cela suffit.

– Vous ne le trouvez pas dérangeant, alors?

Un sourire s'esquissa sur les lèvres de Blaine.

– Jusqu'à un certain point, nous ne voyons que ce que nous avons envie de voir.

Brièvement, le regard d'Elder revint vers la photo, remarquant les doigts d'une main repliés sur eux-mêmes alors que ceux de l'autre visaient directement la veine protubérante.

– Si vous voulez voir quelque chose d'un peu moins inquiétant, dit Blaine, venez par ici.

Sur le mur latéral se trouvait un portrait en pied, presque grandeur nature, d'une femme debout sur une véranda en bois et regardant devant elle. Elle n'était plus jeune sans pourtant être vieille, son visage était ridé, plutôt rond et joufflu, ses cheveux ondulés laissaient à penser qu'elle s'était rendue dans un salon de coiffure la semaine précédente ou s'était fait une permanente. Il y avait même un soupçon de maquillage autour de ses yeux.

Elle portait une ample robe de coton à manches courtes, au cou fermé par une broche, et couverte d'un tablier blanc noué autour de la taille. Ses bras pendaient sans raideur à ses côtés, et ses mains, les grandes mains d'une femme habile, étaient légèrement repliées. Elder imagina sans peine ce qu'elle pouvait regarder, non loin de l'endroit où le photographe avait posé son trépied : sans doute ses poulets qui picoraient sur le sol.

Si elle avait eu une existence difficile, comme cela était probable, si elle avait connu le chagrin, ce qui était certainement le cas, elle avait traversé tout cela avec calme, détendue, presque sereine.

– Quand je regarde cela, dit Blaine, j'éprouve un immense sentiment de paix. Et elle est belle, bien sûr, c'est indéniable. Très belle.

Le café, servi dans des tasses en porcelaine blanche, les attendait sur la table basse, sur un plateau laqué.

– Essayez un des fauteuils, pourquoi rester debout ? dit Blaine, sentant l'hésitation d'Elder. Ce sont des Charles Eames. Ils sont plus confortables qu'ils ne le paraissent.

Blaine lui-même se glissa avec aisance dans l'un d'eux.

– Avant que je réponde à vos questions, monsieur l'inspecteur principal, peut-être auriez-vous l'obligeance de répondre à une des miennes ?

– Bien sûr. Mais je ne suis plus inspecteur principal, désormais. J'ai pris ma retraite de la police il y a plusieurs années.

– Alors, il s'agit en quelque sorte d'une enquête personnelle ? D'une croisade bien à vous ?

– Pas du tout. Je travaille avec la Direction des affaires criminelles… En qualité de consultant civil.

– En tant qu'expert.

– Si vous voulez.

– Je suis heureux de l'apprendre. À mesure que nous avançons en âge, nous accumulons tant de connaissances et de compétences, quel que soit notre domaine… La tendance générale, jusqu'à ces derniers temps, était de laisser tout ce savoir se perdre irrémédiablement.

Elder laissa passer cette remarque.

– Quelle était votre question ? demanda-t-il.

– Elle n'a rien de déplacé, je vous assure. Simplement ceci. Au bout de tant d'années, pourquoi vous intéressez-vous de nouveau à la mort d'Irene Fowler ?

Elder goûta à son café. Il était aussi fort qu'il le paraissait.

– Un autre meurtre a été commis récemment, vous avez peut-être lu quelque chose à ce sujet. Claire Meecham ? Les circonstances de son décès ont fait que cette affaire ancienne nous est revenue à la mémoire.

– Elle a été étranglée ?

– Oui.

– Et découverte dans quel genre d'endroit ? Dans un hôtel ?

– Non. Chez elle.

– Donc, ce n'était pas exactement la même chose.

– Il y avait quelques similitudes, comme je le disais.

– Assez nombreuses pour vous amener à penser que les deux meurtres pouvaient être liés ?

– Oui.

– Commis par la même personne, peut-être ?

– Il est bien trop tôt pour le dire.

– Bien sûr, bien sûr. (Blaine reposa sa tasse et sa soucoupe sur le plateau.) Pour un profane, tout cela est fascinant. Le meurtre. Les enquêtes. Les crimes violents. Alors que pour vous, je suppose, c'est banal, c'est la routine.

Elder ne répliqua pas.

– Ces autres similitudes que vous avez notées, poursuivit Blaine, entre les deux meurtres... Il ne vous est pas loisible de me révéler en quoi elles consistent ?

Un peu, pensa Elder ; un petit peu, mais pas beaucoup.

– Les victimes avaient des profils comparables, dit-il. Elles étaient à peu près du même âge.

Blaine changea de position sur son siège.

– Irene Fowler avait, si je me souviens bien, une cinquantaine d'années ?

– Cinquante-sept.
– Ah. Et cette pauvre femme…
– Claire Meecham.
– Claire Meecham, elle avait cet âge-là aussi ?
– Oui, à peu près, comme je l'ai déjà dit.
– Oui, oui, et je sens bien au ton de votre voix que j'ai posé une question de trop. Après tout, c'est vous qui êtes venu pour m'interroger. (Se penchant en avant, il tendit le bras vers la tasse d'Elder.) Laissez-moi remplir votre tasse avant toute chose.
– J'aimerais mieux que nous poursuivions, si vous n'y voyez pas d'inconvénient.
– Très bien.
Blaine lâcha la tasse et se rassit.
– Je me demande avec quel degré de précision, dit Elder, vous vous rappelez la déposition que vous avez faite à l'époque.
– Il y a huit ans de cela. Je me souviens de l'essentiel des faits, bien sûr, mais en ce qui concerne les détails que j'ai pu donner, il ne m'en reste pratiquement rien, je le crains.
– Donc, vous n'avez guère repensé à cette soirée ? Depuis que le drame s'est produit. Vous n'en avez pas reconstitué le fil, dans votre tête ?
– Si. Je suppose que je l'ai fait. De temps à autre.
Elder sortit un petit carnet de sa poche, plus pour l'esbroufe qu'autre chose.
– Vous pourriez sans doute passer en revue pour moi ce que vous vous rappelez. Irene Fowler et vous, ce soir-là. La chronologie des événements.
– Si vous pensez que cela pourrait vous aider, évidemment, bien que, comme je vous le disais…
– S'il vous plaît…
– Très bien. (Blaine avait ôté ses lunettes, et à présent il les tapotait contre sa jambe.) J'étais venu à Nottingham pour un concert, ce jour-là, à l'heure du déjeuner. Un concert d'orgue à St Mary. Du Bach.

Dans l'après-midi, j'ai un peu flâné en ville, je suis certainement passé à ma librairie habituelle, chez Waterstone. Puis, en début de soirée, j'ai vu un film au centre culturel Broadway. Un Tavernier, je m'en souviens. *Un dimanche à la campagne*. C'était à l'époque où on y programmait régulièrement ce genre de film. Aujourd'hui, la plupart du temps, ils passent les mêmes nullités américaines que l'on trouve partout ailleurs. (Il regarda Elder d'un air penaud.) Excusez-moi, je m'égare, c'est un sujet qui a le don de me mettre en colère.

– Poursuivez.

– Après le film, je suis tombé sur un ami, Brian Warren. Un comptable. Du moins, il l'était jusqu'à ce qu'il prenne sa retraite. Autrefois, il s'occupait de mes affaires. On a bavardé un moment, puis il m'a proposé d'aller boire un verre dans un endroit tranquille. Le hasard a voulu qu'il choisisse l'hôtel où était descendue Irene Fowler.

» Le bar était bondé, et nous avons dû partager une table avec plusieurs autres personnes. Trois au quatre, au début, et puis deux seulement. Deux femmes. Irene Fowler et une amie. Une collègue. Elles assistaient ensemble à la conférence. (Blaine se déplaça légèrement dans son fauteuil.) Au bout d'un moment, Brian m'a annoncé qu'il devait partir.

– Vous n'avez pas été tenté de partir en même temps que lui ?

– À cet instant-là, je commençais à avoir sérieusement faim. Je me suis dit que j'allais rester pour manger quelque chose. J'ai demandé aux deux femmes assises à notre table si elles voulaient se joindre à moi. Plus par politesse qu'autre chose. La première a décliné mon offre, l'autre a accepté.

– Et il s'agissait d'Irene Fowler ?

– Exactement.

Le silence régnait dans la pièce, troublé seulement, de temps à autre, par une salve de chants d'oiseaux, le gargouillis d'un radiateur, le ronronnement lointain d'un tracteur.

– Quelle impression vous a-t-elle faite ? demanda Elder. Quel genre de femme était-elle ?

Blaine pesa ses mots avant de répondre.

– Il nous a été facile de bavarder de choses et d'autres – son métier, sa famille, la conférence à laquelle elle assistait, des sujets de cette nature. Elle était très intelligente, je dois le dire ; peut-être même d'une intelligence étonnante.

– Vous n'avez pas parlé de vous ?

– Je pense que j'ai pu dire deux ou trois choses au sujet de la photographie, mais ce n'était pas réellement un sujet sur lequel elle pouvait soutenir une conversation.

– Dans l'ensemble, cependant, vous diriez que la soirée a été agréable ?

– Pas désagréable, en tout cas.

– Suffisamment plaisante pour que vous fassiez en sorte de la revoir ?

Un éclair subit traversa le regard de Blaine.

– Pourquoi dites-vous cela ?

– Je ne sais pas, répondit nonchalamment Elder. Un homme et une femme passent une soirée ensemble, ils s'entendent bien, peut-être sont-ils libres tous les deux... Il me semblerait tout naturel de vouloir prolonger l'expérience.

– Naturel ? Je ne sais pas. Pour certaines personnes, c'est peut-être le cas.

– Mais pas pour vous ?

– De mon point de vue, les relations avec les femmes ne se bornent pas à de simples rencontres. Je ne m'y aventure pas à la légère.

– Vous avez trouvé Irene Fowler séduisante, malgré tout ?

Blaine commença à répondre, mais les mots butèrent sur sa langue.

– Elle était tout à fait agréable, oui.
– Et rien de plus ?
– Rien de plus.
– Après le dîner, dit Elder, vous avez pris un verre au bar ?
– Un dernier verre, oui. C'est elle qui l'a proposé.
– Vous aviez bu pendant le dîner ?
– Nous avons partagé une bouteille de vin.
– Et avant ça ?
– J'avais pris un gin-tonic, c'est tout.
– Et Irene Fowler ? Elle avait pris quoi ?
– Je n'en sais vraiment rien. Un verre ou deux, sans doute. Mais elle n'était pas ivre, si c'est ce que vous vouliez me faire dire. Un peu gaie. De bonne humeur, sans plus.
– Et son invitation à lui tenir compagnie pour un dernier verre, vous n'y avez pas vu le prélude à quelque chose de plus ?
– Pas du tout.
– Certains hommes auraient pu l'interpréter exactement de cette façon.

Blaine se cabra légèrement.
– Est-ce que je vous donne l'impression, monsieur Elder, d'appartenir à l'espèce des prédateurs ?
– Il y a une chose que ce métier m'a apprise, dit Elder, dès qu'il s'agit de rapports sexuels, la plupart des gens sont rarement ce qu'ils semblent être.
– De rapports sexuels ? Ce serait donc l'explication de toute cette affaire ?
– C'est ce que je pense. Pas vous ? (Elder absorba sa dernière gorgée de café.) D'une façon ou d'une autre, c'est généralement le cas.
– Vous auriez eu beaucoup de points communs avec D. H. Lawrence, fit Blaine d'un air amusé. Une vision phallocentrique de la société.
– Vous ne trouvez pas que les rapports sexuels sont importants, alors ?

– Je pense que dans notre culture, leur importance est exagérée. Et le pire, c'est que parfois ils conduisent à ceci. À ce qui est arrivé dans cette chambre d'hôtel.

Les deux hommes se turent pendant qu'un avion de tourisme passait à basse altitude au-dessus d'eux, ramenant le silence dans son sillage.

– Selon votre déposition, reprit Elder, vous avez quitté Irene Fowler au bar de l'hôtel.

– C'est exact. Elle ne semblait pas pressée de regagner sa chambre, et, l'heure passant, j'avais envie de rentrer chez moi.

– Et quelle heure pouvait-il être… ?

– Vingt-trois heures trente, peut-être un peu plus.

– D'après vos souvenirs, y avait-il encore beaucoup de clients dans le bar ?

– Pas tellement. Peut-être une douzaine en tout. Et quelques-uns de plus dans le hall, je m'en souviens.

– Et quand vous avez quitté Irene Fowler, elle était seule ?

– Tout à fait seule.

– Et vous êtes rentré chez vous avec votre voiture ?

– Comme vous le savez.

– La quantité d'alcool que vous aviez bue ne vous inquiétait pas ?

Blaine joignit devant lui les extrémités de ses dix doigts.

– Ce n'était pas, dirons-nous, la solution la plus sensée. Je crois que c'est ce que j'ai pensé sur le moment, et je le pense encore aujourd'hui. Ce que j'aurais dû faire, c'est laisser ma voiture garée où elle était et rentrer chez moi en taxi, puis revenir la chercher le lendemain. En fait, j'ai eu de la chance, il n'est rien arrivé de fâcheux. (Il adressa à Elder un petit sourire pincé.) J'ai retenu la leçon.

Elder referma son calepin d'un mouvement sec du poignet et Blaine se leva.

– J'espère que ce que je vous ai raconté vous a paru utile, dit-il. Je regrette seulement de ne rien avoir eu à ajouter. Pas de révélations fracassantes.

– La démarche habituelle, dit Elder en se levant à son tour, la procédure. C'est ce qui constitue le plus gros du travail de police. Pour moi, aujourd'hui, c'est encore la même chose. Les révélations fracassantes, en général, ça n'arrive que dans les livres.

Les deux hommes se dirigeaient vers la porte.

– Mon amie Anna, fit Blaine, Anna Ingram, que vous avez vue à ma conférence l'autre soir. Elle lit beaucoup de romans policiers. Parmi d'autres ouvrages plus sérieux, bien sûr. Paradoxalement, elle prétend que cela l'aide à se détendre. Elle m'a même persuadé d'en lire un, une fois. Un livre d'Ian Rankin – elle semble particulièrement l'apprécier. Son inspecteur… Rebus, c'est bien son nom ?… Il est plutôt irascible. Il en veut au monde entier. Il n'est pas du tout comme vous.

Elder ne connaissait pas Rebus, mais en ce qui le concernait, lui, personnellement, il n'était pas sûr que Blaine fût dans le vrai.

Sur le pas de la porte, ils se serrèrent la main. Au-dessus de leurs têtes, le soleil hésitait encore à sortir des nuages. Deux mésanges bleues se posèrent en catastrophe sur le fil du téléphone tendu vers la maison puis s'envolèrent de nouveau. Il y avait au moins deux tracteurs, à présent, qui retournaient la terre.

– Bonne chance pour votre enquête, dit Blaine alors qu'Elder se dirigeait vers sa voiture. En ce qui concerne Irene Fowler, surtout. Ce qui lui est arrivé est épouvantable. J'espère que vous arrêterez le coupable, quel qu'il soit.

Elder leva une main, se glissa derrière le volant, boucla sa ceinture, descendit l'allée en marche arrière, passa la première et s'éloigna. Vincent Blaine était debout, immobile, sur le seuil de sa maison, le regardant partir et disparaître, et il continua de rester là, longtemps après que le bruit du moteur eut diminué jusqu'à devenir inaudible.

17

En attendant que les indispensables procédures judiciaires aboutissent et que les cadors de l'informatique achèvent l'analyse rétrospective des courriels de Claire Meecham, l'équipe de Maureen Prior déploya ses efforts dans trois directions prioritaires : une vérification auprès des agences de voyages, autant nationales que locales, pour découvrir d'éventuelles réservations au nom de Claire Meecham pour le week-end en question ; une enquête de voisinage pour déterminer si des véhicules d'aspect inhabituel avaient été vus près du pavillon aux premières heures de la matinée, le dimanche où le corps fut découvert ; et un examen des archives afin d'établir la liste des auteurs d'abus sexuels ayant passé en prison tout ou partie des huit dernières années.

Pour sa part, Maureen Prior, soit seule, soit accompagnée d'un collègue, interrogea la sœur de Claire Meecham, Jennie, et sa fille Jane. Elle eut plusieurs longues conversations téléphoniques avec le fils de Claire, James, en Australie.

Un séjour complet de cinq jours, tout compris, à Lanzarote, au nom de C. R. Meecham, suscita quelques espoirs, avant qu'on apprenne que l'initiale C désignait Clarice et non Claire.

Des rumeurs signalant une camionnette blanche qui rôdait dans le quartier permit finalement d'identifier deux jeunes gens pleins d'avenir qui achetaient du poisson en grande quantité dans un supermarché, le transportaient dans leur véhicule réfrigéré, et le revendaient en le faisant passer pour du poisson frais pêché à Grimsby.

À part cela, il ne se passa pas grand-chose qui fût susceptible de faire frémir les antennes des enquêteurs ou d'affoler leur rythme cardiaque.

Les noms des autres correspondants hypothétiques de Claire Meecham étant toujours prisonniers du cyberespace, ils commencèrent à travailler sur ce qu'ils avaient. Norman Prentiss, de Northampton, se révéla être un infirme obèse cloué dans son fauteuil roulant ; Roy James, de Leicester, était un petit binoclard de treize ans aux mains perpétuellement moites ; Gary Grange, le veuf de Kettering, avait trouvé le vrai bonheur avec une institutrice spécialisée pour enfants en difficulté de la ville voisine de Corby. Au moment de la découverte du corps de Claire Meecham, ils étaient ensemble à Aviemore pour un week-end sportif, à pratiquer le canyoning et le canoë.

Maureen Prior se rendit à Londres, mais sans trop d'enthousiasme, pour parler elle-même à Stephen Singer. Elle avait consulté plusieurs membres de l'université où Singer avait enseigné, mais elle dut bientôt renoncer aux maigres espoirs qu'elle avait pu avoir de découvrir, dans le passé de ce dernier, un comportement répréhensible envers ses étudiantes ou ses collègues. Toutes les autres vérifications effectuées sur son compte s'étaient révélées infructueuses.

Singer se montra poli et courtois, affligé, en toute logique, par le décès de Claire Meecham, et désireux d'apporter toute l'aide dont il était capable. Un citoyen irréprochable.

Pourquoi donc, en ce cas, au moment où il lui mit de force entre les mains le CD des *Sonates du rosaire* de Biber, incité en cela par le commentaire qu'elle avait fait sur la musique qu'il écoutait, Maureen perçut-elle avec acuité une trace d'hypocrisie dans sa voix, dans ses manières, dans son empressement à plaire ?

Et cette impression, elle ne parvenait pas à la chasser tout à fait de son esprit.

Pendant ce temps, Elder, non sans mal, avait pris contact avec Christine Dulverton, la femme qui avait tenu compagnie à Irene Fowler au bar de l'hôtel, le soir où celle-ci avait été tuée. Christine Dulverton avait changé d'adresse à trois reprises depuis la dernière fois où Elder l'avait interrogée, huit ans plus tôt. Elle s'était installée à Taunton, puis à Dawlish, et vivait à présent à St Albans. Elle accepta de retrouver Elder dans une succursale de l'omniprésente chaîne Starbucks, près du centre-ville.

Au lieu d'avoir pris de l'âge depuis leur dernière rencontre, Christine Dulverton semblait, paradoxalement, avoir rajeuni. Régime alimentaire ? Exercices physiques ? Sa silhouette s'était affinée. Le Botox ou quelque chose de semblable avait banni les rides de son visage. Le reste, sans doute, était le résultat d'un certain état d'esprit. En tout cas, elle reconnut Elder bien avant qu'il ne la reconnaisse lui-même.

Elle portait un jean bleu, taille basse, un long cardigan vert et mauve sur un T-shirt moulant de couleur blanche qui laissait visibles cinq bons centimètres de ventre plat. Ses cheveux, qui dans le souvenir d'Elder étaient de longueur moyenne et coupés de façon classique, étaient à présent courts et foncés, rehaussés de mèches rousses ou argent. Ses boucles d'oreilles, en forme de croissant de lune, dansaient un peu dès qu'elle tournait la tête. Une quinquagénaire qui semblait aller sur ses vingt-quatre ans.

– Vous n'avez pas été facile à trouver, dit Elder.

– C'était le but recherché, répliqua Christine Dulverton.

Elder l'interrogea du regard et elle sourit.

– Un ex-mari, un ancien amant qui ne voulait pas me lâcher, l'un et l'autre prêts à tout pour se faire pardonner et se rabibocher avec moi. Ils ne m'ont quand même pas harcelée au point que je demande contre eux une ordonnance restrictive, mais tout juste. Par chance, je n'ai jamais eu d'enfants, donc rien ne m'empêchait de m'évanouir dans la nature. Mon boulot commençait à me sortir par les yeux, de toute façon. La viande froide et le jambon préemballé, ça finit par perdre son charme. Alors, je suis partie dans le Devon, je n'ai rien fait pendant un moment, j'ai pris le temps de vivre et de me balader, et j'ai rencontré par hasard une femme qui fabriquait des bijoux. Des bracelets, des colliers, des boucles d'oreilles, ce genre de choses. Bon marché. Plutôt des colifichets, je suppose, avec un côté hippie, même. J'ai travaillé avec elle un certain temps, et puis je me suis lancée à mon compte.

– Et c'est ce que vous faites aujourd'hui ?

– Exactement.

– Ces boucles d'oreilles que vous portez…

– Entièrement de ma création. On dit que cela paie de faire de la publicité.

Elder but une gorgée de son café. Quand Christine Dulverton lui proposa un morceau de son petit pain rond aux myrtilles, qui n'était déjà pas bien épais, il refusa – mais son estomac vide protesta aussitôt d'un gargouillement plaintif, et il regretta de ne pas avoir accepté.

Christine Dulverton s'esclaffa et, brisant un morceau de sa pâtisserie entre ses doigts, elle l'offrit à Elder.

– Vous vouliez me voir au sujet du meurtre, dit-elle. Du moins, je présume.

Elder, la bouche pleine, ne put qu'acquiescer d'un signe de tête.

– Vous n'avez jamais arrêté personne, c'est ça ?

– Exact.

– Et aujourd'hui, vous reprenez l'enquête depuis le début ?

– Oui.

– C'est comme ces histoires de... comment on appelle ça ? D'affaires non élucidées. Il y a une série télé là-dessus, non ? Un peu tirée par les cheveux, parfois, mais sympa. Vous voyez de quoi je veux parler ?

– Pas vraiment, non.

– Ça ne m'étonne pas. Pourquoi est-ce que vous connaîtriez ce genre de truc ? C'est la dernière chose que vous auriez envie de regarder, je suppose. (Elle but une gorgée de café.) J'avais une amie infirmière, eh bien, tous ces feuilletons sur les hôpitaux et les urgences, ça la rendait folle. Elle ne les supportait pas. C'était sa vie de tous les jours, vous comprenez, elle avait des horaires impossibles, des journées harassantes, un boulot de chien, à sauver des vies, et à la télé, ces supernanas déguisées en infirmières ne pensent qu'à une chose, c'est à se faire sauter par un interne sur un chariot. Je suppose que vous auriez la même réaction. (Elle rit.) À propos des feuilletons, bien sûr, pas des chariots.

Elle lui tendit le dernier bout de son petit pain, et Elder secoua la tête.

Quelqu'un chantait *I don't wanna know 'bout evil*, d'une voix tremblotante et haut perchée, sur un fond de basse puissante et de batterie. Les mêmes paroles, encore et encore, sur le même rythme : l'effet, même sur Elder, était hypnotique.

– L'une des choses que je voulais vous demander, dit Elder, à propos d'Irene Fowler : son humeur, ce soir-là, à l'hôtel – je sais que c'est difficile de remonter si loin dans ses souvenirs –, pourriez-vous la définir d'une façon ou d'une autre ?

– Vous voulez dire, est-ce qu'elle était triste, contente, ce genre de chose ?

– Ce genre de chose.

– Elle était contente, je pense. Enfin, peut-être pas exactement. En tout cas, elle n'était pas malheureuse. Détendue, je dirais. (Elle eut un petit rire.) C'est merveilleux ce que peuvent faire deux ou trois gin-tonics après une journée passée à écouter des gens discourir sur les licences d'exportation et la TVA.

– Et quand les deux hommes, Vincent Blaine et son ami, se sont invités à votre table, elle l'a bien pris ?

– Oui, bien sûr. Pourquoi y aurait-elle vu un inconvénient ? Le bar était bondé, nous étions là toutes les deux pour nous détendre, à la fin de la journée.

– Elle était ravie, donc, à l'idée d'avoir un peu de compagnie masculine ?

Christine Dulverton rit.

– Est-ce qu'elle était venue pour draguer, c'est bien ce que vous voulez dire ?

– Je suppose que oui.

– Horrible expression. Ça me fait toujours penser à ces bateaux plats qui raclent les avant-ports pour en extirper la vase. Mais quoi qu'il en soit, la réponse est non, je ne crois pas. Et puis, je ne suis pas sûre qu'on puisse dire des femmes qui vivent bien leur cinquantaine qu'elles « draguent ». Cela dit, j'ai bel et bien eu l'impression qu'elle trouvait l'un des deux plutôt séduisant.

– Vous pensez à Vincent Blaine ?

– Grand Dieu, non ! protesta Christine. Pas lui, l'autre. Brian… Brian comment, déjà ?

– Brian Warren. Oui.

– Enfin, personnellement, je ne voyais pas très bien ce qu'elle lui trouvait, mais Irene et lui, ils semblaient s'entendre à merveille.

– Et pourtant, c'est avec Vincent Blaine qu'elle a finalement dîné, fit Elder.

– Je sais. Brian était déjà parti, à ce moment-là. Il avait prétexté, je crois, qu'il devait se lever tôt le lendemain, et ce Vincent, il a proposé de manger un morceau au restaurant.

– Vous n'avez pas été tentée par son invitation ?

– Pas du tout. Il était trop imbu de lui-même à mon goût. C'était l'un de ces hommes qui ont une opinion sur tout, vous voyez le genre ? Et prétentieux, en plus. J'ai dit que j'étais fatiguée, que j'avais envie d'aller me coucher, et je croyais qu'Irene prendrait cela comme prétexte, qu'elle viendrait avec moi. Mais elle a préféré rester.

– Cela vous a surprise ?

– Oui, je l'avoue. (Christine secoua la tête.) Si seulement elle était partie en même temps que moi, il ne lui serait peut-être rien arrivé. Ou si j'étais restée. J'y pense souvent, vous savez. Si je ne l'avais pas plantée là, elle serait peut-être encore en vie.

– Vous n'en savez rien. Et nous non plus. Nous ne savons toujours pas exactement ce qui s'est passé.

Pendant un instant, Christine posa la main sur la manche d'Elder.

– Ce n'est pas ça qui m'empêche d'y penser, vous comprenez ?

– Je comprends.

– Blaine, reprit-elle, il n'a jamais été arrêté ni rien ? Pour le meurtre, je veux dire.

– Non.

– Mais vous l'avez soupçonné, malgré tout, inévitablement.

Elder hocha la tête.

– Pendant un certain temps, peut-être.

En dépit de l'alibi de Vincent Blaine, chaque centimètre carré de la chambre avait été scruté scrupuleusement, dans l'espoir de découvrir une empreinte, un cheveu, un fil, n'importe quel élément prouvant qu'il avait pénétré dans la pièce. Irene Fowler et les vêtements qu'on lui avait mis avaient été examinés et réexaminés, en pure perte.

– Je ne pense pas, dit Christine Dulverton, que vous ayez envie d'un autre café ?

– Je vais les chercher.

Elder s'était déjà levé.

L'établissement était presque plein, à présent, et il dut attendre son tour dans la file. La même voix chantait une chanson qui parlait d'une voiture volée. Ils emportèrent leur café vers deux sièges placés près de la devanture, et ils regardèrent les passants déambuler. Ils parlèrent de choses et d'autres, de tout et de rien. Le temps passait agréablement, sans la moindre gêne. En fin de compte, ce fut Christine Dulverton qui annonça la première qu'elle devait partir. Dehors, sur le trottoir, ils restèrent plantés face à face sans trop savoir que faire ensuite.

– Si jamais vous passez par St Albans…

– Oui, bien sûr.

– Ou si vous avez des bijoux fantaisie à acheter…

– Je vous appellerai.

Elder téléphona à Maureen Prior de sa voiture.

– Le dossier concernant Brian Warren… Demande à quelqu'un de le dénicher pour moi, tu veux bien ?

Contrairement à Christine Dulverton, Brian Warren habitait toujours au même endroit. Quand Elder arriva cet après-midi-là, ayant fait le chemin à pied depuis la patinoire, Warren se trouvait dans l'allée menant à la maison de Cavendish Crescent South où il vivait depuis trente-cinq ans. Portant des bottes vertes en caoutchouc, une culotte de cheval distendue et un chandail vert aux manches trouées, Warren rinçait au jet sa Rover vieillissante. Une eau savonneuse et souillée s'écoulait en glougloutant vers la grille d'égout. Warren fit signe à Elder qu'il n'en avait plus que pour quelques instants, dirigea le jet vers les dernières traces de mousse encore accrochées aux ailes, puis, satisfait, ferma le robinet d'eau.

Il s'essuya la main sur la cuisse de son pantalon avant de saisir celle d'Elder et de la serrer avec une force inattendue chez un homme de soixante-neuf ans.

– Excusez-moi pour tout à l'heure, au téléphone, dit-il. J'étais incapable de me rappeler qui vous étiez.

Elder eut un geste signifiant que cela n'avait pas d'importance.

– Cela remonte à pas mal de temps, après tout.

– C'est pourquoi j'aurais dû me souvenir de vous assez facilement. C'est le nom des gens que j'ai rencontrés hier qui me pose problème. Non que j'aie rencontré qui que ce soit, me semble-t-il. Enfin, personne que je ne connaisse déjà. Entrez donc.

La porte d'entrée était percée de deux panneaux munis de vitraux, le vestibule pavé de dalles décoratives ; les hauts plafonds regorgeaient de détails architecturaux et d'amas de poussière.

– La femme de ménage n'arrive pas à les atteindre, la pauvre. Elle commence à se faire vieille, comme moi. Je pourrais grimper sur un escabeau, mais je ne m'en donne pas la peine. J'attends qu'ils deviennent assez lourds pour tomber d'eux-mêmes, et puis je passe un coup de balai.

Elder le suivit, passant devant deux portes entrouvertes, dans un couloir large orné de petits tableaux encadrés.

Devant une toile qui représentait une maison blanche nichée entre deux collines enrobées de brume, Warren s'arrêta.

– Des aquarelles. De ma femme, Sybil. Peintre du dimanche, en quelque sorte. L'Écosse, les lacs. Elle sortait ses pinceaux à la moindre occasion. Moi, je pêchais un peu, je faisais un ou deux parcours de golf, je me promenais. Sybil restait dehors toute la journée si elle le pouvait, à travailler devant son chevalet, avec son grand chapeau pareil à ceux des apiculteurs pour la protéger du soleil. La plupart de ses toiles, je les ai fait encadrer après sa mort.

– Elles sont ravissantes.

– Merci.

– Elle est décédée il y a combien de temps ?

– En 95. Le 17 octobre. Du cancer. Heureusement pour elle, ce fut rapide. Bien trop rapide pour moi. Quand je pense à tout ce que nous avions projeté de faire après mon départ en retraite... Et puis, il y a eu cette tumeur qui s'est mise à grossir en elle, à la ronger de l'intérieur jusqu'à ce qu'il n'en reste plus rien que la peau et les os. Excusez-moi, cela me met encore en colère après tout ce temps.

– Je vous en prie, je comprends très bien.

– Vraiment ?

– Oui, il me semble.

Warren l'examina attentivement.

– C'est possible, après tout.

Ils s'installèrent dans le jardin d'hiver, entourés de géraniums qui montraient les premiers signes d'une nouvelle vie et seraient bientôt assez robustes pour regagner le jardin. Warren avait persuadé Elder de boire en sa compagnie un verre de xérès, une boisson que d'ordinaire il évitait à tout prix.

– Du xérès, une part de cake, et un bon bout de fromage. Ça permet de récupérer des fatigues de la journée. Un bon whisky pur malt plus tard dans la soirée. Un peu de télé. Chaque nuit ou presque, je dors comme un sonneur dès dix heures et demie.

Elder sirotait son xérès le plus lentement possible.

– Vous vous souvenez bien d'elle ? demanda-t-il. Irene Fowler ?

– Mon Dieu, oui. Après ce qui est arrivé ? Je ne suis pas près de l'oublier.

– Et la soirée en elle-même, vous en avez un souvenir précis ?

– Assez, oui. Comme je vous le disais, la mémoire des événements anciens, aucun problème. (Se penchant vers la table qui les séparait, Warren trancha un angle du morceau de fromage et l'éperonna avec les pointes du couteau.) Elles étaient deux, n'est-ce pas ? Irene Fowler et une amie à elle – Christine... Christine...

– Christine Dulverton.

– C'est ça, Dulverton. Elle était plus jeune. Irene, elle devait avoir à peu près l'âge de ma femme. Si Sybil avait vécu.

– C'est pour ça, peut-être, que vous vous entendiez bien ? Irene et vous ?

– On s'entendait bien ? Oui, c'est probable.

– Vous n'êtes pas resté dîner avec elle, cependant.

– Non. Vincent avait faim, si je me souviens bien ; moi, j'avais envie d'aller me coucher. Je les ai laissés ensemble, tous les trois.

– Comment êtes-vous rentré chez vous ?

– Comment ? À pied, je suppose. Oui, à pied. L'avantage de vivre ici, c'est que rien ne se trouve à plus d'une vingtaine de minutes de marche.

– Donc, vous avez dû arriver chez vous avant dix heures ?

– Je pense que oui. Pourquoi me demandez-vous ça ?

– Oh, je n'ai pas de raison particulière. J'essaie seulement de reconstituer la trame des événements.

– À mon avis, vous faites beaucoup plus que ça.

– Et je ferais quoi, selon vous ?

– J'ai l'impression que vous vérifiez mon emploi du temps. Comme si, très bientôt, j'allais avoir besoin de fournir une sorte d'alibi. Où étiez-vous entre dix heures et minuit ? Comme à la télé, l'inspecteur Machin. Comment s'appelle-t-il ? Ce satané inspecteur Morse.

– Et quelle réponse lui donneriez-vous ?

– Que j'étais ici. J'ai dû boire un dernier verre, probablement, et puis au lit.

– Vous n'avez pas été tenté de retourner à l'hôtel, de prendre votre dernier verre là-bas ?

– Bon sang, non. Qu'est-ce qui a bien pu vous fourrer une idée pareille dans le crâne ?

Elder succomba à son tour aux attraits du fromage.

– Quand j'ai parlé à Christine Dulverton, elle a insinué qu'Irene Fowler vous avait trouvé séduisant.

Warren eut un petit rire.

– Séduisant, moi ? La pauvre femme. Elle avait dû être la première et la dernière à penser cela de moi depuis un bon moment.

– Je me demandais si l'attrait avait pu être réciproque.

– Je crains que non. (Warren tendit la main vers le cake, qui s'effrita sous ses doigts.) Ce qui change quand on atteint un certain âge – et c'est une chance, à mon avis –, c'est qu'on laisse ce genre de chose derrière soi. Oh, ce n'est pas le cas de tout le monde, je vous l'accorde. Je connais un ou deux types de mon âge, ils appartiennent à un club, pour les hommes veufs ou divorcés depuis peu. Il s'y manigance un sacré nombre de rencontres. Un autre type, plus âgé que moi, sa femme est morte il y a moins de deux ans, il se remarie le mois prochain. Mais c'est pour avoir de la compagnie, vous savez, et rien d'autre. Il ne supporte pas de vivre seul. Il n'est sans doute pas capable de recoudre un bouton ou de faire cuire un œuf dur, le pauvre bougre. Sybil et moi, on n'a jamais vécu comme ça, on partageait tout, les corvées comme le reste.

– Donc, vous n'avez jamais éprouvé le besoin de rechercher la compagnie d'une femme ?

– Nous avons eu de la chance, Sybil et moi, nous avons eu une vie bien remplie. Je regrette qu'elle soit terminée, bien sûr, mais quand je me tourne vers le passé, ce ne sont pas les souvenirs qui manquent. J'ai des petits-enfants, aussi. Ils sont dispersés un peu partout, mais j'ai le plaisir de les voir de temps en temps ; les jours de congés, pendant les vacances, je suppose que vous savez comment ça se passe.

Ponctuant ses paroles d'un grand geste, il heurta par inadvertance le bord de son verre de xérès et, se baissant vivement, l'attrapa au vol avant qu'il ne touche le sol.

– Deuxième gardien de guichet, dit-il, c'est à ce poste que je jouais le mieux. Ça fait plaisir de voir que certains de mes vieux réflexes sont encore là.

Il reposa le verre sur la table.

– Vous n'êtes pas un passionné de cricket, je suppose ?

Elder secoua la tête.

– Ça n'intéresse plus grand monde, aujourd'hui. À part les matches internationaux, et cette version bâtarde de cricket moderne de 20 séries de balles au lieu de 50. Des maillots multicolores et des noms stupides. On singe ces satanés Américains une fois de plus. Mais allez donc assister à n'importe quel match régional, en milieu de semaine, et c'est comme un rassemblement d'infirmes et d'éclopés. Entre les séries, les joueurs passent plus de temps à parler de leurs hernies ou de leurs prothèses de hanche que de la façon dont les points ont été marqués.

Jaillissant de son fauteuil comme un jeune homme, Warren emmena Elder dans le jardin et lui fit suivre l'allée qui contournait la maison.

– Il y a eu quelque chose à la radio, n'est-ce pas ? Aux informations régionales. Une femme, du côté de Sherwood ? Trouvée morte dans son lit. C'est pour ça que vous vous repenchez sur cette vieille histoire, je suppose.

Elder acquiesça d'un signe de tête.

– Eh bien, ajouta Warren en tendant la main, je vous souhaite bonne chance pour votre enquête.

De nouveau, sa poignée de main fut ferme et énergique.

En retraversant à pied les ronds-points et les rues en arcs de cercle de la résidence privée, Elder eut tout le temps de repenser à la poigne que possédait encore Brian Warren, à la promptitude de sa réaction à la chute du verre : des qualités physiques en contradiction totale avec cette image terne et plutôt vieux jeu que Warren tentait de donner de lui-même, celle d'un homme à bout de forces qui n'a plus beaucoup de temps à vivre.

18

Un nombre important, pour ne pas dire la plupart, des gens qui travaillaient à l'hôtel le soir où Irene Fowler fut tuée, avaient depuis lors changé d'emploi. Certains d'entre eux étaient partis sans laisser de trace ; d'autres – quelques-uns – s'étaient révélés fort faciles à trouver. Le directeur qui était de service ce soir-là dirigeait aujourd'hui un petit hôtel de luxe au centre du marché aux dentelles. Le concierge, un peu plus chauve, un soupçon plus corpulent, était toujours le concierge ; et le barman qui avait servi leur dernier verre à Irene Fowler et Vincent Blaine, et qui, à l'époque, était étudiant en troisième année de médecine, accomplissait actuellement son troisième stage en chirurgie à l'hôpital de la ville. Ce matin, il participait à une opération – une perforation de l'intestin. Si tout se passait bien, il serait libre de parler à Elder entre 11 heures et 11 h 30.

Sur la rocade, la circulation était encore plus congestionnée que d'ordinaire, et Elder regretta presque de ne pas avoir de gyrophare pour s'en extirper. En fin de compte, l'intervention, au bloc opératoire, avait rencontré quelques difficultés, et il se passa une demi-heure de plus avant que Jeremy Davis ne le rejoigne, se répandant en excuses, et mourant d'envie de griller une cigarette.

Ils se trouvaient dans la cour de l'hôpital, sous un ciel limpide, la masse imposante du bâtiment occupant l'espace derrière leur dos. Davis avait une trentaine d'années, à présent, des cheveux châtain foncé ondulés et abondants, une carrure de joueur de rugby, et le regard fatigué. Elder remarqua des gouttelettes de sang séché sur son col, qui étaient peut-être là depuis qu'il s'était rasé, peut-être pas.

– Dure matinée ? s'enquit Elder.

– Pas trop pénible.

On décelait quelques inflexions galloises dans sa voix.

– Je suis navré d'empiéter sur votre temps.

– Ça n'a pas d'importance.

Davis tira une longue bouffée de sa cigarette, comme si, paradoxalement, sa vie en dépendait.

– Irene Fowler, commença Elder. Dans la déposition que vous avez faite à l'époque, vous avez dit que vous pensiez qu'elle avait pu parler avec quelqu'un au bar avant de partir, mais que vous n'en étiez pas sûr.

– C'est exact.

– Avec le recul, vous n'avez pas de souvenirs plus précis ? Des détails qui vous seraient remontés à la mémoire ?

Davis tira une autre bouffée de sa cigarette. Une ambulance passa devant eux en trombe et s'arrêta en dérapage contrôlé devant l'entrée des Urgences.

– Depuis votre appel, je ne cesse d'y repenser. Mais comme vous voulez un témoignage formel, le danger, bien sûr, c'est que je pourrais finir par me convaincre que j'ai vu quelque chose alors que ce n'est pas vrai. Mais comme je vous l'ai déjà dit, je n'ai pas eu autre chose qu'une vision vague – rien de plus –, celle d'une femme assise seule à une table près du bar, sur la gauche, et puis de quelqu'un qui se penche vers elle, comme pour amorcer une conversation. Et voilà. C'est tout. Je ne peux même pas vous assurer que c'est vrai.

– Cet homme, cependant – supposons un instant qu'il y avait un homme –, était-il grand ou petit ? Dans vos souvenirs, quand vous l'apercevez, ce bref instant, que voyez-vous ?

Levant la tête, Davis plissa les paupières. Des voitures passaient devant eux dans les deux sens, roulant au pas à la recherche d'une place.

– Grand, répondit Davis un bout d'un bon moment. À la façon dont il se tenait debout…, non, pas debout, plutôt penché en avant, oui, je dirais qu'il était grand.

– Blond ? Brun ? Dégarni ?

– Brun, je dirais. Mais, non, je ne l'affirmerais pas. C'est un détail que je pourrais avoir inventé.

– Que pouvez-vous me dire de plus sur son compte ? Avez-vous remarqué autre chose ?

– Par exemple ?

– Je ne sais pas. Son âge ? Il était jeune ? Vieux ?

– Je n'en ai aucune idée.

– Mais si, voyons.

– Eh bien, il n'était pas jeune, j'en suis pratiquement sûr. S'il l'avait été, je l'aurais remarqué. Dans ce bar-là, à une heure pareille, on voit surtout les clients de l'hôtel. Pas de gamins, pas de jeunes qui font la tournée des boîtes, vous voyez ? Il n'est pas dans le circuit. Du moins, il ne l'était pas, à l'époque.

– Donc, c'est un homme mûr, probablement, plutôt bien habillé, vous ne lui prêtez guère attention parce que vous avez autre chose à faire…

– C'est ça. Je garde un œil sur la pendule, je m'assure qu'il ne reste plus de verres vides sur les tables, je m'apprête à fermer la caisse.

– Vous êtes occupé, donc vous ne le remarquez pas. Sauf que vous le remarquez quand même. L'espace d'un instant. Quelque chose attire votre attention, interrompt votre concentration, je ne sais…

– Elle rit. La femme, elle rit. Quand il se penche au-dessus de la table vers elle, il lui dit je ne sais quoi et elle rit.

– Vous en êtes sûr ?

– Sûr.

– Quel genre de rire ? demanda Elder.

– Un rire qui n'a rien de particulier, vous voyez ? Pas comme s'il était déclenché par une plaisanterie, pas ce genre-là. Plutôt aimable, amical. Un rire jovial, voilà ce que je dirais.

– Et après cela, après ce rire, que se passe-t-il ? Est-ce qu'il s'assied, pour lui tenir compagnie ? Pour prendre un verre avec elle ? Ou bien est-ce elle qui se lève pour le suivre ?

– Je ne sais pas.

– Essayez.

– Je vous le répète, je ne sais pas. (Davis laissa tomber son mégot sur le sol et consulta sa montre.) Il faut que je retourne travailler.

– Bien sûr. Et croyez bien que je vous suis reconnaissant.

– J'espère vous avoir aidé.

– Et s'il vous revient autre chose en mémoire…

– Il y a un numéro où je peux vous joindre ? Je ne vous promets rien, remarquez…

Peu de temps auparavant, Elder s'était rendu dans un Copy Centre pour commander une série de cartes de visite mentionnant son nom et son numéro de portable ; dans l'immédiat, il griffonna son numéro sur son calepin, arracha la page, et la fourra dans la poche de la blouse blanche de Davis.

Elder, qui était à peine rentré de l'hôpital, s'installait devant un ordinateur d'emprunt quand Maureen Prior fit effectuer un demi-tour à son fauteuil à pivot.

Son regard pétillait, et l'excitation était perceptible dans sa voix – on aurait dit un chat qui vient de flairer un bol de crème fraîche.

– Frank, tu te souviens de ce pauvre type qu'on avait appréhendé pour le meurtre d'Irene Fowler ? Dowland, ça te dit quelque chose ?

– Richard Dowland. Oui, bien sûr.

L'image qui vint à l'esprit d'Elder fut celle d'un homme triste, au visage rond, qui avait mauvaise haleine et agitait nerveusement les mains. Dowland comptait dans ses antécédents divers délits sexuels mineurs, exhibitionnisme, voyeurisme, vol de sous-vêtements féminins sur des cordes à linge. Au moment du meurtre, il travaillait comme commis de cuisine à l'hôtel.

– On l'a interrogé, je ne sais pas, quatre fois, c'est ça ? Il s'était mis tout seul dans un tel état, à un moment, qu'il avait pissé dans son pantalon, dans la salle d'interrogatoire, tu te rappelles ? En fin de compte, on n'a rien trouvé à retenir contre lui, rien qui établisse un rapport entre lui et ce qui s'est passé.

Elder se souvenait de la confusion mentale de Dowland, de la façon dont ses paroles et ses pensées s'enchevêtraient et se bousculaient sans qu'il puisse les maîtriser, de son regard implorant. Si l'aveu avait pu être un choix capable de mettre un terme, une bonne fois pour toutes, à l'interrogatoire, c'est un choix qu'il aurait été à deux doigts d'opérer.

– Un collègue qui n'a pas les yeux dans sa poche, dit Maureen, vient de repérer son nom dans la base de données. Il semblerait que notre Richard soit monté en grade, depuis l'époque où il reniflait les petites culottes et où il prenait son pied en lorgnant des femmes dans leur salle de bains. Il y a un petit peu plus de deux mois, il est sorti de la prison de Lincoln. Libéré au bout de quatre ans, condamné à six.

– Pour quel genre de délit ?

– Violences avec voies de fait.

– Tu connais les détails ?

– J'en connais assez pour que ce soit intéressant. La victime était une prostituée de cinquante-trois ans, qui travaillait dans le quartier St Ann. Dowland l'a frappée sur le sommet du crâne, puis il a fait tout son possible pour l'étrangler. La femme s'est débattue. Heureusement pour elle, le hasard a voulu que quelqu'un passe par là, et Dowland a déguerpi. C'est tout ce que je sais pour l'instant. J'ai un rendez-vous prévu avec le collègue des Mœurs.

– On l'a laissé sortir dans quelles conditions ? En liberté surveillée ?

– Je suppose.

– En ce cas, il doit être suivi d'assez près.

– Espérons-le. Le moindre élément qui établit un lien entre lui et Claire Meecham, c'est tout ce dont nous avons besoin.

Elder secoua la tête.

– On l'a soupçonné pour le meurtre d'Irene Fowler, et maintenant il sort de prison quelques semaines à peine avant qu'une autre femme ne soit assassinée dans des conditions comparables. C'est trop beau pour être vrai.

– À cheval donné, Frank, tu sais ce qu'il ne faut pas regarder.

Tom Whitemore travaillait aux Mœurs depuis trois ans, et ce boulot lui inspirait autant de répulsion qu'il lui procurait de satisfaction. Il le haïssait à cause de toutes les saloperies auxquelles il le confrontait, et dans lesquelles il était contraint de fourrer son nez; tout ce qui concernait les enfants, particulièrement. C'était ce qui l'affectait le plus, les horreurs que pouvaient subir les enfants, certains d'entre eux si jeunes que d'y penser un seul instant vous faisait monter la bile dans le fond de la gorge. Ce qu'il trouvait satisfaisant, en revanche, c'était de voir les hommes – c'étaient surtout des hommes, mais pas toujours –, ceux qui commettaient ces actes, arrachés à la rue, jetés en prison, et quand ils ressortaient, contrôlés, surveillés, tenus à l'écart, le plus possible, des rechutes éventuelles. C'était un travail qu'il était nécessaire de faire, et aussi longtemps qu'il le supporterait, il le ferait.

– Encore combien de temps? lui demandait sa femme.

Et il répondait :

– Je ne sais pas, un an de plus, peut-être, six mois, et puis je laisserai tomber. Je demanderai mon transfert à la Répression des fraudes. Ou à la Circulation, pourquoi pas ?

Et il riait.

Et chaque soir, aussi tardive que fût l'heure à laquelle il rentrait, il allait dans la chambre des jumeaux et restait debout près de leurs lits, à regarder dormir ses fils de cinq ans.

Il partageait son bureau avec trois collègues. Leurs tables de travail étaient couvertes de documents et de dossiers, de tasses sales calées contre les claviers et les écrans d'ordinateur, les classeurs étaient pleins à craquer, les directives du ministère de l'Intérieur, punaisées, couvraient les murs.

En bras de chemise, le cheveu en bataille, Tom Whitemore se leva à moitié de son fauteuil et se pencha en avant pour serrer la main de Maureen Prior.

– Jetez par terre ce qui encombre cette chaise et asseyez-vous. Je peux vous apporter quelque chose à boire ? Il y a une machine dans le hall.

– Merci, répondit Maureen en secouant la tête. Je ne veux pas vous faire perdre plus de temps que le strict nécessaire.

– Très bien. J'ai fait imprimer… Où sont passées ces feuilles ? (Trouvant les pages enfouies sous un dossier, il les en extirpa.) L'essentiel des faits y est résumé, vous verrez. En raison de la nature de son crime, le dossier de Dowland a été transmis à l'Unité de protection des personnes avant qu'il puisse être libéré. Après examen du dossier, la commission a estimé qu'on pouvait le laisser sortir, mais qu'une récidive restait possible. On a donc imposé des conditions à sa sortie de prison, des restrictions à sa liberté de mouvement. Il devait venir chaque semaine rendre compte de ses activités à son contrôleur judiciaire, ainsi qu'à moi. Étaient prévues également des sessions régulières avec un infirmier psychiatrique de la santé publique. Vous connaissez le principe.

– Et il est logé dans un foyer ?

Whitemore secoua la tête.

– Il devrait l'être. En temps normal, oui, c'est ce qui se serait passé. Mais il n'y avait pas de place disponible à ce moment-là. Il habite un appartement du quartier des Meadows.

– Comment se débrouille-t-il ?

Whitemore haussa les épaules.

– Il se tient tranquille, pour autant qu'on sache. Quant à lui arracher un mot, c'est une autre histoire ; on croirait parler à un mur. Mais si j'en juge d'après ce que vous m'avez dit, je ne vous apprends rien. Et il n'est pas devenu plus bavard avec l'âge.

L'un des collègues de Whitemore, qui avait au téléphone ce qui semblait être une discussion de plus en plus tendue, coupa la communication en lâchant un juron et composa aussitôt un autre numéro. Une inspectrice entra dans la pièce, laissa tomber son sac sur son bureau, et ressortit aussitôt.

– Le crime pour lequel Dowland est tombé, dit Prior. Ces violences avec voies de fait. Vous pouvez m'en parler ?

– Laissez-moi voir si Dave Stockdale est dans la maison, fit Whitemore. C'est lui qui a effectué l'arrestation. Il pourra vous en parler mieux que moi.

Stockdale était plus âgé que Tom Whitemore d'une bonne dizaine d'années, peut-être plus. C'était l'un de ces officiers qui trouvent vite leur niveau de compétence et n'en bougent plus jusqu'à la retraite. Dans le bureau de Whitemore, il salua Maureen Prior d'un signe de tête, choisissant de ne pas tenir compte de son rang, et s'appuya contre l'une des tables.

– En plusieurs occasions, dit-il, on a repéré Dowland qui traînait dans le quartier chaud. Il s'approchait en douce des voitures garées sur le parking de la fête foraine, dans le parc de loisirs. Il se rinçait l'œil, et puis il s'astiquait. C'est un miracle qu'il ne se soit pas fait casser la gueule par le client d'une pute. On l'a mis en garde je ne sais combien de fois, à s'en user les cordes vocales, mais ça ne l'empêchait pas d'y retourner.

» Le soir en question, de toute évidence, il avait en tête de faire un peu plus que regarder. Il a persuadé une grue du quartier St Ann de se laisser sauter vite fait contre un billet de dix livres, près du réservoir, dans Corporation Oaks. Quand ils arrivent là-bas, elle a à peine baissé sa culotte qu'il l'agresse avec un vieux bout de madrier qui traînait par terre. Il la frappe donc à la tête, comme une brute, et quand elle s'écroule, il se met à l'étrangler. Il aurait même fini le travail si les cris de la fille n'avaient pas alerté quelqu'un qui passait par là. Un étudiant, qui rentrait chez lui. Dowland prend la fuite, mais pas avant que ce gars n'ait le temps de bien le regarder. C'était lui, il n'y a pas de doute.

– La prostituée, comment s'appelle-t-elle ?

– Eve Ward. (Stockdale s'esclaffa.) Il y a tellement longtemps qu'elle travaille sur ce bout de trottoir, on va bientôt lui élever une statue. En l'honneur de ses foutus services, si vous voyez ce que je veux dire.

Ni Maureen Prior ni Tom Whitemore ne daignèrent sourire.

– Sait-on s'il a commis d'autres actes de violences, Dowland ? demanda Maureen.

– Pour autant qu'on ait pu le savoir, à cette date, il n'avait encore rien fait de tel, répondit Stockdale. Mais la plupart de ces agressions, notez bien, elles ne sont jamais signalées, vous le savez comme moi.

– Et vous a-t-il expliqué pour quelle raison il s'en était pris à elle de cette façon ?

– Elle se serait moquée de lui, voilà ce qu'il a dit. Du moins, c'est l'explication qu'il a donnée au tribunal. Ça ne m'étonnerait pas que l'idée vienne de son avocat. Avant le jugement, on a eu un mal de chien à lui faire avouer quoi que ce soit. S'il renouait ses lacets, là, devant nos yeux, une minute plus tard il disait qu'il n'y avait pas touché. Mais si ça s'était passé comme il l'a prétendu, un geste spontané, comment se fait-il qu'il ait eu un bout de madrier sous la main ? Ça me paraît bien trop facile comme explication, si vous voulez mon avis.

– Vous pensez qu'il avait préparé son coup ? demanda Maureen.

– Et comment !

– Très bien, Dave, fit Tom Whitemore. Je crois que ce sera tout pour le moment.

Souriant jusqu'aux oreilles, Stockdale se redressa, se balançant d'un pied sur l'autre.

– Tom ne sera pas d'accord avec moi, mais Dowland et les types dans son genre, à mon avis, si on ne peut pas châtrer ces salopards, on devrait au moins les enfermer et puis perdre la clé de la cellule. (Il cligna de l'œil.) Nan, je plaisante. C'est mon genre d'humour.

– La crème des braves types, dit Whitemore quand Stockdale eut quitté la pièce.

Aux oreilles de Maureen, cela ne ressemblait pas à un compliment.

Le contrôleur judiciaire de Dowland s'appelait Bridget Arthur. C'était une quinquagénaire dotée d'une solide expérience, dont les enfants étaient aujourd'hui adultes et le mari, capitaine des pompiers, avait comme elle travaillé toute sa vie au sein de la même communauté, où ils étaient nés et avaient été élevés. Bien proportionnée, Bridget était plutôt grande, suffisamment pour assumer son poids : elle avait une coupe de cheveux qui ne faisait aucune concession, et une expression qui, bien que sérieuse en temps normal, devenait presque enfantine lorsqu'elle souriait.

Alors qu'elle préparait du thé pour Maureen Prior et pour elle-même, elle la pria de l'excuser pour l'état dans lequel se trouvaient les tasses, incrustées de taches au point d'être irrécupérables. Quant au sucre, elle le remua avec le bout d'un stylo-bille.

– C'est seulement temporaire, tout ça ? demanda Maureen en regardant autour d'elle.

Le bureau était installé dans une baraque de chantier en tôle qui bougeait un peu à chaque saute de vent.

– Oui, répondit Bridget Arthur. Exact. En juin prochain, cela fera quatre ans que c'est temporaire.

Maureen s'esclaffa et accepta un petit gâteau, un biscuit fourré, pour accompagner son thé.

– Richard Dowland, dit Bridget Arthur, pourquoi vous intéressez-vous à lui ?

Maureen se cala contre le dossier de sa chaise.

– Il y a huit ans, il a été soupçonné pour un meurtre sur lequel j'enquêtais. En fin de compte, on n'a rien trouvé qui le rattache à l'affaire. Il a été arrêté et interrogé, mais jamais inculpé. L'assassin n'a jamais été découvert. Aujourd'hui, nous avons un autre meurtre, assez semblable…

– Vous parlez de cette femme retrouvée chez elle à Sherwood ?

– Oui.

– Elle est morte étranglée.

– C'est ça.

– Et vous pensez que Richard…

– C'est une possibilité.

– À cause de ce qui est arrivé dans le quartier St Ann ?

– Exactement.

– Il y a quelque chose qui le rattache à la victime ?

– Rien, pour autant qu'on sache.

– Alors, pourquoi pensez-vous qu'il puisse être impliqué ? Je ne comprends pas.

Maureen Prior inspira longuement.

– Bon. Il y a huit ans, quand Irene Fowler fut retrouvée étranglée, Dowland travaillait dans l'hôtel où elle fut tuée. À notre connaissance, aucun acte de violence ne figurait dans ses antécédents à ce moment-là, et nous l'avons finalement relâché. Mais depuis, son profil a changé, il a agressé cette femme, il a failli la tuer, par strangulation. Et aujourd'hui, environ un mois après sa sortie de prison, il y a une nouvelle agression, une autre femme étranglée. Vous ne pensez pas que nous devrions nous intéresser à Dowland ?

– Ce n'est pas ce que je dis.

– Vraiment ?

– Écoutez, Maureen, je n'ai pas la prétention de vouloir vous apprendre votre métier.

Très bien, pensa Maureen. Elle plongea dans son thé ce qu'il restait de son biscuit, et il s'émietta dans la tasse.

– C'est seulement… Écoutez, Richard, ce n'est pas un saint, je ne prétends rien de tel. Loin de là. Il n'est pas très futé, même si ce n'est pas l'idiot du village. Mais il est surtout pitoyable, voilà. Ce qui s'est passé près du parc de loisirs, quelle qu'en soit la raison, c'est abominable, bien sûr. Cette pauvre femme a eu la frayeur de sa vie, il l'a blessée gravement, il a failli la tuer. Mais il a payé pour ça; il a accompli sa peine. Il mérite qu'on lui donne une chance. Et c'est ce que nous faisons, nous lui donnons une chance.

– Et s'il avait recommencé ?

– S'il a de nouveau commis un acte répréhensible, s'il fait le moindre écart de conduite, alors sa libération provisoire sera annulée et il retournera derrière les barreaux. Tout ce que j'essaie de dire – tout ce que je vous demande –, c'est de ne pas vous acharner sur lui sans raison.

Les premières gouttes de pluie crépitèrent sur le toit de la baraque métallique, et l'instant d'après, les vitres se mirent à trembler.

– Je peux vous poser une question ? dit Bridget Arthur.

– Allez-y.

– La dernière victime, quel genre de femme était-ce ?

– Quel genre ? Une quinquagénaire, sans rien de particulier.

– Respectable ? Bourgeoise ?

– Je dirais que oui.

– Un bon métier ?

– Oui.

– Et l'autre femme, celle du premier meurtre ?

– Irene Fowler. Pratiquement le même genre. Sinon, peut-être, qu'elle évoluait dans des sphères un peu plus élevées.

Bridget Arthur hocha la tête.

– Lisez les rapports, en ce cas. Lisez le dossier de Dowland. Depuis le début, toutes les femmes qui ont suscité son intérêt, toutes celles à cause desquelles il s'est attiré des ennuis, ce sont toujours des prostituées, des professionnelles. Des restrictions s'appliquent à sa remise en liberté, en ce moment. Elles lui interdisent de se rendre dans le quartier chaud, et précisément pour cette raison. Bon, je vous l'accorde, ces autres femmes, elles pouvaient avoir le même âge que sa victime, mais c'est tout. Le genre de femme que vous décrivez, intelligente, qui a un métier à responsabilités, Richard en a une sainte terreur. Il serait parti en courant.

– J'aimerais lui parler, malgré tout.

– C'est votre privilège. Mais Richard est un adulte vulnérable. Si vous voulez l'interroger de façon officielle, il faudrait qu'une personne que Richard connaît bien assiste à l'entretien.

– Tom Whitemore, cela vous conviendrait ?

– Tom serait parfait. Mais si pour une raison quelconque il est pris ailleurs, vous pouvez m'appeler. Ou demander à Ben Leonard, c'est l'infirmier psychiatrique que voit Richard.

Maureen sourit.

– Je prendrai des gants, je vous le promets.

Pendant quelques minutes supplémentaires, les deux femmes restèrent assises là, leur thé refroidissant au fond des tasses. S'il était vrai, pensait Maureen, que Dowland avait frappé Eve Ward parce qu'elle l'avait rabaissé, ne se serait-il pas senti cent fois plus ridicule en présence d'Irene Fowler ou de Claire Meecham ?

19

Richard Dowland occupait, dans le quartier des Meadows, l'étage d'une petite maison mitoyenne à façade unie, non loin de Wilford Crescent et des terrains de jeux qui mènent au fleuve et au quai Victoria.

À première vue, le logement semblait propre et bien tenu, les rares meubles n'envahissaient pas l'espace, et les effets personnels de Dowland étaient tous rangés avec soin. Une gravure maculée de Marie tenant l'enfant Jésus au-dessus du chauffage à gaz dans le salon, une tasse et un bol de céréales attendant toujours d'être débarrassés… On ne se rendait pas compte tout de suite que toutes les surfaces étaient recouvertes d'une couche de poussière, et qu'il y avait des taches de graisse sur le dos des fauteuils, le lit, les murs de la cuisine.

Dowland bredouilla un « bonjour » à Tom Whitemore, rougit sous le regard de Maureen Prior, et se détourna.

– Je voulais seulement que tu fasses connaissance avec Maureen que voici, dit Whitemore, que vous bavardiez peut-être un peu tous les deux. En fait, il me semble que vous vous êtes déjà rencontrés, il y a un bon moment de cela.

Dowland ne dit rien. Qu'il ait ou non reconnu Maureen, il n'en laissa rien paraître. Son visage, pensa Maureen, avait la pâleur du lait tourné. Il avait un œil humide, et au-dessus du second, la peau était boursouflée par une inflammation, un orgelet sans doute. Un chapelet de boutons d'acné barrait un côté de son visage. Il portait un survêtement, dont le haut en tissu brillant n'était pas assorti au pantalon, des baskets en piteux état, et ses cheveux avaient besoin d'un coup de peigne.

– Alors, Richard, commença Whitemore quand ils furent assis, comment ça va, en ce moment ?

Dowland marmonna quelques mots inaudibles.

– Tu as bien fait attention à éviter les ennuis ?

– Ou... oui.

Il ne les regardait pas ; il fixait le plancher.

– Bien, bien. (Se calant contre son dossier, Whitemore croisa les jambes.) Hier soir, par exemple. Qu'as-tu fait hier soir ?

Dowland ne répondit pas ; un coup d'œil à Whitemore, et ce fut tout. Il continuait à se comporter comme si Maureen n'était pas là.

– Tu n'es pas sorti, c'est ça ? s'entêta Whitemore. Tu es resté ici ?

– Ouais. Oui, c'est ça.

Cette fois, la voix de Dowland était perceptible, mais de justesse.

– Et aujourd'hui ?

Dowland leva la tête vers lui en clignant les paupières.

– Tu as des projets pour aujourd'hui ?

– Non. Je sais pas.

– Tu vas sortir, sûrement ? À un moment ou un autre ? Faire un tour, au moins ?

– Peut-être, ouais.

– Un bon bol d'air, ça te fera du bien.

– Ouais, je crois bien.

– Au bord de l'eau, sans doute ? Ça t'arrive de descendre vers le fleuve ? C'est à deux pas, après tout.

Les mains de Dowland s'agitaient dans son giron.

– Ouais, c'est pratique.

– Et pour ce soir ? s'enquit Whitemore. Tu vas retrouver quelqu'un, dans la soirée ? Pour aller boire une bière ?

Les yeux braqués sur la moquette, entre ses pieds, Dowland secoua la tête.

– Vous n'avez donc pas d'amis, Richard ? demanda Maureen, ouvrant la bouche pour la première fois. Vous devez avoir des amis, sûrement ? Des copains ?

Sa réponse, comme la plupart de celles qu'il faisait, fut longue à venir.

– Non, ici, j'en ai pas.

– Vous en aviez où, alors ?

– En prison. À Lincoln. J'avais des amis, là-bas.

– Et vous travaillez ? dit Maureen. Vous avez un emploi, en ce moment, non ?

Fixant toujours le même carré de moquette usée, Dowland resta muet.

– Bridget s'occupe de te trouver un emploi, n'est-ce pas, Richard ? dit Whitemore. Elle est en train d'en parler à quelqu'un. Pour ton compte. Une personne dont elle pense qu'elle pourrait t'aider à trouver du travail.

De ses doigts boudinés, aux ongles rongés jusqu'au sang, Dowland grattait l'un des boutons d'acné de son menton.

– Cet emploi, reprit Maureen, ce serait dans un hôtel, n'est-ce pas ? Richard ? Dans un hôtel ?

– Je ne… Je ne sais pas.

– Comme commis de cuisine, peut-être ?

– Je ne sais pas.

– C'est ce que vous faisiez autrefois, non ? Commis de cuisine ?

– Oui.

L'esquisse d'un hochement de tête.

– C'est à cette époque-là que nous avons parlé ensemble, vous et moi, Richard, n'est-ce pas ? Vous vous rappelez, maintenant ?

Pendant une fraction de seconde, il la regarda dans les yeux.

– Non, pas vraiment, non.

– Allons, Richard, je suis sûre que vous vous en souvenez. Il s'était passé quelque chose, à cet hôtel, c'est pour ça que j'y étais venue. Une femme, une cliente, il lui était arrivé quelque chose. Vous ne pouvez pas avoir oublié ça.

Dowland avait cessé de s'en prendre à ses pustules. À présent, ses doigts labouraient la chair molle de l'intérieur de son bras.

– Votre aide nous a été précieuse, à ce moment-là, Richard, ajouta Maureen. Je me demandais si vous pourriez nous aider de nouveau.

Elle attendit que ses grattements frénétiques se calment un peu ; sa peau flasque et pâle était striée de longues lignes livides.

– Voyez-vous, il vient de se passer, de nouveau, quelque chose de semblable. Pas dans un hôtel. Du moins, à ce que nous savons. Mais on a découvert une autre femme, dans les mêmes conditions…

Les mains plaquées sur les oreilles pour ne rien entendre, Dowland se laissa glisser de sa chaise et tomba à genoux.

Se déplaçant lentement, en prenant soin de ne pas l'alarmer davantage, Whitemore se pencha en avant et, passant les mains sous les coudes de Dowland, le hissa pour le rasseoir sur sa chaise, puis lui décolla les mains des oreilles.

– Je vais te dire quelque chose, fit Whitemore. Et si on arrêtait de parler un moment ? Tu as du lait dans la cuisine, n'est-ce pas ? Tu n'as pas oublié d'acheter du lait ? Je boirais bien une tasse de thé.

Tout cela en jetant à Maureen Prior un regard qui signifiait : ça ira comme ça, c'est fini pour aujourd'hui, n'insistez pas.

Le fleuve décrivait une courbe plutôt brusque pour contourner les jardins du Mémorial, le kiosque à musique et la pataugeoire, le toit vert de l'hôtel du Comté au-delà et, plus loin encore, les pylônes qui inondaient de lumière les terrains de football des deux clubs locaux, Nottingham Forest et Nottingham County. Derrière eux, ils laissaient les premières maisons de la ville blotties en grappes peu avenantes, le dôme arrondi du Conseil régional à peine visible dans la lumière impartiale. Au-dessus de leurs têtes, le ciel était scellé par une étendue uniforme d'un gris bleuâtre.

– On ne se croirait pas au mois de mai, dit Tom Whitemore. Presque à la moitié de l'année. Une paire de gants ne serait pas superflue.

Maureen Prior gardait les poings serrés au fond des poches de son coupe-vent, dont le col était relevé.

Un bateau de six rameurs les dépassa, fendant les eaux à un rythme soutenu, les avirons s'élevant puis plongeant à l'unisson.

– Le pauvre bougre est à deux doigts de s'effondrer.

– On lui a prescrit un traitement ? demanda Maureen.

– Il prend ses médicaments quand il y pense.

Un couple courait vers eux sur l'autre allée, en contrebas. Ils n'étaient plus très jeunes, mais ils progressaient avec aisance, le visage de l'homme cependant luisant de sueur, et la nuance du rouge à lèvres de la femme concordait, pratiquement, avec celle du bandeau qui retenait ses cheveux auburn derrière sa tête.

– Ça ne vous donne jamais un sentiment de culpabilité ? demanda Tom Whitemore.

– Comment ça ?

– Tous ces gens qui prennent de l'exercice, qui se maintiennent en forme.

Maureen secoua la tête. Dès qu'elle se sentait un peu enrobée, il lui suffisait d'aller s'asseoir un moment sur la place de l'ancien marché et de regarder les gros tas passer devant elle, se dandinant comme des canards, pour se rendre chez Pizza Hut ou KFC.

– Vous n'allez pas à la salle de gym, ni rien ? fit Whitemore.

– Plus maintenant. Je l'ai fait pendant un temps.

Au début, elle s'y rendait deux soirs par semaine, elle soulevait quelques poids, passait un moment sur la machine à ramer, se joignait parfois à un cours, d'aérobic ou d'autre chose. Au fil du temps, elle avait fini par ne plus supporter ce spectacle, à mi-chemin entre le marché aux bestiaux et le défilé de mode, et elle avait renoncé.

– Et vous ? demanda-t-elle.

– Marianne et moi étions inscrits au club David Lloyd, à Compton Acres…

– Marianne, c'est votre femme ?

– Oui. Nous avons persévéré pendant deux ans. Nous y allions souvent, au début, et puis… je ne sais pas, d'autres obligations se sont mises à nous en empêcher. Marianne s'y rendait en voiture, elle profitait de la piscine, et c'était à peu près tout. En fin de compte, cela ne méritait plus qu'on y consacre autant d'argent. Maintenant, elle me dit que je grossis.

– Ça ne se remarque pas.

– Merci.

Il eut un sourire presque juvénile, et Maureen, fugitivement, craignit qu'il ne s'imagine qu'elle cherchait à flirter.

– Dowland, dit-elle, dans quelle mesure êtes-vous au courant de ses faits et gestes ?

– Entre Bridget Arthur, moi-même et le reste de l'équipe, il voit quelqu'un quatre ou cinq fois par semaine. Mais il n'existe aucune sorte de contrôle permanent, si c'est ce à quoi vous pensez. Pour certains détenus en liberté conditionnelle, nous essayons parfois d'obtenir le renfort d'une poignée de collègues supplémentaires, de bricoler quelque chose avec eux pour resserrer notre surveillance, mais seulement si nous pensons qu'ils représentent un risque réel pour autrui.

– Et ce n'est pas le cas ici ?

– Je ne le pense pas. Enfin, vous l'avez vu vous-même.

– J'ai vu un homme agité, névrosé. Complètement paumé.

– Mais dangereux ?

– Qui peut le dire ?

– Ben, l'infirmier psychiatrique… Selon lui, le risque que Dowland ait de nouveau recours à la violence est plutôt faible. Minimal. Sauf, peut-être, si l'on parle de violence contre lui-même.

Maureen Prior s'arrêta net.

– Je me demande s'il aurait dit ça il y a cinq ans ? Avant que Dowland frappe Eve Ward à la tête et l'étrangle au point qu'elle a failli y passer.

Ils coupèrent à travers les jardins, derrière la statue de la reine Victoria, et longèrent les terrains de tennis en remontant vers l'église devant laquelle la voiture était garée. De l'autre côté du centre-ville, le cône sombre de la pluie fuyait vers l'horizon.

Lorsqu'il avait commencé à pleuvoir, Elder se trouvait à Top Valley. Il s'y était rendu pour parler à la fille d'Irene Fowler, Patricia, qui avait récemment quitté Market Harborough pour prendre un poste d'enseignante au collège. Installés dans une salle de classe vide, ils étaient perchés sur des tables, le regard tourné vers la fenêtre. Au-dehors, le vent fouettait des rideaux de pluie qui traversaient la cour et venaient gifler les vitres.

– J'ai bien failli ne pas venir, vous savez, dit Patricia Fowler. Enseigner ici, en ville. (Bien que mariée, elle avait conservé son nom de jeune fille.) Quand vous vous présentez à un entretien, on vous demande : « Si nous vous offrons ce poste, l'accepterez-vous ? » Et pendant un instant, j'ai été incapable de répondre. C'est stupide, vraiment. Mais comme Maman a été tuée ici, et que son assassin, quel qu'il soit… (Elle secoua la tête.) Bien sûr, en fin de compte, j'ai dit oui. Il faut tourner la page sur ce genre de chose, non ? Et aller de l'avant. Et voilà qu'aujourd'hui vous m'apprenez que le dossier est rouvert…

– Ce n'est pas exactement ça.

– Vous réexaminez l'affaire. Vous posez des questions.

– Oui.

– Vous essayez de trouver un lien avec cet autre meurtre.

– Oui.

Elle se tourna vers Elder.

– Vous pensez qu'il pourrait s'agir de la même personne ?

– Nous n'en savons rien.

– Oh, bon sang ! Vous êtes muets comme des carpes, tous autant que vous êtes ? (La colère empourpra ses joues.) Vous ne lâchez jamais la moindre information.

– Ce n'est pas vrai.

– Mais c'est l'impression que vous donnez.

– Si j'avais quoi que ce soit de précis à vous communiquer, je le ferais.

– Alors, pourquoi vous donnez-vous la peine de venir me parler ?

– Par courtoisie ?

– Rien d'autre ? Plus de questions ?

Elder sourit.

– Peut-être une ou deux.

Il y avait un bourdonnement sonore permanent, ponctué de temps à autre par des éclats de rire, en provenance des salles situées de part et d'autre. Quittant son siège improvisé, Patricia Fowler alla chercher son sac sur son bureau. Elle était grande, plus grande que ne l'avait été sa mère, plus mince aussi, mais la ressemblance était indéniable si l'on s'attardait sur son visage, avec son nez volontaire et ses yeux sombres et rapprochés. Elle sortit de son sac un rouleau de pastilles de menthe, en glissa une dans sa bouche, et en offrit une à Elder qui refusa.

– Que voulez-vous savoir ? dit-elle. Qu'est-ce que je pourrais bien vous apprendre après tout ce temps ?

– Je me demandais... Je n'y ai pas réfléchi à l'époque, pas aussi sérieusement que j'aurais sans doute dû le faire, mais je me demandais si la personne que votre mère a rencontrée à l'hôtel était quelqu'un qu'elle connaissait déjà.

– Par son travail, vous voulez dire ? Quelqu'un qui était présent à la conférence ?

– Non, pas ça.

– Parce que je croyais que vous aviez enquêté sur tous les participants ?

– Nous l'avons fait. Mais, non, je pensais à un homme avec qui elle aurait pu avoir une sorte de liaison ; un homme qu'elle se serait arrangée pour retrouver là. Ou peut-être votre mère aurait informé un homme qu'elle allait séjourner dans cet hôtel, et cet homme aurait décidé de venir la rejoindre sans prévenir, pour lui faire une surprise.

– Après quoi il l'aurait tuée, ajouta Patricia Fowler. (S'approchant de la fenêtre, elle regarda dehors. La pluie était plus régulière, à présent, moins violente, et commençait à se calmer ; vers l'ouest, le ciel s'éclaircissait un peu au-dessus du terrain de golf.) Pour autant que je sache, elle ne voyait personne. Pas à cette époque. Ou je n'étais pas au courant.

Elder hocha la tête. Après interrogatoire, les deux hommes dont on savait qu'Irene Fowler avait eu une liaison avec eux s'étaient révélés avoir un alibi incontestable.

– S'il y avait eu quelqu'un, dit Elder, quelqu'un de nouveau, vous en aurait-elle parlé, à votre avis ? Parfois, sur ce genre de sujet, la communication entre les parents et leurs enfants est un peu délicate.

Un sourire creusa les rides entourant les yeux de Patricia Fowler.

– Ma foi, nos échanges de confidences n'étaient pas exactement exhaustifs. Mais après… enfin, après Papa, je crois que ce qu'elle a pu connaître avec n'importe quel autre homme a dû lui apparaître comme une révélation. Donc, oui, c'est un sujet que nous abordions ensemble.

– Et elle ne vous avait pas dit qu'elle avait commencé à voir quelqu'un d'autre ?

– Non.

Les voix se faisaient plus pressantes, maintenant, de l'autre côté de la porte.

– Les deux hommes avec qui elle a eu une liaison, dit Elder, elle les avait rencontrés dans le cadre de son travail, n'est-ce pas ?

– Où voulez-vous qu'elle ait pu faire leur connaissance ? Je veux dire, elle n'allait quand même pas se mettre à traîner dans les boîtes de nuit ?

– Et les petites annonces, dans les journaux, à la rubrique « Rencontres » ? Les sites Internet, quelque chose comme ça ?

– Non. Hors de question.

– Les gens nous surprennent parfois.

– Oui, mais Maman… Non, jamais de la vie.

– Très bien.

Elder se laissa glisser de la table. Dans le couloir, les manifestations d'impatience étaient de plus en plus bruyantes.

– Cette femme tuée récemment…, demanda Patricia Fowler. C'est de cette façon qu'elle a rencontré son meurtrier ? Par l'intermédiaire de l'Internet ?

– Je crains de ne pas pouvoir vraiment vous répondre.

– Sans pour autant être muet comme une carpe ?

– Pas le moins du monde.

La porte s'ouvrit brusquement, et les premiers d'une trentaine de mômes de quatorze ans entrèrent en trébuchant, poussés dans le dos par les chahuteurs.

– Eh bien, dit Patricia Fowler, si vous êtes si pressés de travailler, vous feriez mieux d'entrer tous et de vous asseoir.

Une gamine aux yeux de biche, la ceinture de sa jupe roulée sur elle-même plusieurs fois de trop, fixa Elder puis Patricia et prit une pose.

– Franchement, Madame, vous méritez mieux que ça.

Le pub se trouvait en retrait de la rocade intérieure, à mi-chemin entre le siège des Affaires criminelles et le centre-ville. Brique rouge et poutres apparentes, l'apparence autrefois prisée de la taverne Tudor typique. Jusqu'à présent, le propriétaire s'était abstenu de rénover quoi que ce soit : le papier velouté collé sur les murs rappelait les restaurants indiens des années soixante, et le plancher, plutôt que d'avoir été mis à nu et raboté proprement, était encore recouvert de la même moquette à motifs bien connue, passablement usée, et qui s'enfonçait sous les pieds avec une mollesse révélatrice, presque un bruit de succion.

La majeure partie de l'équipe de Maureen Prior se trouvait dans l'arrière-salle, que les vieux habitués s'entêtaient à appeler le petit salon. La discussion portait sur le pourquoi et le comment de la relégation de l'équipe de Nottingham Forest, sur les joueurs qu'il fallait blâmer et ceux qui n'avaient pas démérité. Quant à Maureen elle-même, elle se trouvait avec Elder près du bar de la grande salle, tandis que derrière eux un homme affligé d'un strabisme divergent annonçait les numéros du bingo depuis une petite console électronique. À chaque fois que des clients sortaient de la salle de réception à la recherche des toilettes pour dames, ou plus souvent, pour hommes, quelques mesures d'un jazz sautillant et vieillot franchissaient la porte en même temps qu'eux.

– Un autre Jameson, Frank ? proposa Maureen.

Elder acquiesça. Il fut un temps, après une soirée pareille, où il aurait fait descendre le whiskey avec une pinte de blonde, mais aujourd'hui la bière lui laissait l'estomac ballonné, et il s'en tenait aux petits verres d'alcool, un verre d'eau fraîche à portée de la main pour l'aider à tenir la distance, et pour sublimer le goût.

– Avec Dowland, demanda Elder quand ils eurent trouvé un coin tranquille, comment ça s'est passé ?

– On s'est emballés trop vite sur cet espoir-là, je crois.

Elder hocha la tête ; il avait bien senti que l'excitation manifestée par Maureen au début de la journée était retombée.

– C'est difficile de se représenter Dowland et une femme comme Claire Meecham dans les mêmes sphères, dit Maureen, encore moins dans la même pièce. Dans le même lit, cela dépasse l'imagination.

– Il aurait pu l'agresser, malgré tout.

– Elle n'a pas été violée, Frank. Une relation sexuelle consentie, tu te souviens ?

– Des choses plus étranges encore se sont déjà produites.

– Dans sa tête, peut-être. Mais, Frank, j'aimerais que tu le voies. Il y a huit ans, il était déjà paumé, mais aujourd'hui…

Elle laissa sa réflexion en suspens.

À l'angle du comptoir, un joueur de bingo poussa un cri de joie en barrant sur sa carte le dernier numéro qu'il lui manquait.

– On le raye de la liste, alors ? fit Elder. Ou on attend encore un peu, pour voir ?

– Je veux parler à cette femme qu'il a agressée. Dans l'espoir d'en apprendre un peu plus sur ce qui s'est réellement passé.

– Elle est encore dans les parages ?

– Apparemment. Et j'ai fait en sorte de rencontrer l'infirmier psychiatrique qui suit Dowland, bien que ce soit probablement une perte de temps. J'ai déjà une idée assez précise de ce qu'il va me dire. Des problèmes par-ci, des problèmes par-là, souffre-douleur à l'école, sans doute sodomisé dans sa famille. L'arsenal des prétextes habituels. Des bonnes excuses.

– Ça ne veut pas dire qu'elles soient fausses.

Elle le fixa d'un regard lourd.

– Tu deviens indulgent en prenant de l'âge, Frank ?

– Pas plus que tu ne deviens intransigeante de ton côté.

– C'est ce que tu penses ?

– Non, pas vraiment. Tu as toujours été dure, Maureen. Comme femme, et comme flic.

– Merci.

Elder s'esclaffa.

– Tu es à peu près la seule personne de ma connaissance qui trouve que les talibans ont bon cœur.

La porte de la salle de réception s'ouvrit de nouveau, l'orchestre pressurant la moindre mesure de *Take The A Train*, et soudain l'inspecteur principal Charlie Resnick surgit, se dirigeant vers eux un verre à la main.

– Je n'interromps rien, au moins ? demanda-t-il en souriant.

– Une conférence sur une affaire en cours, Charlie, répondit Maureen Prior. Rien de plus.

– Le meurtre de Claire Meecham ?

– Celui-là même.

Resnick hocha la tête.

– Tu es venu des lointaines terres de l'Ouest pour un moment, Frank ? Pour donner un coup de main ?

– Quelque chose comme ça.

– Je ne sais pas ce qu'on ferait sans toi.

– Notre Frank, fit Maureen pour l'asticoter un peu, est passé à l'Ouest de plus d'une façon. C'est aujourd'hui un membre encarté de la gauche libérale.

– Content de l'apprendre, dit Resnick avec un clin d'œil. Il ne reste plus beaucoup de gens comme nous.

– Je te fais remplir ton verre, Charlie ? proposa Maureen.

– Une autre fois. Il faut que je rentre.

– Lynn te serre la vis, en ce moment ?

– En quelque sorte.

Après un dernier échange d'amabilités, il s'éloigna – un homme massif, large d'épaules, qui se déplaçait encore, cependant, avec une certaine grâce.

– Ils sont encore ensemble, alors ? demanda Elder quand Resnick fut trop loin pour l'entendre. Lui et sa jeune inspectrice ? Ce n'était pas une simple passade ?

– La constance, Frank. L'endurance. Une qualité que certaines personnes possèdent, d'autres pas.

Il était temps de changer de sujet, Elder en était conscient.

De retour dans son appartement de location, un environnement auquel il n'était pas encore habitué, Elder sacrifia au rituel consistant à faire défiler toutes les chaînes de télévision avant d'éteindre le récepteur. Derrière la fenêtre, les lumières de la ville brillaient intensément. À la radio, quelqu'un parlait de la guerre en Irak, une guerre qui avait été gagnée plusieurs mois auparavant, mais dans laquelle d'autres gens mouraient encore tous les jours. Reflété par la vitre obscure, un visage aux traits presque indistincts lui rendait son regard, un visage qui ressemblait davantage à son père qu'à lui-même. *La constance, Frank. Une qualité que certaines personnes possèdent, d'autres pas*. Il décrocha le téléphone, et il composa la moitié du numéro de Joanne avant de s'arrêter net. *Je le revois, tu sais. Martyn. Je regrette, Frank*... Aurait-il dû lui pardonner, à ce moment-là ? Leur pardonner ? Aurait-il dû, en quelque sorte, tendre l'autre joue ? Pour le meilleur, pour le pire. En fait, il avait arraché les couvertures du lit dans lequel ils avaient dormi, puis, toujours pas satisfait, il avait brisé le lit lui-même. Parti se terrer dans un hôtel avec une bouteille de whiskey irlandais, il s'était soûlé jusqu'à perdre connaissance. Cela remontait à plusieurs années, maintenant, pas tant que ça, en fait. Cinq. Cinq ans. Peu de chose à l'échelle d'une vie, à celle d'une union conjugale. Il se versa un verre d'alcool et composa de nouveau le numéro ; et il resta planté là, à regarder son reflet, en écoutant la sonnerie retentir, encore et encore.

20

La journée avait commencé sous le signe du beau temps et du froid, des traces laissées par des avions de ligne décrivant des arcs dans le ciel. À une époque, se souvint Elder, quand il était encore jeune homme, il levait la tête et s'imaginait à bord de ces avions, en partance pour l'Amérique, l'Italie ou l'Espagne. Pour n'importe où, pratiquement : pour n'importe quel pays où il n'était jamais allé. Une époque où il s'imaginait à l'aéroport, son passeport à la main, les yeux levés vers le tableau des départs pour regarder les destinations changer dans un cliquetis perpétuel : San Francisco, Barcelone, Rome. Ne sachant pas comment choisir. À présent, Paris était à quelques heures de train, et les jeunes allaient à Tallin ou Barcelone pour se soûler à la bière pendant tout un week-end, un peu comme Elder, à leur âge, aurait choisi Leeds ou Newcastle. Et avant d'entrer en fac, des douzaines de mômes, sac au dos, prenaient une année de congé qu'ils commençaient à Prague ou Helsinki, Sydney ou la Grande Barrière de corail.

La première fois que Joanne et lui étaient allés à l'étranger ensemble, en 1981, l'année précédant leur mariage, ils s'étaient retrouvés dans un hôtel minable de la Costa del Sol, un séjour tout compris – c'était tout ce qu'ils pouvaient s'offrir. Joanne en bikini sur la plage. Le restaurant servait de la cuisine anglaise. Frites et poisson pané. Breakfast traditionnel. Bière tiède. Ils se seraient crus à Skegness, sur la côte de la mer du Nord, avec le soleil et les moustiques en plus, le vent en moins. Le quatrième jour, Joanne avait ramassé un microbe quelconque, et passé la fin de la semaine au lit.

Quittant Bridlesmith Gate pour tourner à gauche, Elder s'arrêta net devant le salon de coiffure. Select-Tif. Du verre dépoli sur la moitié de la vitrine. Des lumières à l'intérieur. Impossible de voir si Joanne était là ou pas.

Quand il poussa la porte, des visages se tournèrent vers lui.

Une sono diffusait une musique douce et rythmée.

– Euh…, je cherchais Joanne. Je ne sais pas si…

– Frank ! (Telle une femme fatale dans un vieux film, elle surgit du fond du salon, sortant de l'ombre pour pénétrer dans la lumière. Rose, parfaite, souriante.) Tu es venu te faire relooker ? Il n'est jamais trop tard.

– Non, je pensais…

Il regarda, un peu désemparé, en direction de la porte.

Amusée, elle le prit par le bras et le fit ressortir.

– Tout va bien ?

– Oui. Je pensais seulement, tu sais, j'ai à peine eu le temps de te voir, et…

– Un café ? (Elle regardait sa montre, une montre étroite et élégante à son poignet fin.) Je pourrais te rejoindre à onze heures, ou un peu après.

– Non. Je pensais que nous pourrions peut-être dîner ensemble.

– Dîner ?

– Oui, tu sais, aller au restaurant quelque part…

– Tu veux dire, comme un dîner d'amoureux ?

– Non. Simplement… eh bien, un dîner. Une occasion de parler un peu.

– D'accord.

– Ce soir, alors ? Si tu es libre.

– Ce soir ? Oh, Frank, je ne sais pas si je pourrai.

– Bon. Tant pis. C'était juste une idée comme ça. (Baissant la tête un moment, les mains dans les poches, il s'éloigna d'un pas.) Une autre fois ?

– Oui, bien sûr. Une autre fois. Ça me ferait plaisir. Vraiment.

L'instant d'après, elle était rentrée dans le magasin.

Piqué au vif, vexé, Elder se tourna vers la rue et rebroussa chemin.

En arrivant à la hauteur de la librairie Waterstone, il aperçut un visage qu'il connaissait. Vincent Blaine, en costume de velours côtelé, qui prenait un volume sur le présentoir, et se tourna vers Elder alors que celui-ci s'approchait.

– Monsieur Elder, quelle surprise !

– Nous aussi, nous lisons des livres, vous savez.

– Nous ?

– Vous comprenez ce que je veux dire.

L'ouvrage que tenait Blaine était imposant et, supposa Elder, coûteux.

– Matisse, dit Blaine. La nouvelle biographie.

Elder secoua la tête.

– C'est étonnant de penser qu'il était encore de ce monde dans les années 1950. Il a vécu dix ans, presque, après la fin de la guerre. Il est difficile, parfois, de ne pas le considérer comme appartenant à un autre siècle. (Il sourit, comprenant son erreur.) Mais c'était le cas, bien sûr. Comme nous tous, qui aurons connu deux siècles, le précédent et celui-ci. (Il reposa le livre sur la tablette.) Le temps, monsieur Elder, nous laisse tous derrière lui.

– J'avais l'intention de vous recontacter, dit Elder. Il y a encore une chose que je voulais vous demander.

– Allez-y. J'ai rendez-vous avec Anna dans un petit moment, mais d'ici là…

– Ce fameux soir à l'hôtel, quand vous avez quitté Irene Fowler dans le bar…

– Oui ?

– Vous ne vous rappelez pas, alors que vous partiez, avoir vu quelqu'un s'approcher d'elle, de sa table ?

– Non.

– Ni l'avoir entendue rire ? Vous ne vous rappelez pas avoir entendu quelqu'un rire ?

Blaine secoua la tête.

– Pas particulièrement, non.

– Et rien de ce qu'elle a dit, avant votre départ, ne permettait de croire qu'elle attendait quelqu'un ?

– Non.

Elder hocha la tête.

– Votre ami Brian Warren, ce soir-là, comment s'est-il entendu avec Irene Fowler, à votre avis ?

Blaine réfléchit un instant à la question.

– Plutôt bien, il me semble.

– Sans plus ?

– Non, je ne pense pas.

– Christine Dulverton, l'autre femme qui était présente, elle semblait trouver qu'ils étaient attirés l'un par l'autre.

Le visage de Blaine afficha un sourire dédaigneux.

– Il y a une chose que j'ai découverte au sujet des femmes, monsieur Elder, elles ont cette capacité à voir naître des liaisons, voire des passions, sur les terrains les plus improbables. (Il recula d'un demi-pas.) Vous avez rencontré Brian Warren, je suppose ?

Elder acquiesça.

– Ce n'est pas le terrain le plus fertile pour les rêveries romantiques, me semble-t-il. Et quant au reste…

– Quel reste ?

– Monsieur Elder, Brian Warren n'est pas un homme violent. Quelques oiseaux abattus en plein vol à l'ouverture de la chasse à la grouse, des saumons pêchés dans un ruisseau des Highlands, rien que de très normal. Tout cela fait partie de son environnement naturel, dirons-nous. Je crois savoir aussi que lorsqu'il joue au bridge, il ne fait pas de quartier. Si vous imaginiez un instant qu'il est revenu, ce soir-là, pour un rendez-vous qui aurait pu tourner au drame, je vous conseillerais de reconsidérer la question.

Elder lui tendit la main.

– Merci, monsieur Blaine. Merci de m'avoir consacré un peu de votre temps.

Comparée à la poignée de main de Warren, celle de Blaine était brève et inconsistante, comme ce genre de contact avec une autre personne était un acte qui ne lui procurait aucun plaisir.

Maureen Prior rencontra Eve Ward dans un café d'Alfreton Road, où le calendrier de l'année passée pendait toujours au mur. Deux rangées de quatre tables en formica, séparées seulement par un espace étroit. Derrière le comptoir, un vénérable rastafari essuyait, avec une lenteur infinie, une théière métallique cabossée. À part Eve Ward, les seuls clients, deux jeunes en sweat-shirt à capuche, se levèrent dès que Maureen entra et la bousculèrent pour atteindre la porte.

– Il y a des gens, commenta le rastafari, qui ne se sentent pas à l'aise en présence d'une personne qu'ils soupçonnent d'appartenir à la police.

Il sourit à Maureen, exhibant ses dents cassées.

Maureen supposa que les deux jeunes, plutôt que d'avoir déduit sa profession à son allure ou à la discrétion de ses vêtements, l'avaient reconnue pour avoir eu affaire à elle en une autre occasion. Mais on ne pouvait jamais savoir.

Eve Ward était assise tout contre le mur. La chair pendait, flasque, sur ses pommettes. Elle avait appliqué son rouge à lèvres avec plus d'ardeur que de modération, et ses cheveux teints au henné n'avaient reçu qu'un coup de peigne approximatif. Elle portait un manteau de laine sombre qui avait connu des jours meilleurs et, en dessous, un cardigan mauve fermé par une épingle de sûreté. Sur ses ongles, le vernis rouge était écaillé.

Maureen Prior se présenta. Après avoir demandé à Eve Ward ce qu'elle désirait boire, elle commanda deux thés.

– Je vous remercie d'avoir accepté de me parler, dit-elle en s'asseyant. Je ne vous retiendrai pas plus longtemps que le strict nécessaire.

Eve Ward toussa et alluma une cigarette.

– Que vous soyez là à gaspiller votre salive pour un tordu pareil, ça défie l'imagination.

Sans cérémonie, leurs thés arrivèrent.

– Je me demandais si vous pourriez me raconter ce qui s'est passé ? Le soir où vous avez été agressée ?

– Il a complètement perdu la boule, vous comprenez ? Il m'a flanqué des coups sur la tête, et puis il a essayé de m'étrangler, bon sang ! Le salopard ! C'est un scandale qu'il ne soit plus en train de pourrir en taule. (Elle posa doucement le bout de ses doigts sur sa tempe.) J'ai sans arrêt des maux de tête. Ça empire plutôt que de se calmer. La doctoresse, elle dit qu'elle peut rien faire pour moi, à part me donner des cachets. Ça me fait tellement souffrir, par moments, que j'ai envie de prendre un couteau et de m'ôter un bout du crâne.

– Je suis navrée pour vous.

– Navrée ! Qu'est-ce que vous voulez que ça me foute ? Navrée ?

Hargneusement, elle remua le sucre dans son thé.
– Avant qu'il ne vous frappe, dit Maureen, il s'est passé quelque chose de particulier qui l'a mis en colère ?
– Demandez ça à son foutu psychiatre, pas à moi.
– Vous n'avez rien dit, rien fait… ?
– Je vous ai déjà expliqué, non? Il a perdu la boule, c'est tout. Il est devenu complètement dingue. Ça avait rien à voir avec moi, avec ce que j'avais dit ni rien. (D'une main qui tremblait, elle souleva sa tasse.) Je sais pas ce qui lui a pris, ce soir-là, mais en tout cas, il avait plus sa tête. Des drogues, peut-être, je sais pas.
Maureen savait que ce soir-là, le taux d'alcool de Dowland était plutôt élevé, mais pas assez, selon toute probabilité, pour qu'il ait été ivre; aspirine exceptée, il n'y avait aucune trace de substance chimique dans son système sanguin.
– Vous le connaissiez, alors? reprit Maureen. Vous l'aviez déjà eu comme client ?
– Une fois ou deux, oui.
– Vous saviez ce qu'il aimait.
– Ouais.
– Vous voulez bien me le dire ?
Un sourire tordit la bouche d'Eve Ward d'un seul côté de son visage.
– Ça va vous exciter, hein ?
– Ça m'étonnerait.
– Ce qu'il aimait, c'est que je le tienne dans mes bras pendant qu'il frottait son visage contre mes seins – faire un câlin, il appelait ça. Après, il me suçait les mamelons, il les mordait aussi quand je le laissais faire. Et puis, s'il avait pas déjà joui, il se branlait sur moi et puis il pleurait. Quel pauvre type ! Une vraie raclure, je ne pouvais pas le blairer. Il me flanquait la trouille.
– Et le soir en question, ça ne s'est pas passé comme les autres fois ? Qu'est-ce qui a changé ?

Eve Ward rajouta du sucre dans son thé ; elle ne répondit pas tout de suite.

– Il a commencé pareil, en me pelotant et en gémissant, et puis, je sais pas pourquoi, tout à coup j'ai plus supporté, comme si j'en avais ras-le-bol, vous comprenez ? Et je lui ai demandé ce qu'il avait comme problème, pourquoi il voulait pas m'enfiler comme n'importe quel type normal ? Est-ce qu'il était pédé ou quoi ? Encore une fiotte de plus ?

– Et c'est à ce moment-là qu'il vous a frappée ?

– Oui. Avec ce bout de bois qui traînait par terre.

– Quand vous lui avez demandé s'il était pédé ?

– Pédé, homo, ouais. J'ai peut-être dit homo, je sais plus.

– Une fiotte ? Vous l'avez traité de fiotte ?

– Je crois, ouais.

– Eve, écoutez-moi… Vous croyez seulement ? Vous n'en êtes pas sûre ?

– Qu'est-ce que vous espérez ? Ça remonte à cinq ans, d'accord ? Moi, j'essaye d'oublier, merde ! Pas de me rappeler. De toute façon, qu'est-ce que ça change, que je l'aie traité de fiotte ou d'autre chose ? Il a essayé de me tuer, bordel ! C'est ça, l'important, nom de Dieu !

Maureen écarta son thé. Un peintre en salopette entra et commanda un sandwich-saucisse à emporter. Jetant un coup d'œil aux deux femmes, il dit quelque chose qui fit rire le rastafari.

– Ça doit bien valoir quelque chose, non ? fit Eve. Ce que je viens de vous raconter. Un billet de dix, au moins.

Maureen sortit un billet de cinq livres de son sac et le glissa sous la tasse d'Eve Ward.

– Vous savez quoi ? ajouta Eve Ward quand Maureen se fut levée. Ce salaud-là, vous devriez le renvoyer en cabane. Avant qu'il recommence. La prochaine fois, je sais pas sur qui ça va tomber, mais elle aura peut-être pas autant de chance que moi.

Ben Leonard était un homme de race noire à la peau claire, qui portait un petit anneau d'or à l'oreille gauche. Ses cheveux blonds oxygénés étaient coupés ras. Il portait une chemise à fleurs bleue et or ouverte sur un T-shirt violet, un pantalon de coton noir et des chaussures Camper rouges. Il était infirmier psychiatrique de la santé publique depuis sept ans. Si quelqu'un venait à l'interroger sur son aspect physique, sa façon de s'habiller, il répondait en souriant que cela faisait paraître ses patients un tantinet plus sains d'esprit.

– Vous savez, fit-il lorsque Maureen Prior se fut assise sur la chaise en plastique placée en face de son bureau, dans la hiérarchie des familles dysfonctionnelles, celle de Dowland ne grimpe même pas à la vingtième place. Elle en reste même assez loin. Si on la compare à celles des émissions de télé-réalité, *Super Nanny*, des débilités de ce genre, elle n'a aucune chance.

» Oh, bien sûr, les parents de Richard Dowland se sont séparés, mais pas avant qu'il n'ait dix-neuf, vingt ans. Trois frères plus âgés, une sœur cadette, qui tous, pour autant que je sache, ont un emploi stable et mènent une vie sans histoire. Je veux dire, ce ne sont pas des génies ni rien, ce que le meilleur d'entre eux a réussi à décrocher en matière de diplôme, c'est un brevet d'études professionnelles, mais mariés ou non ils vivent tous en couple, et ils ont des enfants. La mère est morte il y a quelques années ; son père vit toujours dans la maison de Kirby où Richard et les autres enfants ont grandi.

– Il le voit ? demanda Maureen. Le père ? Ils sont restés en contact ?

– Plus maintenant. Plus depuis que Richard a fait de la prison.

– Et la mère est morte quand ?

– Il y a six ans.

– Peu de temps avant que Richard n'agresse Eve Ward ?

Le rire de Leonard était profond et chaleureux.

– Lequel de nous deux est censé être le psy, ici ?

– Vous ne pensez pas qu'il y ait un rapport ?

– Bien sûr qu'il y a un rapport. Sa mère meurt en janvier, et en avril il se démène comme un beau diable pour aider cette pauvre Eve Ward à quitter ce bas monde. Aux obsèques, apparemment, il a disjoncté sérieusement. Il a fait tout un numéro, hurlant et se lamentant, prêt à se jeter dans la fosse s'il avait pu. Une vraie scène à la *Hamlet*. Il a fallu que deux de ses frères se dévouent pour le calmer.

» Donc, oui, il a très mal pris le décès de sa mère, il a subi une tension énorme, regrets, remords, qui sait ? Et quand il part en quête de ses cinq minutes de réconfort et de satisfaction, Eve Ward, au lieu de n'être que ce corps docile dont il a payé les services, se rebelle contre lui, se met en colère, et commence à l'insulter. Conséquence : il perd le contrôle de lui-même.

– Vous pensez que cela pourrait se reproduire ?

Leonard sourit. Il y avait quelque chose, dans sa façon de sourire, qui déstabilisait Maureen ; quelque chose qui allait au-delà de ce qu'ils faisaient dans ce bureau, quelque chose de personnel.

– Je vais vous dire, répondit-il, plus je fais ce métier – avec les gens que je vois, à qui je parle, bon an mal an –, plus je suis sidéré qu'il n'y ait pas davantage de meurtres autour de nous.

Se penchant en arrière, son sourire encore présent dans ses yeux, il passa une main lisse sur le côté de son visage, et Maureen sentit quelque chose tressaillir un peu en elle.

– Donc, oui, cela pourrait se reproduire, évidemment. Si vous me demandez si cela est inéluctable, quel pourcentage de risque il y a, en tant que spécialiste, je resterai évasif. Au mieux, je vous citerai des pourcentages. Mais en tant qu'individu, en tant qu'homme qui aime prendre des paris, je dirais non, les chances sont minimes. On n'a signalé aucun incident semblable avant celui-ci, et à notre connaissance, il n'y en a eu aucun depuis non plus. Quelles que soient la rage et la frustration que Richard porte en lui, c'est en lui qu'elles restent. En fait, on pourrait dire, pratiquement, qu'il maîtrise ses sentiments. (Leonard sourit de nouveau, de façon un peu plus espiègle cette fois, presque jusqu'aux oreilles.) Simplement, je vous demande de ne pas me citer – d'accord ? – s'il pète les plombs une autre fois et qu'il décapite quelqu'un à la hache.

– Très bien, dit Maureen. Merci.

Tendant le bras, elle saisit son sac sur le plancher.

– Et vous ? demanda Leonard.

– Comment ça, « et moi » ?

– Vous voyez quelqu'un ?

– Si je « vois » quelqu'un ? Vous voulez dire, pour une thérapie ? Un psy, quelque chose comme ça ?

– Oh, vous paraissez un peu crispée, c'est vrai, vous avez peut-être quelques problèmes à résoudre, mais non, ce n'est pas du tout ce que je voulais dire.

Les joues de Maureen, d'ordinaire d'une blancheur absolue, s'empourprèrent brusquement.

– Mes affaires, dit-elle, par définition, ne regardent que moi. Ce sont *mes* affaires.

Et, en balançant son sac, elle fonça vers la porte.

– Je vous appellerai, fit Leonard.

Mais si Maureen l'entendit, elle n'en laissa rien paraître. Elle se contenta de fermer la porte derrière elle et partit tout droit, sans se retourner.

21

1966

D'habitude, mais pas toujours, les peluches que les jeunes enfants utilisaient le plus pendant les sessions d'Alice étaient rangées dans deux grands coffres en plastique posés sur le plancher, contre le classeur à tiroirs. Dans ces cas-là, le gamin ne leur avait accordé qu'un bref regard, protestant à haute voix, presque avec colère, qu'elles étaient faites pour les bébés, comme si leur présence l'indignait.

Mais cet après-midi, la session précédente avait un peu débordé de l'horaire prévu, et les jouets – une collection disparate de nounours de toutes sortes et de toutes tailles, de lions à longue crinière, de chats aux colliers brillants, d'éléphants multicolores et de singes aux bras démesurés – étaient dispersés en une jungle hétéroclite sur le dessus du classeur quand le môme entra.

Regardant à peine Alice, il lui tourna le dos et commença à jouer avec les peluches, les prenant l'une après l'autre pour les caresser, les serrer sur sa poitrine et, parfois, contre son visage et son cou, avant de passer à la suivante.

Il ne tint compte d'aucune des remarques d'Alice.

Après avoir examiné et caressé tous les animaux en peluche, il commença à les ranger par groupes – d'abord, par espèces – les chats, les éléphants, les lions et ainsi de suite –, puis par taille, du plus grand au plus petit.

– Tu fais ça avec tes jouets, à la maison dit Alice.

Rien.

– Fais-leur un câlin.

– La ferme !

Deux mots sifflés entre ses dents plutôt qu'énoncés clairement. Planté sur ses deux jambes, le gamin la regardait, furieux, le visage blafard et tout crispé.

– C'est ce que tu fais, insista Alice. Chez toi. Tu les câlines tous, et puis tu les ranges soigneusement, un par un.

– J'ai dit : « La ferme ! », bordel !

– Le lion, c'est ton préféré. Je le vois bien.

Il tenait le lion contre sa poitrine, les pattes antérieures en éventail de chaque côté de son cou, la langue rouge pendouillant hors de sa gueule, la crinière en broussaille pressée contre la bouche du môme, si bien qu'il semblait parler à travers cet enchevêtrement de fibres pâles, sa propre langue s'y insinuant lorsqu'il parlait.

– Elle m'a forcé à les donner.

– Ta mère t'a forcé à les donner.

– Oui.

– Elle n'aimait pas que tu joues avec.

– Parce que j'étais trop vieux. C'est ce qu'elle a dit.

– C'était quand ?

– Quand j'ai fini l'école primaire. C'est à ce moment-là qu'elle m'a forcé à les donner. Elle a dit que j'en avais plus besoin. Elle a dit qu'il fallait que je grandisse, maintenant. T'es plus un petit garçon, c'est ce qu'elle a dit. (Il plaqua le lion plus fort encore contre son corps.) Il serait temps que tu grandisses. Que tu deviennes un homme.

Alice voyait nettement sa petite érection, qui tendait le coton gris de son pantalon.

22

Cela faisait vingt-quatre heures que l'équipe travaillait sur l'analyse rétrospective des courriels de Claire Meecham, et il restait encore une trentaine de contacts à repérer et analyser.

Veuf, 55 ans, affectueux, cheveux blonds/gris, corpulence moyenne, cherche compagne d'âge équivalent ou plus jeune pour partager sa vie.

Homme, la bonne cinquantaine, profession libérale, pas laid, aime le vélo, la marche et les voyages, cherche femme de 35 à 55 ans, pour amitié, et plus si affinités.

Homme, petite soixantaine mais ayant gardé la jeunesse du cœur, intérêts divers, cherche une compagne pour sorties le jour, soirées à la maison, week-ends en voyage.

Vous vous rappelez Sean Connery et Audrey Hepburn ? Robin des Bois, la flèche droite, plus de la première jeunesse mais éternel optimiste, cherche la parfaite Lady Marian avec laquelle finir ses jours.

Les réponses de Claire Meecham étaient brèves et discrètes : elle veillait à ne pas trop en dire sur elle-même, ne révélant que le strict nécessaire sur sa situation personnelle, gardant strictement secrets les détails concernant son domicile et son lieu de travail. Toute demande de photo était carrément ignorée ou suivie d'un refus formel; tout ce qui ressemblait à une allusion était écarté sans ménagement. Les dispositions prises en vue d'une rencontre étaient toujours précises et circonspectes, le rendez-vous toujours fixé dans des endroits publics – des gares, des galeries, des foyers de théâtres –, des lieux où il y avait toujours foule, et qui lui permettaient d'observer l'homme dont elle était censée faire la connaissance avant d'être vue elle-même. Si nécessaire, elle pouvait se fondre dans la masse et repartir discrètement.

Il semblait bien qu'en plusieurs occasions c'était précisément ce qu'elle avait fait.

J'ai attendu devant le Globe pendant plus d'une heure et demie. Où étiez-vous ?

J'ai l'impression de connaître la façade en brique du Théâtre lyrique plutôt mieux que le strict nécessaire…

La prochaine fois que vous déciderez tout simplement de ne pas venir, ayez au moins la décence de téléphoner.

Pas de faux prétextes, pas d'excuses.

Des relations qui avaient cessé avant d'avoir commencé.

Une fois qu'elles étaient nouées, par contre, ce n'était pas toujours aussi facile.

Maureen Prior relut pour la deuxième fois le tirage papier qu'on lui avait remis, puis elle appela Elder sur son portable. Il arriva dans son bureau un quart d'heure plus tard.

– Stephen Singer, dit-elle. D'après ce qu'il t'a raconté, la dernière fois qu'il a vu Claire Meecham, c'était en février ?

– C'est ça. Il voulait la revoir, mais elle a refusé. Il lui a écrit, paraît-il.

– Il avait son adresse ?

– Apparemment. Il lui a écrit pour essayer de lui faire changer d'avis. Sans succès.

– Il a fait plus que lui écrire, dit Maureen. Regarde ça.

Elle fit pivoter la feuille de papier vers lui sur la surface de la table.

Il n'y avait pas moins de onze messages envoyés pendant une période de sept jours au début du mois de mars. Ils se résumaient tous à la même idée : Claire n'était pas raisonnable, elle était injuste de revenir sur ses promesses, de renier la parole donnée. Il n'y avait aucune trace d'une réaction quelconque de la part de Claire, qui semblait avoir choisi le silence.

Et puis, un peu plus d'une semaine après, ceci : *Claire, je suis sincèrement navré de ne pas avoir respecté vos souhaits et d'être arrivé de cette façon, sans prévenir. Mais il m'a semblé que c'était le seul moyen pour moi de tenter de vous faire entendre raison. Je vous remercie, après votre mouvement de colère initial bien compréhensible, d'avoir accepté de voir les choses à ma façon. J'attends avec impatience de recevoir de vos nouvelles.*

– Il est donc venu ici…, dit Elder, surpris.

– On dirait bien.

– Chez elle, au pavillon.

– Soit là-bas, soit à son travail.

– Plutôt au pavillon. Il l'a persuadée de lui donner son adresse, après tout.

– Alors, il nous a menti, non ? Il t'a menti, et il m'a menti.

– Il s'est passé combien de jours entre le dernier e-mail de Singer et la disparition de Claire Meecham ?

Maureen consulta le tirage d'imprimante.

– Lundi. Cinq jours.

Elder lut le message.

– L'une des choses au sujet desquelles elle avait changé d'avis, tu penses que cela aurait pu être de passer le week-end avec lui ?

– Il n'y a qu'une façon de le savoir. (Maureen regarda sa montre.) Il y a un train à 10 h 30. On peut être à Londres peu après midi.

Ils prirent un taxi de St Pancras jusqu'à South End Green. Le ciel, d'un gris quelconque au début de leur voyage, était à présent d'un bleu tacheté de blanc. La température avait grimpé de cinq degrés. Alors qu'ils tournaient pour quitter la rue principale, Elder repéra Singer qui verrouillait sa porte et se baissait pour renouer un lacet.

Son visage refléta un instant la surprise, mais rien de plus.

– Vous êtes venus me parler de cette pauvre Claire, dit-il quand ils arrivèrent à sa hauteur.

Elder hocha la tête.

– Je l'ai lu dans le journal. Ce qui lui est arrivé. Encore que l'article n'ait pas dit grand-chose. Un paragraphe, à peine plus. J'avais l'intention de vous appeler, de vous demander des précisions, et puis, bon, je n'ai pas osé… (Son regard passa d'Elder à Maureen.) Donnait-elle l'impression… Je ne sais comment dire… D'après vous, a-t-elle beaucoup souffert ?

– Je ne pense pas, répondit Elder. Pour autant qu'on puisse l'affirmer.

– Dieu soit loué, c'est déjà ça. Si au moins elle n'a pas souffert…

Singer s'éclaircit la gorge. Maureen s'écarta, descendant sur la chaussée, pour laisser passer une jeune femme qui courait au petit trot, un sac à dos sur les épaules.

– Avez-vous… avez-vous arrêté le coupable ? demanda Singer.

– Pas encore.

– S'il y a quoi que ce soit… Enfin, je suppose que oui, il doit y avoir quelque chose, c'est pour ça que vous êtes venus. Si je peux faire quoi que ce soit de plus… J'allais sortir, faire une promenade dans le parc, mais je suppose que vous préférez entrer ?

– Nous sommes restés assis pendant près de deux heures, dit Maureen. Allons marcher.

Le chemin descendait vers deux étangs, puis passait entre eux, s'élargissant ensuite alors qu'il s'élevait peu à peu entre une rangée irrégulière d'aubépines, aux racines cachées par des herbes hautes et des orties, et des touffes de cerfeuil sauvage qui montaient jusqu'à la ceinture ; la floraison de mai imprégnait l'air de sa douceur.

À l'endroit où le chemin s'évasait, la pente devenait plus abrupte, jusqu'au sommet où de nombreux promeneurs étaient massés, tournés vers la ville, des cerfs-volants multicolores virevoltant haut dans le ciel.

Maureen désigna un banc libre sur le flanc de la colline. Elder et elle s'y assirent de façon à encadrer Singer.

– C'est beau, n'est-ce pas ? fit Singer. Tous ces vastes espaces. Je ne m'en lasse jamais, vous savez. Il y a quelque chose, dans ces lieux, qui change chaque jour.

Il regardait Elder, mais ce fut Maureen qui parla.

– Vous nous avez menti, dit-elle.

Singer tourna la tête, la bouche ouverte, prêt à répliquer.

Maureen ne lui en laissa pas le temps.

– Je lui ai écrit, nous avez-vous dit. Pas des e-mails, seulement des lettres.

– Et c'est vrai, dit Singer. Je lui ai effectivement écrit, plusieurs fois.

– Mais plus d'e-mails.

– C'est ce que j'ai dit.

– Et c'était un mensonge.

Singer regarda le sol.

– Un mensonge. C'en était bien un ?

– Oui.

– Mais pourquoi ? Pourquoi mentir sur un détail pareil ?

– Je… Je n'ai pas réfléchi à ce que vous me demandiez. J'ai oublié de les mentionner.

– Je trouve ça, fit Maureen, un peu difficile à avaler.

Mal à l'aise, Singer changea de position sur le banc.

– Et il existe une autre explication, ajouta Maureen. Vous avez dû penser qu'il y avait un risque qu'on découvre les lettres, donc, vous ne pouviez faire autrement que d'avouer les avoir écrites. Mais les e-mails… Vous avez sans doute pensé que Claire les avait effacés.

– Oui, ou-oui, bafouilla Singer. Je suppose que c'est vrai. Mais je ne voulais pas que vous imaginiez… Au sujet de la disparition de Claire… Que j'avais quoi que ce soit à voir avec ce qui a pu lui arriver.

– Et que lui était-il arrivé, à votre avis ? demanda Maureen.

– Je ne savais pas. Je n'en savais rien. Bien sûr, j'ai pensé – on ne peut pas s'en empêcher –, avec les nouvelles qu'on lit, presque tous les jours maintenant, dans les journaux… J'ai pensé qu'il avait pu arriver quelque chose d'abominable… mais je ne savais rien.

– Et vous ne l'avez pas vue ce week-end-là ?

– Non.

– Vous en êtes sûr ?

– Évidemment.

– Vous ne l'avez pas vue du tout ?

– Non.

– Vous n'êtes pas partis tous les deux ? Dans un petit hôtel ?

– Non.

– *Je vous remercie d'avoir accepté de voir les choses à ma façon*, voilà ce que vous lui avez écrit.

– Quoi ?

Singer tressaillit.

– *Je vous remercie d'avoir accepté de voir les choses à ma façon*. Dans votre e-mail à Claire.

Singer baissa la tête ; des gouttes de sueur s'insinuèrent aux coins de ses yeux. Son dos s'appuyait fortement contre le banc.

– Elle a accepté quoi ? demanda Maureen.

– Rien.

– Pardon ?

– Rien. C'était seulement…

– De vous voir ce week-end-là ? C'est ça qu'elle a fini par accepter ? De vous voir ce week-end-là ?

– Oui.

Tête basse de nouveau ; la peau du crâne commençait à apparaître à travers ses cheveux gris. La voix de Singer était engloutie par la vastitude du lieu.

– Excusez-moi, mais il va falloir que vous parliez plus fort. Je n'ai pas entendu ce que vous avez dit.

– J'ai dit : oui. Oui, c'était ce que je désirais. Ce qu'elle avait accepté. Un hôtel, dans les Cotswolds. J'y étais déjà allé, seul. Je savais qu'il plairait à Claire. J'en étais sûr. C'est pourquoi je voulais tellement qu'elle vienne.

Une femme en short passa près d'eux, au pas de course, propulsant devant elle une poussette perfectionnée ; l'enfant qui s'y trouvait babillait et gesticulait. En contrebas, sur la pente herbue, une femme promenait pas moins d'une demi-douzaine de chiens, certains en laisse, d'autres trottinant à sa suite et s'arrêtant de temps à autre pour flairer le sol.

– Racontez-nous ce qui s'est passé, dit Elder posément.

– Elle n'est pas venue. (Les mots qui s'échappèrent de la bouche de Singer venaient du plus profond de sa poitrine.) Nous étions convenus de nous retrouver à la gare de Paddington. Vendredi après-midi. Elle m'avait dit qu'elle pourrait prendre une demi-journée de congé. Pour qu'on parte tôt, avant l'heure de pointe. J'ai attendu… Je l'ai attendue près du panneau des départs, comme prévu. D'abord, j'ai cru qu'il y avait eu un incident sur la ligne, celle du train qu'elle devait prendre pour me rejoindre à Londres. Ou peut-être dans le métro. Je ne savais pas. Je suis simplement resté là, à l'attendre. Même en sachant qu'elle ne viendrait pas. Après avoir compris qu'elle avait changé d'avis. (Il regarda brièvement Elder.) Peut-être n'avait-elle jamais eu l'intention de venir, je n'en sais rien.

Il avait les larmes aux yeux. Sortant un mouchoir de sa poche, il les sécha.

– C'est stupide, n'est-ce pas ? C'est pitoyable. Vous devez me trouver lamentable. Un homme de mon âge, qui se donne en spectacle de cette façon. Mais je pensais… mon amitié avec Claire… nous ne nous étions vus que quelques fois, je le sais, mais je pensais que c'était quelque chose de spécial. Et pour elle, cela n'avait aucune importance, pas réellement. Strictement aucune.

– Alors, qu'avez-vous fait ? demanda Maureen en essayant, sans trop y réussir, de masquer son impatience.

– J'ai téléphoné à l'hôtel, j'ai inventé un prétexte quelconque et j'ai annulé la réservation. Ils m'ont dit que, étant donné les circonstances, si quelqu'un d'autre prenait la chambre ils me rembourseraient mes arrhes, mais ils ne l'ont jamais fait. (Singer affronta le regard implacable de Maureen.) Et c'est tout. Que pouvais-je faire d'autre ?

– Perdre votre calme ? suggéra Maureen. Vous mettre en colère ?

– À quoi bon ? Qu'est-ce que cela aurait changé ? Et puis, me mettre en colère contre qui ?

– Contre elle. Contre Claire.

– Elle n'était pas là. C'était tout le problème, elle n'était pas là.

– Vous saviez où elle habitait.

Singer secoua la tête, catégorique.

– Je n'aurais pas fait une chose pareille.

– Vous n'auriez pas fait quoi ?

– Partir à sa recherche. Pour lui dire ma façon de penser.

– Pourquoi pas ? Vous étiez furieux. Elle venait de gâcher votre week-end.

– Non. Je n'en étais pas capable.

– Mais vous saviez où elle habitait.

– Quand bien même. Je n'aurais pas débarqué là-bas sans prévenir.

– Vraiment ? fit Elder. Vous l'aviez déjà fait.

– Quand ?

– Lorsque vous l'avez persuadée de changer d'avis.

– Ce n'est pas vrai.

– *Je suis sincèrement navré de ne pas avoir respecté vos souhaits et d'être arrivé de cette façon, sans prévenir*. Ça ne me paraît guère ambigu, comme formulation.

Singer soupira et s'effondra en avant, la tête dans les mains, les genoux calés sur les cuisses. Devant eux, en file indienne, passa un groupe de petits écoliers vêtus de blazers marron à galons dorés, coiffés de casquettes assorties – une vision surgie d'une époque révolue.

– Plus vous mentez, dit Maureen, plus vous vous enfoncez.

Un quart d'heure plus tard, ils étaient de retour chez Singer, à South End Green. Elder, ne se souvenant pas à temps que le plafond était bas, se cogna copieusement le front en entrant. Comment Jennie avait-elle exprimé ce qu'elle avait ressenti entre ces murs ? Elle s'était crue dans *Alice au pays des merveilles*. Prise au piège, sans moyen de s'échapper.

Singer leur raconta qu'il était arrivé devant le pavillon de Claire Meecham en fin d'après-midi et qu'il avait attendu qu'elle rentre de son travail. Étonnée, courroucée de le trouver là, Claire avait d'abord refusé de le laisser entrer. Puis, comme de toute évidence Singer n'avait aucune envie de repartir, et qu'elle n'avait aucune intention de tenir devant ses voisins une conversation qui risquait d'être longue et animée, elle avait cédé. Mais elle avait exigé qu'il s'assoie dans le salon et, sans même retirer son manteau, elle lui avait donné cinq minutes pour dire ce qu'il avait à dire avant de s'en aller. Singer avait bien plaidé sa cause ; suffisamment bien pour que Claire se radoucisse un peu, ôte son manteau, s'assoie à son tour devant une tasse de thé et se mette à parler. Pour la première fois, elle lui avait fait des confidences sur sa famille, lui disant à quel point son fils lui manquait, depuis qu'il vivait en Australie. Elle lui avait parlé de la maladie de son mari, de son déclin interminable. Il avait eu envie de la tenir dans ses bras, de la consoler, mais elle l'avait repoussé. Finalement, peut-être parce qu'elle avait le moral en berne, ou peut-être pour convaincre Singer de s'en aller, elle avait accepté de modifier ses projets et de l'accompagner dans les Cotswolds pour le week-end.

De quels projets, demanda Elder, s'agissait-il ?

Singer n'en savait rien. Quand il lui avait posé la question, Claire avait refusé de répondre.

– Vous comprenez bien, dit Maureen, que si vous nous avez menti en affirmant ne pas avoir vu Claire ce week-end-là, nous finirons par le découvrir ?

Singer acquiesça, tête baissée.

– Si vous avez menti en affirmant ne pas être retourné au pavillon, ou sur n'importe quel autre sujet, tôt ou tard, nous le saurons.

– Oui.

– Alors, y a-t-il autre chose que vous souhaitiez nous dire avant que nous partions ?

Pour toute réponse, Singer se leva et quitta la pièce ; une minute plus tard, il revint, une carte postale entre les mains. Au recto, il y avait une photo en noir et blanc de la lune partiellement masquée par des nuages, haut dans le ciel au-dessus d'une colline lointaine bordée d'arbres. Le verso portait le mot *Pardon*, et, au-dessous, le nom *Claire*.

Le cachet de la poste était celui de Nottingham, et il portait la date du samedi 9 avril.

La carte elle-même avait été éditée par la Galerie nationale d'Art de Washington ; c'était une reproduction d'une photographie d'Alfred Stieglitz, et Elder l'avait vue, ou en avait vu une très semblable, sur le mur de la maison de Vincent Blaine dans la vallée de Belvoir.

– Nous allons avoir besoin d'emporter ceci avec nous, annonça Maureen. (Puis, comme Singer commençait à protester :) Nous en prendrons bien soin et nous vous la rendrons dès que possible.

Le fait que le cachet indique la date du 9 avril ne signifiait pas nécessairement que la carte avait été postée ce jour-là ; elle pouvait avoir été glissée dans une boîte la veille au soir.

Dans le train du retour, Elder et Maureen Prior discutèrent des ramifications de ce qu'ils venaient d'apprendre. Claire Meecham avait fait des projets pour ce week-end, des projets auxquels, avait-elle dit à Singer, elle allait renoncer. Puis, probablement, elle avait changé d'avis. Il était plus que possible qu'elle n'ait jamais eu l'intention de rien faire de semblable, qu'elle l'ait seulement annoncé à Singer afin de l'apaiser et de se débarrasser de lui.

Où qu'elle fût allée, et avec qui, le nom de son compagnon pouvait très bien figurer dans la liste récupérée lors de l'analyse de son compte e-mail – une liste que la police n'avait pas fini d'explorer.

– Tu penses qu'il nous ment encore ? demanda Elder.

– Quand il dit ne pas l'avoir vue ce dernier week-end ? C'est possible.

– La carte postale, par contre, si elle est authentique…

Maureen acquiesça et tourna la tête vers la fenêtre.

Elder se cala contre le dossier de son siège. Plutôt que le paysage qui défilait derrière la vitre, il voyait encore la photo de Stieglitz au mur chez Vincent Blaine, sachant que selon toute probabilité il s'agissait d'une coïncidence et de rien de plus, qu'il n'y avait rien qui pût relier Blaine à Claire Meecham, absolument rien – mais il ne pouvait, malgré tout, s'empêcher de se demander où, exactement, s'était trouvé Blaine ce week-end.

23

Cette fois, il n'y avait personne sur le seuil pour l'accueillir. Elder verrouilla la voiture grâce à la télécommande, et tandis qu'il se dirigeait vers la maison, des voix impétueuses, celle d'une femme et celle d'un homme, lui parvinrent par l'entrebâillement de la porte.

Elder frappa et attendit.

Les voix se turent.

L'air était immobile, étouffant, et des nuages commençaient à s'amasser à l'horizon.

Blaine portait le même genre de vêtements que la première fois, une chemise à carreaux et un pantalon de velours côtelé, mais son regard avait un éclat nouveau.

– Monsieur Elder… Quelle surprise !

– Je suis navré de vous déranger…

– Vous auriez pu téléphoner.

– Il y a quelque chose que je souhaitais vous montrer. Cela ne vous prendra qu'un moment.

– Très bien, fit Blaine à contrecœur. Entrez donc, puisqu'il le faut.

En pénétrant dans la pièce, Elder eut l'impression qu'une tempête venait d'y faire rage ; la tension était palpable dans l'atmosphère. La femme en qui Elder reconnut sa compagne de la galerie se tenait debout près d'un des fauteuils en bois et acier chromé. Sa chevelure rousse flamboyait tout autour de sa tête ; ses joues rebondies étaient empourprées.

– Permettez-moi de vous présenter Anna Ingram, dit Blaine. Anna, voici M. Elder, qui travaille actuellement avec la police.

La main que lui tendit Anna Ingram était chaude, et elle avait, remarqua Elder, de grands yeux verts. Elle devait avoir, supposa-t-il, pas loin de cinquante ans, ou peut-être un peu plus. Elle était bâtie, comme aurait dit son père, pour durer.

– Vous prendrez du café, monsieur Elder ? demanda Blaine.

– Comme je vous le disais, je n'ai qu'une simple question…

– Mais du café, cependant ?

– Très bien. Merci.

Blaine s'éloigna en direction de la cuisine, laissant Elder seul avec Anna Ingram.

– Je ne peux m'empêcher de penser que j'ai interrompu quelque chose, dit Elder.

Anna Ingram sourit.

– Vous nous avez entendus nous quereller.

– J'en ai peur.

– Rien n'est plus excitant que l'état de l'art contemporain. Nous avons vu une exposition, hier. Provenant d'Afrique. D'immenses tentures, hautes en couleur, comme des tapisseries, mais confectionnées à l'aide de matériaux de récupération, des capsules de bouteilles et des boîtes de conserve. Terriblement expressif. Passionnant. Pour moi, du moins. Vincent réserve ses louanges, je le crains, aux œuvres sur toile ou sur papier. Il tolère la sculpture, mais rien de plus moderne que Barbara Hepworth ou Henry Moore. Et certainement pas quand elle est faite à partir de vieilles boîtes en fer-blanc.

– C'est donc ce que vous êtes ? demanda Elder. Une artiste ?

Elle sourit.

– Non, malheureusement. Je suis conservatrice.

– Je ne suis pas sûr de savoir ce que cela représente. Vous vous occupez d'objets ? Vous les collectionnez ? Des œuvres d'art ?

– Pas exactement. J'organise des expositions, des salons. Je supervise leur installation. Je rédige ces notules hermétiques qui sont placées près des œuvres.

Anna Ingram s'assit, invitant d'un geste Elder à faire de même.

– J'aurais bien proposé de faire le café moi-même et de vous laisser parler tous les deux, mais Vincent est persuadé qu'il s'agit d'une opération délicate que lui seul peut effectuer correctement, et dans l'accomplissement de laquelle, j'en ai peur, je suis irrémédiablement condamnée à l'échec. (Comme le premier, son second sourire exprimait un certain dédain de soi-même.) Dans cela comme dans beaucoup d'autres choses.

Il y eut quelque remue-ménage dans la cuisine, des tasses en porcelaine qu'on entrechoque.

– Quel que soit l'objet de votre visite, reprit Anna Ingram, cela concerne le domaine de la police, je suppose, plutôt que celui de l'art ?

– En fait, il s'agit des deux.

La photo de la lune et des nuages était à l'endroit où Elder se rappelait l'avoir vue, sur le mur, près du gros plan de Georgia O'Keeffe, les mains posées sur le cou.

– Excusez-moi, dit Blaine en revenant dans la pièce chargé d'un plateau, parfois le café semble prendre plus de temps que d'habitude à passer à travers le filtre. Mais je suis sûr que cela a donné à Anna l'occasion de vous éclairer sur certains de mes défauts. (Il distribua les tasses.) Si elle était ma mère, elle prendrait sans doute un malin plaisir à m'humilier en montrant des photos de moi nu dans mon bain, à l'âge de neuf mois.

Anna lui tira la langue.

– Alors, monsieur Elder, ajouta Blaine en s'installant dans son fauteuil Charles Eames, en quoi puis-je vous aider ?

De sa poche intérieure, Elder sortit la carte postale, à présent protégée par une enveloppe en plastique.

– Je pense que vous reconnaîtrez ceci ?

Blaine saisit délicatement l'enveloppe entre le pouce et l'index.

– Évidemment. Cette photo fait partie d'une série de dix que Stieglitz a prises dans les années vingt. Toutes très semblables. Il y a une reproduction de l'une des autres, là-bas, sur le mur. Comme vous devez le savoir. C'était une chose qu'il aimait faire, prendre des photos du même sujet, mais dans des conditions différentes. Une stratégie, pourrait-on dire. Il existe, par exemple, plusieurs séries célèbres qu'il a réalisées depuis la vitrine de sa première galerie à New York.

– Avec Vincent, commenta Anna Ingram, il y a une chose dont vous pouvez être sûr : posez-lui une question simple, et en guise de réponse vous aurez droit à une véritable conférence.

– En fait, dit Elder, je ne suis pas certain que ma question soit aussi simple. Ni même que ce soit vraiment une question. C'est plutôt un détail lancinant qui rôde dans ma tête. (Il fit une pause, regardant Anna Ingram avant de poursuivre.) En ce moment, je collabore à une enquête qui concerne le décès de deux femmes, Claire Meecham et Irene Fowler, l'une et l'autre assassinées. M. Blaine fut l'une des dernières personnes à avoir vu vivante la première victime, Irene Fowler. Quant à cette carte, elle fut postée par Claire Meecham peu de temps avant sa disparition.

– Et quel est le lien entre les deux? demanda Anna Ingram, quelque peu incrédule.

– De toute évidence, intervint Vincent Blaine en tapotant le recto de la carte postale, le lien, le voici. Stieglitz. L'un de mes principaux centres d'intérêt, comme tu le sais.

– Mais ces cartes s'achètent pour trois fois rien. On les trouve partout, dans n'importe quelle galerie ou boutique d'art qui se respecte. Le fait que cette femme ait choisi une image que Vincent, incidemment, a accrochée sur son mur ne signifie absolument rien, vous ne croyez pas? Ce que je veux dire, ce n'est même pas comme si c'était à lui qu'elle avait envoyé cette carte. Il n'y a absolument rien qui établisse un lien avec Vincent.

– Je suis ravi, dit Blaine, que la lecture de tous ces romans policiers n'ait pas été pour toi une perte de temps totale.

– Une simple réflexion en passant, fit Elder en s'adressant à Blaine. Ne serait-il pas possible que Claire Meecham ait été une de vos étudiantes à un moment ou un autre? Un cours pour adultes, ce genre de chose?

– C'est possible. Mais, ainsi qu'Anna l'a fait judicieusement remarquer, des cartes comme celle-ci se trouvent partout. Vous n'avez pas vraiment besoin d'avoir suivi un cycle de conférences sur la photographie au XXe siècle pour en prendre une sur un présentoir, donner à la caisse vos cinquante pence ou je ne sais combien, et coller un timbre au verso. Aujourd'hui, les cartes postales artistiques sont monnaie courante. C'est l'équivalent des cartes postales de stations balnéaires pour les classes moyennes cultivées.

– Une coïncidence, alors, fit Elder. Rien de plus.

Blaine eut un bref sourire.

– C'est bien ce qu'il semblerait.

– Excusez-moi, dit Elder en se levant, d'avoir à ce point abusé de votre temps.

– Je vous en prie. Ce fut un plaisir pour moi. Et pour Anna aussi, j'en suis sûr. Je regrette seulement de ne pas avoir pu vous aider davantage.

– Vincent, fit Anna Ingram, pourquoi ne me laisserais-tu pas raccompagner M. Elder jusqu'à la porte ? Je peux sans doute faire ça sans provoquer de trop grosses catastrophes.

Après un dernier coup d'œil à la carte, Blaine rendit celle-ci à Elder.

Dehors, les nuages semblaient s'être dispersés ; l'horizon était dégagé. Il y avait dans l'air une fraîcheur qui rappela la Cornouailles à Elder et lui fit regretter, pas pour la première fois depuis qu'il était de retour à Nottingham, de ne pas s'y trouver à cet instant.

– Depuis combien de temps vous connaissez-vous, tous les deux ? demanda-t-il.

– Vincent et moi ? Sept ans, bientôt huit.

– Vous le protégez beaucoup, n'est-ce pas ?

– Vraiment ? (Elle s'esclaffa.) Si Vincent pensait que c'est le cas, il ne me le pardonnerait jamais.

– Vous croyez qu'il ne s'en rend pas compte, alors ?

Anna sourit.

– Pour un homme intelligent, ce qu'il est certainement, les choses que Vincent ne parvient pas à remarquer sont légion.

– Quel genre de choses ?

– Oh, tout ce qu'il considère comme indigne de lui. Tout ce qui a un rapport avec le cœur.

Elder la regarda, mais ne dit rien.

– Quoi ? Qu'est-ce que cela vous inspire ?

– Que c'est peut-être étrange de dire cela d'un homme avec lequel vous avez une relation depuis près de huit ans.

Anna fixa sur lui un regard qui s'agrandissait visiblement.

– Êtes-vous marié, monsieur Elder ?

– Appelez-moi Frank, je vous en prie. Et, non, je ne le suis plus.

– Mais vous l'avez été.

– Oui.

– Pendant combien de temps ?

– Dix-huit ans.

– Alors, vous savez tout du compromis. Du genre de concession que l'on fait pour permettre, si possible, aux choses de durer. (L'espace d'un instant, elle posa sa main sur le bras d'Elder.) Vincent et moi, nous nous disputons à propos de pièces de théâtre, de films, de musique…

– À propos de l'art.

– Exactement. Je le laisse me faire la leçon sur le vin et, de temps en temps, il me laisse mettre mon tablier de chef et jouer les Nigella Lawson[1]. Encore que, Vincent étant Vincent, il préférerait de beaucoup que je sois Elizabeth David[2].

C'était une référence qui échappa à Elder, mais il ne releva pas.

– Alors ? fit Blaine, en surgissant derrière eux. Vous n'êtes pas encore parti ? Vous admirez le paysage ?

– Non, répondit Anna Ingram. Nous parlions de toi.

– Pour ne dire que du bien, j'espère.

Anna rit.

– Pour énumérer tous les racontars les plus calomnieux dont j'ai pu me souvenir.

1. Critique gastronomique, devenue très populaire en présentant des recettes de cuisine à la télévision anglaise.

2. Auteur à succès de livres de cuisine, qui a fait découvrir aux Britanniques les vertus des cuisines française et italienne.

– En ce cas, je doute fort que cela t'ait pris autant de temps.

– Il faut que je parte, dit Elder en s'éloignant déjà. Je vous ai déjà fait perdre assez de temps.

– J'expose des tableaux, en ce moment, au château de Nottingham, annonça Anna Ingram. Les peintres du Groupe de Staithes. Ils ont même l'approbation de Vincent.

Elder leva une main et poursuivit son chemin vers sa voiture. Dérangée, une pie s'envola dans une succession de petits cris rauques et retourna se percher près de son mâle dans les branches d'un orme rabougri. Quand Elder jeta un regard par-dessus son épaule, en direction de la porte, Vincent Blaine et Anna Ingram étaient tous deux rentrés dans la maison.

Personne ne répondit quand Elder sonna chez Marjorie Furter.

– Elle est partie sur son vélo il y a environ une heure, lui dit Gladys Knowles d'un ton jovial. Pour faire ses courses, je crois bien. Je vais faire du thé, si vous voulez l'attendre chez moi. Ça ne me dérange pas du tout.

Elder fut sauvé par l'apparition du robuste vélo de facteur de Marjorie Furter qui s'approchait lentement, un sac en toile de jute se balançant à chaque bout du guidon.

– Bio ceci et bio cela, fit Gladys Knowles avec dédain, je me demande ce qu'elle reproche au supermarché du coin.

Dans ses tennis sans lacets, elle retraversa la rue au petit trot, passant devant le panneau qui annonçait que le pavillon de Claire Meecham était à vendre.

– Tenez, dit Elder alors que Marjorie Furter calait son vélo contre le trottoir, laissez-moi vous aider à porter un de ces sacs.

Finalement, il prit les deux et la suivit jusqu'à l'arrière de la maison, puis il attendit qu'elle eût rangé son vélo dans le cabanon.

– J'ai du pain aux noix et aux figues, là-dedans, dit Marjorie Furter. Si vous voulez vous joindre à moi…

– Je regrette, je crains de ne pas avoir faim. Il y avait juste une chose que je voulais vous demander.

– Bien sûr.

– Quand vous m'avez parlé de Claire Meecham, l'autre jour, vous m'avez dit qu'elle s'était inscrite à je ne sais quel cours pour adultes – après une visite à une galerie, je crois.

– C'est exact.

– Vous ne vous rappelez pas de quel cours il s'agissait, je suppose ?

– Si, je m'en souviens. C'était une introduction à la photographie. Comment apprendre à apprécier la photographie, en fait. Pas une initiation à la technique elle-même. Je ne me rappelle pas l'intitulé précis, mais c'est de cela qu'il s'agissait. D'une certaine façon, ce cours était un prolongement de l'exposition que nous étions allées voir ensemble.

– Et c'était ici, en ville ?

– Oui. Dans cette petite galerie près de l'ancienne université. La galerie Weston, il me semble qu'elle s'appelle. Mais pourquoi ? C'est important ?

Elder sourit.

– Peut-être pas. Je comble seulement quelques lacunes, c'est tout.

– Et l'homme qui a fait ça, demanda Marjorie Furter en jetant un regard par-dessus son épaule, vous ne l'avez pas encore trouvé ?

– Pas encore.

– La pauvre femme.

– Oui, vraiment. (Elder posa les sacs près de la porte.) Une dernière chose : ce cours, vous ne vous rappelez pas qui le donnait, je suppose ?

Un signe de dénégation énergique.

– Non, je le crains.

– Peu importe. Je peux le découvrir facilement.

Deux appels téléphoniques plus tard, c'était fait. « Une introduction à l'art de la photographie », en huit séances, l'après-midi, à raison d'une par semaine. Professeur : Vincent Blaine.

– Tu connais l'expression, demanda Maureen Prior, « se raccrocher à une chimère » ?

Ils s'étaient retrouvés dans ce qui était pour le moment le café préféré de Maureen, celle-ci réglant son compte à un sandwich bacon-tomate. Elder, qui avait beaucoup de mal avec sa part de tarte aux pommes, regrettait de ne pas avoir accepté le pain aux noix et aux figues de Marjorie Furter.

– Je reconnais que c'est un peu tiré par les cheveux, dit Elder, mais pour le moment, qu'avons-nous d'autre ?

– Pas grand-chose. Singer, peut-être. Dowland, peu probable.

– Alors, qu'est-ce que ça coûte de garder un œil sur Blaine ? De fouiner un peu de son côté ?

– Ce que ça coûte, c'est le temps que tu pourrais y consacrer au lieu de faire autre chose.

Elder repoussa sa part de tarte entamée.

– Écoute, ce cours que Blaine a donné en mai et juin de l'an dernier…

– Il y a un an.

– Il y a un an. D'après les archives, quinze personnes s'y sont inscrites ; deux ont abandonné après les deux premières semaines, l'effectif moyen était de douze personnes. Douze auditeurs, deux heures par semaine pendant huit semaines. Un homme tel que Blaine, quoi qu'il soit par ailleurs, est certainement observateur. Comment se fait-il, à ton avis, qu'il ne se rappelle pas le nom de Claire Meecham ? Ne serait-ce que cela.

Maureen se pencha en arrière.

– Bon. Supposons pour l'instant que tu aies raison. Il se souvenait parfaitement du nom de Claire Meecham. Il avait une excellente raison, certainement, de ne pas nous le dire. On l'a déjà interrogé pour son implication potentielle dans le meurtre d'Irene Fowler. Après quoi tu débarques, et tu fais de ton mieux pour le mouiller dans un second meurtre. Pourquoi te fournirait-il de lui-même un détail qui pourrait attirer les soupçons sur lui, s'il peut s'en dispenser ?

– Parce que dissimuler des informations est encore plus suspect.

– Seulement si, de ton côté, tu fais ton boulot et tu découvres le pot aux roses. Et puis, si tu reviens à la charge sur ce point précis, il lui suffira de dire : « Oh, excusez-moi, j'avais oublié, retenir les noms n'a jamais été mon fort. »

– Ça ne me plaît quand même pas. Ça ne sent pas très bon.

– Tu n'aimes pas ce type.

– Je ne suis même pas sûr que ce soit vrai. (Elder sourit et secoua la tête.) Enfin, si, c'est probablement le cas. Il m'intimide, voilà pourquoi. Et il le sait, et il s'en délecte.

Maureen avait fini son sandwich bacon-tomate, et elle lorgnait le reste de tarte aux pommes dans l'assiette d'Elder.

– D'où vient cet appétit féroce, tout à coup ? demanda Elder, amusé.

Maureen sourit.

– Je compense, je suppose.

– Tu compenses quoi ?

Elle s'esclaffa.

– Tout !

Elder retourna au comptoir pour commander deux thés.

– Alors, que vas-tu faire ? demanda Maureen. Repartir là-bas pour lui demander des comptes ?

– Je ne pense pas. Pas tout de suite. Je vais peut-être essayer une autre approche auparavant.

– La petite amie ?

– Elle fait une sorte d'exposition au château. Le Groupe de Staithes, fit Elder en prenant un accent snob. Ce sont des peintres, tu sais ?

– Parfait, dit Maureen. Essaie de voir si tu peux en débaucher un pour qu'il termine ma cuisine.

Elle fouillait son sac à la recherche de son porte-monnaie quand son portable commença à sonner.

– D'accord, dit-elle après avoir écouté son interlocuteur. C'est ça, c'est ça. Dix minutes. J'arrive. (Puis, s'adressant à Elder :) Tu ferais mieux d'oublier ton penchant artistique pour le moment, Frank. Il semblerait qu'on ait enfin découvert quelque chose de valable.

24

Wayne Johns avait eu des ennuis avec la police pendant toute son adolescence : larcins, effractions, vols de véhicules. À dix-sept ans, il avait forcé une portière de voiture, et il était en train de démonter l'autoradio et le lecteur de CD quand le propriétaire était revenu. Dans la bagarre qui s'ensuivit, Johns avait jeté l'homme à terre et l'avait bourré de coups de pied, suffisamment pour lui briser plusieurs côtes et manquer lui faire perdre un œil. Les magistrats en avaient eu assez. Les mises en garde s'étaient succédé sans que Johns en tînt compte, la surveillance au sein de la communauté n'avait rien donné, et les ordonnances pour comportement antisocial n'avaient pas encore été inventées. Dix-huit mois dans les geôles de Sa Majesté. Le choc brutal et bref bien connu.

Contre toute attente, cela avait fonctionné.

Johns sortit de prison et, avec l'aide de son contrôleur judiciaire, trouva un emploi dans une scierie. Un an plus tard, il s'inscrivit à un cours de formation professionnelle à temps partiel, dans le cadre de l'enseignement postscolaire, une possibilité pour lui de rattraper ce qu'il avait manqué en faisant l'école buissonnière et les quatre cents coups. Petit à petit, il commença à accumuler les savoir-faire, les qualifications. À la scierie, son patron l'incita à passer une demi-journée par semaine dans le bureau, pour observer le fonctionnement de l'entreprise : les commandes, les cahiers des charges, les comptes clients. Avant ses vingt-cinq ans, Johns s'était établi à son compte, fournissant des matériaux pour l'aménagement de cuisines sur mesure, des installations haut de gamme qui laissaient des marges énormes. Travaillant avec un concepteur indépendant, Johns avait effectué la majeure partie des installations lui-même, au début, puis, peu à peu, il avait engagé du personnel pour faire le travail à sa place.

À trente ans, déjà lassé, il avait revendu son entreprise, il s'était diversifié. Un projet ou deux avaient fait long feu. Trois années suivirent, pendant lesquelles il tint un bar au Portugal, dans l'Algarve. Une liaison avec une femme mariée s'était mal terminée. Il y avait eu des rumeurs : un scandale aurait été étouffé, non sans qu'une somme d'argent ne change de mains. De nouveau par monts et par vaux, Johns avait rencontré à Barcelone un homme qui restaurait un vieil hôtel près des Ramblas. Lorsque Johns eut travaillé gratuitement pour lui pendant un mois, afin de lui montrer ce dont il était capable, les deux hommes s'associèrent, le propriétaire de l'hôtel ayant des idées pour créer un nouveau centre de conférences, dont il pensait que Johns pourrait le réaliser.

Ce qu'il fit.

Mais bientôt la lassitude revint s'installer. Johns se dit que le moment était peut-être venu de songer à se réinstaller au Royaume Uni. Il y avait une dizaine d'années de cela, Johns était donc rentré en Angleterre, âgé de trente-sept ans. Modérément riche. Bronzé. Séduisant d'une façon plutôt voyante. Ses cheveux commençaient à s'éclaircir sur les tempes, mais à part cela, il n'était pas physiquement très différent de l'homme qui s'était embarqué pour l'Europe continentale une décennie plus tôt. Il s'exprimait dans un mélange de l'accent de sa région natale, les East Midlands, et d'un cockney de music-hall plutôt cocasse, émaillant le tout, par-ci par-là, d'une expression portugaise ou espagnole pour faire bonne mesure.

L'entreprise qu'il dirigeait à présent s'appelait BestConf.

www.bestconf.co.uk

Elle proposait des installations pour conférences adaptées à toutes sortes de lieux, de l'hôtel cinq étoiles aux salles des fêtes des plus petits villages : mobilier et équipement, absolument tout depuis le simple chevalet jusqu'aux vidéoprojecteurs les plus perfectionnés en passant par les tableaux blancs interactifs.

Ses bureaux se trouvaient dans le Meadow Trading Estate, pas très loin du stade de football de Nottingham County et de l'abattoir.

Vêtue d'un haut duveteux de couleur blanche qui lui moulait les seins et s'arrêtait bien au-dessus du nombril, la réceptionniste était debout, à un mètre de son bureau, quand Elder et Maureen Prior arrivèrent. Elle parlait à un jeune homme en salopette.

Elle interrompit sa conversation le temps nécessaire pour leur dire que M. Johns était occupé.

Maureen Prior lui montra sa carte de police et fit une seconde tentative.

– Je vous ai dit qu'il était occupé.

Quand elle se tourna, son tatouage et quelques centimètres de son string violet apparurent au-dessus de la ceinture de son jean.

Prior s'approcha suffisamment d'elle pour capter son attention.

– Écoutez-moi bien, Kylie, ou je ne sais comment vous vous appelez, si M. Johns est dans la maison, nous avons besoin de le voir tout de suite. Alors, arrêtez votre conversation, décrochez votre téléphone et appelez-le, et quoi qu'il soit en train de faire, interrompez-le, compris ?

– Je ne peux pas..., répondit la fille en s'excusant presque. (Elle était moins sûre de son bon droit, à présent.) Il va piquer sa crise.

Contournant le bureau, Elder frappa bruyamment à la porte affichant le nom de Wayne Johns en lettres dorées.

– C'est quoi, ce bordel... ? (Ouvrant la porte à la volée, Johns s'arrêta net, la cravate de travers, en découvrant d'abord Elder, puis Maureen Prior qui brandissait toujours sa carte de police.

– Je suis désolée, monsieur Johns, bafouilla la réceptionniste, j'ai essayé de leur dire que vous étiez occupé.

– C'est rien, pas de problème. Voyez si vous pouvez dégotter du café pour nos visiteurs, mon petit. (Il se tourna vers Elder.) Donnez-moi cinq minutes pour terminer ce que j'ai en cours. Et toi... (il braqua son index sur le jeune homme qui tentait de s'éclipser) ... débarrasse-moi le plancher et arrête de venir rôder par ici, ou je te fous à la porte.

Les cinq minutes, bien sûr, en durèrent dix. Le café était insipide et tout juste tiède. Le bureau de Johns offrait une vue sur le broyeur à ordures ménagères et le marché aux bestiaux. La pièce contenait une table de travail en chêne, incrustée de panneaux de cuir, et des photos de Johns serrant des mains avec effusion décoraient les murs.

– Organiser les dîners-spectacles donnés par les entreprises, dit Johns fièrement, c'est l'un des services que nous proposons.

Sur l'une des photos, il passait un bras autour des épaules d'un type qui pouvait être Phil Collins après une soirée agitée ; sur une autre, il embrassait une femme aux cheveux blond roux en qui Maureen reconnut Carol Decker, autrefois chanteuse du groupe T'Pau.

– *Heart and Soul*, fit Johns en suivant son regard. *China in Your Hand*, *Valentine*. Des chansons géniales. Et elle donne encore des spectacles super, même maintenant.

– Parlez-nous de Claire Meecham, dit Maureen.

– Meecham ? Meecham ? (John prit le temps d'afficher un air soucieux.) Désolé, ça ne me rappelle rien. Elle est dans un groupe ? Elle est chanteuse, peut-être ?

– Elle est morte, fit Maureen.

– Oh, mon Dieu. Ouais, enfin, c'est regrettable, je suppose. Qui qu'elle soit.

– Le 15 octobre dernier, reprit Maureen, vous lui avez envoyé un e-mail. Pour lui donner un rendez-vous à l'Hôtel du Marché aux dentelles.

– J'ai fait ça ?

– Le 7 novembre, autre e-mail, « dîner au World Service, chez moi ensuite ».

– Le World Service, hein ? Plutôt classe, non ?

– Monsieur Johns, dit Elder, arrêtez de nous prendre pour des imbéciles.

Johns les regarda l'un après l'autre, Elder d'abord, puis Maureen, et revint à Elder.

– Elle n'est pas venue.

– Quoi ?

– Au restaurant. Elle n'est pas venue.

– Vous admettez que vous la connaissiez, alors ?

– Ouais, bien sûr.

– Il y a une minute…

– Je l'ai lu dans le journal, vous voyez ? Ce qui lui est arrivé. Dans le *Post*. On en a parlé à la télé, aussi, hein ? Sur *Sky News*.

– Alors, vous saviez que nous recherchions des témoins susceptibles de nous fournir des informations.

– Des témoins qui savaient quelque chose au sujet de ce qui s'est passé. Oui.
– Et vous n'en faites pas partie ?
– Non.
– Vous la connaissiez, vous l'avez dit.
– Je l'ai vue une fois. Deux fois.
– Une ou deux ?
– Deux fois. Je l'ai vue deux fois. Celle où nous avions rendez-vous à l'Hôtel du Marché aux dentelles, et une autre fois, avant ça. Un restaurant thaï à Hockley, je ne me rappelle plus le nom.
– Et vous avez fait sa connaissance grâce à...
– Un site de rencontres sur Internet. Je m'y balade de temps en temps...
Johns haussa les épaules, un peu gêné, comme si cela lui coûtait d'avouer ce genre de chose.
– Le soir où vous affirmez qu'elle n'est pas venue au rendez-vous..., commença Elder.
– Comme je vous le disais, elle m'a posé un lapin, elle m'a fait faux bond. Je me suis retrouvé tout seul comme un gland.
– Et vous a-t-elle contacté plus tard pour vous donner une raison, une excuse ?
– Elle n'était pas obligée de le faire.
– Comment ça ?
Johns prit son temps.
– La dernière fois qu'on s'est rencontrés, vous voyez ? Certaines des choses qui se sont passées... (Il eut un regard gêné vers Maureen.) Remarquez, elle n'avait rien contre, je ne l'ai pas forcée, ni violentée, rien de tout ça, pas une seconde. À partir du moment où on était lancés... (Il sourit à Elder, presque avec des airs de conspirateur.) Les plus sages, vous savez ? Parfois, c'est celles qui vous surprennent le plus.
De la part d'Elder, il n'y eut pas de réaction, même s'il sentait la colère de Maureen s'amonceler comme la vapeur d'eau un jour de grand froid.

– Elle s'est surprise elle-même..., ajouta Johns, poursuivant sans rien remarquer. C'était ça, le plus frappant. La façon dont elle s'est prise au jeu, vous voyez ? Et elle a eu peur, voilà ce que je pense. En réalisant qu'elle s'était lâchée à ce point-là. J'ai essayé d'en parler avec elle, après, mais elle a refusé tout net. Elle n'a rien voulu savoir. C'est les hommes, normalement, qui sont censés ne jamais vouloir parler, mais non, le lendemain matin, à la première heure, elle a détalé comme un chien qui court après un lapin. Elle a pas voulu rester pour le petit déjeuner, ni rien. (Johns laissa échapper un long soupir.) J'ai laissé les choses se calmer, je lui ai donné du temps. Et puis j'ai repris contact avec elle. Une invitation à dîner, je pensais, dans un restaurant de luxe. Au calme. (Il eut un geste, comme pour s'excuser, écartant ses mains ouvertes.) Fin de l'histoire.

– Pas tout à fait, dit Maureen.

– Hein ?

– Ces pratiques auxquelles vous avez fait allusion. Ce qui s'est passé entre vous. Vous pourriez être amené à en parler de façon un peu plus explicite.

– Si c'est ce que vous désirez. (Johns la gratifia d'un large sourire.) Ça n'avait rien de vraiment extravagant, je dirais. Tout dépend de ce à quoi on est habitué. Mais bon, vous connaissez le principe : un bandeau sur les yeux, des liens autour des chevilles et des poignets... Une dose raisonnable de douleur physique...

– Quel genre de douleur ?

La voix de Maureen avait claqué comme un coup de fouet.

– Une bonne fessée. Quand elle avait les yeux bandés, les membres immobilisés. Ça l'a aidée à jouir.

Le silence succéda à ces paroles ; on n'entendit plus dans la pièce que les respirations des trois personnes présentes. Les bruits extérieurs étaient atténués : des voix lointaines, une sonnerie de téléphone, la circulation qui ralentissait à l'approche du rond-point menant au champ de courses ou vers le centre-ville.

– Dans le journal, ajouta Johns, j'ai lu qu'elle était morte étranglée.

– C'est exact.

– Et qu'est-ce que vous pensez ? Que le meurtrier pourrait être quelqu'un qu'elle a rencontré sur le Net ?

– Ce n'est pas exclu, répondit Elder.

Johns secoua la tête.

– J'aimerais pouvoir vous aider davantage. C'était une fille bien. Un peu coincée, vous savez. Au début. Mais bien.

– Nous aurons sans doute besoin de vous revoir, annonça Maureen en se levant.

– Bien sûr, fit Johns en lui tendant la main. Quand vous voudrez. Revenez n'importe quand.

– Une dernière chose, dit Elder en atteignant la porte.

Johns pencha la tête sur le côté.

– Toutes ces pratiques corporelles – les entraves et le reste – , comment avez-vous formulé ça ? Une dose raisonnable de douleur physique. Je me demandais... N'y a-t-il pas un danger que cela devienne incontrôlable ? Dans l'excitation du moment ? Ce genre de chose ?

– C'est possible, je suppose.

– Alors, qu'est-ce que vous faites, dans ces cas-là ?

– On s'arrête, quoi d'autre ?

– Et si vous n'y parvenez pas ?

Johns soutint son regard.

– Si jamais ça m'arrive, je ne manquerai pas de vous le faire savoir.

– Alors, qu'est-ce que tu en penses ? demanda Elder.

Ils étaient assis dans la voiture de Maureen, au milieu du parking presque vide du centre commercial Lady Bay, échoués entre le magasin de sport JJB et le Burger King. La moitié au moins des autres commerces semblaient avoir mis la clé sous la porte.

– De quoi tu parles ? De Johns ?

– De tout.

– Je pense que c'est bien triste si cette femme est morte parce qu'elle n'était pas prête à se flétrir comme un vieux pruneau.

– En faisant ce qu'elle a fait, elle prenait un risque ; elle devait le savoir.

– Dans la vie, tout représente un risque, Frank. C'est comme ça, ou alors tu n'as plus la moindre satisfaction dans ta putain de vie.

Elder, stupéfait, la regarda. Depuis tout le temps qu'il connaissait Maureen, il ne se rappelait pas l'avoir entendue jurer plus de deux ou trois fois, et encore.

– Arrête ! fit Maureen.

– De faire quoi ?

– De me regarder comme ça.

Maureen se propulsa hors de la voiture et claqua la portière.

Elder la suivit des yeux tandis qu'elle s'éloignait vers le magasin d'ameublement aux portes condamnées, restait figée là quelques instants, puis revenait lentement vers l'endroit où lui-même se tenait debout, à présent, une main posée sur la portière ouverte de la voiture.

– Tu veux que j'aille nous chercher du café ou quelque chose ? proposa Elder, désignant le Burger King d'un signe de tête.

Maureen secoua la tête.

– Excuse-moi, dit-elle. Une saute d'humeur.

– Y a pas de mal.

Une Toyota marron passa lentement devant eux et s'arrêta devant un magasin de fournitures de bureau.

– Sérieusement, reprit Elder. Wayne Johns. Que penses-tu de lui ?

– C'est un opportuniste qui aime prendre des risques. Il est trop imbu de lui-même. Et puis, cette façon d'admettre qu'il la connaissait, de nous raconter ce qui s'est passé entre eux, c'est venu un peu trop vite.

– Tu penses qu'il aurait dû nous faire lanterner davantage ? Nier tout en bloc ?

– C'est ce à quoi je me serais attendue.

– Mais s'il est innocent, s'il n'a rien à cacher…

– Alors, pourquoi a-t-il commencé par mentir ?

Elder secoua la tête.

– Le jour où quelqu'un nous dira la vérité tout de suite, une vérité qui risque de l'impliquer, je commencerai à croire à l'impossible.

» Claire Meecham, ajouta Elder quelques instants plus tard, elle avait des marques sur les poignets et les chevilles à l'endroit où on l'avait ligotée.

– Des ecchymoses, oui, de légères traces d'abrasion. On avait utilisé quelque chose de souple, comme un foulard, ou bien un lien plus rugueux enveloppé dans un tissu quelconque.

– Pas de traces ?

– Insuffisantes pour permettre une identification. Du moins, c'est ce que j'ai compris. Celui qui a fait ça a lavé le cadavre avant de lui remettre ses vêtements.

– Et on n'a rien tiré de l'analyse du savon ou du produit utilisé pour la toilette du corps ?

– Une légère trace d'huile de lavande, de géranium ; à part ça, pas de colorant, pas de parfum. Cela restreint l'éventail, mais on reste dans une gamme facile à trouver dans les parapharmacies.

– On l'a attachée, malgré tout.

– Il semblerait. Mais on ne sait pas exactement quand. Peut-être au moment où elle a été tuée, peut-être avant.

– Si les meurtrissures étaient légères, cela permet-il de penser que ce qu'elle a subi n'était pas contre son gré ?

– Possible.

– Comme si, peut-être, elle s'était prêtée à un jeu qui a fini par dégénérer. (Elder se mit à marcher de long en large.) Qu'a dit Johns ? *Elle a eu peur, en réalisant qu'elle s'était lâchée à ce point-là.* Bon, suppose qu'elle ait surmonté cette peur. Qu'elle se soit embarquée pour un week-end de sado-masochisme librement consenti. Et sans doute, je n'en sais rien, mais sans doute dans ce genre de pratique on repousse les limites un peu plus à chaque fois.

– Jusqu'au moment où on va trop loin.

– C'est ça. Trop loin pour elle. Et elle dit : Stop !

– Et lui n'est pas d'accord. (Maureen s'éloigna brusquement de la voiture.) Comment a-t-il appelé ça ? *Une dose raisonnable de douleur physique.*

Elder hocha la tête.

– Ce n'est pas de café que j'ai besoin, Frank, mais d'un verre d'alcool.

Ils trouvèrent un pub juste au sud du rond-point, sur Colwick Road. Sur les murs, même la couche de peinture passée de fraîche date ne parvenait pas à masquer les taches de nicotine. Maureen Prior prit un grand gin-tonic, et Elder commanda un Jameson accompagné d'un verre d'eau. Un cadre contenait une photo dédicacée de l'équipe de football de Nottingham County, la formation qui avait gagné le droit de jouer en première division au début des années 90. Tommy Johnson. Craig Short. Mark Draper.

Maureen venait de jeter un coup d'œil aux plaquettes promotionnelles que leur avait données Wayne Johns au moment où ils partaient.

– Tu lis ça et tu te dis, oui, c'est un sacré bonhomme. Un chef d'entreprise à la réussite exemplaire. Tout ce baratin sur ses débuts difficiles, le petit gars parti de rien qui s'est élevé à la force du poignet... Et rien du tout sur son casier judiciaire, sur ses délits innombrables alors qu'il portait encore des culottes courtes, pratiquement ; ni sur son séjour en taule pour avoir massacré un type à coups de pied.

Elder sourit.

– Il s'est sans doute dit que ça ne lui amènerait pas beaucoup de clients.

– Probablement.

– J'aimerais bien savoir, malgré tout, s'il est vraiment resté blanc comme neige depuis qu'il en est ressorti.

– Il n'y a rien dans son casier.

– Pas ici. Mais regarde un peu ça : toutes ces années passées au Portugal, en Espagne. On devrait mettre un peu notre nez là-dedans, à tout hasard.

– Quand est-il rentré en Angleterre ? demanda Elder.

Maureen consulta de nouveau les documents publicitaires.

– D'après ce que j'ai sous les yeux, BestConf a été fondé il y a un peu plus de huit ans. Il a dû revenir ici un peu avant, je pense. Une année, environ ?

– Donc, la création de son entreprise coïncide à peu près avec le moment où Irene Fowler a été assassinée ?

– Dans ces eaux-là.

Elder avala sa dernière gorgée de whiskey et la fit suivre d'un peu d'eau.

– Les autres hommes de la liste, dit-il, ceux à qui Claire Meecham avait fixé un rendez-vous, nous devrions déterminer combien d'entre eux partageaient ses préférences sexuelles.

– Tu as raison, encore que, si Johns ne nous a pas menti, ce qui s'est passé entre eux a peut-être été une première pour Claire Meecham. Ou une première depuis un bon moment, en tout cas. C'était peut-être une tendance qu'elle refrénait, dont elle refusait d'accepter l'existence. Auquel cas, la façon dont elle a réagi a pu la surprendre autant que Johns le prétend. L'effrayer, même.

– Quel âge a Johns ? demanda Elder alors qu'ils regagnaient la voiture.

– La bonne quarantaine ?

– Claire Meecham avait cinquante-cinq ans.

– Alors ?

– Alors, tu ne trouves pas ça bizarre qu'un homme tel que Johns, assez content de lui, qui a probablement tendance à se considérer comme un séducteur, choisisse de sortir avec une femme plus âgée que lui de plusieurs années ?

Maureen secoua la tête.

– Tu as vu cette photo d'elle, Frank, fringuée comme une princesse. S'il l'a vue habillée comme ça, il n'a pas pu deviner son âge. Et puis, il y a peut-être quelque chose qu'il apprécie chez les femmes mûres. Grâce à quoi il se sent plus à l'aise en leur compagnie.

– Le fait qu'elles manifestent davantage leur reconnaissance, tu veux dire ?

Maureen décocha en direction de ses tibias un coup de pied qui manqua sa cible de très peu.

Elder était convenu de retrouver Jennie Preston ce soir-là, pour prendre un verre, dans le bar même où ils s'étaient rencontrés la première fois. Jennie portait un ensemble noir, veste cintrée et pantalon à pattes d'éléphant, coupé dans un tissu qui brillait un peu quand elle bougeait. Son visage portait les signes d'une fatigue qu'elle n'avait pas encore complètement chassée.

Elle était déjà là, attablée devant un grand verre de merlot, une cigarette à la main.

– Alors, Frank, demanda-t-elle, comment progresse l'enquête ?

– Lentement. Quand il n'y a pas de suspect évident, cela prend du temps. On fait beaucoup d'interrogatoires systématiques. On vérifie et on revérifie. Mais je crois que nous avons maintenant une ou deux pistes qui semblent prometteuses.

– Une ou deux ?

Elder sourit.

– Et c'est tout ? C'est tout ce que vous pouvez me dire ?

Il écarta les mains, paumes vers le ciel.

– On n'en est encore qu'au début.

– Derek dit que si vous ne coincez pas le coupable dans les… combien, déjà ?… quarante-huit premières heures, vous ne le coincez jamais.

– Derek se trompe.

– Vraiment ?

Écrasant sa cigarette, elle en prit une autre.

– Écoutez, dit Elder, la plupart des meurtres, quand ils ne sont pas liés au crime organisé, sont perpétrés par un proche de la victime, le mari, la femme, l'amant, un membre de la famille. Ce qui rend les recherches difficiles, dans ce cas précis, c'est qu'aucun d'entre nous ne sait exactement de qui Claire était la plus proche. Mais les choses bougent, croyez-moi. L'enquête n'est pas au point mort, loin de là.

– Mais vous ne pouvez pas me dire… ?

– Pas pour le moment, non. Je regrette.

Jennie se laissa aller en arrière et ferma les yeux. Le travail fini, quelques clients supplémentaires commencèrent à pousser la porte du bar. Des hommes, pour la plupart en costume-cravate. Mallettes en cuir. Ordinateurs portables. Des rires trop sonores et qui sonnaient trop faux.

– La police, dit Jennie. J'essaie sans arrêt de savoir quand elle rendra le corps de Claire. Pour les obsèques. Bientôt, m'a dit quelqu'un. Deux ou trois jours. Quand je rappelle, c'est, oh, non, désolé, ça prendra encore un certain temps. Je n'arrive pas à obtenir de réponse précise de qui que ce soit.

– Je vais voir ce que je peux faire.

– Vraiment ? J'éprouve ce besoin, voyez-vous, d'organiser les choses. Dans la mesure du possible, d'aller de l'avant.

– Oui, je comprends.

Jennie finit son vin.

– Je ferais mieux de partir. Je commence de bonne heure, demain.

Dehors, il faisait encore jour. La température avait baissé, mais pas beaucoup.

– Et Joanne, Frank, dit Jennie. Vous l'avez vue ?

– Pas récemment.

– Vous devriez, vous savez.

– Peut-être.

– Frank. (Du bout des doigts, elle lui toucha le dos de la main.) Elle se sent seule.

– Je ne pense pas.

– Si c'est ce que vous avez envie de croire. (Elle descendit du trottoir.) Quand vous aurez parlé à la police au sujet de Claire, vous m'appellerez ?

– Oui, bien sûr.

Et elle fila dans un staccato de talons aiguilles.

Elder s'éloigna de l'entrée du bar. Une réflexion qu'avait faite Anna Ingram lui revenait à l'esprit. Quelque chose à propos des compromis qu'exigent les rapports de couples, les relations sérieuses. *Le genre de concession que l'on fait pour permettre aux choses de durer.*

En 1989, quand Katherine avait tout juste trois ans, ils avaient quitté le Lincolnshire pour s'installer à Londres, surtout pour que Joanne puisse acquérir d'autres compétences et donner un nouvel élan à sa carrière. Huit ans plus tard, alors que Katherine allait entrer au collège et qu'Elder avait fait son trou dans la police de Londres, c'était encore Joanne qui les avait poussés à déménager de nouveau, pour aller à Nottingham cette fois, afin qu'elle prenne la gérance de l'un des salons de Martyn Miles. Katherine avait pesté, protesté, elle s'était enfermée dans sa chambre ; Elder avait ravalé ses objections et s'était conformé aux désirs de Joanne. Il avait accepté son choix.

Aujourd'hui, il était de retour à Nottingham, une fois de plus.

Et pourquoi ?

Parce que apporter son aide à l'amie de Joanne était une façon de se rapprocher de Katherine, juste au moment où il redoutait que sa fille et lui perdent le contact irrémédiablement ?

Ou cela avait-il un rapport avec Joanne elle-même ?

Elle se sentait seule ?

Ma foi, il y avait des moyens de remédier à cela, il en savait quelque chose.

25

1966

Alice se savait fatiguée; elle l'était depuis presque une semaine. Sinon plus. Mais aujourd'hui, c'était autre chose. Assise à son bureau, elle avait regardé le gamin jouer avec les peluches, comme il aimait le faire à présent, puis faire des dessins et des coloriages, Alice l'encourageant à parler, afin de comprendre et d'expliquer ce qu'il faisait, mais elle avait lutté de toutes ses forces pour rester concentrée, pour garder les yeux ouverts.

Dans la salle commune, elle sortit maladroitement un sachet de thé de la boîte en fer-blanc où on les rangeait et le mit dans sa tasse, tandis que cette satanée bouilloire mettait des siècles à chauffer l'eau. Une réunion était prévue dans le local voisin, pour examiner le cas du gamin; par la porte ouverte, Alice vit que Felix Gerber, le consultant en pédopsychiatrie, s'y était déjà installé pour attendre les autres.

Jock Mirren, le travailleur social qui s'occupait du môme, lui toucha le bras en venant la rejoindre.

– Il y a assez d'eau dans la bouilloire pour moi aussi, j'espère?

– Qu'est-ce qui ne va pas? demanda Gerber quand Alice fut entrée, les mots franchissant ses lèvres avant même qu'elle eût le temps de s'asseoir.

– Je suis fatiguée, c'est tout.

Mais il n'était pas décidé à lâcher prise aussi facilement.

– C'est le gamin, n'est-ce pas ? dit-il. Il y a quelque chose qui te ronge. Quelque chose qui se trame.

Alice secoua la tête.

– Ce n'est rien. Du moins, je n'arrive pas à mettre le doigt dessus. À l'exprimer avec des mots.

– Essaie tout de même.

– Oui, plaisanta Mirren, exprime-toi clairement. C'est nous les professionnels, après tout.

– Très drôle, fit Alice.

– Bon, dit Gerber, réfléchissons ensemble à ce qui se passe. Voyons si nous parvenons à cerner exactement en quoi consistent les problèmes.

– D'accord. L'écueil, dit Alice, c'est qu'au lieu de parvenir à communiquer avec lui de plus en plus facilement, je m'aperçois qu'à chaque fois il m'est plus inaccessible. Dès que j'ai l'impression d'arriver à quelque chose, je me heurte à la mère, et c'est comme si je me retrouvais face à un mur de brique.

– Jock, fit Gerber, tu as vu la mère à plusieurs reprises.

– Disons plutôt que j'aurais dû la voir. Trois des quatre dernières sessions, elle les a annulées à la dernière minute. La seule fois où elle a daigné se montrer, elle est arrivée avec vingt bonnes minutes de retard, et elle a trouvé un prétexte pour partir avant la fin.

– Et quand elle est en face de toi ?

– Mauvaise comme une teigne, parce qu'elle ne supporte pas l'idée de mettre les pieds ici. Son point de vue sur la question, c'est que l'école a fait de son petit chéri un bouc émissaire parce que ses instits n'arrivent pas à le contrôler – toutes les salades habituelles. Elle est prête à se rabattre sur n'importe quelle explication plutôt que de reconnaître que son môme ne tourne pas rond. Qu'il y a chez lui un dérèglement qui mériterait qu'on le prenne en compte.

Gerber tapota sa cigarette pour en faire tomber la cendre.

– Alice, laisse parler ton instinct. Au vu de la situation, que se passe-t-il, d'après toi ?

Alice plissa les paupières.

– Je crois que la mère a entrepris de séduire son enfant.

– Son propre fils ?

– Oui.

– Non, franchement ! s'exclama Mirren.

– Quoi ?

– Tu ne vas pas remettre ça !

– Qu'est-ce que tu veux dire ?

– Toi et ton foutu complexe d'Œdipe. C'est ta réponse à tous les problèmes.

Alice lui lança un regard noir, repoussa sa chaise, et se dirigea vers la porte.

– Alice…, fit Gerber d'un ton suppliant.

La porte claqua derrière elle.

– Eh merde ! dit Mirren.

– Tu aurais pu, commenta Gerber, exprimer ta pensée avec un peu plus de tact.

Deux semaines plus tard, l'école leur transmit une copie de la lettre envoyée par la mère du gamin : en raison de circonstances familiales, ils partaient s'installer dans une autre région et elle allait, par conséquent, retirer son fils de l'école. Malheureusement, cela impliquait que la thérapie allait cesser.

26

Elder était réveillé depuis quatre heures du matin ou peu après, les pensées se succédant sans aucune logique dans ce qui, à un moment pareil, passait pour un cerveau. Toute cohérence était pratiquement impossible. Relevant le store, il était resté à la fenêtre, à contempler la ville. Deux femmes, deux meurtres, semblables mais pas identiques. Maureen n'avait jamais été aussi convaincue qu'ils étaient l'œuvre du même homme.

Il fit du café et le but sans lait. Il faudrait qu'il prenne de nouveau un crayon et une feuille de papier, qu'il note les similitudes et les différences, qu'il fasse des listes. Le café était fort, avec à peine une pointe d'amertume. Le livre qu'il avait essayé de lire gisait sur le plancher, près du lit. *Le Renard dans le grenier*. Deux hommes, le marais salant, la brume ; une enfant morte, presque pliée en deux. Pour lui, le roman avait perdu de son attrait alors qu'il était encore à un bon tiers de la fin, le projetant dans un flot de considérations sur la politique allemande dont le sens lui échappait. Ce qu'il n'oublierait jamais, c'était l'image de la fillette dont les chevilles rebondissaient sur le thorax de l'homme alors que celui-ci marchait.

On voit ce qu'on voit et on jette le reste.

Deux hommes.

Deux hommes, deux meurtres ?

Il finit son café, prit une douche et s'habilla.

Dehors, il faisait encore froid, le fond de l'air restait vif, et il pressa le pas. Il était suffisamment tôt pour qu'il puisse saluer tous les gens qu'il croisait – ceux qui promenaient leur chien, qui faisaient leur jogging, les travailleurs qui allaient prendre leur service de nuit ou qui venaient de le terminer, les insomniaques comme lui-même. Parfois un bref « Bonjour », en levant une main.

À quand remontait la dernière fois où il s'était réveillé plus tard que quatre heures ? Quatre heures et demie au mieux ? Les muscles tendus dans l'attente de l'appel qui allait l'avertir d'une modeste catastrophe, d'un crime épouvantable ? Tant pis s'il s'agissait de tout un mode de vie qu'il avait tenté de laisser derrière lui.

Épouvantable, pensa-t-il de nouveau ; un mot qui avait perdu une grande partie de son sens, sinon, peut-être, pour lui-même et pour d'autres comme lui.

Les photos étaient punaisées au mur du bureau.

Le visage d'Irene Fowler penchait vers un côté de l'oreiller, les yeux ouverts et vides ; ses bras reposaient en travers de son torse, les mains se touchant – l'image même du repos et de la sérénité. Bien qu'elle fût étendue sur son lit, sa robe n'était pratiquement pas froissée, comme si la dernière chose que le meurtrier avait faite avant de la recouvrir avait été de lisser le tissu du plat de la main. Sous la robe, elle portait des sous-vêtements propres, immaculés.

Elder examina de nouveau la bague qu'elle avait à la main droite.

Et la main d'où l'on avait ôté son alliance.

L'impression dominante que procurait ce spectacle, l'impression qu'avait voulu transmettre, supposa Elder, celui qui avait imaginé cette mise en scène, était une atmosphère de paix, de tranquillité.

Claire Meecham, par contre, bien qu'apparemment vêtue de la tête aux pieds, ne portait rien sous sa robe ni sous son chemisier. Imaginant la scène, Elder se représenta le meurtrier transportant le corps dans la chambre et le posant sur le lit.

Et ensuite ?

S'était-il attardé dans la pièce, contemplant sa victime ? Et s'il l'avait fait, quelles pensées avaient-elles hanté son esprit ? Amour, désir, regrets ?

Les marques autour du cou d'Irene Fowler, à l'endroit où on l'avait étranglée, laissaient à penser qu'on n'avait eu recours qu'au minimum de force nécessaire ; celles relevées sur le corps de Claire Meecham suggéraient la même conclusion.

L'espace d'un instant, une autre image vint à l'esprit d'Elder – le portrait signé Stieglitz, sur le mur de Vincent Blaine, ces deux mains tendues vers la gorge, vers le cou…

Qu'avait dit Blaine ?

Jusqu'à un certain point, nous ne voyons que ce que nous avons envie de voir.

Elder prit du recul.

La façon dont ces deux femmes avaient été vêtues et disposées sur leur lit était un acte conscient, attentionné, bizarrement un acte d'amour. Presque, supposa-t-il, un acte d'adoration.

Elder entendit une porte s'ouvrir derrière lui.

– Frank ?

Maureen Prior vint se poster près de lui.

– Alors, Frank, la fortune appartient à ceux qui se lèvent tôt ? Même le samedi matin ?

Il lui fit part de ses réflexions, aussi clairement qu'il le put.

Anna Ingram portait une jupe de lin mauve qui descendait jusqu'aux chevilles et un haut en étamine crème par-dessus un caraco. Ses cheveux, maintenus par des épingles, entouraient son visage d'une volute rousse.

– Eh bien…, fit-elle, traversant la longue salle centrale sur presque toute sa longueur, vous avez quand même fini par venir.

– Cela vous surprend ?

– Je n'en suis pas sûre.

Elder se trouvait dans le musée depuis une bonne vingtaine de minutes, passant d'une salle à une autre. Des tableaux représentant des bateaux de pêche amarrés au port ; des casiers à homards et des filets ; des maisonnettes blanchies à la chaux en bord de mer.

– Vous avez eu le temps de jeter un coup d'œil à l'exposition ?

– Un peu.

– Et qu'en avez-vous pensé ?

Elder sourit.

– C'est très joli…, dit-il, conscient de la pauvreté de sa réponse.

– Venez, dit-elle en le prenant brièvement par le bras. Laissez-moi vous montrer quelques-unes de mes œuvres préférées.

Elle le conduisit vers deux huiles, plutôt petites, guère plus d'un mètre de large. Dans la première, une femme en chapeau mauve et tablier blanc était représentée au second plan, un bras passé dans l'anse d'un panier ; derrière elle, un empilement de bâtisses diverses s'élevait au-dessus d'une maison à toit de chaume et murs blancs. Dans l'autre, on voyait une femme, un seau au bout de chaque bras, s'approcher sur un chemin étroit plongé dans l'ombre ; le mur blanc, derrière son dos, était la seule tache de lumière de tout le tableau.

– Mark Senior, dit Anna. Il a commencé à peindre à Staithes et dans les environs quand il avait une vingtaine d'années et qu'il faisait ses études à Leeds. Il a participé à la fondation du Staithes Art Club en 1901. (Elle sourit.) Écoutez-moi donc ! On dirait Vincent, quand il fait une conférence. Un discours interminable.

– Non, c'est intéressant.

– Vous dites ça par pure politesse.

Elder regarda de nouveau les deux tableaux. À ses yeux, ils semblaient bizarrement flous ; l'un des deux paraissait même inachevé.

– Ils sont excellents, n'est-ce pas ? fit Anna Ingram.

– Oui, répondit Elder.

– J'ai écrit un mémoire, un jour, sur Mark Senior, quand j'étais étudiante. Malheureusement pour moi, en ce moment, je travaille à une monographie de Harold Knight – c'est l'un de ses tableaux qu'on voit là-bas, la femme aux mains jointes pour prier. Il est né ici, à Nottingham, Harold. Il a épousé une jeune fille de Long Eaton, Laura. Connue sous le nom de Laura Knight, donc.

Elder hocha la tête. Il avait vu certaines de ses œuvres dans une autre salle.

– Elle était considérée comme une sorte de star, cette Laura. Elle l'est toujours. Elle faisait carrément de l'ombre à son mari. (Anna sourit de nouveau, plus franchement.) C'est agréable de savoir que ce genre de chose est possible. De temps en temps.

– Alors, pourquoi Staithes ? demanda Elder en s'écartant des tableaux.

– Vous connaissez le village ? Cet endroit de la côte ?

– Oui.

Il ne le connaissait que trop bien. Le petit port de pêche n'était pas très loin du lieu isolé où Katherine avait été séquestrée. Tant de choses le ramenaient sans cesse à ce drame.

– Dès que le chemin de fer est arrivé jusque là-haut, expliqua Anna, les visiteurs ont commencé à s'y rendre, plus ou moins pour la première fois. Il y avait des peintres parmi eux. La mer et le paysage mis à part, je crois qu'ils ont aimé le fait que le village lui-même semblait coupé de tout, replié sur lui-même. Il avait un côté primitif qui leur a plu. Pendant un certain temps, du moins. (Elle regarda Elder attentivement.) Vous n'êtes pas vraiment venu voir l'exposition, n'est-ce pas ?

– Pourquoi pas ?

– Vous ne vous intéressez pas tant que ça à la peinture. Pas réellement.

– Alors, pourquoi suis-je venu ?

Les lèvres d'Anna dessinèrent aussitôt un sourire.

– Il fut un temps où j'aurais eu la vanité de penser que c'était parce que vous vous intéressiez à moi. Mais ce n'est pas ça non plus.

– C'est à quel sujet, en ce cas ?

– Il s'agit de Vincent, forcément. Vous imaginez, je ne sais pourquoi, qu'il est impliqué dans ces meurtres – qu'il a quelque chose à voir avec la mort de ces deux femmes. (Elle secoua énergiquement la tête.) C'est absurde, totalement absurde, mais je ne vois pas ce que cela pourrait être d'autre.

Un couple s'approcha et s'arrêta tout près d'eux, pour regarder les tableaux, et Anna emmena Elder un peu plus loin.

– Claire Meecham…, commença Elder.

– La femme qui a envoyé la carte postale ?

– Oui. Quoi qu'en dise Vincent, elle a assisté à son cours à l'université. J'ai vérifié. Pas plus tard que l'an dernier. Une introduction à la photographie. Deux heures par semaine pendant huit semaines. Et cependant, il prétend ne pas la connaître, ne même pas savoir son nom.

– Est-ce tellement surprenant ?

– Oui, je le pense. Douze inscrits ? Il ne s'agit quand même pas d'un effectif pléthorique.

Anna sourit.

– Vous connaissez un peu Vincent. Vous savez comment il est. Égocentrique. Quand il enseigne, c'est encore pire. Tout ce qu'il voit, c'est son sujet. La photographie. L'œuvre. Il pourrait faire une conférence à une rangée de figurines en carton, cela ne changerait rien pour lui – du moment qu'il peut grimper sur l'estrade et s'exprimer.

– Et les questions de ses étudiants ? Il y a forcément des questions. Il ne peut faire autrement que d'y prêter attention.

Anna Ingram sourit de nouveau.

– Je crains que le style de Vincent n'incite pas vraiment à la participation. Il y a de fortes chances pour qu'il ne voie dans lesdites questions, comme dans toute autre forme d'interruption, qu'une source de désagrément.

– Et ses étudiants ne protestent pas ?

– De temps à autre. Certains d'entre eux. Mais, pour la plupart, ils l'adorent. Ils restent là, sagement, suspendus à ses lèvres.

– Et c'est ce que vous avez fait ?

– Pardon ?

– Je me demandais si c'était dans ces conditions que vous aviez fait sa connaissance.

– À une conférence de Vincent ?

– Oui.

– En fait, c'était à une des miennes. Ici, au château. *Cézanne et son influence sur la peinture britannique de la fin du* XIXe *siècle*. (Elle rit.) Après, Vincent est venu me voir, et il a fait l'inventaire de toutes les erreurs que j'avais commises.

Ils passèrent dans l'une des salles de dimensions plus modestes, s'arrêtant çà et là pour regarder un tableau. En ce début de journée, il y avait encore peu de visiteurs, et ceux-ci se déplaçaient discrètement, ne parlant, lorsqu'ils le faisaient, qu'à voix basse et presque avec révérence. C'était à mi-chemin, pensa Elder, entre l'atmosphère d'une bibliothèque à l'ancienne et celle d'une église.

Ils firent une pause devant une toile sur laquelle on voyait un ciel bleu, des nuages, de jeunes arbres sur une pente rocheuse ravagée par le vent. Elle plut à Elder, pour la vie qu'elle contenait. Elle lui parut réelle.

– Le week-end des 9 et 10 avril, dit-il, sauriez-vous par hasard où se trouvait Vincent ?

Anna le regarda.

– S'agit-il du week-end pendant lequel Claire Meecham a disparu ?

– Oui.

– Et cela remonte à combien de temps ? À quatre semaines aujourd'hui ?

– Oui.

– En ce cas, je le sais. Il était avec moi. Dans le Dorset. Une petite maison de campagne, qui appartenait autrefois à sa famille. Juste à la sortie de Lyme. Nous nous y rendons parfois. Pour nous changer les idées. À l'occasion, Vincent y va seul. Quand il a une conférence à préparer, une préface à écrire.

– Et vous y étiez tous les deux ce week-end-là ? Vincent et vous ?

– Oui. Nous avons pris la route de bonne heure le samedi matin. Nous sommes rentrés, oh…, après le déjeuner le lendemain.

Elder hocha la tête.

– Je regrette, dit Anna.

– Pourquoi ?

– À présent, il va vous falloir inventer une autre théorie. Trouver une autre… comment dit-on ? Une autre piste à explorer.

– Ne vous inquiétez pas, dit Elder. Nous n'en manquons jamais.

Elle l'accompagna jusqu'à l'autre extrémité de la galerie et descendit l'escalier avec lui. Dehors, ils restèrent un moment côte à côte, le regard tourné vers la ville, alors que le soleil commençait à peine à se forcer un chemin à travers les nuages.

– Je vous remercie de votre patience, dit Elder. Et de m'avoir montré les tableaux.

– Ce fut un plaisir.

S'il avait regardé derrière lui en descendant l'allée, il aurait pu remarquer le frisson qui parcourut Anna Ingram et qui fit trembler ses membres.

27

En traversant l'ancien marché aux dentelles, Elder jeta par hasard un coup d'œil à ce qu'il prit tout d'abord pour une vraie librairie, avant de remarquer l'enseigne d'Oxfam. C'était plutôt luxueux, pensa-t-il, pour une boutique d'organisation caritative. De vraies étagères où tous les articles étaient soigneusement rangés : livres, CD, vidéos, DVD. Au fond, les vêtements, du café et autres produits du commerce équitable étaient également proposés à la vente. De la World Music comme ambiance sonore. Un nombre important de curieux circulant entre les rayons, dont beaucoup étaient jeunes. Plus jeunes qu'Elder, du moins.

Les romans étaient rassemblés sur un pan de mur. À présent qu'il avait abandonné *Le Renard dans le grenier*, il avait besoin d'un nouveau livre. Un nouveau livre d'occasion. Pourquoi payer plus que nécessaire avec tous ces volumes à bas prix ?

Parmi la sélection présentée, la couverture bien visible, sur de petits chevalets en métal, se trouvait *Amants et fils*, un Penguin orange et blanc, le genre d'édition dont Elder pensait qu'on n'en voyait plus guère sinon dans des boutiques comme celle-ci. Sur la couverture : un phénix renaissant de ses cendres, et juste au-dessous, le prix d'origine, 5 shillings. Par curiosité, Elder vérifia la date de publication : 1966. Il le soupesa dans sa main.

Qu'avait dit Blaine au sujet de Lawrence ? Qu'il n'était plus au goût du jour ? Il était peut-être temps de lui donner une nouvelle chance, après tout. Après avoir lu les premières phrases, la description d'un petit village de mineurs à la limite de la ville, il emporta le livre jusqu'au comptoir.

– Ça fera trois livres, dit le caissier. Il est en bon état. On en a pris soin. Il a dû paraître il y a quarante ans, au moins.

Bien longtemps avant ta naissance, alors, pensa Elder.

Le livre bien calé au fond de sa poche, il poursuivit son chemin. Il se dirigeait vers la patinoire lorsque son téléphone portable commença à sonner. C'était Maureen Prior, dont la voix était bizarrement lointaine et métallique, bien qu'elle fût à moins de deux kilomètres de distance.

– Frank, qu'est-ce que tu fais ?

– Pas grand-chose pour le moment. Je me disais que je pourrais essayer de voir Katherine dans la journée.

– J'ai déterré quelque chose d'intéressant sur Wayne Johns.

– Où es-tu ?

– Au bureau.

Elder tourna les talons.

Maureen Prior portait ce qu'Elder supposa être sa tenue habituelle du week-end : un jean dont le bas s'effilochait, un T-shirt gris, une veste ample en coton, des tennis qui avaient connu des jours meilleurs.

En chemin, Elder avait pris des cafés et des pains aux raisins.

– Johns, dit Maureen dès qu'il eut posé les cafés sur la table, on ne l'a interrogé que sur Claire

Meecham. On ne lui a rien demandé à propos du premier meurtre.

– Et on aurait dû ?

– J'ai fait quelques recherches. C'est son entreprise qui a fourni à l'hôtel tout l'équipement pour la conférence.

Elder vit le regard de Maureen briller d'un éclat nouveau ; il sentit son propre pouls s'accélérer.

– Frank, il était à l'hôtel ce week-end-là, j'en suis sûre.

– Alors, nous devrions peut-être retourner lui parler, dit Elder.

– Il possède un appartement de luxe près du canal.

– Ça, c'est une surprise !

Wayne Johns ouvrit la porte en short et maillot de corps, ce dernier trempé de sueur. Derrière lui, sur le parquet aux larges lames en bois teinté, se trouvaient une machine à ramer et, plus loin, un tapis roulant. Un canapé en cuir aux accoudoirs carrés faisait face à un téléviseur grand modèle. Des haut-parleurs étaient accrochés aux murs. Sur la droite, le coin cuisine était séparé du reste par un plan de travail en bois massif. Il y avait un lit bas et large à l'autre bout de la pièce, et, juste à côté, une porte qui donnait accès, probablement, à la salle de bains.

– Vous avez de la chance de me trouver, dit Johns. J'ai rendez-vous avec un ami pour le déjeuner. Une douche rapide, et je pars.

– Nous allons essayer, dit Maureen, de ne pas vous retenir trop longtemps.

Johns eut un haussement d'épaules qui pouvait signifier « bon, d'accord », et il se dirigea vers le réfrigérateur double à façade rouge.

– De l'eau ? proposa-t-il en ouvrant l'une des deux portes. Un jus de fruit ?

Quand ils eurent tous deux décliné son offre, il fit sauter la capsule d'une bouteille contenant sans aucun doute une boisson excellente pour la santé, dont il but la moitié d'un trait.

– Ça donne soif, dit-il, de se maintenir en forme.

Ramassant une serviette, il se frotta vigoureusement les cheveux.

Il n'avait sûrement pas, remarqua Maureen, plus de cinquante grammes de graisse superflue sur tout le corps.

– Eh bien, fit Johns en jetant la serviette dans un coin, qu'est-ce que je peux faire pour vous ?

Maureen le gratifia de l'un de ses sourires de deuxième catégorie.

– Arrêter de nous mentir, pour commencer.

– De mentir ?

– De cacher des informations.

– C'est la même chose ?

– Presque.

Ce fut au tour de Johns de sourire.

– Les péchés par omission, dit-il. Ces gens chez qui j'ai été placé, quand j'étais môme, ils me traînaient à l'église à la moindre occasion. Ils s'imaginaient que c'était ma seule chance de salut, je crois. Quand ils ne me flanquaient pas des raclées, en fait.

– Ça a marché ? demanda Maureen.

Johns rit.

– Regardez autour de vous… (Il eut un geste large des deux mains.) Irréprochable dans mes pensées, dans mes paroles et dans mes actes. Et je vaux bien une poignée d'euros, par-dessus le marché.

– Alors, quel est le secret ? L'église ou les raclées ? Qu'est-ce qui a marché le mieux ?

– Et a fait de moi ce que je suis aujourd'hui ? Qui sait ? Les deux, ce ne serait pas étonnant. Vous savez, la carotte et le bâton. Qui aime bien châtie bien.

Il chassa de son front quelques traces de transpiration avec l'intérieur de son bras.

– Non, je vais vous dire ce qui a marché : le fait d'être trimballé sans cesse d'une famille d'accueil à une autre, d'un foyer de placement à un autre, jusqu'à ce que je sois assez âgé pour me débrouiller tout seul. Pas de frères, pas de sœurs, pas de vraie famille à proprement parler, je ne suis jamais resté assez longtemps au même endroit pour ça. Comment il disait, déjà, le poète ? *Ton père et ta mère, tout ce qu'ils font pour toi, c'est qu'ils te déglinguent* ? Bon, les miens, quels qu'ils soient, ils n'en ont même pas eu le temps, et j'en remercie le ciel. Je suis debout sur mes deux jambes, et je ne m'occupe pas des autres. Il n'y a qu'une seule personne sur terre qui est prête à faire quelque chose pour vous, et c'est vous. J'ai compris la leçon.

Finissant sa boisson, il balança la bouteille vide dans la poubelle.

– Il faut que je pense au recyclage, dit-il.

– En septembre 1997, dit Maureen, il y a eu une conférence ici, en ville, organisée par le ministère du Commerce. Vous vous en souvenez ?

– Une autre chose qu'on apprend dans les familles d'accueil, dit Johns avec un sourire bref. Ne jamais rien avouer.

– Jusqu'à ce qu'on se fasse prendre.

– Jusqu'à ce qu'on se fasse prendre.

Johns s'approcha du canapé et se percha, mi-assis, mi-allongé, sur l'un des angles.

– C'était l'un de nos premiers gros contrats. Celui qui m'a fait comprendre que j'allais être capable de réussir ici. En Espagne, d'une certaine façon, c'était différent, je ne suis pas sûr de savoir pourquoi. Sans doute, je suppose, parce que j'avais quelqu'un d'autre pour préparer le terrain à ma place et mettre de l'huile dans les rouages. Ici, je prenais un nouveau départ après… quoi ? Pas loin de dix ans ? Je m'attendais à ce que ce soit épineux à chaque fois.

Mais, bon, cette conférence, tout le monde a été satisfait de la manière dont elle s'est déroulée…

– À ce petit détail près qu'on a retrouvé un cadavre dans une chambre, intervint Elder qui commençait à se lasser de l'autojustification permanente de Johns.

– Bon, ça a fait mauvais effet, bien sûr. Mais, vous savez, tout compte fait, ce n'était pas mon problème. Un incident isolé. Totalement imprévisible. Ce n'était pas à nous qu'on aurait pu reprocher ce qui s'était passé.

– Irene Fowler, dit Maureen. La femme qui a été assassinée. Vous la connaissiez ?

– Moi ? Non.

– Vous ne l'avez pas rencontrée ce week-end-là ?

– Pas que je sache.

– Mais vous étiez sur place ? À l'hôtel ?

– Bien sûr.

– Constamment ?

– Plus ou moins.

– Pour superviser, vous assurer que tout marchait bien.

– Oui. Et comme je vous le disais…

– Pour vous informer auprès des participants, je suppose. Leur demander ce qu'ils pensaient de l'organisation. S'ils avaient des problèmes que vous pouviez résoudre, si vous pouviez faire quoi que ce soit pour améliorer les choses.

– Pas vraiment, non. Ce n'est pas comme ça que ça fonctionne, pas avec moi en tout cas. Les managers de l'hôtel, oui, je reste en liaison avec eux. Et avec le responsable du cycle de conférences. Mais pour le reste, pas question. Je garde un profil bas, je me rends invisible. Si personne ne sait que je suis là, c'est la meilleure solution. Ça veut dire que tout marche bien, comme vous disiez. (Il sourit à Maureen.) Un vrai velours.

Maureen détourna la tête.

– Le soir, cependant, intervint Elder. Vous deviez vous détendre au bar, boire un verre et parler aux gens, pas pour le travail, pour la convivialité. Pour relâcher la pression.

– Écoutez, fit Johns, à la fin de la journée, mon boulot, c'est de vérifier que tout est prêt pour la première session du lendemain matin. Quand j'ai terminé, je pars. La pression, je la relâche ailleurs, pas sur mon lieu de travail.

Ni Elder ni Maureen Prior ne bougèrent d'un pouce. Johns changea de position sur le canapé.

– Écoutez, reprit-il, pour autant que je sache, je n'ai jamais parlé à cette femme – Irene Fowler, c'est bien le nom que vous avez dit ? –, je ne lui ai pas adressé une seule fois la parole pendant tout le week-end. Avant de voir sa photo dans le journal, je ne savais même pas qui elle était. Cela dit, il va bien falloir que vous acceptiez de me croire sur parole.

Sautant prestement du canapé, il se retrouva debout.

– Et maintenant, si vous le voulez bien, il faut vraiment que j'aille prendre une douche. Si vous avez encore besoin de mon aide, la prochaine fois, vous pourriez appeler mon bureau. Si ça ne vous dérange pas.

– Insupportable ! Une vraie tête-à-claques, dit Maureen Prior. Il ne se prend pas pour de la crotte.

Elder s'esclaffa.

– Quoi ?

– Je te regardais t'énerver de plus en plus à chaque fois qu'il faisait jouer ses pectoraux.

– Ce salopard arrogant !

Elder rit de nouveau. Assis sur un banc près du canal, ils regardaient une poule d'eau faire décrire lentement des cercles sur l'eau à son unique poussin survivant tout en lui donnant la becquée.

– Malheureusement, dit Elder, ce n'est pas un crime.

– De quoi tu parles ?

– D'avoir des muscles d'acier et un million de livres ou plus à la banque.

– Eh bien, ça devrait.

– Absolument.

– Deux gars de mon équipe ont passé des coups de fil, dit Maureen. À des hommes que Claire Meecham a rencontrés. À moins qu'ils ne soient tous exceptionnellement timides, il semblerait que, si activité sexuelle il y a eu, celle-ci fut plutôt conventionnelle. Aucune allusion à des pratiques sado-maso ni rien de ce genre.

– Donc, si Johns dit la vérité au sujet de ce qui s'est passé entre eux, elle a pu réellement avoir des surprises.

– Auquel cas la question qui se pose est : est-ce que cela lui a fait peur, ou lui a donné envie de recommencer au plus vite ?

Une jeune femme de seize ans tout au plus passa devant eux, poussant un petit enfant dans un landau bringuebalant. Le petit, guère plus qu'un bébé, pleurait bruyamment, la morve coulant de son nez; la mère, les traits tirés, aspirant des bouffées énergiques de sa cigarette, regardait droit devant elle, faisant de son mieux pour ne pas entendre les cris de son môme.

– J'ai pris contact, dit Maureen, avec l'ancien associé de Johns en Espagne. Il s'est montré méfiant, au début. Il craignait, je suppose, que je sois mêlée à une enquête quelconque sur ses finances. Mais il m'a promis de me parler de nouveau. Johns a passé tellement de temps à l'étranger… C'est une période sur laquelle j'aimerais bien en savoir davantage.

Ils commencèrent à revenir sur leurs pas, le long de l'ancien chemin de halage, jusqu'à l'endroit où il s'éloigne du canal pour rejoindre la route qui passe près de la gare.

– Tu penses toujours appeler Katherine ? demanda Maureen.

– Probablement.

Le regard qu'elle lui lança signifiait sans équivoque qu'il devrait le faire.

– Tu sais qui tu me rappelles, dit Elder, quand tu me regardes comme ça ?

– Je suis sûre que tu vas me le dire.

– Ma mère.

– Merci bien.

– Elle avait le don de me faire sentir coupable, que je le sois ou pas.

– C'est peut-être à ça que servent les mères.

– À nous donner mauvaise conscience ?

– À nous maintenir sur le droit chemin.

– C'est ce que faisait la tienne ?

Maureen choisit de ne pas répondre.

– Je retourne au bureau un moment.

– Très bien. On reste en contact ?

– Bien sûr.

Au carrefour, ils partirent chacun de leur côté.

Elder attendit d'être sorti du flot de la circulation, garé sur un petit coin de verdure à l'écart de Maiden Lane – des bancs, des buissons, quelques arbres. Katherine répondit à la deuxième sonnerie.

– Tu es réveillée, alors, dit Elder.

– Comment ça, réveillée ? Il y a des heures que je suis debout.

– Je plaisantais, c'est tout.

– Qu'est-ce que tu veux, Papa ? Je suis très occupée, tu vois ?

– À faire quoi ?

– À travailler, bien sûr.

Il y avait de la musique en fond sonore, à fort volume.

– J'espérais qu'on puisse se voir, dit Elder.

– Papa, redescends sur terre, tu veux ? J'ai un projet à terminer. Des examens à réviser.

– Très bien. Excuse-moi.

– Tu tiens à ce que j'entre à l'université, n'est-ce pas ?

– J'ai dit : excuse-moi.

Il inspira profondément, la sentant impatiente au téléphone.

– Et demain ? On pourrait… je ne sais pas… déjeuner ensemble ? Aller faire un tour ?

– Papa, je t'appellerai, d'accord ? Seulement, je ne te promets rien. Je t'appellerai si je peux.

– Entendu. On fait comme ça.

Avant qu'il ait pu lui dire « Je t'embrasse », elle avait raccroché.

Elder s'arrêta dans le premier café qu'il trouva. Il commanda un sandwich au jambon et un thé, ouvrit son roman et se mit à lire. Vivre en Cornouailles, le coin le plus paumé de la Grande-Bretagne aux dires de certains, coincé en plein milieu des champs entre la lande et la mer, et sans guère plus de compagnie que la sienne, les gens pensaient que ce devait être rude. Mais ils se trompaient. C'était du gâteau.

28

Contrairement à son habitude, quand il se retourna dans son lit, Elder parvint à se rendormir, et ne se réveilla que peu avant 8 h 30. Douché et habillé, il se prépara un petit déjeuner, œufs brouillés sur pain grillé, café, encore du pain grillé avec de la confiture. La veille, en fin de journée, il avait fait un saut au supermarché.

Assis devant la fenêtre qui donnait sur l'église St Mary, il écouta les informations. Encore une voiture piégée en Irak, encore des enfants qui mouraient par milliers au Darfour ; plus près de chez lui, une femme enceinte abattue par un tir d'arme à feu alors qu'elle rentrait chez elle après une soirée passée chez des amis, un de ses anciens compagnons recherché par la police pour interrogatoire. Si après cela la station avait lancé Louis Armstrong chantant *It's a Wonderful World*, Elder aurait été tenté de balancer la radio par la fenêtre.

Quand le téléphone sonna, il se dit que, dimanche ou pas, c'était sans doute Maureen Prior. Il se trompait.

– Écoute, Papa, désolée pour hier. J'étais d'une humeur de chien.

– Vraiment ?

– Bon, ça va, n'en rajoute pas. Je t'appelais simplement pour m'excuser, d'accord ?

– Je t'en prie. Ce n'est pas la peine.

– Alors, tu veux toujours qu'on se retrouve pour boire un café, ou quoi ?

– Tu n'as pas envie d'aller te promener, je suppose ?

Une hésitation, puis :

– Pas vraiment.

– Très bien. Où veux-tu qu'on se retrouve ?

– Tu te souviens de cet endroit où on est allés l'autre fois ?

– La semaine dernière, tu veux dire ? Atlas, c'est bien ça le nom ?

– Je ne suis même pas sûre qu'ils soient ouverts le dimanche. Non, à l'étage, au-dessus de la librairie Waterstone, tu te rappelles ?

Il se rappelait. Katherine était déjà là, lisant un magazine, une tasse de café au lait et un pain au chocolat à portée de la main quand il était arrivé, en retard. Elle avait été de mauvaise humeur juste avant cette rencontre-là, aussi.

– Oui, répondit Elder, je crois me souvenir.

– Onze heures et demie, d'accord ?

Cette fois, ce fut Elder qui arriva le premier. Un certain nombre de sièges étaient déjà pris, par des parents accompagnés de jeunes enfants, des quadragénaires des classes moyennes feuilletant l'*Observer* ou le *Sunday Times*. Était-ce là une solution de rechange valable, se demanda-t-il, à la rencontre de partenaires sur Internet ?

Il commanda son café – déjà le troisième de la journée – et, déblayant les restes qu'un autre client avait laissés derrière lui, s'installa à une petite table près de la fenêtre. Quand il regarda sa montre, il vit qu'il lui restait encore cinq minutes à patienter avant l'heure du rendez-vous. Il sortit son livre et commença à lire.

Quinze, vingt pages plus loin, Katherine n'était toujours pas là.

Il n'y avait pas une autre librairie, dans le quartier, agrémentée d'une cafétéria ? Bon sang, s'exhorta-t-il, calme-toi ! C'était toute cette caféine qui lui attaquait le cerveau, le cœur, et le rendait impatient. Puis, une page plus tard, Katherine arriva. Elle portait la même tenue – jean, veste en toile, baskets rouges ; son sac pendait à son bras. Son visage s'éclaira d'un sourire quand elle vit son père.

– Salut, Papa. Excuse-moi d'être en retard.

– Ce n'est pas grave.

– Tiens, laisse-moi t'apporter un autre café.

– Non, merci, ça va.

– Allez, prends quelque chose.

– Un jus d'orange, alors. Mais assieds-toi, je vais le chercher.

– Non… (Elle s'éloignait déjà.) Je t'invite.

La file d'attente était courte, mais n'avançait pas vite, et, par-dessus son livre, Elder regarda longuement sa fille, debout, là-bas, comme si elle ne se doutait de rien. Belle, voilà ce qu'elle était. À ses yeux, du moins. La même silhouette que Joanne, peut-être pas tout à fait aussi grande. Un visage plus plein, un menton plus volontaire. Les mêmes yeux. Belle.

– Qu'est-ce que tu lis ? demanda-t-elle en s'asseyant.

Il lui montra la couverture.

– *Amants et fils* ? Pourquoi tu lis un truc pareil ?

– Et pourquoi pas ?

Elle remua le sucre dans son café.

– On a dû lire ça au lycée.

– Ça ne t'a pas plu ?

– C'était pas mal, si je me souviens bien. Certains passages, du moins. Le début, quand il rentre tout le temps soûl de la mine, le père, c'était plutôt bien. Mais après… Ce type – Paul ? C'est bien comme ça qu'il s'appelle ? –, c'est une vraie plaie, laisse-moi te le dire.

– Il est vraiment si épouvantable ?

– Il n'arrête pas de geindre à propos de ceci ou cela. Et sa manie de parler tout le temps de sa mère, de répéter qu'il ne peut pas vivre sans elle. Il a un problème, si tu veux mon avis. Quant à la façon dont il traite la fille… Comment elle s'appelle ?

– Miriam ?

– Miriam, ouais. Il ne veut surtout pas qu'elle le touche, oh, non, c'est mal, c'est très mal, je ne suis pas celui que vous croyez – et il lui sort son baratin pour lui expliquer que tout ça, c'est de l'ordre du spirituel. Et puis, quand il finit par coucher avec elle, dès qu'il l'a sautée, il ne veut plus en entendre parler. Il se met à cavaler après quelqu'un d'autre. La meilleure amie de Miriam, bien sûr. (Katherine eut un reniflement de mépris.) Là-dessus, au moins, il a vu juste, Lawrence. Ça, c'est les mecs tout crachés.

Elder sourit.

– Mais toi, personne ne te traite de cette façon, j'espère.

– Qu'ils essayent donc ! fit Katherine avec un sourire.

– Quoi qu'il en soit, dit Elder, je pensais que tout cela avait changé, de nos jours. Qu'on allait vers une plus grande égalité.

– Tu veux dire qu'aujourd'hui, on peut traiter les mecs comme des chiens ?

– Quelque chose comme ça.

– Comme Maman t'a traité.

– Ce n'est pas ce que je voulais dire.

– Peut-être pas. Mais c'est quand même ce qu'elle a fait.

Elder soupira.

– C'était il y a longtemps.

– Assez longtemps pour que tu lui aies pardonné ?

– Je n'y pense plus.

– Menteur.

Mal à l'aise, il se tortilla sur sa chaise.

– Écoute, Katherine…

– Je ferais mieux de me mêler de ce qui me regarde, je sais.

– Mais ça te regarde, Katherine.

– Eh bien, alors ?

– C'est seulement que… ce qui s'est passé avec ta mère… et Martyn… J'essaie de ne pas y penser, c'est tout.

Katherine saisit le roman de Lawrence.

– Là-dedans, à propos, cette femme avec qui il a une liaison, Paul, elle est mariée, tu vois ? Et à la fin, elle retourne avec son mari. On découvre qu'elle l'a toujours aimé, en fait.

– Merci, dit Elder.

– De quoi ?

– D'avoir gâché ma lecture en me dévoilant la fin.

Katherine eut l'air dégoûté.

– L'important, ce n'est pas le bouquin.

Elder changea de sujet. Il tenta, sans vraiment y parvenir, de trouver un aspect de la psychologie du sport qui leur fournisse la matière à un échange de vues.

– Tu vas où, maintenant ? demanda-t-il quand ils se retrouvèrent dans la rue.

– Je vais rentrer, je pense.

– Chez ta mère, ou dans ta piaule ?

– Dans ma piaule.

– Je vais faire un bout de chemin avec toi, si ça ne te dérange pas. Histoire de me dégourdir les jambes.

– Comme tu voudras.

Au bout de Derby Road, Elder embrassa Katherine sur la joue.

– Fais bien attention à toi, dit-il.

– Toi aussi. Et ne reste pas planté là comme d'habitude.

– Comment ça ?

– À me regarder partir.

Elder fut le premier à tourner les talons, et il traversa la rue en biais, pour aller plus vite.

Le deuxième dimanche de chaque mois, Vincent Blaine invitait des gens à prendre un brunch chez lui, dans sa maison de campagne. Comme il ne manquait jamais de le faire remarquer, c'était en quelque sorte une tradition américaine, et il fallait bien qu'un jour les Américains trouvent une seconde bonne idée pour notre civilisation après la Boston Tea Party[1], n'est-ce pas ? Non que la nourriture proposée aux visiteurs fût particulièrement américaine : on y servait des pancakes, certes, de même que du bacon grillé et même, parfois, du sirop d'érable. Seulement, tout était présenté sur la même assiette en même temps. Et les cocktails champagne-jus d'orange, qu'on appelait *mimosas* de l'autre côté de l'Atlantique, s'appelaient ici des Buck's Fizz.

Blaine étant Blaine, les gens qu'il invitait n'étaient pas simplement des « gens ». Des professeurs d'université des deux facultés de la ville côtoyaient des peintres et des photographes, quelques dramaturges et romanciers, des musiciens classiques, des acteurs que le hasard faisait passer dans la région pendant une tournée dans tout le pays, et des membres de tout organisme pratiquant le mécénat dont l'aide se révélait indispensable à la poursuite de ses aventures éditoriales. Il invitait aussi un petit nombre, un tout petit nombre, de ses vieux amis.

La nourriture était préparée par des traiteurs et servie, lorsque le temps le permettait, sous une tente

1. Le 16 décembre 1793, pour protester contre les nouvelles taxes imposées par le Parlement anglais, quelques colons montèrent à bord d'un navire amarré dans le port de Boston et jetèrent à l'eau toute sa cargaison de thé.

plantée à l'arrière de la maison. Les invités y entraient et en ressortaient, tenant tant bien que mal en équilibre leur verre et leur assiette, tout en pratiquant une variante provinciale de l'art de se faire mousser par rapport à ses interlocuteurs.

Et pendant tout ce temps, Vincent Blaine allait et venait, ajoutant un commentaire éclairant à telle conversation par-ci, une remarque élégamment humiliante à telle autre par-là. S'il estimait important, important pour lui, que le directeur régional des activités culturelles parle au nouveau responsable des arts visuels du comté, il parvenait, sans effort apparent, à les faire se rencontrer chez lui. Il mangeait moins que le plus frugal de ses invités, et, à part un ou deux verres de chablis, buvait très peu. Le nom et la fonction de chaque personne étaient méticuleusement gravés dans sa mémoire ; s'ils ne lui servaient à rien dans l'immédiat, ils pouvaient se révéler utiles à l'avenir. C'était l'une des façons dont, sur le plan financier, il survivait.

Anna, qui connaissait la plupart de ces mêmes personnes, trouvait en général ces réunions agréables, même si, à ses yeux, le système grâce auquel Blaine élaborait son réseau de relations était moins subtil qu'il ne l'imaginait lui-même.

Aujourd'hui, où le temps était médiocre pour une journée de printemps, Blaine avait opté pour le noir – pantalon noir, chemise noire, chaussures noires –, si bien qu'aux yeux d'Anna il ressemblait étonnamment à une araignée, tissant d'un air déterminé des liens entre ses invités.

Elle avait besoin de lui parler, mais elle savait que cela devrait attendre le moment où, tout le monde étant parti, elle aurait fini d'écouter Blaine décortiquer l'événement dont il aurait mémorisé presque toutes les facettes.

Alors qu'elle sortait dans le jardin, elle eut la surprise de voir Brian Warren, l'ancien comptable de

Blaine – c'était la première fois qu'il venait à un brunch depuis presque un an.

Warren, imposant dans son costume de tweed du Donegal pourtant défraîchi, surveillait Blaine, lui aussi, et dès que sa proie s'approcha, il lui entoura les épaules d'un bras amical mais ferme et l'entraîna vers le fond du jardin où les roses commençaient, sans enthousiasme, à former des boutons.

– Brian, dit Blaine, je suis content de te voir, naturellement, mais…

– Il faut qu'on parle.

– Oui, bien sûr, mais plus tard.

– Non, tout de suite.

Blaine le regarda en face.

– Très bien.

À ce moment-là seulement, Warren ôta son bras.

– Qu'y a-t-il de si important ? demanda Blaine.

– Ce policier, Elder. Celui qui était chargé de l'enquête sur le meurtre, dans cet hôtel.

– Oui, eh bien ?

– Il est venu me voir. Il y a une semaine.

– Il est venu me voir aussi. Ça ne veut rien dire. Il ne fait que remuer le passé. Il n'est même plus vraiment dans la police. Aucune importance, crois-moi.

Blaine fit mine de s'éloigner.

– Ce ne serait pas une bonne idée, dit Warren en le retenant, de le sous-estimer autant que tu sous-estimes tout le monde.

– Absurde ! fit Blaine. Et puis, de quoi pourrait-on avoir peur ? Il n'y a rien.

Warren se rapprocha de Blaine, si bien qu'il parut le dominer de toute sa hauteur.

– Il y a combien de temps qu'on se connaît, Vincent ? Quinze ans ? Plus que ça ? Et au bout de toutes ces années, tu crois que je ne sais pas quand tu mens et quand tu dis la vérité ?

Le sang afflua aux joues de Blaine.

– La vérité à propos de quoi ?

Warren baissa la voix.

– Ce fameux soir, à l'hôtel. Il y avait une autre femme, tu te souviens ? En plus de cette malheureuse qui s'est fait assassiner. Christine Dulverton. Elder est allé lui rendre visite, à elle aussi. Elle lui a dit qu'Irene n'avait pas été insensible à mon charme…

– Enfin, ça ne tient pas debout.

– Tu crois ? Ce n'est pas mon avis. Tu n'es peut-être pas très sensible à ce genre de chose, en fait ça m'étonnerait beaucoup que tu le sois, mais moi, j'ai encore du sang chaud qui coule dans mes veines. Du moins, j'en avais, à ce moment-là. Et il y a eu quelque chose, ça ne fait pas de doute. Entre nous. Du moins, c'est ce que j'ai eu envie de croire.

– Tu exagères. Tu te fais tout un roman.

– Tu crois ? Quand tu es parti pisser, j'ai demandé à Irene ce qu'elle penserait si je venais lui rendre visite dans sa chambre un peu plus tard. Elle a ri, elle m'a touché la main, et elle a dit : « Pourquoi vous n'essayez pas, pour voir ? »

– Elle t'a dit ça pour plaisanter, c'est tout. Elle s'est payé ta tête.

– Ce n'est pas l'impression que j'ai eue sur le moment.

Deux des autres invités venaient vers eux avec entrain et, percevant le sérieux de leur conversation, firent demi-tour pour regagner la maison.

– Après t'avoir laissé à l'hôtel, dit Warren, je suis rentré chez moi, j'ai pris une douche, je me suis changé, j'ai débattu avec moi-même un bon moment – J'y vais ? J'y vais pas ? J'étais excité comme un bouc, tu peux me croire. Mais je savais que ça ne servirait à rien d'y retourner trop tôt. Il fallait que je calcule bien. Elle allait dîner avec toi d'abord, après tout. Et j'ai cru que j'avais visé juste. Quand je suis retourné au bar, elle était là, assise toute seule. Ravie de me revoir, et tout. Elle a éclaté de rire. « Donnez-moi une demi-heure, environ », m'a-t-elle dit. « Le temps de finir mon verre et de monter, de me rendre présentable. » Je lui ai assuré qu'elle était très bien comme ça, mais non, elle a insisté. Elle m'a donné le numéro de sa chambre.

» Je suis allé faire le tour du pâté de maisons. En prenant mon temps. Personne ne m'a vu revenir, j'en suis presque certain. Quand je suis arrivé à sa chambre, j'ai frappé, mais personne ne m'a répondu. J'ai pensé qu'elle était peut-être sous la douche ou quelque chose, et j'ai frappé de nouveau. Toujours rien. Alors, j'ai posé la main sur la poignée, et la porte s'est ouverte. De quelques centimètres, pas plus. La chaîne de sûreté était mise, mais on avait oublié de bloquer la serrure. Le plafonnier de la chambre était éteint, mais on avait laissé la lumière allumée ailleurs, dans la salle de bains, je suppose. Et je l'ai vue, sur le lit, avec quelqu'un d'autre. Elle le chevauchait. Je ne distinguais que leurs silhouettes. Je n'ai pas pu voir qui c'était. L'homme. Je suis resté planté là une minute, sidéré, puis j'ai fait demi-tour et je suis parti en vitesse, la queue entre les jambes. J'étais tellement excité, tu peux me croire, que j'ai pris un taxi pour aller au bois, et je me suis payé une nana.

– Une prostituée ?

– Ne fais pas ton dégoûté. Ces filles-là, elles te dégorgent le poireau aussi bien que n'importe qui. Et même mieux, si tu as de la chance.

– Et cet homme, celui dont tu dis qu'il était dans la chambre, tu es sûr de ne pas avoir vu qui c'était ?

Warren s'esclaffa.

– Ne t'inquiète pas, Vincent. Même si je l'avais vu, je ne dirais rien.

– Comment ça ?

– Quand j'ai quitté l'hôtel, j'ai traîné un peu avant de trouver un taxi. Et je suis passé près de ta voiture, garée à l'endroit où tu l'avais laissée. Elle était toujours là.

Le visage de Blaine était soudain exsangue.

– Tu penses… Je ne sais pas ce que tu insinues… Tu crois que c'était moi ? Dans la chambre ?

– Ça aurait pu être aussi bien l'archevêque de Canterbury, pour ce que j'en sais. Ce que j'en ai vu. Mais ta petite histoire, là, selon laquelle tu serais rentré chez toi en voiture vers minuit… De mon point de vue, Vincent, c'est un mensonge pur et simple. Et, je dois le dire, je me demande pourquoi tu as menti.

Blaine avait la gorge sèche.

– Tu as raconté tout ça à Elder ?

– Pas un mot.

– Pourquoi ?

– Pour me retrouver impliqué dans une affaire de meurtre ? Quel intérêt ? Vaut mieux jouer les imbéciles. De la façon dont je vois les choses, il n'y a aucune chance qu'ils découvrent ce qui s'est passé, ni Elder, ni personne d'autre. Personne ne m'a vu rentrer dans l'hôtel ni en ressortir, je serais prêt à le jurer. Et puis, il vaut mieux ne rien dire qui risquerait de créer des ennuis à de vieux amis, hein, Vincent ? Ça ne se fait pas. (Il fit un clin d'œil.) Si tu es arrivé dans le lit de la dame avant moi, tant mieux pour toi. Tu as plus du séducteur que je ne l'aurais cru. Je voulais seulement que tu sois sur tes gardes, c'est tout.

Passant le bras derrière l'épaule de Blaine, Warren souleva une branche du rosier le plus proche et inspecta les feuilles.

– Les pucerons, Vincent, il faut que tu demandes à ton jardinier de t'en débarrasser, sinon tu ne verras rien fleurir du tout.

En ce dimanche après-midi, Maureen Prior avait le bureau pratiquement pour elle toute seule. De l'autre côté de la rue, comme un concert incongru, quelqu'un faisait brailler sa radio réglée sur une station de musique classique. Une symphonie de Beethoven se déversait dans la rue à travers les fenêtres entrouvertes. La Cinquième, celle que tout le monde connaissait, même sans savoir exactement ce que c'était. Elle avait appelé Elder une demi-heure plus tôt, et quand il était arrivé, c'était avec deux tasses de café pâlichon et un sandwich œuf-mayonnaise à partager.

– Générosité, Frank ? C'est ton deuxième prénom ?

Elder sourit.

Maureen déballa le sandwich et en prit une bouchée.

– Merci, Frank. Maintenant, regarde un peu ça.

La une du quotidien espagnol *El Pais* s'affichait sur l'écran de l'ordinateur. Sous la manchette, qu'Elder avait du mal à comprendre, figuraient deux portraits d'hommes. Le premier, nez aquilin et cheveux peignés en arrière et aplatis sur le crâne, avait une cicatrice protubérante en travers de la joue droite ; le second, vêtu d'une chemise blanche, plus jeune que la dernière fois qu'ils l'avaient vu mais immédiatement reconnaissable, c'était Wayne Johns.

– Si j'ai bien compris…

– … grâce à tes compétences linguistiques…

– Exactement. Ils ont eu une altercation qui s'est terminée en pugilat, dans un hôtel-restaurant. Celui-ci…

– Qui ressemble à un torero.

– … a accusé Johns d'avoir eu une liaison avec sa femme. Mais ce n'est pas un torero, c'est une sorte de haut fonctionnaire. Enfin, c'est ce qu'il était au moment des faits. Regarde la date.

– Novembre 1993.

– Environ un an avant le retour de Johns au Royaume-Uni.

– Intéressant.

– Tout à l'heure, j'ai rappelé l'homme avec qui Johns a travaillé en Espagne. Ruiz – c'est son nom. Il parle un anglais parfait, Dieu merci. Ce n'était pas la première fois, semble-t-il, que Johns avait ce genre de problème. L'une des femmes qu'il a fréquentées – et ça, c'est intéressant – a déclaré que Johns avait fait l'amour avec elle contre son gré.

– Il l'a violée ?

– C'est ce qu'elle prétend. J'ai demandé à Ruiz si cela avait été signalé à la police, et d'après lui, c'est le cas, mais il ne pense pas que des poursuites aient été engagées. Je vais vérifier ça avec la police de Barcelone. Mais entre-temps, je crois qu'il est possible d'en savoir davantage sur le compte de Johns que ce que peut nous apprendre une conversation téléphonique.

– Tu vas aller à Barcelone ? Parler avec Ruiz ?

Maureen sourit.

– Non, Frank. C'est toi qui y vas. À condition que ton passeport soit à jour, bien sûr.

– Tu veux que j'aille à Barcelone ?

Le sourire de Maureen illumina tout son visage.

– Que dirais-tu du vol de 13 h 45 demain, au départ de Stansted ? Pour rejoindre l'aéroport, tu as une correspondance à Luton, je crois. À moins que tu préfères prendre ta voiture.

Le brunch terminé, Blaine s'était réfugié à l'étage. Pour s'occuper un peu, plutôt que pour toute autre raison, Anna avait aidé les traiteurs à ramasser les verres vides et plus généralement à faire un peu de rangement. Vers le milieu de l'après-midi, leur matériel remballé, ils étaient repartis, et Blaine n'avait toujours pas reparu.

Anna se prépara une tasse de thé et feuilleta un magazine.

Au bout d'un moment, elle monta l'escalier et frappa à la porte de la chambre.

Pas de réponse.

Doucement, elle appela le nom de Vincent.

Toujours pas de réponse.

Hésitante, elle s'éloigna, mais en atteignant l'escalier, elle se ravisa et revint sur ses pas. La poignée de la porte tourna sans résistance et elle entra.

Les rideaux étaient tirés.

Avançant d'un pas dans la pièce, elle distingua, sous les couvertures, la silhouette de Vincent, recroquevillé sur lui-même, près du bord du lit.

– Vincent.

S'approchant un peu plus du lit, elle put voir qu'il avait les yeux fermés, une main posée sur l'oreiller, les doigts en éventail.

Se penchant vers lui, elle chuchota son nom de nouveau.

Elle lui toucha la main, et cette main était froide.

– Vincent !

Elle lui secoua l'épaule, et cette fois, il réagit.

– Vincent, réveille-toi.

L'espace d'un instant, il ouvrit les yeux.

– Qui est là ? C'est toi ?

– C'est moi, Anna.

– Anna ?

– Je m'inquiétais.

Il la regardait, à présent, et même dans cette lumière pauvre, elle vit qu'il était pâle.

– Qu'y a-t-il ? Tu es malade ?

Elle tendit la main comme pour lui toucher le front, et il se détourna.

– J'ai mal à la tête. Une migraine. Ça va passer.

– Je vais aller te chercher quelque chose. Du paracétamol.

– Non.

– Un verre d'eau, alors…

Il s'élança vers elle, lui agrippant le poignet.

– Pourquoi est-ce que tu ne veux pas comprendre ? J'ai envie qu'on me laisse tranquille.

Quand elle fut ressortie, à la lumière du jour elle vit nettement l'endroit où les doigts de Blaine avaient laissé une marque sur sa peau.

Lorsque Maureen finit par en avoir assez de travailler, le soir était presque arrivé. Selon la police de Barcelone, une plainte avait été déposée contre Wayne Johns, puis retirée par la suite. Elle quittait tout juste l'immeuble lorsqu'elle entendit sonner son téléphone portable.

– Allô ?

– Maureen ?

– Qui est-ce ?

– C'est Ben. Ben Leonard.

Il fallut plusieurs secondes à Maureen pour comprendre de qui il s'agissait.

– Dowland, dit-elle. Il est arrivé quelque chose ?

– Non. Ce n'est pas pour ça que j'appelle.

Elle se le représenta, détendu, se laissant aller en arrière dans son fauteuil, le téléphone à la main ; son anneau d'or, ses cheveux oxygénés.

– Pourquoi, alors ?

– Je pensais que vous pourriez avoir envie qu'on se revoie ? Pour boire un verre, peut-être ?

Maureen coupa la communication, laissa tomber le portable au fond de son sac, et se hâta de regagner sa voiture.

29

En arrivant à l'aéroport, Elder vit un groupe hétéroclite de jeunes gens et jeunes femmes, les yeux rougis par le manque de sommeil, qui revenaient en traînant les pieds affronter leur semaine de travail après deux jours et deux nuits de beuveries et de relatif abandon. « La virée entre filles de Mel – 7-9 mai 2005 »; « Un week-end entre hommes avec Big Coz – On y va les gars ! » Un aimable rouquin d'un mètre quatre-vingt-dix, pas rasé, coiffé d'un voile de mariée en loques, entonna le refrain de *Jerusalem* en franchissant la douane, tomba à genoux et baisa le sol.

Elder était content de voyager en sens inverse.

L'avion n'était qu'aux trois quarts plein, les passagers étant un mélange d'hommes d'affaires, costume d'été et ordinateur portable, et de vacanciers fraîchement retraités dont certains, d'après les conversations qu'Elder surprit, possédaient à l'année un appartement en Espagne.

En alternance, il dormit et lut son livre. Ce ne fut qu'au moment où il aperçut, regardant les Pyrénées par-dessus l'aile de l'avion, les sommets déchirant les nuages dans une trouée de lumière, qu'il eut le sentiment d'arriver bientôt dans un endroit étrange et nouveau pour lui.

L'aéroport de Barcelone lui parut spacieux, et les usagers étonnamment peu nombreux ; il ressemblait plus à Stansted qu'à Heathrow. Il se servit de sa carte de crédit pour obtenir des euros à un distributeur automatique, s'offrit un grand verre de jus de mangue et d'orange fraîchement pressé, et suivit les panneaux jusqu'au métro. La rame était chargée, mais climatisée. Debout, le dos calé contre le dossier d'un siège, il passa en revue les questions qu'il allait poser à Ruiz, et les informations qu'il avait déjà recueillies sur Wayne Johns.

La rue principale, les Ramblas, était longue et large et bordée de cafés et de bars, de boutiques et d'hôtels. En son centre, une vaste zone piétonnière était parsemée de kiosques qui vendaient de tout, depuis des journaux et des magazines jusqu'à des cacatoès et des perroquets. De loin en loin, entre les grappes de tables et de chaises des cafés, un assortiment disparate de jongleurs, d'hommes montés sur des échasses et de statues humaines qui cherchaient à récolter quelques piécettes. Des panneaux rédigés en plusieurs langues mettaient les visiteurs en garde contre les diverses variantes locales du bonneteau.

Cherchez le marché, avaient dit les instructions, du même côté que l'Opéra ; juste après l'entrée du marché, tournez à droite. Hôtel Miro. Demandez-moi à la réception.

En fait, ce ne fut pas nécessaire. Un barbu imposant portant une chemise orange foncé et une cravate verte et jaune s'avança vers Elder lorsqu'il entra.

– Monsieur Elder. Vous êtes bien monsieur Elder ? Bienvenue à Barcelone. Bienvenue dans mon hôtel.

Il pressa l'une des mains d'Elder entre les deux siennes.

– Attendez, laissez-moi prendre votre sac. Il y a une très jolie chambre au quatrième. Et si vous preniez le temps de vous rafraîchir ? Je vous attendrai ici même dans, disons, une heure ? Et nous pourrons parler.

Maureen Prior avait raison; son anglais, aux accents toniques bien placés, était proche de la perfection.

Sur le mur, en face du lit, un cadre contenait la reproduction d'une toile : sur un fond d'un bleu intense, un jeune enfant, semblait-il, avait représenté sa vision de la lune et des étoiles. Elder prit une douche et changea de vêtements. Il avait juste le temps de s'allonger un peu sur le lit. Sans en avoir eu l'intention, il s'endormit.

S'arrachant, désorienté, aux clameurs indistinctes d'un mauvais rêve, il craignit d'avoir dormi trop longtemps, mais son assoupissement n'avait duré qu'une quinzaine de minutes, peut-être moins. Ruiz l'attendait au rez-de-chaussée, où il bavardait aimablement avec la jeune femme en chemisier blanc de la réception.

– Allons-y. Suivez-moi.

Ils traversèrent les Ramblas, s'engageant dans un dédale de ruelles qui finit par déboucher sur une place plaisamment tarabiscotée. Le soleil inondait la façade de l'immeuble devant lequel ils se trouvaient, des fleurs rouges et orangées pendaient des balcons en fer forgé dans l'ombre desquels on distinguait, tout juste visibles, de petits oiseaux multicolores perchés, silencieux, sur le barreau de leur cage. En dessous, il y avait une douzaine de tables de café à l'abri d'un auvent de toile. À l'entrée de la place, plusieurs peintres exposaient leurs œuvres sous de grands parasols blancs, des vues de la ville et de son architecture rivalisant avec des pastiches de Picasso.

– Venez, dit Ruiz. Par ici.

Il conduisit Elder vers l'entrée d'un bar étroit, passant devant plusieurs hommes jeunes qui buvaient un expresso sur le seuil pour pénétrer dans une salle sombre et fraîche. Le sol était couvert de dalles noires et blanches.

Derrière le comptoir, un petit homme en polo bleu interrompit sa conversation pour accueillir Ruiz avec enthousiasme et lui serrer la main. Ruiz rit et dit quelque chose en espagnol qu'Elder ne parvint pas à comprendre. Était-ce bien de l'espagnol, ou du catalan ?

Derrière une vitre, diverses variétés d'olives charnues étaient présentées dans des raviers en porcelaine blanche, flanqués de chaque côté par d'autres raviers contenant des saucisses, des tomates, des morceaux de fromage, des ailes de poulet frit, des anchois – ou était-ce simplement de petites sardines ? –, de l'oignon haché, des piments verts. Au centre du comptoir trônait une haute pompe à bière aux robinets en or richement ornés. Un peu plus loin, des bananes et des oranges étaient empilées sous une étagère couverte de croissants et de pâtisseries.

Depuis quand n'avait-il pas mangé ?

Ruiz s'engagea le premier dans un petit escalier et présenta à Elder un siège à la première table, avec vue sur la place.

Indifférents à tout ce qui les entourait, un homme et une femme, aussi jeunes l'un que l'autre, étaient assis contre le mur du fond. Ils se tenaient la main, moroses. Sur la droite, un vieil homme au visage tanné lisait le journal et fumait une cigarette.

Il y avait d'opulentes plantes vertes dans les angles, de petits tableaux et des gravures couvrant pratiquement chaque décimètre carré des murs ; malgré la luminosité extérieure, les globes suspendus au plafond étaient allumés, diffusant un éclairage d'un jaune terne. Un antique ventilateur tournait au-dessus de leurs têtes.

L'un des serveurs leur apporta une assiette de tapas variés, une corbeille de pain, et deux verres élancés emplis de bière fraîche.

– Alors, fit Ruiz en allumant un petit cigare, Señor Johns.

Elder prit un morceau de pain.

– Vous savez, reprit Ruiz, la première fois que je l'ai rencontré, c'était ici, dans ce bar. Je fréquente cet établissement depuis… oh, plus de vingt ans. Je connais tout le monde, à part les touristes, et ils sont peu nombreux à s'aventurer aussi loin au cœur de la ville. Ils préfèrent s'asseoir au soleil. Donc, ce jour-là, j'étais assis à cette table, ma place habituelle, et je remarque cet homme, en bas, au pied de l'escalier, qui boit du cognac, du cognac espagnol, et qui parle à qui veut bien l'entendre, dans un mélange d'anglais et de portugais, avec quelques mots de catalan pour faire bonne mesure.

» Finalement, au moment où je m'apprête à partir, c'est lui qui monte l'escalier et il me dit qu'on a parlé de moi en bas, et que d'après ce qu'il a entendu, il pense qu'on peut faire des affaires ensemble. “ Quel genre d'affaires ? ” je lui demande. “ Eh bien ”, me répond-il, “ je crois que vous êtes dans l'hôtellerie et que vous avez besoin d'un associé. ” »

Je lui explique : “ Ce qu'il me faut, c'est quelqu'un qui est prêt à travailler vingt-trois heures par jour contre un toit pour l'abriter et de la nourriture en quantité suffisante pour ne pas mourir de faim. ”

» “ Exactement ”, me dit-il en me tendant la main. “ Wayne Johns. Ravi de vous connaître. Si je ne me trompe pas, c'est un grand jour pour nous deux. ”

Ruiz s'esclaffa.

– Je l'ai emmené à l'hôtel, celui-là même où vous êtes descendu tout à l'heure. À ce moment-là – il y a de ça, quoi ? Seize, dix-sept ans ? –, à ce moment-là, donc, l'hôtel n'était guère plus qu'une carcasse calcinée. Quand il l'a vu, Johns s'est frotté les mains. “ Vingt-trois heures par jour, c'est ce qu'il faut ”, m'a-t-il dit, “ si on veut pouvoir ouvrir l'été prochain. ”

Ruiz mangea une olive, but une gorgée de bière.

» Deux ans plus tard, il était mon associé. Pourquoi pas ? Il travaillait dur, il connaissait le travail du bois, il connaissait le marbre, il connaissait la pierre, ce qu'il ne connaissait pas il était prêt à l'apprendre. Et la plupart du temps, il était d'excellente compagnie ; il savait raconter de bonnes histoires, dont certaines au moins – quelques-unes – étaient vraies.

– C'était un ami, dit Elder.

Ruiz cracha un noyau d'olive au creux de sa main.

– On prenait un verre ensemble à la fin de la journée, parfois un repas, mais toujours, presque toujours au travail, à l'hôtel, parfois ici, mais c'était tout. Il ne venait pas souvent chez moi.

– Et pourquoi ça ?

– Ma femme ne se sentait pas à l'aise quand il était là.

Elder attendit.

– Elle disait que la façon dont il la regardait, dont il regardait toutes les femmes, c'était la même que celle des hommes qui vont au marché aux bestiaux, qui les soupèsent du regard. Avant de les emmener à l'abattoir.

– Vous pensez qu'elle avait raison ?

Ruiz haussa ses lourdes épaules et se laissa aller contre le dossier de sa chaise. Sans dire un mot, le jeune couple passa devant eux et descendit l'escalier.

– Dans une certaine mesure, tous les hommes regardent les femmes de cette façon. Je crois que c'est vrai. C'est peut-être dans notre histoire, je ne sais pas. Et Johns, il aimait les femmes. Pas les filles de vingt, vingt-deux, vingt-trois ans, mais les vraies femmes. Il les adorait. Il recherchait leur compagnie. Et alors, il se montrait charmant. Charmant à sa façon. Et sa façon était toujours... Comment dirais-je ? Un peu brutale. Un peu... c'est difficile... Je ne dirais pas, comme s'il sortait du ruisseau, ce n'est pas ça, mais comme si, bien qu'il ait de l'argent et qu'il soit bien habillé, derrière cette façade, ce n'était qu'un simple travailleur manuel. Un paysan, même, mais pas exactement ça non plus. J'ai du mal à vous l'expliquer.

Ruiz se pencha vers Elder et baissa la voix.

– Ma femme et moi sommes mariés depuis plus de vingt ans. Au cours de ces années, j'ai eu quelques..., disons, aventures. Pas beaucoup. Pas autant que beaucoup d'hommes que je connais. Quelques-unes. Et je crois avoir suffisamment appris pour savoir qu'il y a des moments, avec une femme, où il faut montrer un peu de tendresse, et d'autres où il faut faire preuve d'un peu de fermeté, et même de force. Mais jamais l'une sans l'autre. Du moins, c'est ce que je pense.

Se calant de nouveau contre son dossier, il reprit un peu de bière.

– Chez Johns, je crois, l'équilibre n'existait pas.

– Il aimait infliger la douleur.

– Oui. Et certaines femmes... Je ne sais pas pourquoi, mais certaines femmes sont attirées par ce genre de pratique. On aurait dit que, une fois qu'elles savaient, qu'elles savaient comment il était capable de se comporter, c'était elles qui venaient le chercher. Il y avait une femme, je pense, au Portugal, une femme en particulier... Je n'ai jamais su toute l'histoire, peut-être l'a-t-elle poussé à aller plus loin, à faire de plus en plus de choses. Finalement, je crois qu'elle a été l'une des raisons de son départ du pays. Je pense même qu'il commençait à avoir un petit peu peur.

– De ce qu'il risquerait de faire ?

Ruiz hocha lentement la tête.

– De ce qu'il risquerait de faire.

– Et ici ? demanda Elder. Ici, en Espagne ?

Ruiz fit pivoter sa chaise et commanda deux autres bières. L'homme assis en face d'eux replia son journal et alluma une autre cigarette. Au bar, en bas, la conversation était plutôt bruyante et animée.

– Un an, dit Ruiz, après l'ouverture de l'hôtel – qui fut un succès, un grand succès –, j'ai commencé à parler à certaines personnes d'un nouveau projet, un centre de conférences, près de la Placa Espanya. L'une de ces personnes, c'était un membre du gouvernement, vous savez, un ministre. Il y a toujours certaines autorisations à obtenir, certaines difficultés à aplanir – il est bon d'avoir parmi ses amis quelqu'un de haut placé, vous comprenez, quelqu'un qui a le pouvoir de dire oui quand les autres risquent de dire non.

La bière arriva et Ruiz marqua une pause.

Elder reprit de la saucisse et du fromage.

– Ce ministre, reprit Ruiz, était marié. Sa femme et Johns ont commencé à avoir une liaison. En secret, bien sûr, au début, mais au bout d'un moment on aurait dit qu'elle se moquait éperdument des conséquences. Elle emmenait Johns et l'exhibait devant son mari. Une fois, le ministre était là, à l'hôtel, il dînait avec moi. Il y avait eu des discussions, concernant le centre de conférences, des discussions importantes, entre quatre ou cinq personnes, et elle est venue jusqu'à notre table. Elle avait bu, peut-être avait-elle pris autre chose, une drogue quelconque, peut-être pas, en tout cas elle a foncé droit sur lui, elle a descendu les épaulettes de sa robe, et elle lui a montré les marques, les bleus qu'elle avait sur les bras et sur les seins, et elle lui a dit : “ Voilà ce qu'il m'a fait, mon amant, tu vois ?

Voilà ce qu'un homme est capable de faire. » Et il l'a giflée, et elle a craché sur lui et lui a ri au nez.

» Après cela, il a fait tout ce qu'il a pu pour contraindre sa femme à cesser de voir Johns. Il l'a suppliée de penser à sa fonction, à leurs enfants ; elle lui a répondu qu'elle le quittait, qu'elle voulait divorcer. Il a refusé. Il y eut un esclandre en public au cours duquel il provoqua Johns en duel. La police en entendit parler et intervint. Pendant ce temps, comme les gens savaient que Johns était mon associé, ils commençaient à remettre en question leur implication dans mon projet. En fin de compte, à ce que je crois savoir, le ministre proposa de l'argent à Johns, beaucoup d'argent, s'il acceptait de laisser sa femme tranquille, de mettre fin à leur liaison.

– Et c'est ce que Johns a fait ? Il a accepté ?

– Je pense que oui.

– Et l'épouse, elle a accepté cette solution aussi ?

Du bout de son index, Ruiz dessina un trait dans la condensation qui couvrait l'extérieur de son verre.

– Elle a mis fin à ses jours. Une overdose. Et pour mettre toutes les chances de son côté, elle s'est tailladé les veines. Le ministre l'a découverte dans sa baignoire.

– Et le projet ? Le centre de conférences ?

– Il a été mené à bien. (Ruiz haussa les épaules.) Les affaires sont les affaires, après tout.

30

Du point de vue de Maureen Prior, l'avantage évident de l'ancienne vie de Wayne Johns – cette litanie de délits mineurs de familles d'accueil et de foyers de placement –, c'était que, aussi peu reluisante fût-elle, on en retrouvait facilement la trace. Triste – si elle s'autorisait à s'y attarder un instant, elle la trouvait presque incroyablement triste –, mais consignée par écrit quelque part dans un dossier.

Un membre de son équipe remontait la piste en ce moment, dans l'espoir de trouver quelque chose d'utilisable, quelque chose qui pourrait éclairer davantage la situation actuelle. Tâche plus urgente encore, à présent qu'elle connaissait le rôle de Johns dans l'organisation, huit ans plus tôt, de la conférence du ministère du Commerce, ses adjoints s'efforçaient d'entrer en contact avec tous les participants, sauf ceux auxquels Elder avait déjà parlé. Ce qu'il lui fallait, c'était un élément permettant d'établir un lien entre Johns et Irene Fowler, à part le fait qu'ils avaient été sous le même toit.

Assise dans son bureau, en cette fin d'après-midi, elle repensait à Johns et à la visite qu'ils lui avaient rendue pour l'interroger dans son appartement de luxe, à l'impudence de ce type qui les avait reçus en short et maillot de corps. À cette arrogance qu'elle aurait voulu lui faire ravaler.

Cela dit, entre ce qu'Elder allait déterrer en Espagne et ce qu'elle espérait voir son équipe découvrir ici, dans quelques jours elle aurait peut-être assez d'éléments pour se le permettre.

Repoussant sa chaise, elle étira largement les bras et creusa les reins ; elle était restée trop longtemps assise dans la même position. Alors qu'elle se levait de son siège, un collègue l'appela depuis l'autre bout de la salle.

– Y a un type qui t'attend, en bas, depuis près d'une heure maintenant.

– Quel type ?

– Je sais pas. Un type. Je croyais que tu étais au courant.

Ben Leonard était assis, de façon pas vraiment confortable, sur une chaise en plastique munie de pieds métalliques, l'un de ses bras replié vers le haut selon un angle aigu de façon à se tenir la nuque. Dans l'autre main, il tenait un livre peu épais au format de poche. Il portait une surchemise marron par-dessus un T-shirt noir, un pantalon de treillis gris ample, et une paire de chaussures New Balance pour la course à pied. Quand il vit Maureen, il sourit.

– Personne ne m'a dit que vous étiez là, fit-elle.

Leonard inclina la tête.

– J'ai pensé que vous aviez du travail, dit-il. Je rattrape mes lectures en retard. Pas de problème. (Pendant un instant, il brandit son livre sous les yeux de Maureen.) Vous connaissez ceci ?

Plissant un peu les paupières, Maureen lut le titre – *Love and Fame* – et secoua la tête.

– C'est de la poésie, ajouta Leonard. John Berryman ?

Maureen secoua la tête de nouveau. La poésie était encore une de ces choses qu'elle ne pratiquait pas.

– C'était un ivrogne. Berryman. Un ivrogne cinglé. Américain. Professeur d'université. Maniaco-dépressif toute sa vie.

– Ça promet.

Leonard ôta sa main de derrière sa nuque.

– Par la suite, ça s'arrange. Ou ça empire. Son père le menaçait sans cesse de le tuer ; de l'emmener en mer et de le noyer. De les noyer tous les deux ensemble.

– Un homme sympathique.

– Finalement, il s'est suicidé. Le père. Il s'est flingué.

– Et Machinchose ? Berryman ? Le fils ?

– John.

– Qu'est-ce qu'il lui est arrivé ?

– Il s'est tué en sautant d'un pont qui enjambe le Mississippi. Il a mal calculé son coup, apparemment. Il a raté le fleuve et s'est écrasé sur la berge.

– Et c'est ce dont parle le livre que vous lisez ?

L'image d'un corps qui tombe tremblota fugitivement dans l'esprit de Maureen.

– En quelque sorte. Je veux dire, il n'y est pas question que de cela. Pas directement. Et c'est drôle, la plupart du temps. Très drôle. Il faut que ça le soit. Mais, oui, il a beaucoup écrit sur la mort. Ça n'a rien de surprenant. La mort par noyade. Le suicide.

– C'est un travail de recherche, alors ? Pour vous, je veux dire.

Leonard eut un sourire ironique.

– Qu'est-ce qui ne l'est pas ?

Il glissa le livre dans l'une des poches de son treillis alors qu'il se levait.

– Où allons-nous ?

– Qui a dit que nous allions quelque part ?

Leonard eut un regard circulaire.

– Cet endroit a largement perdu de son charme, vous ne croyez pas ? Vous devez être ici depuis – quoi ? – six heures, déjà. Peut-être sept.

– Comptez plutôt huit.
– Raison de plus.
– Pour quoi faire, exactement ?
– Venir boire un verre.

C'était quoi, au juste ? Pas un club, pas un simple bar. Le mobilier, bien qu'assez confortable, était ancien et abîmé. Des brûlures de cigarette marquaient le similicuir du canapé sur lequel elle était perchée, mal à son aise. Les clients étaient nombreux, pensa Maureen, pour un début de soirée, en semaine. Des Noirs, des Blancs, des Pakistanais. Un bon nombre d'hommes dont l'apparence suggérait qu'ils étaient peut-être gays. Leonard était-il de ceux-là ? Leonard, gay ? L'anneau d'or. Les cheveux oxygénés. Elle ne le pensait pas. Beaucoup d'hommes portaient des boucles d'oreilles, de nos jours. Et puis, il y avait la façon dont il l'avait regardée une ou deux fois. Sans se cacher. S'attardant sur ses seins. Son cou. Maureen aurait tellement aimé être ailleurs, n'importe où. Ou alors, s'il fallait absolument qu'elle soit là, elle aurait souhaité porter autre chose que ce vieux haut délavé et cet informe pantalon de velours côtelé qu'elle menaçait de remplacer depuis six mois au moins.

Leonard l'avait laissée seule pour aller au bar, et il était resté coincé en revenant avec les consommations, bavardant et riant avec un couple de sa connaissance ; la femme était très belle, Maureen en était consciente, avec ses cheveux bruns tirés en arrière dégageant son visage, sa peau couleur de miel clair, sa main touchant le poignet de Leonard tandis qu'elle parlait.

Maureen regarda ailleurs. Elle se demanda si elle ne pourrait pas se lever et partir. « Venez, avait dit Leonard. Un verre en vitesse avant de rentrer chez vous. Juste un. Qu'avez-vous à craindre ? »

En fond sonore, une musique débitait sans cesse le même rythme persistant, la même cadence. Pas de paroles. Quelque chose d'électronique. Un synthétiseur ? Elle n'en savait rien. Comment l'aurait-elle su ? La dernière fois qu'elle avait, volontairement, écouté de la musique, de qui s'agissait-il ? Fine Young Cannibals ? Simply Red ?

– Tenez, fit Leonard en lui tendant une bouteille de bière bien fraîche avant de se laisser tomber sur la banquette à côté d'elle. Je ne savais pas si vous vouliez un verre ou pas.

Maureen secoua la tête.

– C'est très bien comme ça.

– Alors, à la vôtre.

Trinquant en cognant sa bouteille contre l'autre, il but une gorgée de bière.

Sa jambe toucha celle de Maureen.

– Alors, que pensez-vous de cet endroit ?

– C'est pas mal.

Elle se tenait toute raide, les doigts crispés.

– Vous n'étiez jamais venue ici ?

Elle secoua la tête.

– Écoutez, dit Leonard en se penchant un peu vers elle, l'autre jour… Ce que j'ai dit, vous savez, au sujet de la thérapie. C'était… je ne sais pas… j'ai cette sale manie… parmi beaucoup d'autres… de dire la première chose qui me traverse l'esprit.

Maureen lui rendit son regard, sans esquisser le moindre sourire. Elle avait décidé de ne pas lui faciliter la tâche.

– En tout cas, je regrette. À l'avenir, j'essaierai de tenir ma langue. (Il porta de nouveau le goulot à ses lèvres, puis s'esclaffa.) Encore que, je dois le dire, et je parle en tant que professionnel, à présent, vous me semblez quand même un peu coincée.

Maureen était déjà debout.

– Merci pour la bière, dit-elle en reposant la bouteille à peine entamée.

Leonard secoua la tête et soupira ;

– Allons, Maureen, voyons, rasseyez-vous.

– Non.

– Attendez-moi, alors, je viens avec vous.

– Pour quoi faire ? Restez ici, parlez avec vos amis. Lisez un autre poème.

Quand elle fut dans la rue, elle s'adossa au mur un moment, les mains plaquées contre la brique dont la surface rugueuse la rassurait.

31

Couvert de sueur, Dowland s'échappa de la rêverie à laquelle il s'était abandonné, à moitié endormi, à demi conscient. Le drap crasseux enserrait, tel un suaire, sa hanche et sa jambe. Les poils de son bas-ventre étaient pris dans une gangue de foutre séché qui s'émiettait sous ses doigts. Des relents douceâtres de sperme et de sueur avaient rendu âcre l'atmosphère de la chambre. Les rideaux étaient fermés, occultant le peu de lumière qui pouvait subsister dehors. Il s'était couché avec la ferme intention de penser à quelqu'un d'autre – à cette femme de la police, peut-être, celle qui était venue le voir la semaine précédente, pour lui poser toutes ces questions sur quelqu'un qu'il ne connaissait pas, sur l'époque, il y avait longtemps, où il travaillait à l'hôtel. Oui, se dit-il, sa main coulissant le long de sa queue, pense à elle, c'est ça, elle a une sacrée paire de nibards, pas d'erreur. Quelque chose qu'on peut agripper à deux mains, qu'on peut téter, qu'on peut mordre. Oui, c'est ça. C'est ça. Mais non, finalement, quand il avait joui, ce n'était plus du tout à elle qu'il pensait. Son visage s'était dissous dans un brouillard de foutre et le besoin de jouir. Remplacé par celui d'Eve. Cette grosse truie d'Eve. Et pourquoi, merde ! est-ce qu'il pensait à elle ? Il pensait à elle tout le temps, bordel ! À la façon dont elle s'était rebiffée contre lui. Après être allée avec lui tellement de fois avant. Toutes ces fois où elle l'avait laissé faire. Où elle avait aimé ça. Où elle l'avait excité. Encore, encore, encore !

Nom de Dieu !

Bordel de foutre !

Non !

Secouant la main, il s'était débarrassé du sperme qui avait atterri là où il se trouvait encore, froid à présent, le long de l'intérieur de sa cuisse. À chaque fois qu'il éjaculait, c'était le même souvenir qui lui revenait en mémoire : le contact, sous ses doigts, de la chair avachie, couverte de croûtes, d'Eve Ward ; le bruit de ses borborygmes saccadés alors qu'elle cherchait à aspirer un peu d'air ; son regard terrifié et implorant.

S'il te plaît…

S'il te plaît…

S'il te plaît…

Oh, oui ! Non, pas *ça*, encore. Si, encore.

La peau de sa verge était à vif, rougie par le frottement.

Avec un gémissement, Dowland se propulsa hors du lit, en roulant sur le flanc. Il avait la gorge sèche, l'arrière de ses cuisses était ankylosé. Dans la salle de bains, il but de l'eau au robinet, se nettoya un brin avec un vieux gant de toilette. Il ferma les yeux, et aussitôt, il faillit tomber. Il se rattrapa d'une main au bord de la baignoire, de l'autre au mur. La tête lui tournait et, lentement, il se baissa et prit appui sur le carrelage, le front calé contre la surface lisse de la porcelaine. Lisse et froide.

Dowland ferma de nouveau les yeux et, agenouillé là dans l'attitude de la supplication, il dormit.

Cinq minutes.

Dix.

Quand il se réveilla, il tremblait de froid, et il s'habilla en hâte.

Une chemise et un pantalon. Des chaussettes. Un manteau pendu derrière la porte.

Une vieille paire de baskets – aux semelles souples et silencieuses.

L'image de la Vierge Marie pendait un peu de guingois sur le mur.

Dowland éteignit la lumière, tripota ses clés, verrouilla sa porte.

Dehors, il faisait suffisamment sombre, à présent.

32

Se regardant dans le miroir, Anna Ingram remarqua la façon dont sa robe de velours violet lui moulait les hanches, sans parler du décolleté plongeant qu'elle offrait à tous les regards, et se ravisa aussitôt. S'habiller pour sortir avec Vincent n'était pas facile : elle ne savait jamais s'il allait se répandre en compliments ou l'accuser de vouloir ressembler à la Grande Prostituée de Babylone – cela dépendait autant de son humeur du moment que des vêtements qu'elle portait. Mais, étant donné le genre d'humeur que manifestait Vincent depuis la fin du brunch de la veille, la prudence semblait être de mise.

Anna changea donc de tenue, optant pour une jupe en lin qui descendait jusqu'au sol et un chemisier de brocart crème qu'elle boutonna jusqu'au cou. Quant à ses cheveux, elle les enroula en un chignon sage. Une touche de rouge à lèvres, à peine un soupçon de parfum, des chaussures plates en cuir souple, et elle était prête.

En ce début de soirée, la circulation des véhicules quittant la ville s'était fluidifiée au point de devenir raisonnable, et Anna roula avec les vitres partiellement baissées, la stéréo de la voiture à fort volume. Puccini. Le quatuor à la fin du troisième acte de *La Bohème*. Lorsqu'elle tourna pour s'engager sur la route étroite menant à la maison de Vincent, les voix qui enflaient et s'estompaient se répandirent à travers champs et s'entremêlèrent.

D'habitude, quand Vincent l'entendait s'approcher, il venait à la porte pour l'accueillir ; parfois, s'il avait eu une journée particulièrement agréable, avec un verre de vin à la main. Mais ce soir, il n'y avait aucun signe de lui.

Sa voiture était là, garée juste à côté de l'allée ; la porte d'entrée de la maison était entrouverte.

– Vincent ?

Anna traversa le vestibule et entra dans le vaste salon au plafond bas. Comme toujours, chaque objet était impeccablement en place. Un livre s'était vu permettre de demeurer sur le bras d'un des fauteuils. Dans la cuisine, l'eau gouttait lentement du robinet. Une assiette et un bol séchaient près de l'évier. Un livre de recettes était ouvert sur la table. *Finocchio alla Parmigiana*. Fenouil au gratin de parmesan. La porte en verre du four était tiède au toucher. Il flottait dans l'air une légère odeur de fromage et d'ail.

Anna prit un verre dans le placard et laissa couler l'eau jusqu'à ce qu'elle fût bien froide. Quand elle eut, de toutes ses forces, refermé le robinet, celui-ci continua de goutter. Un joint à changer, pensa-t-elle. Le genre de chose que Vincent ne réparera jamais lui-même. L'eau était fraîche, et pendant un moment, Anna appuya le verre contre son front.

Quand elle se retourna, elle se retrouva presque dans les bras de Vincent. Le souffle coupé, elle lâcha son verre qui se brisa sur le carrelage.

– Vincent ! Nom d'un chien !

– Quoi ?

– Qu'est-ce qui te prend, de t'approcher comme ça, sournoisement, derrière mon dos ?

– Sournoisement ? Je n'ai pas le sentiment d'avoir été sournois.

– Je ne sais pas comment on pourrait qualifier ça autrement.

– Parce que je suis rentré chez moi ? Dans ma propre cuisine ? Ce n'est pas interdit, je suppose ?

– D'où viens-tu, d'abord ?

– Je suis simplement allé me promener. J'ai marché à travers champs. C'est une belle soirée, mais tu ne t'en es peut-être pas rendu compte. Il y a sûrement d'autres préoccupations dans ta jolie petite tête.

– Vincent, épargne-moi ta condescendance.

– C'est de cela qu'il s'agit ? J'y aurais plutôt vu un compliment, il me semble.

– Arrête de dire n'importe quoi, fit Anna, et de sourire avec cet air supérieur. Laisse-moi prendre la pelle et la balayette pour ramasser tous ces éclats de verre.

Dix minutes plus tard, ils étaient assis dans le salon, chacun avec un verre de vin. Blaine avait choisi de passer sur la stéréo de la musique pour piano : Joanna MacGregor cheminant sans se presser à travers des œuvres de William Byrd et Messiaen, Keith Jarrett interprétant Haendel avec décontraction. Une brise légère faisait frissonner les rideaux, et une étroite bande de lumière barrait le sol en biais.

– Alors, dit Vincent, qu'est-ce qui me vaut cet honneur ? Le lundi soir, à moins d'une raison exceptionnelle, nous menons d'habitude nos existences séparément.

– Si c'est ce que tu souhaites, je peux repartir.

– Non, non, ce n'est pas ce que je veux dire.

– Tu en es sûr ? Parce que si c'est le cas, il y a une douzaine de choses que je pourrais m'employer à faire…

Anna Ingram s'était déjà à demi levée de son fauteuil.

– Anna, Anna. Reste. Assieds-toi, je t'en prie.

Anna fit ce qu'il lui demandait. Blaine commença à parler d'un rendez-vous qu'il organisait avec un imprimeur néerlandais à qui il envisageait de confier la réalisation de son prochain ouvrage – un livre consacré à un photographe de la République tchèque dont il avait vu les œuvres un an plus tôt, tout à fait par hasard. À ce stade, les coûts de fabrication semblaient raisonnables, et si la qualité pouvait être assurée… Enfin, il lui faudrait voir sur place.

Anna contre-attaqua avec quelques potins concernant les départs et les arrivées dans le monde artistique de la région, des potins que Blaine connaissait déjà pour la plupart. Quand il l'interrogea sur l'état d'avancement de son prochain projet – au titre provocateur de *Femmes d'artistes* –, elle fit la grimace.

– Le seul sujet de discussion, c'est la question de savoir si cette exposition est capable d'inciter les mécènes à fournir des fonds suffisants. Personne ne s'intéresse à la qualité des œuvres, ni au fait qu'une grande partie d'entre elles n'a pas été montrée au public de façon satisfaisante depuis des années.

– En vérité, dit Blaine, le monde est tombé aux mains des philistins.

– Tout à fait !

– Attends, fit Blaine en se levant de son siège, je vais te remplir ton verre.

– Oui, pourquoi pas ?

Alors qu'il se penchait vers elle, la bouteille à la main, il demanda :

– Pourquoi es-tu venue ici ce soir ? Vraiment ?

– Je ne sais pas. Je suppose que l'idée m'en est simplement passée par la tête, comme ça.

– Anna, tu es comme moi. Tu ne fais jamais rien simplement, *comme ça*. Pas sans y réfléchir.

Un léger frémissement des épaules.

– Je m'inquiétais, je crois.

– À quel sujet ? De cette nouvelle exposition que tu prépares ?

– Non.

– Pas à mon sujet ?

– Quand je t'ai quitté hier, tu avais vraiment l'air abattu. Déprimé. En colère, aussi.

– Et tu t'es fait du souci pour moi ?

– Oui. C'est mal ?

– Au contraire. C'est très aimable à toi. (En souriant, il s'éloigna.) Mais tu n'avais pas besoin de t'inquiéter. Tous ces gens... C'était plus stressant que d'habitude, je suppose. Et je commençais à avoir une sorte de migraine. J'avais seulement besoin d'être seul. Je te demande de m'excuser si j'ai été impoli.

Anna jeta un coup d'œil à son poignet, se rappelant la force avec laquelle les doigts de Vincent lui avaient comprimé la peau.

– L'ancien policier, Elder, il est venu voir l'exposition Staithes au château...

Blaine sourit.

– Un converti.

– Il m'a posé des questions sur le week-end pendant lequel cette femme a disparu. Celle qu'on a retrouvée étranglée.

– Que voulait-il savoir ?

– Il m'a demandé si je savais où tu étais.

Les doigts de Blaine se resserrèrent, presque imperceptiblement, autour du pied de son verre.

– Qu'est-ce que tu lui as dit ?

– Que tu étais dans le Dorset.

– Ce qui est vrai.

– Avec moi.

– Quoi ?

– Je lui ai dit que nous y étions ensemble.

– Et pourquoi donc, bon sang ?

– Je ne sais pas. Je l'ai fait, c'est tout. J'ai dit ça sans réfléchir, je suppose.

– Mais tu savais très bien que j'y étais seul.

– Oui, c'est vrai.

– Nom d'un chien !

Blaine reposa brutalement son verre et se mit à arpenter la pièce.

– Je pourrais le rappeler, lui dire que je me suis trompée.

– Non. Ça ne ferait qu'aggraver la situation. C'est déjà assez pénible de le voir fourrer son nez dans mes affaires ; pas la peine de lui donner une bonne raison de devenir encore plus soupçonneux qu'il ne l'est déjà.

– Je pourrais lui expliquer que j'étais un peu troublée par toutes ses questions. Lui dire que tu vas beaucoup plus fréquemment dans le Dorset avec moi que seul, et que j'ai parlé sans réfléchir. Que je me suis trompée de bonne foi.

Mais déjà Blaine secouait la tête.

– S'il est un tant soit peu compétent comme inspecteur, il doit savoir que ce genre de chose n'existe pas.

– Qu'est-ce que tu veux dire ?

– Les erreurs de bonne foi, les lapsus. En un sens, ils sont comparables aux rêves. Ils surviennent lorsque nous disons ce que nous pensons vraiment. Non, Anna, tu as menti en affirmant que tu étais avec moi dans le Dorset ce week-end-là parce que, au plus profond de toi, tu me soupçonnes autant que le fait M. Elder. Et tu as pensé que j'avais besoin d'un alibi.

– Vincent, c'est ridicule.

– Vraiment ? (Il s'approcha d'elle, une lueur sardonique dans le regard.) Ce n'est pas mon avis. (Tendant le bras vers Anna, il posa la main sur son cœur.) Il me semble que, quelque part là-dedans, tu crois que je suis peut-être responsable. Coupable. Et je suis touché que, dans de telles circonstances, tu penses que je doive être sauvé.

Penchant la tête vers la sienne, Blaine pressa ses lèvres froides contre la bouche d'Anna pour lui donner un baiser.

Anna avait acheté sa maison de Mapperley Park juste avant la flambée des prix de l'immobilier, et elle ne l'avait plus quittée depuis. Les premiers temps, pour alléger le remboursement de son emprunt, elle avait pris des locataires – en général, des amis d'amis ou des gens qu'elle avait connus dans le cadre de son travail. Mais aujourd'hui, la plupart du temps, elle vivait seule dans son « palais fin de siècle », comme elle l'appelait. Certaines des pièces de l'étage étaient rarement utilisées, à moins que quelque cousin éloigné n'arrive en ville à l'improviste ou qu'un artiste peintre impécunieux n'ait besoin, temporairement, d'un studio et d'un lit.

Dix ou douze ans plus tôt, le quartier était dans une large proportion habité par des familles aisées des classes moyennes. Il constituait un bastion entre ceux, moins reluisants, de St Ann d'un côté et de Sherwood et Forest Fields de l'autre. Mais, récemment, les choses avaient commencé à changer, et il était devenu de plus en plus courant de voir, la nuit, des clients potentiels passer en voiture, au ralenti, traquant les prostituées qui prenaient possession de certaines rues. En réponse aux plaintes déposées par les gens du voisinage, la police avait commencé à débarquer, pendant de brèves périodes, arrêtant les automobilistes, leur signifiant une mise en garde officielle, et notant ostensiblement leur numéro d'immatriculation. Au bout d'une semaine, les patrouilles avaient disparu, et les michetons étaient de retour.

L'une des amies d'Anna, qui s'était installée dans le quartier à peu près à la même époque qu'elle, venait de lui annoncer qu'elle mettait sa maison en vente pour aller s'installer ailleurs avec sa famille. Anna avait fait de son mieux pour l'en dissuader, mais sans succès.

– Si tu avais comme moi une fille de treize ans qui est constamment reluquée par des types en voiture, qui lui demandent si elle cherche un client et quels sont ses tarifs, tu partirais aussi.

Anna pensait que son amie avait sans doute raison. Elle-même avait été suivie plus d'une fois, et même été l'objet de propositions. Tout cela contribuait à créer une atmosphère dont elle était bien obligée d'admettre, à contrecœur, qu'elle lui plaisait de moins en moins.

Après sa visite à Vincent, elle arriva chez elle franchement décontenancée. Il n'avait pas manifesté de colère, de la même façon que la veille après sa conversation avec Brian Warren au brunch ; mais, plus important encore, il n'avait pas affirmé que ses soupçons étaient dénués de tout fondement.

Avait-elle des soupçons ?

Au plus profond d'elle-même ?

Elle ferma les yeux un instant en repensant à Blaine posant la main sur elle, pressée fermement sur son sein… *quelque part là-dedans, tu crois que je suis peut-être responsable. Coupable. Et je suis touché que, dans de telles circonstances, tu penses que je doive être sauvé.*

Le baiser de Vincent sur ses lèvres.

Tout à coup, elle se sentit oppressée, elle eut besoin d'air. Enfilant une veste, elle sortit, claquant la lourde porte derrière elle. Pendant le court moment qu'elle avait passé chez elle, la nuit était tombée. Des pans de trottoir luisaient d'un orange terne sous les réverbères, séparés par des zones d'ombre dense. Des haies touffues, des murs de pierre. Des arbres noirs.

Anna partit vers l'est, suivant un itinéraire qui lui fit rapidement traverser deux rues et grimper une pente abrupte menant à Woodborough Road. Les maisons qu'on voyait là faisaient paraître la sienne minuscule en comparaison : c'étaient des demeures massives comptant six ou huit chambres, depuis longtemps transformées en appartements, construites très en retrait de la chaussée dont de longs jardins les séparaient.

Vers le premier tiers de la côte, elle rencontra une femme qui marchait lentement vers elle, sans s'éloigner du bord du trottoir, pour racoler le client. Au moment où elles se croisaient, l'inconnue posa sur elle un regard impassible, puis détourna vivement la tête, et Anna se rendit compte que c'était encore presque une gamine. Dix-sept ans ? Dix-huit tout au plus. Un joli visage, mais au teint pâle, aux yeux enterrés.

Derrière elle, Anna entendit une voiture ralentir presque jusqu'à s'arrêter, puis accélérer progressivement de nouveau, et, instinctivement, elle pressa le pas.

Elle ne savait pas si elle voulait chasser de son esprit toutes ses pensées concernant Blaine, ou tenter de réfléchir rationnellement aux rares informations qu'elle possédait. Et à ce qu'elle ressentait. Contrairement à ce qu'elle avait dit à Elder, elle ne pensait pas, si Claire Meecham avait compté parmi les étudiants de Vincent, qu'il ne fût pas capable de se rappeler ne serait-ce que son nom. Aussi égocentrique qu'il pût être, il aurait certainement su ce détail. Alors, pourquoi le nier d'emblée ? Sauf s'il y avait quelque chose, dans cette histoire, quelque chose qu'il désirait cacher.

Tandis qu'elle marchait, une image du couple qu'ils avaient pu former, Blaine et cette femme qu'elle n'avait jamais vue sinon sur une photo tramée dans un quotidien, se forma clairement dans son esprit. La maison de campagne dans le Dorset, perchée sur une falaise dominant la mer. Une chambre blanche inondée de lumière, les murs blancs, la courtepointe blanche à glands en travers du lit, le bruit des vagues, cadencé et répétitif, la main de Vincent sur la peau de cette femme…

Anna sursauta, alertée par un bruit, derrière elle, et se retourna.

Une ombre se déplaçait le long du mur.

Une page de journal abandonnée que soulevait le vent.

Loin, au bas de la côte, les phares d'une voiture, en veilleuse.

Elle hésita, ne sachant si elle devait poursuivre son chemin ou faire demi-tour.

Si elle atteignait Woodborough Road, il y aurait davantage de circulation, de gens ; elle se remit en route vers le sommet de la pente, et elle n'avait parcouru qu'une faible distance lorsqu'elle entendit derrière elle des pas autres que les siens.

Une sensation de froid soudaine glaça l'arrière de ses jambes.

Jetant un regard par-dessus son épaule, elle vit quelque chose – quelqu'un – disparaître de son champ de vision en s'engouffrant dans l'entrée d'un des jardins, un passage voûté percé dans une haute façade en pierre.

Anna retint son souffle et attendit.

Rien. Pas un bruit.

– Oui ? Il y a quelqu'un ?

Sa propre voix lui parut fluette et monocorde.

Elle fit un pas dans l'autre direction, vers le bas de la côte. Puis un second. Toujours rien. Le bruit, ténu, d'une respiration, mais n'était-ce pas la sienne ?

Un troisième pas l'amena devant l'entrée du jardin, et au même moment, un visage se matérialisa devant elle, surgissant de l'ombre.

Le souffle coupé, Anna recula en trébuchant, tourna maladroitement les talons, et se mit à courir. Sans oser s'arrêter ni regarder en arrière. Les bras battant l'air, elle atteignit l'endroit où la pente s'estompait et la rue redevenait horizontale. L'air lui manquait et ses poumons étaient en feu.

Au moment où elle atteignait l'angle de Woodborough Road, une silhouette massive surgit brusquement devant elle et, alors qu'elle poussait un cri, on lui saisit les deux bras pour les immobiliser. Elle se débattit, lança des coups de pied et hurla de plus belle.

– Anna ? Anna, c'est vous ?

Reconnaissant Brian Warren, elle se jeta contre lui et sanglota.

Ils étaient assis dans le salon, haut de plafond, au premier étage de la maison d'Anna Ingram. Toutes les lampes disponibles étaient allumées, et les épais rideaux de velours soigneusement fermés. Anna tenait un verre de cognac, son autre main serrée autour de son bras. En face d'elle, Brian Warren avait pris place dans une chaise longue restaurée, ses longues jambes étendues selon un angle plutôt inconfortable, un verre de bon whisky à portée de la main.

Après s'être passé de l'eau froide sur le visage, Anna avait changé de chemisier, brossé ses cheveux, attendu que son rythme cardiaque se calme, puis elle avait préparé un verre pour eux deux et s'était assise.

Elle n'avait rien dit à Warren sinon que quelque chose lui avait fait peur, et à présent elle lui racontait, aussi précisément que possible, ce qu'elle avait vu et entendu.

– Il avait donc l'intention de vous faire du mal, conclut Warren quand elle eut terminé. C'est ce que vous pensez.

– Ça n'a rien de rationnel, je le sais. Je veux dire, quelle raison aurait-il eue ? Il a pu croire que j'étais une prostituée et voulu… Je ne sais pas, ce n'était peut-être pas plus méchant que ça.

– Vous savez que des prostituées se font parfois agresser ?

– Oui, je le sais.

– Et, manifestement, vous avez pensé qu'il pourrait s'en prendre à vous ?

– Oui, mais comme je le disais, sans vraiment de raison particulière. J'ai simplement laissé la peur prendre le dessus, c'est tout.

Warren prit son verre.

– C'est regrettable, je le sais bien, mais vous devriez peut-être y réfléchir à deux fois avant de vous promener dans le quartier après la tombée de la nuit.

– Brian, c'est ici que je vis.

– Je sais.

– Je ne peux quand même pas me condamner à la réclusion dans ma propre maison.

Compréhensif, Warren hocha la tête.

– Vous allez signaler l'incident à la police ?

– Je ne sais pas. J'en doute. Je veux dire, de quoi pourrais-je précisément me plaindre ?

– Je suppose que vous avez raison.

– À propos, que faisiez-vous dans les parages ? (Anna sourit.) À part attendre de porter secours à des demoiselles en détresse ?

Warren sourit sans aucune gêne.

– C'est ma soirée bridge. Mon club est là-haut, dans Mansfield Road, près de l'endroit où se trouvait la piscine, autrefois. L'un des autres membres n'est pas très assuré sur ses jambes, j'ai pris l'habitude de le raccompagner, pour m'assurer qu'il rentre bien chez lui. Il habite à deux pas de chez vous.

– Eh bien, je suis ravie de vous avoir trouvé là.

Warren leva son verre.

– Moi aussi.

Quand il eut fini son whisky, Anna lui en proposa un second et il secoua la tête.

– C'est très gentil à vous, mais il vaudrait sans doute mieux que je m'abstienne. Je peux rester encore un peu, cependant, si vous voulez. Si cela peut vous rassurer.

– Non, ce ne sera pas nécessaire.

– Vous êtes sûre ?

– Brian, c'est très aimable à vous. Mais, ça va très bien, maintenant. Franchement.

– Comme vous voudrez.

Warren se hissa hors de sa chaise longue.

– J'ai juste un petit service à vous demander, dit Anna.

– Tout ce que vous voudrez.

– Ne dites rien de tout cela à Vincent. Vous savez comment il est. Il en ferait sûrement toute une histoire.

– Bien sûr. (Il posa son index sur sa bouche.) Pas un mot.

À la porte, il se tourna vers Anna et posa doucement un baiser dans ses cheveux.

– Bonsoir, Brian. Et encore merci.

– Bonsoir.

Quand il eut franchi le portail et disparu de son champ de vision, Anna ferma la porte à clé et au verrou, et elle resta là un moment avant de monter se coucher.

33

Le vol de retour depuis Barcelone fut retardé à deux reprises, laissant largement le temps à Elder de résister à la tentation d'acheter de l'alcool bon marché ou de l'eau de toilette hors de prix, et lui donnant l'occasion de s'offrir une nouvelle tranche d'*Amants et fils*. Tandis qu'il avançait dans sa lecture, il constata qu'il commençait à apprécier de plus en plus l'analyse que sa fille lui avait donnée de Paul Morel, qui menaçait de devenir un insupportable Monsieur Je-sais-tout. Katherine avait raison, aussi, pensa-t-il, au sujet de la façon dont Paul menait en bateau la fille qu'il fréquentait, cette Miriam – il ne savait jamais ce qu'il voulait, et – c'est l'impression qu'il donnait à Elder – , il redoutait toujours trop les conséquences de ses actes. Et sa mère ne l'aidait pas non plus, elle qui était incapable de cacher son ressentiment, l'un de ses fils étant mort à ce moment de l'histoire alors même qu'on la privait, lui semblait-il, de l'affection de Paul, son préféré. La mère et Miriam tiraillaient Paul dans des directions opposées, et lui, au milieu, ne parvenait pas à prendre la moindre décision. Quant à la mère, elle ne faisait pas dans la nuance non plus. Qu'avait-elle dit à Paul alors qu'ils se querellaient ? « Je n'ai jamais eu de vrai mari, en fait » Avant d'embrasser son fils. Avec ferveur, c'est bien ce qu'avait écrit Lawrence ?

Elder se demanda combien de fois sa propre mère l'avait embrassé après qu'il eut dépassé l'âge de vingt ans. Oh, un bécot sur la joue à Noël, aux anniversaires, les rares fois (de plus en plus espacées) où ils se voyaient. Comme si, son travail de mère accompli, l'ayant élevé de son mieux, elle avait été plutôt contente – et son père aussi, d'ailleurs – de s'effacer. De prendre du recul. De le laisser mener sa vie tout seul, comme ils menaient la leur.

Il les avait enterrés l'un et l'autre il y avait un peu plus de dix ans. Sa mère était morte la première, d'un cancer, et son père l'avait suivie, un peu plus de neuf mois plus tard; après une lourde chute, il avait contracté une pneumonie qui avait obstinément résisté aux antibiotiques pendant trop longtemps, et son cœur n'avait pas résisté à la longue série de maladies diverses qui en avait découlé.

Elder corna sa page et glissa le livre dans sa poche; on venait enfin d'annoncer son vol.

C'était déjà le soir lorsqu'il regagna son appartement en ville. Il y avait trois messages sur son portable : Joanne, Jennie Preston et Maureen Prior. Quand il rappela Joanne, il n'obtint que son répondeur; même chose avec Jennie Preston. Maureen Prior décrocha à la seconde sonnerie.

– Frank, il faut qu'on se voie. Demain matin, à la première heure. (Pas d'amabilités, pas de question du style : « Tu as fait bon voyage ? ») Le commissaire principal a rendez-vous avec le directeur adjoint à onze heures; il faut que je le briefe avant.

– L'endroit habituel ?

– Huit heures trente. C'est moi qui paye les sandwiches au bacon.

Elder se servit un petit whisky et s'assit devant la vitre obscure de la fenêtre, s'efforçant de mettre de l'ordre dans ses idées. Il fallut que son bras glisse de l'accoudoir du fauteuil, ce qui le fit sursauter, pour qu'il se rende compte qu'il s'était assoupi.

Dix minutes plus tard, il était au lit, dormant à poings fermés.

Maureen Prior arriva avant lui et passa commande au comptoir.

– Bacon et tomate ? demanda-t-elle à Elder quand il entra. Bacon et saucisse, ou bacon sans rien d'autre ?

– Bacon seul.

Ils s'installèrent dans l'angle le plus reculé du café, qui était presque désert à cette heure. Maureen était élégante, aujourd'hui, avec son tailleur pantalon noir, son haut en coton noir et ses bottes noires, les cheveux tirés en arrière.

– C'est le merdier habituel, Frank. La pression qui vient du haut se répand à tous les étages. La police n'a pas bonne presse depuis un an, tu le sais. Plusieurs affaires de première importance traînent en longueur. Ce qu'il leur faut, c'est un résultat. Un résultat probant. Le commissaire va me tomber sur le râble comme un sac de ciment.

Elder hocha la tête, soupira. De la sauce brune avec son sandwich au bacon ? Oui ou non ? Ayant décidé d'en mettre, il eut beau secouer la bouteille le plus fort possible, pas une seule goutte ne voulut en sortir.

– Frank !

– Oui ?

– Tu m'écoutes ?

– Excuse-moi, c'est juste que…

– Donne-moi ça, bon sang !

Lui prenant la sauce des mains, elle frappa sèchement le cul de la bouteille avec sa paume.

– Merci.

Maureen secoua la tête.

– Johns… Qu'est-ce que tu penses de lui ?
Elder se carra contre le dossier de sa chaise.

– Je ne sais vraiment pas. Avec tout ce qui s'est passé, je ne sais pas si on s'est approché de la vérité ou si on s'en éloigne. Et ce que j'ai appris sur Johns… Bon, d'accord, il y a dans ses antécédents des exemples flagrants de relations sadiques, sadiques de sa part du moins, de femmes pratiquement réduites à l'état d'esclaves sexuelles. Mais tout cela ne fait que confirmer ce qu'on savait déjà plus ou moins.

– Ce n'est pas ce que j'avais envie d'entendre.

– Je regrette.

– Singer, Dowland, ton copain Vincent Blaine… (Maureen secoua la tête.) Johns était notre candidat le plus sérieux.

– Il l'est peut-être encore.

Maureen laissa échapper un long soupir.

– C'est ce que je dois dire au divisionnaire ? On n'a rien de mieux à lui proposer ?

– Pour l'instant.

– Bon sang, Frank !

– D'accord, on continue de creuser du côté de Johns. Et pendant ce temps, on regroupe les informations, on les condense. On réexamine tout. Depuis le début, si nécessaire. On cherche ce qui a pu nous échapper.

Maureen repoussa son assiette.

– Je n'ai plus assez d'appétit pour avaler ça.

Jenny Preston joignit Elder au milieu de la matinée, et il fit de son mieux, sans grand succès, pour la rassurer quant aux progrès de l'enquête.

– La fille de Claire, Jane, dit Jennie. Elle vient s'installer chez moi. Pour les obsèques.

– Ils ont consenti à rendre le corps, donc ?

– Oui. Je ne vous ai jamais remercié, il me semble ? Pour votre aide.

– Aucune importance. Je ne pense pas que ce soit grâce à moi.

– James vient d'Australie. Ils aimeraient tous les deux vous rencontrer. Pour parler de l'enquête.

– Je ne sais pas si…

– J'ai pensé que si vous veniez aux obsèques…

– Ce n'est pas sûr. Ils feraient sans doute mieux de parler à quelqu'un d'autre.

– C'est vous qu'ils veulent entendre.

Elder ne dit rien.

– Vous viendrez, quand même ? fit Jennie. Aux obsèques ?

– J'essaierai.

– Au crématorium de Wilford, à midi, vendredi.

– D'accord, si j'arrive à me libérer.

– Joanne a promis de venir. Elle m'a dit qu'elle essaierait d'amener Katherine.

– Je vous le répète, je viendrai si je peux.

Elder appela le salon de beauté et demanda Joanne.

– Elle n'est pas venue travailler ce matin, répondit la réceptionniste. Elle ne se sentait pas très bien.

Elder traversa le centre-ville à pied. Empruntant Warser Gate et Bottle Lane, il passa devant l'église St Peter et traversa Maid Marian Way pour entrer dans la résidence du Parc. Ce fut seulement après qu'il eut sonné et frappé plusieurs fois à la porte que Joanne vint lui ouvrir.

Elle portait un peignoir de soie crème, noué à la taille, au bas duquel ses pieds nus étaient à peine visibles. Ses cheveux étaient maintenus en arrière par un large bandeau vert.

– Frank ! fit-elle, surprise.

Elder perçut des relents d'alcool dans son haleine.

– Ils m'ont dit, au salon, que tu ne te sentais pas bien.

– Et tu es passé voir comment j'allais. Comme c'est gentil !

– Qu'est-ce que tu as ?

– Oh, tu sais… (Elle agita vaguement une main dans le vide.) Il y a des jours, comme ça… Je ne me sentais pas d'attaque, j'en ai peur.

Elder ne bougeait pas d'un pouce. Il se sentait vaguement ridicule, à ne pas savoir s'il devait rester ou partir.

– Eh bien, dit Joanne en s'écartant, je crois que tu ferais mieux d'entrer.

En pénétrant dans le salon, elle glissa, et Elder la rattrapa, lui saisissant le bras.

Il y avait des magazines ouverts sur le canapé et disséminés çà et là sur le plancher. Quelques vieux journaux. Un exemplaire du *Da Vinci Code*.

– Tu fais un peu de rangement ?

Joanne le regarda comme à travers une brume.

– Tu vas boire un verre, Frank. Puisque tu es là, laisse-moi te servir à boire.

Il y avait un verre de vin, au tiers plein, à côté d'une bouteille de chardonnay non boisé. Il y avait d'autres verres, ceux de la veille au soir, tachés de rouge à lèvres, posés sur diverses surfaces tout autour de la pièce. Et des cendriers qu'il aurait fallu vider.

– Je vais te chercher un verre propre, fit Joanne.

– Ne te donne pas cette peine.

– Ne me dis pas que tu bois au goulot, maintenant ? répliqua-t-elle avec ce qui voulait passer pour un sourire.

– Bon sang, Joanne, il est à peine onze heures du matin, je n'ai pas envie d'un verre de vin !

– Mon Dieu, Frank, tu es tellement bégueule. (Sa main tremblait un peu en remplissant son verre.) En fait, tu es pire qu'avant. Tu le sais ? Depuis que tu es parti te terrer dans ce foutu coin perdu. Cette foutue Cornouailles. Autrefois, tu savais t'amuser, prendre du bon temps.

– C’est de ça qu’il s’agit ? demanda Elder en regardant autour de lui. De prendre du bon temps ? Traîner à la maison à moitié habillée parce que tu es trop beurrée, trop envapée pour aller à ton travail ? Tout à coup, c’est ça que tu appelles t’amuser.

En voulant s’asseoir, Joanne évalua mal la hauteur du canapé et atterrit maladroitement, renversant du vin sur sa main et le devant de son peignoir.

– Tout à coup, Frank ? À mon avis, ce n’est pas si soudain, tu ne crois pas ?

Soulevant le loqueteau, Elder fit coulisser la porte vitrée donnant sur le jardin pour laisser entrer l’air frais.

– Pourquoi je ne ferais pas du café ? dit-il.

– Parce que je n’ai pas envie d’en boire, de ton foutu café.

– Comme tu voudras.

Dans la cuisine, il trouva un bocal de Carte Noire et mit de l’eau à bouillir. Dans le réfrigérateur, il y avait du lait, mais pas grand-chose d’autre. Du beurre, de la margarine, plusieurs petits pots de yaourt, de l’eau minérale, un récipient en plastique contenant ce qui pouvait être de l’houmous, un demi-avocat qui commençait à brunir.

Il prépara deux cafés quand même, et les rapporta dans le salon. Joanne était assise à une extrémité du canapé, les jambes repliées devant elle, fumant une cigarette.

Elder posa un café à portée de sa main et emporta l’autre vers l’une des deux causeuses.

Pendant un moment, ils ne parlèrent ni l’un ni l’autre.

Joanne écrasa sa cigarette et souleva sa tasse de café. Une gorgée, et elle fit la grimace.

– Le sucre, Frank. Il n’y a pas de sucre.

Il alla en chercher.

Quand il s’approcha d’elle, Joanne lui saisit la main.

– Je ne suis pas toujours comme ça, tu sais, Frank. Vraiment pas. Enfin, tu le sais. Je pense que tu le sais. Je veux dire, je ne pourrais pas me le permettre. Avec mon travail et tout ça. Le salon. C'est seulement que, parfois…

Sa voix s'éteignit. Quand Elder libéra sa main, les ongles de Joanne avaient laissé leur marque sur sa peau.

– Par moments, cela me pèse, tu sais… (Un pâle sourire éclaira son visage un bref instant.) Tout ce cirque.

– C'est ce que tu voulais.

– Tu crois, Frank ?

– Le salon, la maison. Martyn.

Un rire s'échappa, rauque, de la gorge de Joanne.

– Deux sur trois, en ce cas, Frank. Je suppose que ce n'est pas trop mal.

Des larmes apparurent aux coins de ses yeux et se mirent à couler lentement sur ses joues ; au lieu d'aller la consoler, Elder resta où il était. Il avait fait le café trop fort ; il était âcre mais, étrangement, sans saveur.

Joanne trouva un mouchoir en papier roulé en boule dans la poche de son peignoir. Elle renifla, se tamponna les yeux, se moucha.

– Ça ne sert à rien de pleurer sur les années perdues, n'est-ce pas, Frank ? Qu'est-ce que tu en penses ?

Elder se remémorait un jeu auquel il jouait quand il était môme : dix endroits où tu voudrais être plutôt que de te trouver ici.

Joanne écarta sa tasse de café et tendit la main vers la bouteille de vin. Une nouvelle cigarette.

– Jennie, Frank. Elle a réussi à te joindre ?

– Oui.

– Elle veut que tu assistes aux obsèques.

– C'est ce qu'elle m'a dit.

– Tu iras.
– Peut-être.
– Tu devrais. Elle est gentille, Jennie. Je l'aime bien.
– Oui.
– Elle est séduisante, tu ne trouves pas ?
– Je suppose.
– Elle t'aime bien, Frank. Elle te trouve sympathique, c'est ce qu'elle m'a dit. Et bel homme, en plus. (Joanne sourit.) Si tu manœuvres habilement, on ne sait jamais comment ça pourrait tourner.
Il savait qu'il ne devrait pas dire une chose pareille, mais il le fit tout de même.
– Elle est avec quelqu'un, non ? C'est plus ton style que le mien.
– Bien envoyé, Frank ! Mais en fait, Jennie et Derek… Depuis un an ou deux, leurs relations sont plutôt platoniques, à ce que j'ai compris.
– Ça les regarde.
– Comme tu voudras. (Dans un bruissement de soie, Joanne se leva.) Je pensais ce que je t'ai dit, tu sais, à propos de ta visite. C'était vraiment gentil de ta part. (Elle était debout, tout près de lui, assez près pour que l'un ou l'autre puisse établir le contact en tendant le bras.) Ce que tu m'as proposé l'autre jour, un dîner en ville en tête à tête… Tu ne penses pas que ce pourrait être ce soir ?
– J'ai bien peur de ne pas pouvoir.
– Peu importe, c'était juste une idée comme ça.
– Il faut que je parte.
– Bon, d'accord.
À la porte, il s'arrêta et se tourna vers Joanne.
– Ça va aller ?
– Non, je vais m'asseoir dans la baignoire et me trancher les veines. Bien sûr que ça va aller.
Comme pour le contrarier, le soleil brillait lorsqu'il posa le pied hors de la maison. Les arbres

étaient en fleur ou bien ils bourgeonnaient. Une jeune femme passa près de lui, transportant un jeune enfant endormi, la tête sur le côté, dans sa poussette. Un vieil homme qui promenait son chien salua Elder lorsqu'ils se croisèrent. Des gens ordinaires menant des vies ordinaires.

Elder dîna de bonne heure au café italien de Sneinton Market, une bouteille de vin l'aidant à faire glisser les pâtes. Le soir commençait à tomber lorsque, après s'être promené le nez au vent, il était rentré chez lui. C'était étrange de penser cela : une étrange sorte de chez lui, qui contenait peu de chose, à part ses vêtements, qui fussent vraiment à lui.

Il tenta de lire, mais constata qu'il ne parvenait pas à se concentrer, sa visite à Joanne lui revenant sans cesse à l'esprit. La télévision diffusait les âneries habituelles. Il reprit son livre, mais ne tarda pas à s'en débarrasser.

Dehors, la température avait baissé de nouveau, et il marcha d'un pas vif pour se réchauffer, descendant le long de la patinoire vers le rond-point et le canal pour suivre le chemin de halage conduisant au fleuve. Appuyé à la rambarde du pont, il resta un moment à suivre des yeux les eaux du Trent qui longeaient le stade de football de Forest County en direction de l'est. Combien de kilomètres allaient-elles parcourir avant de se jeter dans la mer ?

Un frisson le parcourut. Se tournant, il revint sur ses pas, remontant son col pour se protéger du vent.

De retour à l'appartement, il prit un petit verre de Jameson pour trouver plus facilement le sommeil.

Il commençait à peine à s'assoupir lorsque le téléphone le fit sursauter, l'arrachant à sa torpeur. On venait de découvrir le corps d'une femme dans un jardin ouvrier juste au nord du quartier St Ann, pas très loin de Mapperley Park.

34

C'était un vrai cirque. Des agents en uniforme, des auxiliaires médicaux, des techniciens de scène de crime, des officiers de police appartenant aussi bien à la police de la ville qu'à la Direction des affaires criminelles. Entre une parcelle de pommes de terre nouvelles et des échalotes en bourgeons, on avait dressé une tente pour isoler le corps. Des projecteurs étaient alimentés par un petit générateur. Les combinaisons blanches de protection étaient en si grand nombre qu'on aurait pu croire au retour du Ku Klux Klan.

Lewis Reardon, récemment promu au grade d'inspecteur principal, s'était vu confier l'affaire ; pour son premier meurtre en tant qu'officier supérieur, il avait peut-être tendance à donner un peu trop de la voix. De plus, il n'était sans doute pas ravi que Maureen Prior soit présente, encore que jusqu'à maintenant elle eût pris soin de rester à l'écart, ne donnant son avis que lorsqu'on le lui demandait.

C'était Maureen qui avait appelé Elder. Rien ne permettait d'affirmer qu'il y avait un lien avec leur propre enquête, mais elle désirait qu'il fût présent, à tout hasard.

Le repérant à l'extérieur du cordon de police, elle lui fit signe de la rejoindre.

La victime était une métisse, probablement d'une quarantaine d'années. Elle gisait sur le dos dans une tranchée peu profonde, une jambe tordue sous elle, la tête marquant un angle prononcé par rapport au corps. De la taille jusqu'aux pieds, elle était nue ; on avait déchiré son chemisier et baissé son soutien-gorge pour dévoiler ses seins. Elle avait les yeux ouverts.

– La pauvre femme…, dit Maureen à voix basse, son haleine tout juste visible dans l'air nocturne.

– Sait-on qui elle est ? demanda Elder.

Maureen secoua la tête.

Non loin d'eux, Reardon parlait au médecin légiste, le responsable de l'équipe de scène de crime assistant à leur entretien. De temps à autre, la lueur discrète d'un flash éclairait l'intérieur de la tente, les photographes fixant les détails de la scène. Les techniciens commençaient à faire des prélèvements et à recueillir des échantillons.

Son briefing initial terminé, Reardon s'approcha de Maureen Prior et d'Elder. Dépassant de peu le mètre quatre-vingts, il avait les épaules larges mais la taille fine ; son corps semblait taillé en forme de cône pour finir en pointe dans ses chaussures en cuir noir, soigneusement cirées à l'origine, mais à présent couvertes de taches de boue.

– Morte depuis moins de trois heures, les informa Reardon. La rigidité cadavérique commence à peine à se manifester.

Elder baissa les yeux vers le cadran de sa montre : minuit était passé de quinze minutes, en ce jeudi matin.

– Vous connaissez Frank ? dit Maureen.

– De réputation, fit Reardon.

Elder et lui se serrèrent la main.

– Qu'est-ce que vous en pensez ? demanda Maureen. C'était une professionnelle ?

– Apparemment. L'un des agents est presque sûr de l'avoir vue tapiner dans les parages. Cranner Street, Mapperley Road.

– Et elle amenait ses clients ici ?

– C'est possible. Sinon, c'est que le corps y a été amené. Quand on aura examiné correctement toutes les traces et les marques, on sera sans doute fixé.

– Qu'a dit le légiste en ce qui concerne la cause de la mort ? demanda Elder.

– Strangulation.

– Manuelle, ou à l'aide d'une ligature ?

– Manuelle, à première vue, fit Reardon.

Il surprit un échange de regards entre Maureen et Elder.

– Il y a quelque chose que je devrais savoir ?

Maureen lui parla de Richard Dowland.

Une heure plus tard, le téléphone tira Tom Whitemore de son lit.

– Ne réponds pas, lui dit sa femme, Marianne, en tendant un bras vers lui tandis qu'il repoussait mollement les couvertures et faisait pivoter ses jambes pour poser les pieds sur le plancher.

Des draps et des couvertures – il ne savait pourquoi, mais une couette ne lui avait jamais paru suffisamment confortable.

Se levant, Whitemore écouta son interlocuteur, émit pour toute réponse quelques monosyllabes sous forme de grognements, puis reposa le téléphone.

– Que se passe-t-il ?

Marianne se redressait sur son séant, à présent, et elle tirait sur le débardeur avec lequel elle s'était couchée aux endroits où la transpiration le collait un peu à sa peau. Elle aimait dormir fenêtre ouverte, Tom fenêtre fermée. La dernière chose qu'il faisait chaque soir était de faire la tournée des fenêtres du rez-de-chaussée pour s'assurer qu'elles étaient bien fermées, de verrouiller les deux portes. Il ne savait que trop bien ce qui rôdait dehors ; Marianne l'ignorait.

– C'est un de mes gars…, dit Whitemore, fourrant sa chemise dans son pantalon dont il ferma la braguette.

– Il a des ennuis ?

– Il semblerait que oui.

Whitemore s'assit sur le lit pour enfiler ses chaussettes.

– C'est grave ?

Se penchant vers Marianne, Whitemore lui embrassa le front et lui pressa le bras.

– Rendors-toi.

Allumant la lumière à l'étage, il ouvrit sans bruit la chambre des jumeaux. Andy dormait pratiquement en travers sur le lit du haut, son pouce dans la bouche ; en dessous, Felix en se tortillant dans son sommeil avait pivoté de 180 degrés, fourrant l'un de ses pieds sous l'oreiller, l'autre par-dessus. Avec précaution, Whitemore ôta le pouce de son fils de sa bouche, puis il les embrassa tous les deux.

En bas, près de la porte, il décrocha du portemanteau encombré une vieille veste en cuir et l'enfila. Dehors, l'air lui parut froid, et le moteur toussa par deux fois avant que l'allumage ne prenne et tienne bon. Il n'y avait presque pas d'étoiles dans le ciel.

Le point de rendez-vous, c'était le parking du Centre de loisirs de Portland, adjacent à Meadow Way. Reardon l'attendait en compagnie de deux autres officiers, Maureen Prior et un homme que Whitemore ne parvint pas à reconnaître. Un civil ?

Reardon, il le connaissait de vue – un homme qui avait le vent en poupe. Maureen Prior lui présenta Frank Elder et les deux hommes se serrèrent la main. Reardon avait un jeu de polaroïds dans sa poche ; pour l'édification de Whitemore, il étala les photos sur le toit de l'une des voitures.

Whitemore les regarda et hocha la tête.

– On sait de qui il s'agit ? demanda-t-il.

Précisément la question qu'avait posée Elder un peu plus tôt.

À cet instant, ils le savaient.

On avait trouvé un sac à bandoulière, quelques jardins plus loin, un peu mâchouillé par l'une des deux chèvres qui se trouvaient là, attachées à un pieu. Il contenait des préservatifs, du gel lubrifiant, des cigarettes, un briquet jetable, deux joints déjà roulés, et une carte de crédit au nom de L. Carne.

Lorraine Carne. Affectueusement prénommée Lo par son amant et souteneur. Il eut le bon goût de verser quelques larmes au moment où il demanda au policier qui l'avait sorti du lit où était passé l'argent liquide contenu dans le sac. C'est cent livres, même cent cinquante livres qu'elle devait avoir là-dedans, facile !

– Vous pensez vraiment que Dowland aurait pu faire ça ? demanda Whitemore.

– Après ce qui s'est passé la dernière fois, dit Maureen, avec Eve Ward… C'est dans le domaine des choses possibles, forcément.

Whitemore regarda Reardon.

– On peut toujours l'appréhender, fit Reardon. Pour commencer. À moins que vous ayez de bonnes raisons de penser le contraire.

Whitemore secoua la tête.

Ils montèrent dans leurs voitures respectives.

Depuis le bout de la rue, un renard qui regardait dans leur direction fut brièvement aveuglé par les phares. Sa queue rousse flamboyait dans la lumière blanche. Il resta bien figé sur place pendant trente secondes, puis, nonchalant, il partit en trottinant, s'engouffra dans la ruelle étroite et disparut. Ces chasseurs-là n'en avaient pas après lui.

Des poings tambourinèrent contre la porte.

Depuis l'autre côté de la rue, une voix de femme hurla que s'ils n'arrêtaient pas ce raffut, elle allait appeler ces putains de flics.

Reardon frappa de nouveau et une lumière s'alluma au rez-de-chaussée. Quelques instants plus tard, un rouquin malingre en T-shirt et caleçon tira péniblement la porte pour l'ouvrir, en bâillant et en se grattant l'entrejambe.

– Pas toi, fit Tom Whitemore, et le type s'écarta pour le laisser entrer.

Passant devant lui en file indienne, ils déboulèrent dans le couloir étroit pour grimper l'escalier dépourvu de tapis. Whitemore frappa à la porte en appelant le nom de Richard Dowland. Il y eut un bruit, à l'intérieur, difficile à interpréter, mais pas de réponse claire.

La porte s'ouvrit lorsque Whitemore la poussa.

Dowland était accroupi, recroquevillé, dans l'angle le plus éloigné de la pièce. Les mains devant la bouche, il bredouillait, le visage mouillé de larmes et de morve.

– Richard..., fit Whitemore en s'approchant prudemment, s'exprimant à voix basse sur un ton égal. Richard, tu n'as rien à craindre.

Avec les mêmes précautions que pour ôter le pouce de son fils de sa bouche, il éloigna les mains de Dowland de son visage.

– J'ai fait quelque chose..., dit Dowland en clignant des paupières. J'ai fait quelque chose de mal.

La salle d'interrogatoire la plus proche se trouvait au commissariat central. On fit monter Dowland, menotté, pâle et apeuré, à l'arrière d'une voiture. Il tremblait en attendant que la voiture démarre, puis dès qu'elle commença à rouler, il se mit à pleurer. Quand il en descendit, devant le commissariat, ses larmes avaient cessé, mais il tremblait toujours. Tom Whitemore ôta sa veste pour la poser sur les épaules de Dowland, mais cela ne sembla rien changer.

Whitemore prit Reardon à part.

– Avant que vous ne commenciez à l'interroger, je veux m'assurer qu'il y aura dans la salle quelqu'un qu'il connaît.

– Il aura un avocat, qu'est-ce qu'il lui faut de plus ?

– J'ai dit : quelqu'un qu'il connaît. Quelqu'un en qui il peut avoir confiance. Sinon, il va probablement s'effondrer, et alors, à quoi pourra-t-il nous servir ? Lui, ou tout ce qu'il dira ?

Reardon accepta à contrecœur.

– Faites vite, alors.

Whitemore appela Ben Leonard au téléphone.

L'avocat de permanence attendait à l'entrée du commissariat, en mangeant un kebab qu'il avait acheté au kiosque ouvert tard le soir, près de la place. De l'autre côté de Mansfield Road, près de l'une des entrées du Centre Victoria, une file d'attente de noctambules de milieu de semaine, des étudiants pour la plupart, guettait l'arrivée des taxis.

– C'est mon client ? demanda l'avocat, léchant la sauce au chili qui lui poissait les doigts.

Haussant les sourcils, il froissa le papier de son kebab et, ne voyant nul endroit où le jeter, le fourra dans sa sacoche, avec ses documents et son téléphone.

Dowland fut prestement introduit dans le commissariat.

– Je peux vous faire apporter quelque chose ? demanda Reardon lorsqu'ils furent dans la salle d'interrogatoire.

Les yeux baissés vers le plancher, Dowland secoua la tête.

– Du thé, fit Whitemore. Richard aime bien boire une tasse de thé. Avec deux sucres, c'est ça, Richard ?

Sur un signe de tête de Reardon, l'agent en uniforme qui se tenait juste à côté de la porte partit en quête de la boisson demandée.

Elder et Maureen Prior attendaient dans une pièce adjacente.

– Vous pouvez rester si ça vous chante, avait dit Reardon. Ce n'est pas un problème pour moi.

Ils avaient choisi de rester.

Quelques minutes plus tard, Ben Leonard arriva. Il eut une brève conversation avec Tom Whitemore, parla à Dowland à voix basse, et prit un siège tout près de lui.

Avec l'angle de son pouce, Reardon fendit la cellophane entourant deux cassettes audio, s'en débarrassa, et mit les bandes en place dans le magnétophone double fixé au mur.

– Cet interrogatoire, dit-il, commence à une heure quarante-sept, le jeudi 12 mai.

Après les mises en garde d'usage, Reardon s'éclaircit la gorge.

– Alors, Richard, où étiez-vous aujourd'hui, en début de soirée ?

Pas de réponse.

– Richard ? Vous allez me le dire ?

Pas de réponse.

– En début de soirée, où étiez-vous ?

Pas de réponse.

Reardon répéta la question, avec de légères variantes, encore une demi-douzaine de fois, sans provoquer la moindre réaction de la part de Dowland.

– Vous pourriez expliquer à votre client, maître Logan, qu'il serait de son intérêt de répondre à mes questions.

– Mon client, répliqua l'avocat en se penchant en avant, a parfaitement le droit de ne rien dire.

Il avait un bout de viande coincé entre deux molaires, et malgré tous ses efforts, il ne parvenait pas à s'en débarrasser.

– Pourquoi tu ne bois pas ton thé, Richard ? dit Ben Leonard en se penchant vers lui. Il vaut mieux ne pas le laisser refroidir.

Reardon lui jeta un regard mauvais.

Dowland regarda sa tasse de thé comme s'il la voyait pour la première fois. Sa main tremblait tellement quand il s'en saisit qu'il renversa du thé sur ses doigts et tout le long de son poignet.

– Bon sang ! marmonna Reardon.

Deux gorgées, et Dowland reposa la tasse.

– Ce soir..., reprit Reardon, impatient. Où étiez-vous ?

– N... N... Nulle part.

– Nulle part ? Vous étiez forcément quelque part ?

Dowland, la bouche ouverte, les yeux écarquillés, se tourna vers Leonard.

– Qu'est-ce que tu as fait ce soir, Richard ? demanda Tom Whitemore. Tu es resté chez toi ? Tu as regardé la télé ?

Dowland hocha la tête.

– Tu as dû sortir un peu plus tard, quand même ? Pour te dégourdir les jambes ? Prendre un peu l'air ? C'était plutôt une belle soirée pour aller se promener.

– Je regrette..., fit Dowland, si doucement que sa voix fut difficilement captée par le magnétophone.

– Redites-moi ça ! ordonna sèchement Reardon.

– Je regrette..., répéta Dowland, plus fort cette fois.

– Et comment ! fit Reardon. Ça, je veux bien le croire.

Dowland le regarda brièvement, puis il laissa de nouveau sa tête retomber.

– Racontez-moi ce qui s'est passé, dit Reardon. Quand vous êtes sorti.

Les mains de Dowland étaient entremêlées, mais s'agitaient sans cesse, ses ongles rongés raclant l'intérieur de ses poignets, au point d'entamer la peau.

– Prends ton temps, Richard, dit Ben Leonard. Prends tout le temps qu'il faudra.

Reardon lui lança un regard qui signifiait : ne vous mêlez pas de ça, bon sang !

– Je… je suis allé me promener, dit Dowland.

– Vous promener ? fit Reardon en écho.

– Ou… oui.

– Où êtes-vous allé ?

Dowland regarda successivement Whitemore et Leonard, mais cette fois aucun des deux n'intervint.

– Dites-nous où vous êtes allé, Richard…, dit Reardon en tentant d'imiter le ton qu'avait employé Whitemore un peu plus tôt. Là où vous n'êtes pas censé aller, c'est ça ? Là où vous savez que vous n'êtes pas censé aller.

– Oui.

– C'est-à-dire, où exactement, Richard ?

– Vous le savez. Il le sait.

– Dites-le-moi. Pourquoi ne pas me le dire ? insista Reardon, conscient qu'ils avaient besoin de sa réponse sur la cassette.

– J'ai fait un tour, vous savez, du côté de St Ann, de la forêt.

La réponse avait mis du temps à franchir ses lèvres, tandis qu'il continuait à se labourer la peau, et qu'il agitait la tête de droite à gauche.

– Et c'est là que vous êtes allé ? À St Ann ?

Dowland hocha la tête.

– Richard, c'est là que vous êtes allé ce soir ?

Rien.

– Richard…

– Oui. Oui.

– C'est bien, Richard, dit Ben Leonard. Calme-toi. (Tendant lentement le bras au-dessus de la table, il posa sa main sur celles de Dowland.) Arrête de te gratter. Tu te fais du mal.

L'intérieur du poignet gauche de Dowland était à vif, des gouttelettes de sang étaient visibles à fleur de peau.

– Raconte-nous ce qui s'est passé, l'encouragea Tom Whitemore. À ton rythme. D'accord ?

Ils crurent qu'il n'allait jamais se décider, mais il finit par se lancer.

– J'ai jamais eu l'intention d'aller là-haut, il faut me croire. Je sais même pas comment j'ai fait pour atterrir dans le cimetière, vous savez ? Le cimetière, près de Mansfield Road ? J'avais bu un verre, un verre ou deux, en ville, et puis je suis parti un peu au hasard…

Il regarda Tom Whitemore comme pour lui demander de le guider, et Whitemore, en retour, hocha la tête avec bienveillance et attendit.

– Bien sûr, j'ai vu les filles, tout le long de Forest Road, vous savez, c'est là qu'elles vont. Elles restent plantées là, elles attendent les voitures et tout, et je me suis dit, non, c'est pas bien, t'as pas le droit, il faut pas que tu ailles là-bas, et alors, je crois que j'ai traversé pour repartir dans l'autre sens et…

– Dans l'autre sens sur le trottoir opposé de Mansfield Road ? demanda Reardon.

– Oui, c'est ça, sûrement. Je marchais, vous voyez ? Comme je le disais. Je voulais rien faire de mal. Je marchais et puis j'ai vu cette femme. Je l'avais déjà vue avant. Je l'ai suivie. Je sais que j'aurais pas dû. Mais je l'ai suivie. Elle m'a même pas vu, pas à ce moment-là. Et je la regardais. Je la regardais, et…

Les mains de Dowland couvrirent son visage alors que les larmes revenaient en gros sanglots qui secouaient tout son corps. Sa tête pivotait de droite à gauche derrière ses mains.

– Je regrette, je regrette…

Les mots étaient étouffés, marmonnés, déformés.

Depuis l'autre côté de la table, Ben Leonard jeta un regard significatif à l'avocat, et celui-ci déclara :

– Je crois qu'il serait temps de faire une pause.

– Oui, oui. (Reardon était déjà debout.) Cet interrogatoire suspendu à deux heures trente.

Trente minutes plus tard, ils étaient de retour. Dowland avait plus ou moins tenté de se laver, de se réveiller pendant la suspension ; le devant de sa chemise était mouillé, ses cheveux aussi.

– Ça va mieux, maintenant ? lui demanda Whitemore. Tu es d'accord pour continuer ?

Dowland hocha la tête.

– Bien, fit Reardon. Alors, Richard, vous nous parliez de cette femme, celle que vous avez suivie… C'était où, exactement ? Où l'avez-vous vue, vous vous en souvenez ?

Dowland secoua la tête.

– Quelque part du côté droit de Mansfield Road, avez-vous dit. C'est exact ? À cause de l'enregistrement, si vous pouviez répondre de façon intelligible…

– Ouais. Ouais, c'est bien ça.

– Dans Mapperley, alors ?

– Ouais.

– Vous vous rappelez le nom de la rue ? La rue où vous l'avez vue d'abord ?

– Non, désolé, je sais pas.

– Et vous l'avez suivie, c'est ce que vous avez dit ?

– Oui.

– Elle cherchait des clients ?

– Ouais. Bien sûr. Qu'est-ce qu'elle aurait pu faire d'autre, là-bas ?

– Alors, vous lui avez parlé, ou quoi ? Qu'est-ce qui s'est passé ?

– Non, j'ai seulement... Je l'ai seulement suivie, et puis... Et puis, je me suis caché, plus ou moins, dans ce jardin, pour la regarder.

– Vous l'avez regardée, seulement elle, toute seule ? Ou vous l'avez regardée, elle, avec quelqu'un ? Elle était avec quelqu'un ? Vous la regardiez pendant qu'elle était avec quelqu'un ?

Dowland secoua énergiquement la tête.

– Non, non. Pas comme ça. J'ai jamais fait ça.

– Et ce jardin ? C'était, quoi ? Un potager ? Un jardin ouvrier ?

– Non. Je sais pas. Je crois pas. Vous voulez dire, avec des légumes partout, c'est ça ? Non, non, je sais pas. Peut-être bien, j'en sais rien.

– Et la femme, elle a remarqué que vous la regardiez ? C'est ça qui s'est produit ?

– Ouais, peut-être bien. Je voulais pas qu'elle me repère, mais ouais, c'est bien possible, ouais.

– Et qu'est-il arrivé ensuite ? Elle s'est mise en colère ? Elle a commencé à crier ?

– Non, elle a pas crié, non.

– Elle vous a insulté ? Elle s'est mise à vous traiter de tous les noms, peut-être ? Elle a piqué une colère ?

Mais Dowland secouait la tête de nouveau, passant ses doigts dans ses cheveux, grattant ses boutons d'acné. Il commença à se balancer d'avant en arrière, sur sa chaise.

– C'est à ce moment-là que vous l'avez frappée ? C'est pour ça ? Parce qu'elle était en colère, qu'elle vous insultait ?

– Non. Non. (Dowland frappa violemment le plateau de la table de ses avant-bras.) Pourquoi vous dites ça ? Faut pas dire ça. C'est pas vrai. C'est pas juste. C'est pas juste.

– Richard, ça va aller. C'est fini, maintenant. Vous pouvez tout me dire. Tout me raconter.

Dowland enfouit son visage dans ses bras.

– Je regrette, dit-il d'une voix à peine audible. Je regrette…

Il pleurait abondamment.

Ben Leonard resta avec Dowland, s'efforçant de le réconforter, sous le regard d'un agent en tenue. L'avocat était ressorti, pour fumer une cigarette. Accompagné de Tom Whitemore, Reardon alla retrouver Elder et Maureen Prior dans la petite pièce adjacente. Leurs visages, comme tous les visages sauf celui de Reardon, étaient blafards sous l'éclairage artificiel.

– Bon, fit Reardon. On va demander un mandat de perquisition, d'accord ? Et fouiller son appartement.

Quelques heures plus tard, alors que la circulation du matin commençait à bloquer la rue devant le commissariat, les bus coincés pare-chocs contre pare-chocs dans les deux sens, deux hommes de l'équipe de Reardon revinrent, souriant jusqu'aux oreilles, brandissant, chacune bien emballée dans un sac en plastique séparé, deux chaussures de tennis sans marque, fortement usagées, pointure 43, les sculptures des semelles engorgées par une terre humide brun foncé.

35

C'était le même jeune officier que la dernière fois, trop content de l'occasion de se payer la tête d'un supérieur.

– Votre petit ami est encore là, au rez-de-chaussée…, annonça-t-il.

Il s'éclipsa avant que Maureen puisse lui jeter à la tête le premier objet qui lui tomberait sous la main.

Elle n'avait jamais vu Ben Leonard vêtu de façon aussi classique : pantalon de toile bleu foncé, chemise vert pâle, une casquette de baseball gris uni couvrant la majeure partie de sa chevelure blonde.

– Dowland, dit-il. Vous n'allez pas l'inculper. Vous ne pouvez pas faire ça.

Maureen secoua la tête.

– Ce n'est pas mon enquête.

– Mais c'est votre responsabilité. Ou alors, ça devrait l'être, bon sang !

Deux officiers passèrent d'un pas nonchalant, feignant l'indifférence.

– Venez, fit Maureen. Si nous devons parler, on ne va pas rester là.

Il y avait dans le couloir une petite pièce sans fenêtre réservée en cas de besoin aux effectifs envoyés temporairement en renfort. En ce moment, le quart de sa surface était occupé par des ramettes de papier machine et de vieux dossiers. Pas de sièges.

– Vous avez vu comment il est, dit Leonard. Dans une affaire pareille, vous ne croyez quand même pas que cela puisse être lui le responsable.

– Il l'a déjà fait.

– C'était exceptionnel.

– C'est ce que vous croyez ?

– Oui. Oui, c'est ce que je crois.

– Je ne vois pas comment vous pouvez en être aussi sûr.

– Écoutez, chez un type comme Dowland, tout se passe là. (Leonard se tapota la tempe.) C'est du fantasme. D'accord, il fait aussi le voyeur, si possible. Quand il peut s'approcher. Mais l'endroit où l'action se déroule, c'est dans sa tête. Quoi qu'il ait pu se passer avec Eve Ward, ce qui a déclenché l'agression de Richard, c'est dû en partie au fait qu'il la connaissait, qu'il avait déjà été son client. Dans son esprit, entre Eve Ward et lui existait une sorte de relation. Qu'il l'ait considérée comme sa maîtresse, comme sa mère, peu importe. À mon avis, c'est pour ça qu'il a eu une réaction aussi extrême quand elle s'est retournée contre lui, c'est pour ça qu'il a craqué.

– Je ne vois toujours pas pourquoi cela ne pourrait pas se reproduire.

– Cette femme, dit Leonard, Richard ne la connaissait pas, c'est bien ça ?

– Nous n'en savons rien.

– Vous devriez le savoir. Quelqu'un doit le savoir.

Maureen secoua la tête de nouveau et soupira.

– Vous vous trompez d'interlocuteur. Lewis Reardon, c'est à lui que l'enquête a été confiée. Allez lui parler. Ou adressez-vous à Tom Whitemore, vous le connaissez, après tout.

Leonard regarda Maureen, inspira à fond.

– D'accord. Je vais parler à Tom.

La conversation était terminée, mais ils ne bougeaient ni l'un ni l'autre.

– L'autre soir…, commença Leonard.
– Non, pas ça…
– L'autre soir… Il faudrait vraiment que j'apprenne à tenir ma langue. Excusez-moi.
– Ça n'a pas d'importance.
– Ça en a. Pour moi. (Il sourit, la tension évacuée.) Je passais un très bon moment…
– Eh bien, merci.
– J'appréciais votre compagnie.
– Je me demande bien pourquoi.
Leonard sourit.
– Vous voulez que j'énumère les raisons ? Très bien. Vous êtes vous-même, pour commencer. C'est important. Vous vous consacrez sans compter à votre travail, et ça me plaît, aussi. J'aime parler avec vous. C'est parfois un sacré boulot, mais ça ne me dérange pas. J'en ai l'habitude, pourrait-on dire. Et vous êtes très attirante. (Il s'esclaffa.) Je crois que vous faites parfois votre maximum pour le cacher, mais c'est vrai.
Maureen Prior secouait la tête.
– Vous voulez que je vous dise ?
– Quoi ?
– Vous ne racontez que des conneries.
Leonard s'accrocha à son sourire.
– Comme tout le monde.
– Oui, eh bien, des conneries, j'en ai déjà assez dans ma vie, merci beaucoup. Je n'ai pas besoin de celles des autres.
– Parfois, ça peut aider.
Maureen pinça les lèvres avant de répondre.
– Je n'ai pas besoin d'une analyse, Ben. Vous vous trompez sur la personne. Vous croyez avoir affaire à qui ? À une patiente potentielle, c'est comme ça qu'on dit ? Une future cliente ? Quelqu'un que vous pourrez analyser, et sauver, et puis, ma foi, si vous pouvez la sauter en cours de route, ça sera un petit bonus ?

– Maureen, écoutez-moi, ce n'est pas…

– Parce que j'ai *déjà* fait une analyse. Pendant cinq ans. Et même plus. Et, de mon point de vue, ça n'a été qu'une gigantesque perte de temps, et il n'est pas question que je recommence ce genre de plaisanterie. Je ne veux même pas en entendre parler. C'est clair ?

– Oui, je suppose…

– Est-ce clair ?

– Oui.

– Bien. Maintenant, ce que je vous conseille de faire, si vous êtes vraiment inquiet pour Dowland, c'est de prendre contact avec Tom Whitemore dans les plus brefs délais.

– D'accord, fit Leonard à voix basse. Je m'en occupe. Merci.

Quand il fut parti, Maureen se rendit aux toilettes et s'enferma dans l'une des cabines, pour que personne ne puisse voir ses larmes.

Après plusieurs heures d'indécision, Anna Ingram appela Elder et laissa un message sur son portable. Quinze minutes plus tard, il la rappela.

– À propos du meurtre de la nuit dernière, dit-il, vous dites que vous avez peut-être des informations.

– Ce n'est sans doute pas grand-chose, dit-elle, mais quand j'ai appris ce qui s'est passé en écoutant la radio…

– Où êtes-vous, en ce moment ?

– Au travail. Au château.

– Très bien. Je viens vous voir.

– Vous êtes sûr ? Parce que je pourrais toujours…

– Non. Donnez-moi une demi-heure. J'arrive.

Elder interrompit la communication et composa le numéro de Maureen Prior.

– Je viens de recevoir un appel d'Anna Ingram…

– L'amie de Blaine ?

– C'est ça. Elle dit qu'elle a des informations à propos de la nuit dernière.

– Tu l'as redirigée vers Reardon ?

– J'ai pensé que je pourrais aller lui parler moi-même. Le seul problème, c'est que je ne veux pas que Reardon s'imagine que je manigance quelque chose derrière son dos, que je fourre mon nez dans ses affaires.

– Ne t'inquiète pas. Il s'est mis dans le crâne de faire avouer Dowland, il a du pain sur la planche. Mais je veillerai à ce qu'il sache ce que tu fais. Tout ce qui te paraît pertinent, tu nous le fais passer ?

– Sans perdre une minute.

Le bureau d'Anna Ingram, qu'elle partageait avec deux collègues, se trouvait tout en haut d'une série d'escaliers en spirale, et au bout d'un couloir étroit et haut de plafond. Quand on y parvenait enfin, la porte à panneaux ouvrait sur une pièce vaste dont les moulures alambiquées avaient bien besoin d'être restaurées. Dans un angle, un seau était prêt à recueillir les infiltrations qui tombaient abondamment du toit à chaque fois que le vent soufflait dans la mauvaise direction. Un grand vase rempli de fleurs séchées trônait au centre d'un âtre carrelé. Sur les murs, des affiches annonçant des expositions cachaient la moindre trace d'humidité.

Anna portait la même jupe mauve que la dernière fois qu'il l'avait vue, mais aujourd'hui avec un haut lavande à manches bouffantes. Elle avait laissé ses longs cheveux roux descendre sur ses épaules.

L'une de ses collègues était partie à Londres assister à une réunion à la galerie Hayward ; l'autre, à la demande d'Anna, s'offrait une pause-café plus longue qu'à l'ordinaire à la cafétéria.

– J'espère que je ne vais pas vous faire perdre votre temps avec des informations sans intérêt pour vous, dit-elle en serrant la main d'Elder.

– Cela m'étonnerait, répondit Elder en souriant.

Depuis l'endroit où il était assis, pratiquement face à la fenêtre, il voyait des lambeaux de nuages blancs dispersés dans le ciel.

Anna tripota quelques crayons avant de commencer, d'une voix inhabituellement hésitante.

– En bref, dit-elle, il m'est arrivé quelque chose l'autre soir. Lundi. Je n'avais pas l'intention d'en parler, de signaler l'incident ni quoi que ce soit, mais après ce meurtre qui a été commis…

S'interrompant, elle regarda Elder, indécise.

– Poursuivez, fit-il.

– Eh bien, je me promenais dans mon quartier, à Mapperley Park. Il était assez tard, il me semble. Onze heures et demie, peut-être. Je revenais de chez Vincent et nous nous étions quelque peu querellés. J'ai pensé que j'avais besoin de prendre l'air.

– Oui, oui.

– Pendant que je montais la côte qui mène à Woodborough Road, j'ai eu cette impression – je ne sais comment dire –, non pas que j'étais suivie, exactement, mais que quelqu'un m'épiait. C'était stupide, vraiment. Je veux dire, j'ai regardé autour de moi et il semblait n'y avoir personne dans la rue. Malgré tout, j'ai ressenti une sorte d'angoisse, et puis j'ai cru entendre un bruit, derrière moi, et du coin de l'œil j'ai vu quelque chose bouger – dans la rue, mais près de moi, tout près, derrière un porche, et quand j'ai regardé – je n'aurais peut-être pas dû, je ne sais pas, c'était sans doute imprudent de ma part –, mais il y avait quelqu'un, là, les yeux braqués sur moi. Et je suis partie en courant. Sans réfléchir, je me suis mise à courir, c'est tout.

– Et que s'est-il passé ? Il vous a suivie ?

– Non. Non, je ne crois pas. Je ne l'ai pas revu. J'ai dévalé la côte à toutes jambes, jusqu'à ce que je tombe sur Brian.

– Brian ?
– Brian Warren. C'est le comptable de Vincent. Du moins, il l'a été. Jusqu'à ce qu'il prenne sa retraite. Ils sont amis depuis des années.
– Vous êtes tombée sur lui ?
– Oui. À l'angle de Cyprus Road.
– Que faisait-il là ?
– Il venait de jouer au bridge. Son club n'est pas très loin.
– Donc, il allait où ? Il rentrait chez lui ?
– Oui. Il avait d'abord raccompagné un ami.
– Et puis il vous a rencontrée.
– Vous imaginez à quel point j'étais soulagée de le voir. Enfin, pas tout de suite, bien sûr. Quand il m'a saisie aux épaules…
– Il vous a saisie aux épaules ?
– Pour m'empêcher de le percuter de plein fouet. Je courais à toute allure.

Elder changea de position sur son siège.
– L'autre homme, celui dont vous avez vu le visage, vous seriez capable de le reconnaître ?
– Oh, oui, je crois.
– Pouvez-vous me le décrire ?
– Je peux essayer.
– Il était blanc ? Noir ? Indien ?
– Blanc, aucun doute sur ce point. Il avait un visage maigre, au teint cireux, pourrait-on dire. Pâle. Sa peau était pâle et un peu jaunâtre, encore que cela aurait pu être un effet de la lumière du réverbère, bien sûr. Et il avait ce qui ressemblait à une boursouflure autour de l'œil. De l'œil gauche.
– Et ses cheveux ? De quelle couleur étaient ses cheveux ?
– Je ne m'en souviens pas.
– Et quel âge avait-il, à votre avis ?

Anna regarda en direction de l'âtre.
– C'est difficile. Il avait un de ces visages qui n'ont pas d'âge. Vous savez, ni jeune ni vieux.

– Trente ans ? Quarante ?

– Plutôt trente que quarante, il me semble. Je ne peux pas être plus précise que ça, je regrette.

– Vous le reconnaîtriez, cependant ? Vous en êtes sûre ?

– Je pense que oui. C'est important, alors ?

– Ça pourrait l'être.

– Vous croyez que ce pourrait être le même homme que celui qui a agressé cette pauvre femme ?

– C'est possible.

Anna frissonna.

– Vous savez qui c'est ? demanda-t-elle. Vous avez une idée de son identité ?

– Cela se pourrait.

Elle soupira.

– Je ne supporte pas l'idée d'avoir peur ; peur de sortir de ma propre maison.

– Je sais.

– Et je déteste les discours de tous ces gens qui prétendent qu'il y a partout davantage de violence et de danger. Vous savez, ceux qui disent qu'on n'ose plus aller au centre-ville le vendredi soir ou le samedi soir. Si vous vous obstinez à sortir, il faut faire attention à ne pas regarder les gens dans les yeux, à ne pas adresser la parole aux gens qu'on ne connaît pas. C'est ridicule. On ne peut pas vivre comme ça ; je n'ai pas envie de vivre comme ça. Et je n'arrête pas de dire aux gens que la situation n'est pas vraiment aussi grave que ça, qu'ils exagèrent. Et puis, un jour, il se passe quelque chose – cet homme, par exemple, c'était dans le journal il y a quelques jours –, dans une ville sans histoires, à Nuneaton je crois –, il a réprimandé un groupe de jeunes qui détérioraient la voiture de sa sœur et ils se sont retournés contre lui et ils l'ont tué. Comme ça, tout simplement. Ils l'ont roué de coups jusqu'à ce qu'il en meure. C'est incroyable. On aimerait penser que c'est incroyable, mais c'est arrivé. Ce genre de chose se produit, de nos jours.

Elle tremblait un peu, et elle semblait au bord des larmes. Elder allait se lever pour la réconforter, mais elle l'écarta d'un geste.

– Ce n'est rien. Ça va passer.

– Vous voulez aller boire un café ou autre chose ? Prendre un peu l'air ?

Anna sourit.

– Maintenant que j'ai un garde du corps, vous voulez dire ?

Elder lui rendit son sourire.

– Je suis sûr que vous ne craignez rien, ici.

Anna repoussa son siège.

– Si une femme ne peut se sentir en sécurité dans son propre château, où le pourrait-elle ?

Descendant la pente en sortant du château, ils passèrent devant la pelouse et les parterres de fleurs ornementaux et suivirent le sentier bordé d'arbres de chaque côté, qui mène au kiosque à musique.

– Alors..., fit Elder, se rappelant soudain, ... comment avance votre travail sur Harold Knight ?

– Oh, lentement. Plus lentement qu'il ne devrait, j'en ai peur. Mon éditeur m'a déjà laissée dépasser la date de remise, et à présent il semblerait que je doive tenter d'en négocier une nouvelle.

– Votre éditeur ? Ce n'est pas Vincent ?

Cette idée fit sourire Anna.

– Ce n'est pas son genre de livre ? s'enquit Elder.

– Pas vraiment. Le domaine de Vincent, c'est la photographie. Et il y réussit bien. Aussi bien que peut le faire un petit éditeur. Mais la simple idée d'avoir encore un moyen supplémentaire de m'attirer la désapprobation de Vincent... (Elle rit.) C'est tout simplement inenvisageable.

Peu après le kiosque à musique, ils s'arrêtèrent pour s'asseoir sur l'un des bancs de bois. Malgré un soleil hésitant, le fond de l'air restait indéniablement frais. Anna avait jeté un gilet de laine sur ses épaules en quittant son bureau ; elle passa ses bras dans les manches et boutonna le devant.

– Au début de notre conversation, dit Elder, vous avez fait allusion à une dispute que vous auriez eue, Vincent et vous.

– Ah, oui... (Anna eut un geste évasif.) Ce n'était rien du tout.

– Mais cela a suffi à vous contrarier.

– Est-ce que cela m'a contrariée ? Oui, un peu, je suppose.

– Au point de vous donner un mal de tête. De vous faire sortir de chez vous pour vous éclaircir les idées.

Avant de répondre, Anna attendit que fût passé un groupe de petits écoliers en uniforme, qui marchaient lentement en rang par deux.

– Je ne me rappelle même plus, maintenant, à quel sujet nous nous sommes disputés, ni ce qui a mis Vincent en colère. (Elle laissa échapper un léger soupir.) Il suffit de peu de chose, à présent. Surtout le lundi.

– Pourquoi le lundi ?

– C'est le jour où Vincent va voir sa mère. Margaret. Chaque lundi sans faute. Parfois, d'autres jours de la semaine, aussi. Mais toujours le lundi.

– Et elle se trouve dans le Dorset ?

– Oh, non, dans le Derbyshire.

– Je croyais vous avoir entendue parler d'une maison de famille dans le Dorset ? J'ai peut-être mal compris ?

– Non, c'est exact. Cette maison est dans la famille de Vincent depuis..., oh, les années vingt. Plus tôt que cela, peut-être. Mais ils sont partis s'installer dans le Derbyshire lorsque Vincent avait dix ou onze ans, je crois, et c'est là qu'il a vécu jusqu'à ce qu'il entre à l'université – encore que vous ne le devineriez jamais à l'entendre parler. La maison du Dorset, ils l'ont gardée pour les vacances.

– Et c'est dans le Derbyshire que sa mère habite encore aujourd'hui ?

– Oui. Assez loin au nord, entre Buxton et Bakewell.

– Son père… ?

– Son père est mort alors que Vincent était très jeune. Je suppose que c'est l'une des raisons pour lesquelles Margaret et lui ont toujours été très proches. Malgré tout.

– Qu'est-ce que vous voulez dire ?

– Oh, rien de très étonnant, je pense. Elle a séjourné un certain temps dans une maison de retraite ; elle avait de plus en plus de mal à s'en sortir toute seule. Mais elle n'a jamais été vraiment heureuse, dans cette maison, et Vincent a réussi je ne sais comment à trouver l'argent nécessaire pour qu'une aide ménagère s'occupe d'elle à la maison. Je crois que ça n'a pas été facile pour lui.

– Sur le plan financier, vous voulez dire ?

– Pas seulement. Je n'ai pas souvent rencontré Margaret, mais c'est le genre de personne dont on ne peut pas dire qu'elle soit facile à vivre. C'est mon impression, du moins. (Anna eut un sourire contrit.) Telle mère, tel fils. Et ce qui complique les choses, à présent, c'est que parfois elle reconnaît à peine son fils, je crois. Elle le prend pour son père, ce genre de chose. Elle rabâche sans cesse des histoires du passé, de l'époque où le père de Vincent était encore vivant. Et puis, à d'autres moments, elle peut se révéler complètement rationnelle. Donc, Vincent trouve ça dur ; il n'en parle pas beaucoup, mais je m'en aperçois. Tant de choses dépendent du fait que sa mère ait passé ou non une bonne journée.

Elder hocha la tête, se disant qu'il comprenait.

– Et vous ? demanda Anna. Vos parents sont toujours de ce monde ?

Elder secoua la tête.

– Désolée.

– Et les vôtres ?

– Oh, oui. Mon père joue toujours au golf et pratique la natation toute l'année. Ma mère fait partie du conseil paroissial, et elle flirte joyeusement et ouvertement avec le pasteur, bien que celui-ci soit marié, père de sept enfants, et amputé de la jambe droite sous le genou. Elle l'appelle : mon petit gigolo pas-tout-à-fait-complet. Je crois qu'elle fait payer à mon père toutes ces petites écervelées qui tournaient autour de lui quand il était plus jeune.

Ils entendirent la cloche de l'hôtel de ville sonner l'heure.

– Il faut que je vous quitte, dit Elder. Je vous ai déjà fait perdre suffisamment de temps comme cela.

Ils descendirent ensemble jusqu'aux grilles du château, et à l'endroit où l'allée se divise en deux, Anna s'arrêta.

– Cela m'a fait plaisir de vous revoir, dit-elle. Même dans des circonstances telles que celles-ci.

Elder la regarda dans les yeux.

– Il n'y a rien d'autre que vous souhaitiez me dire ?

– À quel sujet ?

– Je ne sais pas. Vincent, peut-être.

Elle tenta de soutenir son regard, mais n'y parvint pas.

– Non, répondit-elle. Non, je ne crois pas.

Où que pût se trouver Maureen Prior, elle n'était pas derrière son bureau, elle ne répondait pas au téléphone, son portable était éteint. À la troisième tentative, Elder parvint à obtenir Lewis Reardon.

– Je viens de parler à une femme qui a été effrayée par un inconnu dans le quartier de Mapperley, dit

Elder. Lundi soir. Il la suivait; il la traquait, pourrait-on dire. Maureen Prior était censée vous en parler.

– J'ai eu son message, oui.

Reardon semblait impatient, fatigué.

– D'après le signalement qu'elle m'a donné, je suis presque sûr que c'était Dowland.

– Elle pourrait l'identifier ?

– Je pense que oui.

– D'accord, merci. Ça sera peut-être utile, peut-être pas.

– Comment ça ?

– Cela arrive sans doute trop tard, dit Reardon. J'ai le feu vert de la hiérarchie pour garder Dowland douze heures de plus. Vu la façon dont ça se présente, il va cracher le morceau. On aura de gentils petits aveux. Le meurtre de Lorraine Carne sur un plateau. Merci beaucoup. (Reardon ricana.) Je veillerai à ce que vous soyez invité au pot, Frank. Vous nous aiderez à fêter ça.

36

Le cimetière, entouré d'arbres, se trouvait à la périphérie de la ville, vers le sud. Les allées de gravier serpentaient entre les tombes, les parterres de fleurs soigneusement entretenus et le gazon coupé ras. Quand les arbres se couvraient de feuilles, le crématorium, proche du Jardin du souvenir, était invisible depuis la route.

Jennie Preston, vêtue d'un élégant tailleur noir et d'un chapeau noir à larges bords, entourée par les enfants de Claire Meecham, accueillait les invités à mesure qu'ils arrivaient, acceptant leurs condoléances. Les invités ? Était-ce le mot qui convenait ?

Jane, la fille de Claire, était brune, grande et mince ; elle se voûtait un peu quand elle parlait. Le fils de Claire, James, ressentant encore les effets de son vol intercontinental, était plus trapu, plus rond de visage, et peu à son aise dans un costume qu'il avait dû emprunter ou acheter pour l'occasion.

Elder leur avait parlé un peu plus tôt, faisant de son mieux pour les rassurer quant aux progrès de l'enquête, sans leur faire trop de promesses ni leur donner de faux espoirs. Jane n'avait cessé de braquer sur lui un regard dur, incrédule. James avait hoché la tête, souri, puis il lui avait broyé la main en le remerciant pour tout ce qu'il faisait.

– Coincez ce salaud, c'est tout, hein ?

En penchant la tête pour déposer un baiser sur la joue de Jennie, Elder avait été frappé par la profondeur des ombres qui soulignaient ses yeux. Une musique d'orgue, discrète, s'échappait de la chapelle, soulignant les conversations contraintes et étouffées, le gazouillis sporadique et le chant des oiseaux. Derek, le compagnon de Jennie, se tenait à l'écart, silencieux, fumant une cigarette.

Consultant sa montre à plusieurs reprises, Elder pensa que Joanne avait changé d'avis. Puis, alors que les gens commençaient à entrer dans la chapelle, elle arriva, presque élégante en long manteau noir et chaussures rouges, des lunettes noires aux verres immenses masquant presque tout son visage. Il n'y avait pas de soleil, et seulement un petit coin de bleu dans le ciel.

– Katherine ne vient pas ? demanda Elder en venant à sa rencontre.

– Elle a cours, répondit Joanne. (Puis, secouant la tête :) Elle n'en avait pas envie.

La mort, pensa Elder, Katherine en est encore un peu trop près pour se sentir à l'aise en sa présence.

Joanne et lui prirent place ensemble, pour écouter l'ecclésiastique parler, d'une voix douce à l'accent irlandais, de la vie de Claire en tant que femme et que mère, de son dévouement discret, de la façon dont elle avait, sans jamais se plaindre ni faillir à la tâche, soigné un mari aimé et aimant. Puis Jennie elle-même prit la parole, évoquant avec affection la jeunesse que Claire et elle avaient partagée, et la manière avec laquelle, dans son rôle de sœur aînée, elle s'était occupée d'elle quand le besoin s'en était fait sentir. Davantage comme une mère que comme une sœur.

– Pour moi, la chose la plus triste, peut-être, dit Jennie pour conclure, c'est qu'après avoir consacré la moitié de sa vie à aider les autres, Claire commençait à peine à se forger une vie à elle quand cette vie lui a été retirée.

Pendant toute la durée du cantique qui suivit, Jane Meecham pleura avec violence, bruyamment.

Les pensées d'Elder dérivèrent du côté des obsèques de ses propres parents. Sa mère avait été incinérée selon sa volonté, mais son père inhumé dans une terre dure et froide. Une pierre tombale en granit marquait l'emplacement de sa sépulture. Elder s'y rendait rarement, et jamais sans chagrin ni regrets : les choses qu'il avait dites, celles qu'il avait pensées mais avait laissées inexprimées.

On avait fermé le cercueil de son père, les morts déjà séparés des vivants, maintenus par des vis robustes dans un réceptacle en bois coûteux poli avec soin.

Était-ce mieux ainsi ?

Quand il était encore enfant – onze ans ? douze ? –, sa mère lui avait pris la main pour l'emmener dans le salon aux rideaux épais de la maison de sa grand-mère, où la vieille dame reposait, les yeux fermés, dans un cercueil ouvert. Il se rappelait avoir regardé ce visage vide de toute expression, et remarqué la façon dont ses lèvres s'étaient plissées, comme pressées l'une contre l'autre par un fil invisible.

Au moment où il avait été sûr que sa mère ne le regardait pas, il avait posé son index sur la joue de sa grand-mère, et l'avait retiré aussitôt, le bout étant à présent blanchi par la poudre qui couvrait le visage.

– Dis au revoir à ta grand-mère, mon petit, avait dit sa mère. Embrasse-la si tu veux.

Elder n'avait pas voulu.

Ce matin, incapable de se rendormir, il avait lu aux premières heures la scène d'*Amants et fils* dans laquelle Paul Morel contemple à la lueur d'une seule bougie, en attendant l'arrivée de l'ordonnateur des pompes funèbres, le corps de sa mère étendue sur son lit, la courbe du drap – comment Lawrence exprime-t-il cela ? – pareille à une pente neigeuse immaculée. Et la mère, aux yeux de Paul, est à nouveau jeune et belle, comme si un baiser pouvait la réveiller : et ce conte de fées vole en éclats lorsque, se décidant à l'embrasser vraiment, il est choqué par la froideur impitoyable de sa bouche.

Embrasse-la si tu veux.

L'esprit d'Elder revint à Claire Meecham telle qu'elle lui était apparue quand il l'avait découverte, son corps étendu au milieu du lit, de son propre lit, ses vêtements disposés avec soin, ses cheveux méticuleusement brossés et peignés.

Comme au sortir d'une toilette mortuaire.

Joanne le poussa du coude et il baissa la tête pour la prière finale.

Il laissa un message sur le répondeur d'Anna Ingram, mais elle ne le rappela pas. À dix-huit heures trente, il supposa que, son travail terminé, elle était rentrée chez elle, et chercha son numéro personnel dans l'annuaire. Son téléphone sonna un long moment, et Elder pensa qu'elle n'allait pas décrocher, mais elle finit par le faire.

S'excusant de l'importuner ainsi, Elder lui demanda s'ils pourraient parler.

Ce soir ?

Ce soir.

Il trouva facilement la maison, construite en retrait de la route, comme la plupart des habitations voisines, derrière un mur de pierre noirci par le temps et couvert de végétation. La maison elle-même, un peu décrépite par endroits, semblait avoir besoin de quelques réparations. Il manquait un certain nombre de petits carreaux au chemin de céramique menant à la porte d'entrée. Le gros bouton de sonnette circulaire, plus grand que son pouce, paraissait dater de la construction de la maison, une bonne centaine d'années plus tôt ; Elder se demanda s'il fonctionnait encore. C'était le cas. Étant donné la vitesse avec laquelle Anna Ingram se manifesta, il se dit que, selon toute probabilité, elle l'avait vu arriver et l'attendait dans le vestibule.

Le salon du premier étage était vaste et haut de plafond, ses murs décorés d'affiches encadrées et de ce qu'Elder supposa être des toiles originales. La bibliothèque, imposante, ployait un peu sous la charge qu'elle contenait. Les rideaux de velours étaient un peu défraîchis par endroits. Le plancher était recouvert d'une épaisse moquette rouge.

– Je venais de me servir un verre de vin, dit Anna. Rien d'extraordinaire, mais si vous voulez vous joindre à moi... (Elle rit nerveusement.) Cela dépend, je suppose, de la nature de votre visite, officielle ou pas.

– Un verre de vin me ferait plaisir, dit Elder.

Évitant le canapé ancien qui n'avait qu'un seul accoudoir, il choisit un fauteuil qui se révéla moins confortable qu'il ne paraissait.

Le vin était pâle et un peu piquant. Elder en prit une gorgée puis écarta son verre. Anna Ingram tripotait l'un des petits boutons de perle cousus sur la manche de son chemisier.

– Vincent Blaine et sa mère, commença Elder. Je me demandais seulement si vous pourriez me dire quelque chose de plus à leur sujet.

Anna parut surprise.

– Je ne sais pas, dit-elle après un instant d'hésitation. Je ne sais vraiment pas ce qu'il pourrait y avoir d'autre. Je ne sais pas à quel genre de chose vous pensez.

– Vous m'avez laissé entendre qu'il y avait une certaine tension entre eux.

– Eh bien, oui, cela fait un an, environ, que cette tension existe. Depuis que Vincent a accepté de retirer sa mère de la maison de retraite…

– Et c'est à cause de cela ? Des dépenses supplémentaires ?

– Cela en fait partie, certainement. Il y a ça, et puis les soucis. Trouver une personne qualifiée qui accepte de rester longtemps à son service, ce n'est pas facile. Les humeurs de sa mère peuvent varier considérablement, et parfois, il lui arrive de se montrer extrêmement désagréable, croyez-moi. Les gens ne supportent pas qu'on leur parle de cette façon ; ils s'en vont. Et pour s'occuper d'elle la nuit, souvent Vincent ne trouve que des gamines sans véritable formation qui essaient de faire entrer leur petit copain en catimini à chaque fois qu'elles le peuvent.

– Et Vincent assume seul cette responsabilité ? Il n'a pas de frères et sœurs ?

Anna secoua la tête.

– Il semble vraiment dommage, dit Elder, qu'il ne puisse la persuader de retourner dans une sorte d'établissement spécialisé.

– Vincent et sa mère… (Anna sourit.) C'est la seule personne dont il ne peut obtenir qu'elle fasse ce qu'il veut, qu'il ait recours à l'intimidation, aux cajoleries ou à l'humiliation. C'est une vraie matrone à l'ancienne, cette Margaret. Elle est trop habituée à n'en faire qu'à sa tête. Mais si jamais j'ose dire ne serait-ce qu'un seul mot contre elle…

Anna but un peu de vin.

– Quand ils ont déménagé, dit Elder, quittant le Dorset pour s'installer dans le Derbyshire, était-ce après la mort du père de Vincent ?

– Pas tout de suite après. Je ne crois pas. Non, en fait, j'en suis sûre. Son père est mort quand Vincent avait seulement trois ans. Dans un accident de voiture. Il semble n'avoir gardé pratiquement aucun souvenir de lui.

– Et ils ont déménagé, m'avez-vous dit, quand Vincent avait une dizaine d'années ?

– Oui. Dix ou onze ans. Mais pourquoi ? Pourquoi voulez-vous savoir tout ça ?

– Savez-vous pour quelle raison..., demanda Elder, esquivant la question d'Anna, ... ils ont décidé de déménager ?

Anna changea de position dans son fauteuil.

– Pas réellement, non.

– Cela avait peut-être un rapport avec l'emploi de sa mère ? Je suppose qu'elle travaillait. Ou peut-être à l'époque avait-elle l'intention de vendre la maison du Dorset pour une raison quelconque ? Et de déménager aussitôt ?

Anna se tortilla de nouveau, perturbée par le regard d'Elder.

– Je crois... Il me semble... Vincent m'a dit quelque chose, un jour... Je pense que cela avait peut-être un rapport avec l'école. L'école de Vincent.

– De quelle façon ? Elle n'était pas assez bonne pour lui ? Le niveau était trop faible, ce genre de chose ?

– Non, je crois que Vincent... Vincent avait eu des problèmes.

– Des problèmes ?

– Oui.

– Cela ne semble pas être son genre. (Elder sourit.) À moins qu'on lui ait reproché d'en savoir plus que les profs, bien sûr. De vouloir faire cours à leur place.

Anna sourit à son tour.

– Il a toujours été brillant, bien sûr. Je crois que cela faisait partie du problème. Vous savez, les enfants qui s'ennuient en classe ont tendance à mal se conduire, c'est connu. Peut-être essayait-il de se faire remarquer, je n'en sais rien, c'est une simple supposition de ma part.

– Savez-vous le genre de chose qu'on lui reprochait ?

– Pas réellement. (Anna tendit la main vers son verre de vin.) Comprenez bien que ce n'est pas un sujet dont nous ayons beaucoup parlé. Nous l'avons à peine effleuré. (Elle rit.) Être exclu de l'école – ce n'est pas exactement l'un des sommets de l'illustre carrière académique de Vincent.

– Il a vraiment été renvoyé ? Exclu ?

– Temporairement. Je ne sais pas pour combien de temps, mais quelques jours sans doute. Je crois que c'était une décision symbolique plus qu'autre chose. Pour persuader sa mère que les problèmes étaient graves.

– Et c'est pour ça qu'ils ont déménagé ? Pour trouver une nouvelle école ailleurs ?

– Pas immédiatement. On a confié Vincent à un spécialiste pour suivre je ne sais quelle sorte de traitement. Une thérapie. Il ne veut vraiment pas en parler. Mais cela a duré un certain temps, je crois. Presque un an, il me semble.

– Elle n'a rien donné, alors, cette thérapie ?

– Qui peut le dire ? Pour autant que je sache, il n'a plus eu de problèmes par la suite, après leur déménagement, donc elle a peut-être été efficace. Ou alors le changement d'école lui a fait du bien, qui sait ?

Elder se carra dans son fauteuil.

– Ma fille, dit-il, Katherine. Quand nous sommes venus nous installer à Nottingham, elle était sur le point de changer d'établissement de toute façon, pour passer du primaire au secondaire, mais à Londres, au moins, elle aurait suivi bon nombre de ses amis, alors qu'ici... (Il se pencha en avant de nouveau pour prendre son verre sur le plancher.) On a pratiquement dû la porter jusqu'au collège pendant toute la première semaine, et même plus. Il lui a fallu un temps fou pour s'intégrer. Une éternité.

– Mais elle a fini par s'y faire ?

– Oui. Le temps passant, elle s'y est trouvée bien.

– C'est difficile, ce genre de chose. Quand on est jeune. Les changements. Pour certaines personnes, ça peut être vraiment traumatisant.

Elder hocha la tête.

– Je crois que vous avez raison.

– Je peux vous resservir ? proposa Anna, désignant d'un signe de tête le verre d'Elder.

– Non, merci. C'était très agréable, mais il vaut mieux que je m'abstienne.

– Comme vous voudrez.

Après cinq minutes de bavardages sans importance, elle l'escorta jusqu'au rez-de-chaussée.

37

Tandis qu'Elder se préparait pour se rendre aux obsèques de Claire Meecham, Lewis Reardon, à peu près au même moment, se pavanait dans un costume chic, chemise voyante et cravate à pois, échangeant avec tout le monde, d'un bout à l'autre du bâtiment des Affaires criminelles, des grandes claques à la façon des basketteurs qui viennent de marquer un panier. On aurait dit, fit remarquer quelqu'un, le rat qui vient de trouver le fromage. Il n'était pas exactement le petit chouchou de la maison, Reardon, depuis qu'il avait brûlé la politesse à plusieurs de ses collègues dans la course à la promotion – quand bien même, ainsi que le reconnaissaient à contrecœur ses détracteurs, d'une façon ou d'une autre cet enfoiré obtenait des résultats.

– Maureen, merci pour ton aide, hein ?

Maureen Prior, qui lui avait apporté, selon sa propre estimation, une aide négligeable sinon nulle, serra la main qu'il lui tendait. Même dans l'état d'exaltation qui était le sien, Reardon sentit qu'elle n'était pas disposée à faire claquer sa paume contre la sienne, le bras en l'air.

– Le labo a envoyé tous les résultats, alors ? dit Maureen. Les documents sont signés et tamponnés ?

– On a ses aveux sur la bande, non ? C'est ça qui importe. Il s'accable lui-même, avec des sanglots dans la voix, le grand jeu. Et en même temps, il implore notre pardon. Quel pitoyable salopard !

– Vous l'avez inculpé, alors ?

– Et comment !

Il y avait une tache humide, un peu de salive, autour de la bouche de Reardon, qui rendait plus rouge encore la petite coupure qu'il s'était faite en se rasant.

– Vous nous rejoindrez au pub ! dit Reardon, comme s'il énonçait une évidence au lieu de poser une question. Plus tard.

– Je verrai ce que je peux faire.

– Voyons, vous pouvez bien vous lâcher, pour une fois. On ne sait jamais... (Reardon cligna de l'œil.) Avec un peu de chance, vous pourriez même ramener un mec.

Sur le portable de Maureen, il y avait trois appels de Ben Leonard, et quand elle rejoignit son propre bureau, elle s'attendait presque à ce qu'il soit posté en embuscade dans le hall.

Mais ce n'était pas lui qui l'attendait ; c'était Wayne Johns.

Il était planté devant l'immeuble, et il semblait sortir tout droit du gymnase.

– C'est ici que je peux porter plainte ? demanda-t-il avec un sourire insolent. Pour intrusion dans la vie privée, diffamation, ce genre de chose ?

– Non, répondit Maureen. Il faut vous adresser au siège central de la police du comté. Je vous conseille de prendre rendez-vous d'abord.

Elle voulut passer devant lui, mais Johns fit un écart pour lui barrer la route.

– Laissez-moi passer, dit Maureen.

Souriant toujours, Johns resta où il était.

– Laissez-moi passer, merde !

– Oh, la vilaine !

Le sourire avait disparu, à présent. Johns la fixait d'un regard haineux. Maureen serra le poing.

– Envoyer votre copain à Barcelone, dit Johns, fouiner dans les coins. Pour voir quelles saloperies il arriverait à déterrer. Vous n'avez pas pensé une minute que je finirais par le savoir ?

Maureen ne dit rien.

– Mon petit doigt m'a alerté aussitôt, poursuivit Johns. C'est une violation de mes droits fondamentaux, voilà ce qu'on m'a dit. Dès que mon avocat se penchera sur la question, ça vous vaudra, au minimum, de vous faire taper sur les doigts par votre supérieur. Vous aurez de la chance si ça ne vous coûte pas votre boulot.

– Écoutez, dit Maureen, je ne vous trouve pas drôle, et vous me faites perdre mon temps.

– Pas drôle ? Mais je n'essaie pas d'être drôle. C'est une affaire grave, non ? Et qui dépasse de loin l'histoire de Barcelone. Vous avez fait le tour de mes clients, histoire de voir ce que vous pouviez exhumer. Interrogé mes anciennes maîtresses. Mes voisins. Vous avez fait monter la sauce, en parlant à des gens qui avaient peut-être une vieille rancune contre moi. Et tout ça derrière mon dos. S'il y a quelque chose que vous voulez savoir sur mon compte, c'est moi qu'il faut venir voir, compris ?

– Pour la dernière fois, dit Maureen, laissez-moi passer.

– Vous savez quoi ? fit Johns en s'approchant encore plus. Vous rayonnez positivement, quand vous vous mettez en rogne. C'est carrément sexy, ça. Ça me fait penser qu'on pourrait peut-être s'entendre au plumard, vous et moi – à moins, bien sûr… (il rit) … que vous soyez déjà en mains.

Tout à coup, Maureen leva énergiquement la jambe droite, et Johns, le souffle coupé, recula en titubant, les deux mains plaquées entre ses cuisses.

– Qu'est-ce qui vous arrive ? demanda Maureen. Je croyais que ça vous faisait jouir, une dose raisonnable de douleur physique ? Ou alors, c'est seulement quand c'est vous qui l'infligez ?

– Salope, fit Johns entre ses dents serrées.

– Ça, c'est bien dit, fit Maureen.

Pour le reste de la journée, elle se sentit beaucoup mieux. Tellement mieux que, vers seize heures, elle décrocha son téléphone et composa le numéro de Ben Leonard.

– Merci de me rappeler, dit Leonard. On peut se voir pour parler ?

– On peut parler tout de suite.

– C'est important.

– Alors, dites-moi ce que vous avez à dire.

Il y eut un soupir d'exaspération à l'autre bout de la ligne. Puis :

– L'inculpation de Richard Dowland, ça n'a aucun sens.

– Continuez.

– Il y a un moment que je parle avec Richard, une fois, voire deux, par semaine. Toutes ces histoires qui tournent dans sa tête, c'est là qu'elles sont, et elles n'en sortent pas. Comme je vous l'ai déjà dit, ce n'est que du fantasme. Du pur fantasme.

– Pas si pur que ça.

– Vous comprenez ce que je veux dire.

– Et vous savez bien ce que je vais vous répondre – la même chose que ce que je vous ai dit la dernière fois que nous avons eu cette conversation : ce qu'il a fait à Eve Ward n'était pas du domaine du fantasme. Si vous n'êtes pas prêt à le croire, c'est peut-être à elle que vous devriez parler, plutôt qu'à lui.

– Vous n'avez plus aucun doute, alors, c'est ce que vous êtes en train de me dire ? Le meurtre de l'autre nuit… Vous affirmez que c'est lui le coupable ?

– Je n'affirme rien du tout.

– Parce qu'à mon avis, vous n'y croyez pas, à sa culpabilité. Pas plus que moi.

– Ne me dites pas ce que je crois.

Éloignant un instant l'écouteur de son oreille, Maureen parcourut la salle du regard. Des officiers de police la tête penchée sur des paperasses, se livrant au désormais incontournable remplissage de formulaires, ou scrutant des lignes en petits caractères sur l'écran de leur ordinateur dont ils faisaient défiler les pages dans les deux sens. Le nombre d'affaires que l'unité devait traiter augmentait chaque jour, à chaque heure semblait-il parfois, et le nombre de celles qui étaient élucidées, résolues, diminuait dans la même proportion. L'autre matin, dans son bureau, Bernard Young avait enfoncé le clou : « Ce qu'il nous faut, c'est un résultat, un bon gros résultat capable de nous décrocher les manchettes des journaux, et de donner au service de presse de quoi chanter sur les toits. Et si vous n'êtes pas capables de me le donner, je bénis déjà celui qui le fera à votre place. »

– Vous avez parlé à Tom Whitemore, dit Maureen à Leonard, comme je vous l'ai suggéré ?

– Il m'a dit que ce n'était plus de son ressort ; qu'il ne pouvait rien faire.

– Vous avez votre réponse, alors.

Leonard jura à voix basse à l'autre bout du fil.

– Bon sang, Maureen, voyons ! Je n'arrive pas à croire que vous allez laisser cette farce se dérouler sans bouger le petit doigt.

– Ce n'est pas mon enquête. Pas ma responsabilité.

– Il s'agit d'un homme, et de sa chienne de vie jusqu'à la fin de ses jours.

– Ben, Ben, s'il a été inculpé à tort, si l'accusation ne tient pas, cela va se savoir.

– Quand ? fit-il d'un ton dégoûté. Comme pour ce pauvre type qu'on a libéré il y a quelques semaines ? Après dix ans ou plus passés en taule ?

– J'ai un appel sur l'autre ligne, dit Maureen. Il faut que je vous quitte.

Coupant la communication, elle se laissa aller contre le dossier de son fauteuil, dans le silence relatif de la salle.

Consciente du fait qu'on remarquerait son absence, Maureen se montra au pot organisé par Reardon, ayant d'abord persuadé Elder de se joindre à elle. Juste un verre en vitesse, Frank, deux au maximum. À présent, c'était son tour de lever le coude, alors que Bernard Young, sous l'effet euphorisant du succès récent de son équipe et d'une succession de whiskies single malt, lui tenait la jambe au bar. Derrière eux, dans l'arrière-salle, le karaoké donnait à fond. Sur la petite estrade, Reardon produisait son meilleur Elvis, bombant le torse, le devant de sa chemise déboutonné : *Suspicious Minds*.

– Dowland, dit Elder quand Maureen eut enfin pu se rasseoir. Qu'est-ce que tu en penses ?

– Ne commence pas.

– Excuse-moi.

– Ce n'est pas tes oignons, d'accord ? C'est la responsabilité de quelqu'un d'autre, pas la nôtre.

Elder haussa les épaules et leva son verre.

Reardon, ondulant du bassin, aspergeant la scène de sa sueur, était passé à *Jailhouse Rock*.

Un peu plus tôt, Elder avait jeté un coup d'œil au rapport d'autopsie : la pression exercée sur le cou de Lorraine Carne lorsqu'on l'avait tordu d'un côté avait été suffisante pour briser plusieurs vertèbres. Est-ce que Dowland, même excité comme il aurait pu l'être, possédait ce genre de puissance musculaire ?

– J'aimerais que tu fasses deux recherches pour moi, Maureen, si tu veux bien, dit Elder. Deux services que tu pourrais me rendre, si tu préfères.

Reardon intercepta Elder plus tard. L'inspecteur principal revenait des toilettes, pas très assuré sur ses jambes.

– Frank, Frank… (Il jeta son bras autour des épaules d'Elder.) … je ne m'attendais pas à vous trouver ici, je ne sais pas pourquoi.

– Je suis juste passé faire un tour, dit Elder. Félicitations.

– C'est un superbe résultat, Frank. Pour nous tous. Et pour moi particulièrement, je ne le cacherai pas. C'est mon premier meurtre depuis que j'ai été nommé inspecteur principal. (Son élocution était approximative.) Le problème, maintenant, c'est qu'on va s'attendre à ce que j'aie la même réussite à chaque fois. Malgré tout, avec un peu de chance, je finirai peut-être par me forger une réputation comme la vôtre. (Il donna un léger coup de poing sur l'épaule d'Elder.) Par me couvrir de gloire, bon sang !

– Le premier meurtre sur lequel j'ai enquêté, dit Elder, c'était dans cette même équipe, il y a huit ans maintenant, une affaire jamais résolue. Personne n'a même été inculpé. Le dossier est toujours ouvert aujourd'hui.

– C'est rageant, ce genre de chose, Frank. Une vraie vacherie. (Reardon s'esclaffa.) C'est peut-être vous qui devriez prendre des leçons avec moi, alors ? Pour voir comment je procède.

De manière irréfléchie, Maureen avait accepté de prendre un verre de plus, et elle se retrouvait à présent coincée par une bande de collègues, sans espoir de pouvoir s'échapper rapidement.

– Tu n'oublieras pas ? lui lança Elder au moment où il partait.

Elle n'oublierait pas.

38

Il était quatre heures, quatre heures et demie de l'après-midi, avec un soleil encore très présent ; la lumière n'avait pas commencé à baisser. La faible brise que l'on pouvait percevoir venait de la mer, apportant avec elle une odeur d'ozone, légère mais reconnaissable.

En prenant sa retraite, Alice Silverman était partie s'installer à un autre endroit de la côte, pas trop loin, dans une maison des années trente surplombant la mer, juste à côté de Weymouth. En principe, cette demeure était trop grande pour une femme à présent âgée qui vivait seule, bien qu'il y eût des neveux et des nièces pour venir à l'occasion séjourner chez elle quand ils avaient besoin de vacances bon marché. Et puis, de temps à autre, son ancien collègue Jock Mirren débarquait devant sa porte, pratiquement sans prévenir, et il occupait la chambre d'amis pendant plusieurs semaines d'affilée, l'empêchant de dormir par ses ronflements, et laissant derrière lui dans la pièce des relents de cigare, de whisky, ou pire encore.

Quand elle eut atteint l'âge de soixante-cinq ans, Alice commença à avoir des problèmes avec sa hanche, surtout lorsqu'elle montait des escaliers. Une bursite, diagnostiqua son kinésithérapeute, bien qu'il ne semblât pas complètement sûr. Les exercices qu'il lui prescrivit soulagèrent ses douleurs un moment, mais sans plus ; son généraliste lui avait proposé une infiltration de cortisone qui risquerait de faire de l'effet, mais c'était une chance qu'Alice, jusqu'à présent, avait choisi de ne pas prendre. Les escaliers, elle était prête à les escalader lentement, surtout s'il y avait une rampe. Et, normalement, pourvu pour qu'elle pût prendre tout son temps, elle pouvait grimper à son rythme la côte menant à sa maison. Mais si la douleur se manifestait soudain lorsqu'elle était loin de chez elle – pendant son retour de la bibliothèque, par exemple – et la transformait en une vieille infirme souffrant mille morts, alors sa maladie lui faisait horreur et elle aurait tout donné pour en être débarrassée.

Une vieille femme. Pour beaucoup de gens, supposait-elle, c'est ce qu'elle était : une vieille femme maigre aux cheveux blancs.

Frank Elder avait téléphoné préalablement et lui avait demandé, se montrant aussi persuasif que possible, si elle serait disposée à lui accorder un peu de son temps. Repérer sa trace avait été une tâche diabolique, et maintenant qu'il l'avait trouvée, il ne voulait pas qu'elle lui file entre les doigts.

Sans doute avait-il eu tort de se faire du souci : le temps étant ce dont elle manquait le moins, Alice Silverman avait accepté sans trop hésiter. Et si cela ne le dérangeait pas, pourquoi ne viendrait-il pas prendre le thé ? La majeure partie de ses courses, Alice la faisait livrer, et il y avait un cake délicieux dont Jock avait l'habitude de dire, à chaque fois qu'il s'en recoupait une tranche, qu'il descendait tout seul. Cela faisait longtemps, plus longtemps qu'elle n'aurait peut-être voulu l'admettre, qu'elle n'avait eu une conversation, une vraie conversation, avec qui que ce soit. Et elle adorait parler.

La maison était perchée en haut d'une pente. Le temps d'arriver au sommet, Elder qui, manquant de repères, avait garé sa voiture en ville, avait tombé la veste, et sa transpiration collait sa chemise à son dos.

– Monsieur Elder ?

– Oui.

– Veuillez entrer.

Ils s'installèrent dans le salon : une petite table près de la baie vitrée, des fauteuils en osier. Le thé était servi dans des tasses très délicates en porcelaine à motifs, et le cake trônait sur une assiette créée par Susie Cooper qu'Alice avait trouvée, pour beaucoup moins cher que sa valeur, dans une brocante au profit d'une œuvre caritative. À un endroit, le dessous de l'assiette était ébréché près du bord, mais c'était quand même une affaire. Elle attachait de l'importance à ces choses-là, à présent qu'elle avait du temps.

– Monsieur Elder, vous êtes dans la police, m'avez-vous dit ?

– D'une certaine façon, oui.

– Vous avez un document qui le prouve, je suppose ?

Dans son portefeuille, Elder avait une lettre, signée par le directeur de la police.

Alice la lut attentivement, puis la lui rendit.

– Alors, en quoi puis-je vous aider ?

Elder reposa sa tasse dans la soucoupe.

– Vincent Blaine, dit-il. Ce nom vous dit-il quelque chose ?

Alice Silverman coupait le cake pendant qu'Elder lui parlait, et le glissa un peu dans sa main.

– Vincent..., fit-elle, se reprenant. Oui, bien sûr. Je ne prétends pas me souvenir de tous mes patients – avec les années qui passent, ils ont tendance à se mélanger –, mais Vincent, oui, je me le rappelle bien.

– Je me demande ce qui peut expliquer ça ? Que vous en ayez gardé un souvenir aussi précis ?

– Je ne saurais vous le dire. Certains visages, certaines personnes, pour on ne sait quelle raison, vous restent en mémoire. Et, comme je le laissais entendre, il en existe qu'il est presque impossible de se rappeler.

– Et cela remonte à… Combien ? Quarante ans ?

– Presque. Ce devait être en 1965 que l'on m'a envoyé Vincent pour la première fois. (Elle but une gorgée de thé.) C'était en avril, je crois, vers la fin du trimestre scolaire. Il était plutôt petit pour son âge, et assez malingre. Pendant la première session, les deux premières sessions, il n'a pas voulu dire un mot. Il n'a rien fait, il n'a voulu jouer avec rien, il a refusé de dessiner, de colorier. Il est simplement resté assis là, tournant la tête. Et puis, de temps à autre, il me regardait bien en face. Soudainement. Quand je m'y attendais le moins. Il portait des lunettes, l'ancien modèle de base de la sécurité sociale, des verres ronds dans une monture métallique, et on ne voyait jamais tout à fait dans quelle direction il braquait ses yeux, sauf quand il vous regardait bien en face. Et alors, il n'y avait plus de doute.

– Il vous effrayait.

– Vous croyez ? Oui, je suppose que c'est vrai. Il y avait quelque chose… quelque chose en lui que je trouvais dérangeant.

– Pourriez-vous définir ce que c'était ?

Alice Silverman sourit.

– Si j'en avais été capable, j'aurais peut-être eu davantage de réussite. Avec Vincent, je veux dire. Même pendant le temps relativement court où je l'ai vu. Mais je pense… je vais essayer d'exprimer ça clairement… je pense que c'était dû, en partie, à cette impression qu'il donnait qu'il en savait plus que vous, qu'il était plus fort que vous – que tout cela était un jeu, et qu'il savait comment contourner les règles.

– Donc, vous pensiez qu'il vous manipulait ?
– Oui, je suppose que c'est vrai.
– Est-ce tellement inhabituel ?
– Non. Non, pas du tout. Je dirais que dans la plupart des cas, cela se produit, à un certain degré.
– Mais avec Vincent, c'était différent ?
– Oui.

Alice Silverman prit son temps, but une autre gorgée de thé. Quand elle proposa à Elder une tranche de cake, il tendit son assiette.

– Ce qu'il y avait avec Vincent, reprit-elle, c'est qu'il tenait la garde haute presque en permanence ; les occasions étaient relativement rares où il la baissait totalement. Et quand il le faisait, je découvrais ce que d'une certaine façon je m'attendais à voir : il me faisait savoir qu'il comprenait toute la pantalonnade de ces sessions, quel était le but recherché, ce que j'essayais d'obtenir, et que, pour le moment, il acceptait de jouer le jeu. Mais ce n'était pas tout. En ces occasions, il me montrait quelque chose de plus. Il se révélait davantage. Sans le vouloir, je pense, mais je n'en ai jamais eu la certitude, même de cela.

– Et ce qu'il vous révélait alors, c'était de quel ordre ? Sexuel ?

– Sexuel, certainement. À cet âge, particulièrement, au début de l'adolescence, c'est prévisible. Mais non, dans ces moments, il y avait chez lui quelque chose de dangereux. C'est ce que je me rappelle avoir pensé. Ressenti. Dangereux, et d'une certaine façon, menaçant.

– Il vous effrayait bel et bien, alors ?
– Un peu, oui, comme je vous l'ai dit. Pas tout le temps. Mais, oui.
– Vous pensiez qu'il pourrait vous agresser ?

La réponse ne vint pas aisément.

– Ma foi, je crois que oui.
– Là, dans la salle où vous receviez vos patients ?

– Peut-être, mais c'est un risque qu'on court à chaque fois, et on prend des précautions... Non, je pensais... Cela va peut-être vous paraître un peu ridicule, j'en suis consciente... mais je pensais qu'il pourrait m'agresser plus tard, à l'extérieur, quand je serais seule.

– Vous agresser de quelle façon ?

– Eh bien, physiquement...

– Sexuellement ?

– Plus ou moins, oui. C'était dans le domaine du possible.

– Vous pensiez qu'il pourrait essayer de vous violer ?

– Oui.

Alice Silverman ferma les yeux.

Elder attendit.

– Mais rien de tout cela ne s'est produit ? demanda-t-il.

– Non. Je ne l'ai jamais vu ailleurs que dans cette salle.

– Et ces craintes que vous aviez, se sont-elles estompées au fil du temps ? Alors que vous appreniez à le connaître ?

– Pas entièrement, non. Elles ont changé, mes appréhensions se sont modifiées, mais je crois que j'ai toujours été mal à l'aise en sa présence – c'est difficile à expliquer.

Hochant la tête, Elder brisa un morceau de cake.

– En tout et pour tout, combien de temps l'avez-vous vu ?

– Un tout petit peu plus d'un an. Jusqu'à ce que la famille déménage.

– Suffisamment longtemps pour découvrir la cause de ses problèmes ?

Alice Silverman sourit.

– Là, je pense que vous m'en demandez trop.

– Mademoiselle Silverman, comme je vous l'ai dit quand je vous ai appelée, je ne poserais aucune de ces questions si je ne pensais pas que c'est important.

– Des vies sont en jeu, c'est ce que vous m'avez dit, je crois.

– Oui. Et je ne pense pas que ce soit exagéré. D'autres vies pourraient être en jeu.

Quand Alice entendit les mots « d'autres vies », elle plissa les paupières.

– Que pourriez-vous me dire, reprit Elder, sur les relations de Vincent avec sa mère ?

Bien qu'elle n'en ait pas eu l'intention, Alice Silverman se surprit à sourire.

– Vous avez peut-être manqué votre vocation, monsieur Elder ?

– Tout ce que vous pensez avoir le droit de me dire, insista Elder, pourrait se révéler précieux.

Alice Silverman tourna la tête vers la fenêtre ; il y avait un grand navire porte-conteneurs, tout juste visible, à l'horizon. Dans le ciel, le bleu du début de l'après-midi avait en grande partie disparu. Des vies étaient-elles réellement en jeu, ou était-ce une exagération ?

– La façon dont il se comportait envers moi, dit-elle lentement en évitant toujours de regarder Elder en face, et certaines choses qui ont émergé au cours de la thérapie m'ont amenée à la conclusion qu'il avait été séduit par sa mère. Ou, au minimum, qu'il pensait l'avoir été.

– N'y a-t-il pas une grande différence ?

– Non, pas pour quelqu'un comme Vincent. La réalité et le fantasme sont simplement aussi tangibles l'un que l'autre. Tant qu'il croit que ce qui s'est passé est vrai. (Méticuleusement, elle fit glisser les miettes de cake de sa propre assiette dans celle de taille supérieure.) Je crois que j'en ai dit plus que je n'aurais dû. Je souhaite seulement que cela vous serve à quelque chose.

– Si je pouvais vous interroger sur un dernier point ?

– Monsieur Elder, vraiment…
– C'est important.
Alice Silverman hésita une seconde de trop.
– Quelqu'un qui se trouverait dans la situation que vous décrivez, quelqu'un qui serait entré dans l'âge adulte en pensant qu'il a couché avec sa mère, serait-il capable de maîtriser cela, de l'oublier, de le refouler éternellement ?
– En théorie ?
– En théorie.
– Il pourrait l'être, il le pourrait très bien. La plupart du temps. On ne peut jamais savoir. Je subodore que cela serait difficile, mais il y a des moyens, des stratégies qu'un homme dans cette situation pourrait adopter.
– Par exemple ?
– Il pourrait, dans la mesure où ce serait réalisable, mener une vie très ordonnée, en gardant la maîtrise la plus grande sur tous les éléments de son existence. Et cela inclurait, bien sûr, les relations avec les autres.
– Avec d'autres femmes ?
– Oui.
– Il serait capable d'entretenir une relation physique satisfaisante ?
– Oui. Jusqu'à un certain point. Le danger serait toujours que la tension œdipienne qu'il est capable de maîtriser devienne ingérable.
– Et qu'est-ce qui pourrait provoquer cela ?
– Toutes sortes de choses. Propres à une situation particulière, à la femme concernée. Son apparence, par exemple, la façon dont elle s'est coiffée, les vêtements qu'elle porte ; un parfum, même, une odeur, quelque chose qui lui rappelle sa mère de façon saisissante. Cela pourrait être, aussi, parce que ses propres défenses sont affaiblies, par l'alcool, disons, ou la drogue. Ce qui pourrait arriver, dans le cas où ces

facteurs seraient réunis, serait que sa partenaire, au lieu d'être simplement *semblable* à sa mère, *deviendrait* sa mère, à ses yeux. Le « comme-si » disparaissant, reviendraient en force les intenses sentiments de culpabilité qu'il tenait à distance.

– Avec quel résultat ?

– Cela dépendrait. Mais d'une façon ou d'une autre, il éprouverait le besoin de se débarrasser de cette culpabilité et de retrouver son équilibre.

– D'une façon ou d'une autre ?

Bien qu'elle fût assise et non pas en train de marcher, qu'elle n'eût pas de côte à grimper, Alice Silverman éprouvait une douleur intense à la hanche.

– En plus de sa propre culpabilité, il pourrait éprouver une colère extrême envers sa partenaire – envers sa mère, car à cet instant c'est ce qu'elle est devenue.

– Suffisamment pour souhaiter sa mort ?

– Oh, oui.

Au-dehors, des voix d'enfants montèrent de la rue, celles d'un groupe d'écoliers qui rentraient nonchalamment chez eux.

– Si nous pouvons supposer un instant que la colère du sujet a été telle qu'il en est venu à tuer sa partenaire, une fois la colère dissipée, ce qui, je suppose, est inévitable le temps passant, quels sentiments pourrait-il éprouver après coup ?

– Vis-à-vis de lui-même ?

– Oui.

– Davantage de culpabilité, je suppose. Mais du soulagement, aussi. Peut-être, par-dessus tout, du soulagement.

– Et sa partenaire, la victime, quels pourraient être ses sentiments envers elle ?

– Il serait rempli de sollicitude, je pense, attentionné. Plein de tendresse, même. C'est sa mère, après tout.

39

Le dossier contre Richard Dowland s'effondrait peu à peu. Bien qu'on eût découvert, dans les rainures de ses baskets, un peu de terre semblable à celle du jardin ouvrier, elle était mélangée à celle de plusieurs jardins des environs. Dowland s'était trouvé non loin de la scène de crime, c'était une quasi-certitude, mais cela restait davantage une conjecture qu'une preuve. Plus crucial encore : même si on avait trouvé les traces de trois sortes de sperme différentes sur le corps de la morte – et à l'intérieur aussi –, aucune ne correspondait à l'ADN de Dowland.

– Et alors, qu'est-ce que ça peut foutre ? avait tempêté Lewis Reardon. Il s'est servi d'une capote, non ? Ou alors, c'est qu'il l'a pas sautée du tout. Parce qu'il arrivait pas à bander. C'est pour ça qu'il l'a liquidée, probable.

Et si un membre de son équipe soulevait une objection, Reardon le faisait taire en hurlant de plus belle.

– On a tout, là, sur la cassette. Je l'ai tuée. Je l'ai étranglée. Si vous voulez d'autres preuves, bougez-vous le cul et allez les chercher. Moi, j'ai les aveux. Allez sur le terrain récolter ces putains d'indices qui pourront les confirmer.

Mais les aveux eux-mêmes commençaient à sembler peu convaincants. Sans pour autant tenter de se rétracter, pas exactement, Dowland se montrait moins affirmatif dans ses déclarations, et le fait qu'il mentionnait fréquemment avoir suivi une femme rousse consistait une dérive inquiétante par rapport à l'hypothèse initiale.

– Il serait peut-être temps de reconsidérer toute l'affaire ? dit Maureen Prior en passant.

Ce n'était pas vraiment une question malintentionnée.

– Quand j'aurai besoin de vos conseils, je vous sonnerai ! répliqua Reardon.

S'il s'était exprimé sur un ton un peu moins agressif, légèrement penaud, elle aurait pu éprouver un minimum de compassion pour lui. Mais à présent, il ne lui inspirait plus rien de tel.

Elle voyait Elder à sept heures.

Anna Ingram se dirigeait vers l'escalier principal quand elle vit qu'Elder l'attendait, et elle dut résister à l'envie irrationnelle de tourner les talons et de repartir dans l'autre sens ; c'était ça, ou continuer son chemin et faire semblant de ne pas le voir.

– *Il n'y a rien d'autre que vous souhaitiez me dire ?*

– *À quel sujet ?*

– *Je ne sais pas. Vincent, peut-être.*

Elder se redressa et vint à sa rencontre, avec un signe de tête et un petit sourire, presque comme s'il s'excusait.

– Vous n'êtes pas venu revoir l'exposition ? dit Anna.

– Je crains que non.

Elle recula d'un pas.

– J'ai une réunion prévue à dix heures trente.

– Je ne vous retiendrai pas longtemps.

Anna commença à dire quelque chose, mais les mots restèrent coincés au fond de sa gorge.

– Ce fameux week-end, dit Elder, en avril. Celui où Claire Meecham a disparu. Vous n'étiez pas avec Vincent, n'est-ce pas ? Dans sa maison de campagne ?

Anna secouait déjà la tête.

– Pour autant que vous ayez pu le savoir à l'époque, il s'y est rendu seul ?

– Oui, répondit-elle. Oui, c'est exact.

Elle crut qu'elle allait peut-être pleurer, mais quand elle tourna de nouveau la tête vers Elder, les larmes ne vinrent pas.

– Ce satané gouvernement, dit Bernard Young, est devenu à ce point obsédé par les objectifs à atteindre qu'il est incapable de voir autre chose. La conséquence, c'est qu'on est condamnés à passer notre temps à remplir formulaire sur formulaire, avec des chiffres et des pourcentages, pour que des organismes à la noix les analysent dans les moindres détails. Après quoi ils pourront nous dire, à une chiée de décimales près, l'ampleur exacte de notre déficit par rapport aux chiffres attendus. Alors que s'il décidait, au lieu de ça, de virer ces bandes de nuls et tous les lèche-bottes qui gravitent autour, et nous permettait d'engager des hommes en plus, on aurait peut-être une petite chance, de temps en temps, d'élucider un de ces putains de crimes.

Depuis son siège, de l'autre côté du bureau du commissaire principal, Maureen Prior hocha la tête, signifiant en silence son assentiment. Elle avait déjà entendu ce discours, et elle l'entendrait encore à l'avenir. À côté d'elle, Elder continua d'examiner le dessus de ses chaussures.

– Bon, fit Young, dites-moi ce que vous avez récolté.

Quand ils eurent fini, Elder ayant assuré la majeure partie de l'exposé, le commissaire principal recula son fauteuil en biais et, dans sa tête, passa en revue tous les éléments.

– Ce que vous avez de concret, résuma-t-il quelques instants plus tard, c'est la présence de Blaine sur les lieux du premier meurtre – celui d'Irene Fowler ; c'est un sujet sur lequel nous l'avons déjà interrogé sans trop de réussite. Sinon, à part le fait qu'il semble vous avoir menti comme un arracheur de dents, il n'y a pratiquement rien qui le relie au second. Votre conviction personnelle mise à part, Frank. Pas de preuve irréfutable, pas de témoin qui l'ait signalé à moins de cinq cents mètres de Claire Meecham au moment de la mort de celle-ci, pas de rapports du labo... Ce sur quoi vous échafaudez votre hypothèse, ce sont les théories d'une psychothérapeute cacochyme qui n'a pas vu Blaine depuis quarante ans. C'est bien ça ? Ou bien j'ai raté quelque chose ?

– Non, fit Elder. Vous n'avez rien raté du tout.

Young défit le dernier bouton de sa veste. Il avait trop mangé au déjeuner, et pour une fois ces foutues pastilles Rennie ne semblaient pas faire leur effet.

– Alors, dit-il, qu'est-ce que vous voulez faire ?

– Ce que j'aimerais, répondit Elder, c'est avoir la possibilité d'examiner la maison de Blaine dans le Dorset. Voir si on ne peut pas trouver quelques preuves de la présence de Claire Meecham sur les lieux.

– Et moi, je vois déjà la tête du magistrat quand je lui demanderai un mandat de perquisition. Non, ce que nous allons faire, c'est le convoquer, laisser Maureen l'interroger, voir si on peut le faire transpirer un peu. Et on reprendra à partir de là.

– D'accord, fit Elder à contrecœur.

Il avait espéré davantage.

– Avant que vous ne partiez, Maureen, dit Young, cette enquête menée par Reardon, la radasse dans le carré de choux, on en est où, bon sang ?

– Ce n'est pas mon dossier, patron, répondit Maureen.

– Ne soyez pas aussi pointilleuse, fit Young. Vous avez des antennes. Le motif d'inculpation prend l'eau, c'est ça ? Ou presque. Ça craque de toutes parts.

– Je crois que tout ce qu'il lui reste, à présent, ce sont les aveux, et même s'il arrive à convaincre le ministère public de le suivre, je doute que lesdits aveux soient suffisamment convaincants.

Young fit la grimace et secoua la tête.

– Quelle bourrique, ce Reardon. Incapable de voir au-delà de ses œillères.

– Je crois qu'il pourrait y avoir une autre piste, dit Maureen. Frank a une idée.

– De quoi s'agit-il, Frank ? C'est un nouveau tour de divination freudienne ? Encore une inspiration à la Melanie Klein ?

– Pas exactement…, répondit Elder qui ne savait pas du tout qui pouvait être cette Melanie Klein.

– Vous voulez que je parle à Reardon, patron ? demanda Maureen. Pour essayer de l'orienter dans une autre direction ?

– Pas tout de suite. Laissez-le mijoter dans son jus encore un moment. Qu'il apprenne à ses dépens ; au moins, il aura appris quelque chose. (Young fit claquer ses deux mains à plat sur son bureau.) Vous me direz comment ça s'est passé avec Blaine. Tenez-moi au courant.

Avant l'interrogatoire, Maureen en examina tous les éléments avec Elder, s'assurant qu'elle n'ignorait rien. Elder lui-même serait présent en tant qu'auditeur, toute intervention directe lui étant interdite.

Après réflexion, elle avait décidé de prendre Anil Khan pour la seconder. L'inspecteur Khan était un transfuge de l'équipe de Charlie Resnick à Canning

Circus, et, aux yeux de Maureen, il aurait été un bien meilleur candidat à la promotion que Lewis Reardon – mais elle était sûre que son heure viendrait.

Khan fit entrer Blaine dans la salle d'interrogatoire, puis ils le laissèrent seul pendant près de vingt minutes, le regardant fulminer.

– Monsieur Blaine, dit Maureen Prior quand elle finit par entrer, pardonnez-moi de vous avoir fait attendre.

– Si vous m'avez fait venir jusqu'ici sans rime ni raison pour ensuite m'abandonner sans motif ni explication, vous pourriez au moins avoir l'amabilité de vous excuser.

– C'est ce que je viens de faire.

Blaine lui lança un regard mauvais, mais pour une fois il tint sa langue.

– Si vous êtes là, dit Maureen, c'est qu'il y a un ou deux points de vos déclarations précédentes que nous aimerions clarifier.

– Avant toute chose, fit Blaine, juste pour en avoir le cœur net, est-il vrai qu'en l'occurrence je ne suis absolument pas obligé de répondre à la moindre question, si tel est mon choix ?

– C'est exact.

– Et je peux partir quand bon me semble ?

– Absolument.

Maureen inclina la tête en direction de la porte ; à part cela, personne ne bougea. Dans cette pièce sans fenêtre, l'air était confiné, et une vague odeur de désinfectant rôdait dans les coins.

– Si je ne me trompe, dit Maureen, lorsqu'on vous a demandé si vous connaissiez Claire Meecham, vous avez répondu non ?

– C'est exact.

– En dépit du fait qu'elle fut l'une de vos étudiantes l'an dernier ?

– Vraiment ?

– Un cours de formation continue sur la photographie.

– Eh bien, si vous le dites, je vous crois volontiers sur parole.

– Ce cours, monsieur Blaine, combien de temps a-t-il pu durer ?

– Le cycle normal serait de huit semaines.

– Et la durée de chaque séance ?

– Deux heures.

– Une douzaine d'étudiants ? Peut-être davantage ?

Blaine secoua la tête.

– Pas plus. Douze au maximum.

– Et cependant, vous prétendez toujours ne pas connaître Claire Meecham ?

Blaine sourit avec les yeux.

– Le cerveau, c'est un organe étrange. L'attention… La mémoire… Ce sur quoi, indépendamment de notre volonté, nous nous focalisons ou pas.

Maureen fit un signe de tête à Khan, qui sortit une photographie de Claire Meecham et la fit glisser sur le bureau.

Blaine l'examina soigneusement.

– Eh bien, dit-il, vous voyez, maintenant que je la regarde j'ai au moins la vague impression d'avoir déjà rencontré cette personne, de connaître ce visage, mais je n'aurais toujours pas été capable de dire d'où je la connais ni depuis quand.

Après un dernier regard au portrait, il le repoussa vers Khan.

– Je regrette, je ne peux pas vous aider davantage.

Maureen haussa les épaules, comme pour dire : peu importe, et elle regarda Khan ranger la photo dans son enveloppe.

– Il y a un autre petit détail que vous pourriez peut-être élucider pour moi…, dit-elle, d'un ton qui laissait à penser que l'idée venait de lui traverser l'esprit.

– Si j'en suis capable.

– Votre amie, Anna, pourquoi pensez-vous qu'elle nous ait menti ?

L'espace d'un instant, derrière ses lunettes, le regard de Blaine trahit un sentiment que l'on n'y voyait pas souvent : la surprise.

– Je crains fort, dit-il, de n'avoir aucune idée de ce dont vous parlez.

– Ce à quoi je fais référence, c'est le week-end des 9 et 10 avril pendant lequel, selon Anna Ingram, vous étiez tous les deux dans votre maison de famille du Dorset.

Blaine soupira de façon théâtrale.

– Le Dorset, oui. Eh bien ?

– Mlle Ingram a modifié sa version des faits. À présent, elle déclare qu'elle est restée ici, en ville, au lieu de vous accompagner dans le Dorset, où vous seriez allé seul.

Blaine retint son souffle : deux secondes, trois.

– Je vois.

– Alors, quelle est la bonne version ? Y êtes-vous allés tous les deux, ou bien, comme l'affirme maintenant Mlle Ingram, vous y êtes-vous rendu seul ?

Blaine ôta ses lunettes et les posa soigneusement sur la table.

– J'y suis allé seul.

– Si tel est le cas, pourquoi souhaitiez-vous nous faire croire le contraire ?

– Je n'ai jamais rien souhaité de tel.

– Vous avez dit…

– Non, non. Écoutez-moi. Anna m'a confié que, dans un moment de confusion, tandis qu'elle répondait à vos questions, elle avait affirmé que nous étions allés tous les deux dans le Dorset, ce que nous faisons souvent. Je savais qu'elle serait très gênée si je disais le contraire. Donc, j'ai confirmé son histoire. Je ne voyais pas quel mal il pouvait y avoir à ça. (Il marqua une pause.) Si j'ai menti, j'ai menti pour elle.

– Si vous avez menti…

– Je vous le répète, je ne pensais pas que cela eût une importance quelconque, dans un sens ou dans l'autre.

– Une femme a été tuée.

– Et le fait que je me sois trouvé dans le Dorset avec Anna ou bien tout seul n'a strictement aucun rapport.

Quand il remit ses lunettes en place, elles faillirent lui glisser des mains.

– Permettez-moi de vous reposer la question, dit Maureen. Pourquoi, à votre avis, Anna Ingram a-t-elle éprouvé le besoin de mentir au sujet de ce week-end ?

– Et je vous ai déjà répondu : c'était une simple erreur de sa part, une confusion, un lapsus.

– Je pense qu'elle l'a fait pour vous fournir un alibi.

– Un alibi ? Et pour quoi faire, grand Dieu ?

– Le week-end en question est celui au cours duquel Claire Meecham a disparu, celui où elle a été assassinée. Et pour je ne sais quelle raison, il me semble que votre amie, Mlle Ingram, pense que vous êtes impliqué dans cette affaire. Elle a menti pour vous protéger.

Blaine eut un rire forcé.

– C'est grotesque.

– Je regrette que vous le preniez de cette façon.

– Un amalgame de semi-vérités et de fausses accusations. (Il repoussa sa chaise.) Vous m'avez dit que je pouvais partir à tout moment ?

– C'est votre droit.

– Très bien. Je vais en user sans attendre.

Repoussant sa chaise encore plus loin, Blaine se leva et, sans regarder en face ni Maureen ni Khan, sortit de la pièce, du commissariat, et s'éloigna dans la rue.

– Qu'est-ce que tu en penses ? demanda Maureen à Elder un instant plus tard, quand il entra dans la pièce.

– Je pense qu'il était avec Claire Meecham ce week-end-là. J'en suis sûr.

– Dans le Dorset ?

– Je dirais que oui, pas toi ?

– Je crois qu'on devrait retourner chez Bernard Young, dit Maureen. Pour voir si on ne peut pas le convaincre de changer d'avis.

Blaine se rendit tout droit au château, où il annonça qu'il venait voir Anna. Le réceptionniste, le reconnaissant, décrocha son téléphone pour appeler son bureau.

– Elle descend tout de suite, dit-il à Blaine avec le sourire.

Blaine la rejoignit sur le premier palier. L'expression d'Anna changea quand elle vit le visage de Vincent.

– Vincent, qu'est-ce qui ne va pas ?

– Espèce d'idiote ! Pauvre conne !

– Vincent !

Il la frappa d'un revers de main, puis de nouveau avec la paume, avec une telle force que, déséquilibrée et prise au dépourvu, elle pirouetta sur elle-même et, perdant pied, heurta lourdement la rampe et dévala la moitié de l'escalier.

40

Sans savoir pourquoi, Elder s'attendait à quelque chose d'un peu plus bucolique. À ses yeux, Beech Cottage ressemblait plus à une maison ordinaire qu'à un cottage, en dépit du nom gravé dans le linteau, au-dessus de la porte. Seule habitation occupant ce bout de terrain d'un dixième d'hectare, en vue du sentier côtier menant à Lyme, c'était une construction carrée, en brique, dont la moitié supérieure de la façade et les murs latéraux étaient peints en blanc. Il y avait des rideaux blancs aux fenêtres. Quelqu'un des environs, sans doute, était payé pour entretenir le jardin : les arbustes, les plantes vivaces, quelques jonquilles à floraison tardive ; le hêtre solitaire qui poussait dans l'angle le plus éloigné devait masquer en partie la vue sur la mer lorsqu'il était en pleine feuillaison.

Quand ils avaient parlé du Dorset à Anil Khan, celui-ci avait semblé tomber des nues, et Maureen avait promis de l'emmener. Ils étaient donc venus à cinq : elle-même, Elder, deux techniciens de scène de crime, et maintenant Khan.

Pénétrer dans la maison n'avait posé aucun problème.

– Si Claire Meecham est venue ici ce fameux week-end, leur dit Maureen, on trouvera des traces.

Même après tout ce temps. Peu importe si elles sont minuscules.

Avec une patience infinie et un soin minutieux, le meurtrier d'Irene Fowler et de Claire Meecham était parvenu à ôter ou à effacer la moindre trace de lui-même de leurs corps ou de leurs vêtements ; mais ici, il s'agissait d'une maison tout entière, dans laquelle, pensaient-ils, Claire avait déambulé, s'était assise, s'était lavée, où elle avait dormi.

– La salle de bains, dit Maureen à l'un des techniciens, et si vous commenciez par là ? Ensuite, la chambre.

– Ça marche.

La salle de bains en premier, bien sûr. Qu'est-ce qu'elle imaginait ?

Ils se mirent au travail.

Elder parcourut lentement les pièces du rez-de-chaussée. À une certaine époque, se dit-il, la majeure partie du mobilier de cette maison de famille avait été enlevée. Ce qu'il en restait était simple et spartiate, en harmonie avec les couleurs pâles des murs. Salon, cuisine, salle à manger. La salle à manger, au fond, était à l'abri de la lumière.

Au lieu d'être richement décorée de nombreuses photographies sur tous les murs, comme la maison de Blaine de la vallée de Belvoir, celle-ci n'en comptait que trois, disposées en triangle sur le mur du salon qui faisait face à la porte. Trois portraits de la mère de Blaine, Margaret, sans aucun doute : la ressemblance était flagrante. Et pas seulement celle qui existait entre la mère et le fils. Plus il restait devant les photos, notant divers aspects du physique de la mère – ses traits, son port de tête –, plus il remarquait – non, ce n'était pas son imagination, pas complètement – des ressemblances entre elle et la première victime, Irene Fowler. Des ressemblances qui ne l'avaient pas frappé au premier coup d'œil.

Elder avait la certitude que Blaine avait pris lui-même la photo centrale, la plus grande des trois, qui était si manifestement posée : la similitude avec la photo prise par Stieglitz de la femme en robe de coton ne pouvait être une simple coïncidence.

Et elle est belle, bien sûr, c'est indéniable. Très belle.

Il avait encore en tête le commentaire de Blaine.

Il examina plus attentivement la photo de gauche, en couleurs contrairement aux autres : la mère de Blaine quand elle était plus jeune. Elle portait un chemisier uni à col rond, ouvert pour laisser voir son collier, une simple chaîne en argent tenant un unique pendentif, un rubis en forme de larme.

La dernière fois qu'Elder l'avait vu, il était autour du cou de Claire Meecham.

Au bout d'un peu plus d'une heure, les techniciens de scène de crime avaient trouvé trois cheveux, plus sombres que les cheveux gris de Blaine, dans le siphon du lavabo. Puis, une heure plus tard, un autre, pris dans le gond de la penderie, dans la chambre principale.

– Tout ce qu'il nous faut, maintenant, dit Khan, c'est un test ADN concordant…

Maureen fit la moue.

– Au mieux, un test ADN indiquera que Claire Meecham est venue ici; il ne prouvera rien de plus. Il ne prouvera pas que Blaine a provoqué sa mort. Il peut encore nous dire : « D'accord, je l'avoue, j'ai menti. J'ai eu une aventure, une petite activité annexe en dehors des heures de cours. Et une douzaine de raisons de la garder secrète. »

– Et le collier ? fit Elder.

– Le collier ?

– Si je ne me suis pas trompé.

– Si tu ne t'es pas trompé, répondit Maureen, il y en a peut-être des centaines, des milliers, tous fabriqués en Thaïlande ; le modèle que tu trouves sur les chaînes de téléachat, une affaire à saisir à 19 livres 99.

Elder eut une brève vision de Maureen Prior chez elle sur son canapé, seule avec sa télécommande.

– D'accord, dit-il. Et peut-être qu'on les trouvait aussi en cadeau dans les paquets de céréales. Mais ça m'étonnerait quand même. Pas toi ?

Maureen sourit.

– Dis-moi franchement, reprit Elder, avec ce qu'on sait, ce qu'on a vu, ce qu'on peut supposer... Tu ne penses toujours pas que Blaine est coupable ?

– Ce que je *pense* n'a pas d'importance.

– C'est ton enquête, il me semble que c'est important.

– Je ne m'appelle pas Lewis Reardon, dit-elle.

– Dieu merci.

– Je pense à la suite : ce que nous avons, est-ce suffisant pour satisfaire le ministère public ? Si tel est le cas, que se passera-t-il ensuite ? À quelle sauce l'avocat de Blaine va-t-il nous manger au tribunal ?

– Ce n'est peut-être pas un problème.

– Frank...

– Bon, d'accord, mais nous allons quand même le convoquer pour l'interroger de nouveau, au minimum ?

– Nous ?

Ce fut au tour d'Elder de sourire.

– Tu sais ce que je veux dire.

– Tu es un civil, Frank, n'oublie pas ! Si convocation il doit y avoir, c'est Anil et moi qui nous en chargerons. N'est-ce pas, Anil ? Et si Frank est bien sage, on le laissera venir avec nous et regarder ce qui se passe.

– J'espérais, dit Anil, pendant qu'on est ici, que j'aurais l'occasion de faire un tour à Lyme Regis pour voir... comment ça s'appelle ?... The Cobb, ce port de pêche où se balade Meryl Streep dans ce vieux film[1], il est passé à la télé…

– Tu peux toujours rêver, fit Maureen.

Elder resta les mains dans les poches tandis que Maureen et Khan frappaient et sonnaient, et ils attendirent tous les trois que Blaine ouvre la porte. L'après-midi touchait à sa fin lorsqu'ils étaient arrivés à Belvoir, c'était presque le début de la soirée. Le soleil, ou ce qu'il en restait, s'assombrissait comme un pinçon au-dessus de l'horizon. Au-dessus des champs, le squelette pâle de la lune était visible dans le ciel.

– Qu'en penses-tu, Frank ?

Elder secoua la tête.

– Il dîne en ville ? Il donne une conférence quelque part ? Comment savoir ?

– Cette femme…

– Anna ?

– Il pourrait être avec elle ?

– C'est possible.

Mais quand Elder appela le numéro d'Anna Ingram, il n'eut d'autre réponse que celle de sa voix enregistrée lui demandant de laisser un message.

– Alors, qu'est-ce qu'on fait ? dit Maureen.

Elder haussa les épaules.

– On laisse quelqu'un ici au cas où il rentrerait ?

Ils regardaient tous les deux Anil Khan.

– Génial ! fit Khan. Coincé ici sans moyen de transport alors que la nuit tombe.

– Tu n'as pas peur du noir, quand même ? dit Maureen.

– D'après la rumeur, fit Elder, il y a encore des loups dans la vallée de Belvoir.

1. *La Maîtresse du lieutenant français.*

– Foutaises !

– Si, c'est vrai. Ils n'ont attaqué personne depuis longtemps, malgré tout. Quelques moutons, mais pas d'humains. Pas récemment, en tout cas.

– Je vais envoyer quelqu'un, dit Maureen en souriant. Pour te tenir compagnie.

– Dis-lui d'apporter une pizza, d'accord ? N'importe quoi avec des anchois. Et une cannette de Lilt ou de Seven Up.

– Il est gentil, n'est-ce pas ? dit Maureen.

Elder s'esclaffa.

Quand Anna Ingram vint, avec circonspection, ouvrir sa porte, Elder comprit tout de suite pourquoi elle n'avait pas décroché son téléphone. Sa mâchoire inférieure, disloquée lorsque, projetée la tête la première dans l'escalier du château, elle avait percuté la rampe en fer, avait été remise en place et se trouvait à présent partiellement enchâssée par une armature de métal et de plâtre. Son avant-bras gauche était soutenu par une écharpe, son coude ayant été fracturé et gravement contusionné dans sa chute. Elle avait d'autres ecchymoses sur le visage, dont la plus visible, d'un jaune violacé intense, entourait une bosse au-dessus de son œil droit.

– Mon Dieu ! murmura Elder.

L'audition d'Anna Ingram était intacte.

– Il se passera un certain temps, dit-elle, avant que je sois physiquement capable de tendre l'autre joue.

Ses paroles semblaient devoir forcer le passage pour contourner une grosse pierre coincée au milieu de sa bouche, et c'est à peine si Elder en saisit le sens.

Il la suivit tandis qu'elle montait prudemment l'escalier. Dans le salon, elle avait disposé plusieurs coussins sur le canapé, et elle se baissa avec précaution pour s'asseoir dessus.

– J'aimerais croire qu'il s'agit d'un accident, dit Elder.

Bien que cela lui fût douloureux, Anna fit non de la tête.

– C'est Vincent, dit Elder.

Cette fois, ce fut un signe d'assentiment.

– J'aurais dû vous mettre en garde. Je suis navré.

Anna cligna des yeux.

– Vous allez porter plainte ?

– À quoi bon ?

Elder avait entendu : à goi gon ?

Il hocha la tête, compréhensif.

– Je suppose qu'il n'a rien dit ?

Anna tenta de contraindre son visage à esquisser un sourire contrit.

– Il a dit : « Pauvre conne ! »

– Nous le recherchons, annonça Elder. Il n'est pas chez lui. Nous avons un homme, sur place, pour l'intercepter, mais il ne nous a pas encore appelés. (Il attendit, observant Anna.) Vous n'auriez pas une idée de l'endroit où il se trouve ?

Elle lui rendit son regard de ses yeux tuméfiés.

– L'adresse de sa mère, dit Elder, vous la connaissez ?

Au bout d'un moment, Anna tendit son bras valide et lui désigna un bloc-notes et un crayon sur la table.

41

Trapue et robuste, la maison avait été bâtie avec de la pierre extraite localement, et qui avait noirci et s'était érodée à l'usure du temps et du vent. Érigée face à la vallée, tournant le dos aux autres habitations, elle se trouvait tout au bout du village, les collines de Dark Peak se massant derrière elle.

Une fois qu'il eut décidé ce qu'il devait faire, ce qui était nécessaire, Blaine s'était dit que rien ne pressait. À Buxton, il s'arrêta pour prendre un café avant de flâner du côté de l'opéra, où il passa vingt minutes à prendre connaissance du programme de la saison prochaine.

Vieilles habitudes…

Quand il arriva, les lumières brillaient dans la maison. Il les vit dès qu'il quitta la route étroite et sinueuse pour s'engager dans le sentier. La bicyclette de l'aide ménagère était calée contre le mur, près de la porte. Quand il lui avait fait subir un entretien avant de l'engager, elle avait été à peine capable d'aligner deux phrases, et c'est à peine si elle l'avait regardé en face ; elle avait eu un enfant à seize ans, et ses rares et pitoyables compétences professionnelles ne valaient même pas le prix du bout de papier sur lequel elles étaient inscrites. Elle possédait juste assez de bon sens, cependant, pour ne pas tenir compte des excentricités de sa mère et de ses demandes les plus obscures, lui préparer son lait malté du soir, la poser sur les toilettes de sa chambre et l'en retirer quand c'était nécessaire.

Quand Blaine entra dans la maison, elle était dans l'une des pièces du bas, à regarder la télévision.

– Vous pouvez partir, dit-il.

– Mais je n'ai pas encore... (Déconcertée, elle regarda Blaine.) Il faut que je l'aide à faire sa toilette et à se préparer pour la nuit... Et puis il y a sa boisson du soir...

– Partez. Maintenant. Allez !

Ramassant ses affaires en vitesse, la jeune femme battit en retraite vers la porte.

– Je serai payée quand même ? Comme si j'avais fait mes douze heures ?

Mais Blaine l'avait déjà éliminée de ses préoccupations.

Sa mère se trouvait au premier, dans sa chambre, dont la porte était entrouverte. On avait démonté toutes les serrures et les poignées. La salle de bains exceptée, il était rare qu'elle s'aventure dans les autres pièces de la maison.

Quand Blaine poussa la porte, sa mère chantait.

Au début, il ne reconnut pas la chanson, puis cela lui revint.

Alice Blue Gown.

C'est ce qu'elle chantait la première fois qu'elle avait rencontré son père, soixante ans plus tôt.

Une histoire qu'elle lui avait racontée de nombreuses, nombreuses fois.

Debout devant sa coiffeuse, elle se tourna lentement vers lui, un sourire peint sur son visage. Son peignoir de coton n'était pas fermé au col ; il bâillait sur sa poitrine. Ses seins, pareils à de tristes baudruches dégonflées, pendaient contre son thorax.

– Howard, dit-elle. Comme c'est gentil. Quelle charmante surprise.

Il avait tout rédigé à la main, au stylo à encre, bien sûr, pas au stylo-bille ni au feutre ; comme toujours, de la même impeccable écriture scripte, agrémentée de quelques fioritures sur les capitales. Ses aveux, signés et cachetés. Il voulait tout lui expliquer, cependant ; soulager sa conscience. Demander son pardon. Son absolution.

– Je ne suis pas Howard, dit-il. Je ne suis pas mon père. C'est moi, Vincent.

– Vincent, bien sûr. Tu t'imagines que je ne le savais pas ? Mon propre fils.

Quelques pas mal assurés pour venir vers lui, et elle l'entoura de ses bras. Elle sentait, comme toujours à présent, la poudre de riz et l'urine froide, le muguet.

– Viens t'asseoir ici..., fit-elle, les modulations de sa voix transformant sa phrase en une roucoulade démodée. Assieds-toi près de moi sur le lit. Pose ta tête sur mes jambes. Là. Là.

L'os de sa cuisse était dur contre la joue de Vincent ; le muscle qui l'entourait avait fondu au point où il aurait pu encercler, pratiquement, le fémur de sa main. Les doigts avec lesquels elle le tapotait étaient boursouflés, violacés, aux articulations, et par ailleurs fins et fragiles comme des brindilles. Quand elle les passait dans ses cheveux, remarquait-elle que ceux-ci étaient presque, par endroits, aussi gris que les siens ?

Blaine ferma les yeux.

– Je n'ai pas été gentil, dit-il. J'ai fait des choses horribles, très vilaines.

– Ce n'est pas grave. Tu peux le dire à ta mère. Tu peux tout me raconter.

Ne connaissant pas très bien le Peak District, Elder se perdit deux fois en route, devant même en une occasion reculer sur quatre cents mètres le long d'une route étroite entre un haut mur droit et un à-pic. Quand il parvint enfin au village, il trouva celui-ci replié sur lui-même, silencieux. Une poignée de jeunes gens moroses traînait devant l'unique magasin, échangeant des cigarettes et des menaces d'ordre sexuel en buvant du cidre en boîte. La boutique était fermée pour la nuit, une lumière pâle brûlant dans sa vitrine presque vide.

Quand Elder demanda son chemin, ils commencèrent par l'ignorer, et comme il insistait, l'un d'eux, à contrecœur, tendit le bras dans la bonne direction avant de baisser la tête pour laisser s'écouler, lentement, un filet de salive jusqu'au sol.

Elder se gara derrière une voiture en laquelle il reconnut celle de Blaine.

Des phalènes s'affrontaient dans l'espace séparant la porte entrouverte de son chambranle.

Les pièces du rez-de-chaussée étaient sombres.

Elder appela le nom de Blaine, attendit, puis monta l'escalier.

Une voix, qui chantait faiblement, guida ses pas le long du couloir.

La mère de Blaine était assise au pied de son lit, entourant de ses bras la tête de son fils posée sur ses cuisses. Le sang avait éclaboussé jusqu'à son visage et sa poitrine et s'était accumulé, en une mare sombre, entre ses jambes. Ses mains y étaient plongées à l'endroit où elles touchaient la tête de Vincent.

– Mon Vincent, dit-elle en levant les yeux vers Elder, a été un vilain, un très vilain garçon.

Ne se fiant pas totalement aux deux entailles verticales qu'il s'était faites aux poignets, Blaine s'était tranché la gorge d'un côté, depuis la base de l'oreille jusqu'au milieu du menton. Un rasoir à l'ancienne était posé, ouvert, sur les plis du peignoir de sa mère, près de sa jambe.

– C'est celui d'Howard…, dit-elle, souriant d'un air doux en suivant le regard d'Elder. Celui de mon mari. Il n'a jamais voulu utiliser autre chose.

La lettre, adressée à Elder, était calée contre le miroir de la coiffeuse, son contenu clair et pertinent. Elder la lut deux fois puis quitta la chambre, saisissant déjà son portable. Quand il sortit de la maison, un chat-huant poussa un cri et s'envola au-dessus de lui, sa tête blanche éclairée un instant par un rayon de lune.

Depuis l'endroit où il se trouvait, il voyait les véhicules des urgences, pareils à des libellules géantes, monter lentement depuis le fond de la vallée. Quand ils arrivèrent, Maureen, pâle, les traits tirés, était dans la première voiture.

– Jette un coup d'œil, dit Elder en inclinant la tête vers la maison. Regarde bien où tu mets les pieds.

La première ambulance avançait prudemment sur le chemin.

– Mon Dieu, Frank ! fit Maureen quand elle ressortit. (Puis :) Il s'agit bien de ce à quoi je pense ?

Il lui tendit l'enveloppe, la lettre.

Lorsqu'elle eut fini de la lire, ils restèrent debout, côte à côte, sans parler. Emmitouflée dans des couvertures, la mère de Blaine fut guidée, lentement, vers l'ambulance la plus proche. À l'hôpital de Chesterfield, elle subirait un examen complet, et si, sur le plan physique, on ne décelait rien de grave chez elle, on la confierait alors aux services sociaux.

Le corps de Vincent Blaine serait emporté plus tard, une fois terminé le travail du médecin légiste.

L'un des policiers, qui se tenait non loin, avait allumé une cigarette. Pour la première fois depuis des années, Elder regretta d'avoir cessé de fumer. Ce dont il eut soudain envie, furieusement, ce fut un verre d'alcool. Dans l'un des placards de la longue cuisine au sol dallé, il trouva une bouteille de scotch. Rinçant deux verres sous le robinet, il versa une bonne dose dans chaque et les emporta dehors.

Maureen avait relu les aveux de Blaine.

– Irene Fowler, Claire Meecham, il reconnaît qu'il les a tuées, qu'il a toiletté les corps, qu'il les a apprêtées pour le repos éternel – ce sont les termes qu'il emploie, apprêtées pour le repos éternel. À aucun moment, il n'explique pourquoi.

Des véhicules sortaient de l'allée en marche arrière pour laisser partir la première ambulance. Dérangés, quelques oiseaux, invisibles, faisaient du vacarme dans les arbres. Maureen posa son verre vide sur la pierre du mur et rentra dans la maison, laissant Elder planté là, le regard perdu dans l'obscurité immuable.

42

Comme si une preuve supplémentaire était nécessaire, le test ADN des cheveux trouvés dans la maison du Dorset de Vincent Blaine montra qu'ils appartenaient bien à Claire Meecham.

Chez lui, Blaine conservait une malle entière de vieux vêtements de sa mère. Pendant que Claire était là, ce week-end d'avril, il l'avait persuadée de porter une des robes de Margaret – une longue robe de bal d'un bleu éclatant. Il y avait plusieurs photos d'elle posant ainsi vêtue, parmi d'autres tirages trouvés dans un tiroir d'un petit secrétaire de sa maison des environs de Nottingham. Son visage, alors même qu'elle s'efforçait de sourire pour l'objectif, exprimait ses doutes et son inquiétude. Elle portait le collier même qu'on allait ensuite retrouver sur son cadavre.

Sur plusieurs photos de l'album de famille des Blaine, Margaret portait une bague qui semblait identique à celle découverte sur le corps d'Irene Fowler. Dans son cas, la bague et la ressemblance physique avaient suffi.

Suffi à faire basculer Blaine de l'autre côté de la raison.

Qu'avait dit Alice Silverman ?

Suffi à faire disparaître le « comme-si ». Fini le fantasme : cela devenait un jeu. Au summum de sa passion, en faisant l'amour avec ces deux femmes, Vincent Blaine avait cru qu'il couchait avec sa propre mère.

Quand Elder expliqua tout cela à Jennie Preston, du mieux possible, ce fut comme si elle comprenait ses paroles, mais pas ce qu'elles signifiaient vraiment. Et elle-même avait changé. Bien que, extérieurement, tout chez elle fût en ordre – le maquillage lumineux et parfait, la coiffure, les vêtements –, elle avait perdu de son éclat. C'était un peu comme si, à présent qu'elle savait ce qui avait causé la mort de sa sœur, toute trace de vie l'avait quittée, ne laissant qu'une coquille vide richement décorée.

Comme si.

Le temps aidant, pensa Elder, Jennie allait rebondir. La résistance qu'il avait devinée chez elle redonnerait de l'énergie à sa démarche, de l'éclat à son regard. Pour l'instant, c'est à peine si elle se sentait capable de lui presser la main, et de le remercier d'une voix hésitante pour tout ce qu'il avait fait.

– Tu penses qu'il a vraiment fait ça ? demanda Maureen. Il a couché avec sa mère quand il était gamin ? Adolescent ? Tu crois que c'est réellement arrivé ?

– Je n'en sais rien. (Elder secoua la tête.) Je doute qu'on l'apprenne jamais.

Ils se trouvaient dans un pub, au coin de la rue du commissariat central, le déferlement et le reflux sporadiques des conversations entremêlées les isolant dans leur bulle.

– Si c'est arrivé… Si elle a fait ça… (Maureen contemplait le fond de son verre.) La mère… ça n'a sûrement pas été facile… pour elle, je veux dire. Elle a dû avoir du mal à essayer d'assumer ça.

– Elle était peut-être mieux armée que lui pour occulter l'événement. Oublier. Faire comme si cela ne s'était jamais produit.

Maureen le regarda.

– Si ce qui s'est passé entre Katherine et toi... Non, écoute. Comprends-moi bien – je parle des choses que vous avez vécues ensemble, les moments où vous avez été particulièrement heureux, ou ceux où vous avez eu des engueulades sanglantes. Même des choses banales qui ne semblaient pas avoir d'importance sur le moment. Est-ce que tu les oublies ?

– Non.

– Même quand tu es au fin fond de la Cornouailles, par exemple ? À des centaines de kilomètres. Que tu ne vois plus Katherine, qu'elle grandit, qu'elle vieillit.

– Non.

– Bon sang ! fit Maureen avec véhémence. Être parent, avoir des mômes...

Elder vit les larmes dans ses yeux. Quand elle poursuivit, ce fut d'une voix si ténue qu'il dut pencher la tête vers elle pour l'entendre.

– Quand j'avais dix-sept ans, tout juste dix-sept ans, je suis tombée enceinte. Ce type avec qui je sortais, il était plus âgé que moi, il avait vingt-six, vingt-sept ans. Mes parents – tu imagines – ils s'arrachaient les cheveux, ils faisaient tout ce qu'ils pouvaient pour que j'arrête de le voir, ce qui avait pour seul résultat de me donner d'autant plus envie d'aller le retrouver. Le grand amour, Frank. Un putain de grand amour. Et lui... il se foutait bien de moi, je n'étais rien d'autre qu'une fille à sauter quand il ne baisait pas quelqu'un d'autre.

» Et puis, quand j'ai enfin compris ce qui m'arrivait, quand j'ai dû cesser de faire semblant de rien, à trois mois passés... Même si j'avais voulu me faire avorter, il aurait sans doute été trop tard. Et bien sûr, lui, il n'a rien voulu savoir. Il m'a ri au nez quand je lui ai appris la nouvelle. Il a levé sa cannette de bière. « À la santé du petit bâtard ! »

Maureen s'essuya le visage du revers de la main.

– Tu as eu le bébé, dit Elder.

– J'ai eu le bébé. Un petit garçon. Deux kilos huit cent cinquante. Christopher, c'est le nom que je lui ai donné. Dans ma tête. Je ne sais pas comment il s'appelle, en réalité. Je l'ai seulement vu... Je l'ai seulement vu... (Sa gorge se serra.) Je ne l'ai vu qu'un moment, quelques instants. Son pied, je me rappelle avoir touché son pied. Avec la paume de ma main. (Elle renifla et tourna la tête un moment.) Il a été adopté. Les petits bébés, les nouveau-nés... Il ne manque jamais de gens qui n'attendent que ça, qui ne peuvent pas avoir d'enfants eux-mêmes. Une vraie bénédiction, en fait. (Elle eut un sourire en biais à travers ce qu'il restait de ses larmes.) Ça leur épargne beaucoup de travail, à la mère surtout. Tous ces « Poussez ! Poussez ! Poussez ! » Cette douleur.

Elle leva son verre, mais il était vide.

– J'aurais bien besoin d'un autre verre, Frank. Vraiment.

Pendant qu'Elder allait au bar, Maureen se rendit aux toilettes et s'aspergea le visage d'eau froide ; elle retoucha son maquillage, de toute façon aussi discret qu'à son habitude. Quand elle ressortit, elle ressemblait à la femme qu'elle était peu de temps auparavant, de nouveau pareille à elle-même ; mais Elder ne poserait plus jamais sur elle le même regard.

Ils restèrent assis, pratiquement sans rien dire, pendant cinq minutes, puis dix ; mais Elder ne pouvait pas en rester là.

– Tu as gardé un contact quelconque, ou... ?

Un bref signe de dénégation.

– Ses parents adoptifs ?

– Je ne sais pas où ils sont, où il est, je ne sais rien.

– Tu pourrais le découvrir.

– Je pourrais me donner des coups de marteau sur la tête. Je ne le fais pas.

Elder détourna les yeux.

– Il doit avoir vingt-trois ans, ajouta-t-elle un moment plus tard. Cette année. C'est un homme.

On aurait dit qu'elle était en deuil. Elder eut envie de la prendre dans ses bras et de la serrer contre lui, mais la distance qui les séparait était trop grande.

– Ce type, là, ce Leonard..., dit-il quand ils se retrouvèrent sur le trottoir. Ben, c'est bien ça ?

– Bon sang, Frank, toi aussi ?

Elder sourit.

– C'est une petite ville, Maureen. Tu l'as dit toi-même.

– Il ne se passe rien entre nous, c'est clair ?

– Il a l'air plutôt gentil, ce garçon.

– Ils sont tous gentils, Frank. Pendant un certain temps.

Elle avait rassemblé tous les renseignements qu'il lui avait demandés : la liste des dragueurs en voiture récidivistes, les numéros minéralogiques de leurs voitures, leurs noms, leurs adresses. La remerciant, il plia l'enveloppe et la fourra dans sa poche intérieure.

– Dowland a été relâché ?

– Hier.

– Et Reardon ?

– La queue entre les jambes. Il cherche quelqu'un à blâmer, en dehors de lui-même, bien sûr.

– Il apprendra.

– Espérons-le. (Elle posa la main sur son bras.) Frank, ce que je t'ai raconté...

– Pas un mot.

– Merci. (Elle lui pressa le bras, puis se recula.) Tu es sûr que tu veux procéder de cette façon ?

– Sûr.

Maureen hocha la tête et, avec un demi-sourire, s'éloigna de lui.

Le temps qu'Elder traverse à pied la résidence du Parc, la nuit commençait à tomber. Des éclairages filtraient à travers les stores et les rideaux partiellement tirés. Quelques aperçus d'autres existences. Le vent qui soufflait entre les arbres. Il y avait de la lumière chez Brian Warren, aussi, à l'étage comme au rez-de-chaussée.

Comme la sonnette ne semblait pas fonctionner, Elder se servit du lourd heurtoir en fonte, au centre de la porte, façonné pour représenter un cheval et son cavalier.

Il entendit des pas à l'intérieur, puis une ombre se profila à travers le verre teinté.

Des verrous puis la serrure.

– Monsieur Elder ?

Warren portait un pantalon de ville de couleur grise et un haut de pyjama à rayures, des pantoufles aux pieds.

– Il n'est pas trop tard pour vous rendre visite, j'espère ? fit Elder. Je ne vous dérange pas alors que vous vous prépariez à aller au lit ?

– Eh bien, si, à vrai dire. Mais entrez, entrez donc. Il est toujours agréable de voir un visage ami.

Elder entra à sa suite dans une cuisine toute en longueur à l'arrière de la maison. Il y avait en face de la porte une antique cuisinière Aga dont la peinture noire commençait à se craqueler. Un vaisselier, d'environ deux mètres cinquante de large, occupait la majeure partie du mur latéral, et le centre de la pièce était accaparé par une grande table en chêne, dont le plateau était épais de huit bons centimètres. Il y avait çà et là des verres et des assiettes, propres pour la plupart, un casier à vin posé sur le carrelage, un autre sur le robuste comptoir en bois, au-dessus. À côté, plusieurs bouteilles de porto et de xérès, une de whisky pur malt.

Warren prit deux verres sur une étagère.

– Vous vous joignez à moi ? Boire en compagnie, c'est plus agréable que de boire seul.

Il écarta une pile de journaux et de magazines : le *Times*, le *Telegraph*, voitures de collection et bridge contrat. Sur le dessus, le journal local plié en deux à l'endroit où s'étalait le portrait de Vincent Blaine, ses cheveux gris ressortant étonnamment foncés, un soupçon d'arrogance dans le regard.

– À la vôtre ! fit Warren.

Elder leva son verre.

– Cette femme, dit Warren, celle qui a été tuée. Votre enquête. Et l'autre, aussi. Irene. Je n'arrivais pas à croire ce que j'ai lu dans le journal. Vincent ! Je veux dire, je ne me serais jamais douté…

Le whisky était un peu trop tourbé au goût d'Elder, mais il glissait agréablement, néanmoins.

– Si seulement c'était aussi simple, dit Elder.

– Comment ça ?

– Si on était capable de deviner… au premier coup d'œil.

– Enfin, quand même, un homme comme lui… Cultivé. Raffiné. Ce n'est pas ce à quoi on s'attend. Quant à Anna… pauvre Anna. Elle doit être sidérée. Traumatisée, aussi, forcément. Elle n'est encore de ce monde que par la grâce de Dieu. (Warren ajouta une rasade de whisky à son verre.) Tout ce temps qu'ils ont passé ensemble. Elle revient de loin.

– Le lundi de la semaine dernière. Vous n'êtes pas tombé sur elle par hasard, près de l'endroit où elle habite ?

– Bien sûr. Tombé sur elle est bien le mot. Sauf que c'est elle qui m'est tombée dessus, elle a failli me renverser. Avec toute cette histoire autour de Vincent, cela m'était complètement sorti de la tête.

Elder sourit.

– Elle vous a donné l'occasion de jouer les chevaliers servants.

– Absolument. Non qu'elle ait vraiment couru un danger quelconque. Davantage ressenti que réel. Les professionnelles, c'est ça qui l'intéressait, le lascar. Dowland, c'est bien comme ça qu'il s'appelait ?

– Il a été relâché, annonça posément Elder. Par la police. Vous n'avez peut-être pas remarqué l'information dans le journal. Elle devait être enfouie parmi les brèves, je suppose.

– Il avait déjà fait ce genre de coup, non, pourtant ? D'après ce que j'ai lu ? Il y a quelques années. Une sorte d'acte compulsif, si j'ai bien compris. Quel dommage, si vous voulez mon avis, qu'on l'ait laissé ressortir. Moi, bien sûr, si on m'avait laissé faire, j'aurais envoyé ce salopard au gibet ; ou je l'aurais fait châtrer, au moins.

– Le soir où vous avez rencontré Anna Ingram, reprit Elder, c'est aussi celui où vous avez remarqué Lorraine Carne pour la première fois ? Ou bien aviez-vous eu recours à ses services auparavant ?

Warren le regardait fixement, les doigts crispés autour de son verre.

– Les voitures aperçues dans le quartier, poursuivit Elder, les listes de dragueurs motorisés, de michetons potentiels. J'ai épluché toutes les archives. Sur les six derniers mois. Les douze derniers. Plus encore. Cette vieille Rover que vous possédez, elle y figure un certain nombre de fois. Toujours avec un bon prétexte. Je reviens de ceci ou de cela. J'ai déposé un ami. Mais maintenant la police est allée interroger les filles, en leur montrant un signalement. (Elder se pencha en arrière.) Vous avez été un bon client, au cours des années.

Le visage de Warren avait perdu un peu de ses couleurs.

– Les hommes de mon âge, qui restent seuls, ils ne font pas de mal en cherchant ce genre d'exutoire. Ce n'est pas un crime.

– Quand la police scientifique fera une perquisition en règle, elle trouvera quelque chose. C'est généralement le cas. De la boue du jardin ouvrier sur vos chaussures, une éclaboussure sur vos vêtements.

– Tout cela est absurde et vous le savez.

La main de Warren était encore ferme, mais sa voix avait perdu de sa conviction.

– Vous savez à quel moment j'ai pensé à vous pour la première fois ? dit Elder. En lisant le rapport du médecin légiste. Le cou de Lorraine Carne, brisé par une simple torsion de la tête. Quelqu'un qui a beaucoup de force dans les mains, dans les bras.

Lâchant son verre, Warren lança son poing en direction du visage d'Elder, qui s'y attendait, et écarta le bras pour dévier l'attaque. Il n'était pas prêt, en revanche, pour le second, un crochet du gauche qui l'atteignit à la mâchoire et le propulsa hors de son fauteuil, l'expédiant en vrille sur le sol.

Avant qu'il pût se remettre debout, Warren avait ouvert à la volée la porte du jardin et disparu de son champ de vision.

Elder redressa son fauteuil et se rassit, se massant la mâchoire d'un air contrit. Il restait un doigt de whisky dans son verre. Anil Khan, il n'en doutait pas, avait pris la précaution de placer des agents devant et derrière la maison.

– Laissons-le courir sa chance, avait dit Maureen. Nous montrer ce dont il est capable.

Par la porte ouverte, Elder entendit des éclats de voix, les échos d'une échauffourée. Puis quelque chose de plus violent, de plus sourd, comme une masse que l'on projette contre le flanc d'une voiture.

D'autres cris.

Le silence.

Le visage hilare d'Amil Khan dans l'encadrement de la porte.

43

La semaine précédant les congés de la Pentecôte devint tout à coup chaude et ensoleillée, la température atteignant les vingt-trois degrés. Le mercredi soir, Elder avait il ne savait comment trouvé le moyen de se retrouver dans un pub bondé, à regarder, incrédule, un écran géant sur lequel Liverpool avait laborieusement remonté un handicap de trois buts pour remporter la Coupe d'Europe. Et puis, le soir suivant, Joanne lui avait fait la surprise de brandir sous son nez deux billets pour aller voir Elvis Costello au Royal Concert Hall – un cadeau, prétendit-elle, de l'une de ses clientes. C'était la première fois qu'Elder allait écouter du rock en public depuis ce soir où, à contrecœur, il avait accepté d'accompagner Joanne pour voir Rod Stewart, en 1989, l'année où ils s'étaient installés à Londres.

De Costello, il se rappelait quelques chansons, du temps où il était tout jeune officier de police à la P.J. : *Oliver's Army*, *Pump It Up*, *Watching the Detectives* – ce dernier titre, naturellement, l'un de ses préférés. Et même si les paroles n'étaient pas du tout appropriées à l'occasion, ils avaient dansé le slow sur *Alison* à leur mariage.

– Allons, Frank, avait dit Joanne comme il rechignait, amuse-toi un peu, pour une fois. Ça ne vaut pas la peine de vieillir avant l'heure.

Costello et lui, Elder fut bien forcé de se le rappeler, avaient à peu près le même âge. C'était difficile à croire après avoir vu Costello martyriser plusieurs guitares pendant plus de deux heures sans interruption, chantant jusqu'à l'extinction de voix, soutenu par son trio.

Elder ne savait plus s'il devait considérer toute cette énergie comme édifiante ou intimidante. Et même si la majeure partie de cette musique tonitruante lui écorchait les oreilles, il y avait des chansons qu'il reconnaissait et au rythme desquelles il tapait joyeusement du pied ; un *Shipbuilding* émouvant, écrit à l'origine pour les jeunes soldats pris dans la guerre des Malouines, mais hélas toujours d'actualité ; et, bien sûr, *Alison*, Joanne glissant sa main sur la sienne pour la presser brièvement.

– Tu seras encore là samedi, Frank ? demanda-t-elle quand il la raccompagna.

– Sans doute.

– Viens dîner, alors. Je demanderai à Katherine de se joindre à nous.

Il posa un baiser sur sa joue, et elle était chaude ; Joanne avait les clés de la maison dans la main.

– Tu ne veux pas entrer ?

– Je ne crois pas.

Joanne sourit.

– À samedi, alors.

– Oui, d'accord.

Anna Ingram était assise dans son jardin, abritée du soleil par un grand parasol. Son visage avait nettement désenflé, même si les contusions laissaient encore des traces visibles. Sa mâchoire était libérée de sa gangue de plâtre, et elle pouvait parler – lentement, du moins. Elle proposa à Elder des biscuits et de la limonade maison, et il accepta volontiers le tout.

– Comment vous sentez-vous ? demanda Elder.

– Je suis toujours vivante..., répondit Anna, qui frissonna, se rendant compte de ce que sous-entendait sa phrase.

– Vous allez pouvoir retourner travailler ?

– Bientôt. Trop tôt, probablement. (Elle désigna d'un geste tout ce qui l'entourait.) Une vie de loisirs... Je pourrais m'y habituer, avec le temps.

Le jardin commençait à s'épanouir ; bientôt, les fleurs seraient de toute beauté. Elder se surprit à penser, et pas pour la première fois ces derniers jours, à son coin de Cornouailles, aux fleurettes roses et blanches qui poussaient à profusion entre les murs de pierre, aux fuchsias agressivement en fleurs.

– Un jour, commença Anna, alors que nous ne sortions ensemble, en tant que couple, que depuis peu de temps, Vincent m'a demandé si j'accepterais de porter une robe qui avait appartenu à sa mère. Évidemment, j'ai refusé, cela me semblait complètement bizarre, et il s'est efforcé de présenter cela comme une sorte de plaisanterie. Jamais plus il n'a mentionné de nouveau quoi que ce soit de semblable.

Anna marqua une pause ; parler lui était physiquement pénible.

– Et puis, une fois, alors que... nous faisions l'amour... Cela n'arrivait pas souvent, même à ce moment-là. Et je ne peux pas dire que cela m'ait manqué quand nous avons cessé plus ou moins complètement. Mais ce jour-là, Vincent, il... ce n'est pas facile pour moi de vous dire ça... il semblait plus excité que d'habitude. Je veux dire, en temps normal, tout cela était très orthodoxe, il fallait que Vincent ait la maîtrise totale des événements, c'était le coït exécuté de façon mécanique. Mais ce soir-là, pour je ne sais quelle raison, c'était comme s'il s'oubliait, totalement, dans ce qui lui arrivait, et juste au moment où il allait jouir, il a appelé le nom de sa mère : « Margaret ! Margaret ! » Et puis, après, il s'est blotti dans mes bras, la tête sur ma poitrine, et il a pleuré. Et je l'ai câliné, comme un petit enfant.

Anna elle-même pleurait en repensant à cette scène.

Et au sens nouveau qu'elle pouvait lui donner aujourd'hui.

– J'aurais dû vous en parler plus tôt, dit-elle. Vous ne croyez pas ?

– Cela n'a pas d'importance, répondit Elder. Nous avons quand même fini par cerner la vérité.

– Il était de bonne compagnie, Vincent, quand il le voulait. Il était intelligent, il avait des opinions très arrêtées – je n'ai jamais rencontré personne d'aussi péremptoire que lui –, mais en temps normal il ne me traitait jamais avec condescendance. C'était appréciable. J'aimais bien nos discussions, sur l'art ou la littérature ou le théâtre. J'aimais pouvoir défendre mon point de vue. Et cela n'était jamais ennuyeux. (Elle se redressa sur son siège.) Maintenant, j'ai l'impression que je viens de me réveiller, de sortir d'un rêve. Vous savez, cet état étrange, assez proche du choc, dans lequel vous vous retrouvez lorsque le rêve s'interrompt tout net.

– J'imagine assez bien, dit Elder.

– Je suppose que vous allez bientôt repartir en Cornouailles ? dit Anna.

– Oui. J'ai juste quelques petites questions à régler avant.

– Vous vous plaisez, là-bas ?

– Je m'y sens bien.

Elle insista pour le raccompagner, à son rythme, jusqu'au portail.

– Cette galerie en Cornouailles, Tate St Ives, vous y êtes déjà allé ?

– Une fois, avec ma fille.

– Je me dis souvent que je devrais y aller, jeter un coup d'œil. On dit que le bâtiment lui-même est déjà très spécial.

Elder se demanda s'il y avait quelque chose qu'il était censé dire.

– Mais c'est bien loin, ajouta Anna avec un sourire.

– Certes.

Ils se serrèrent la main.

Bernard Young l'avait remercié publiquement devant toute l'équipe, et puis en privé dans son bureau devant un verre de Lagavulin.

– Il y a toujours un job pour toi ici, lui dit le commissaire principal. Tu le sais.

– J'y penserai.

– Et pas seulement ici. Tu connais Bob Framlingham ?

Elder le connaissait, ben sûr. Robert « Gentleman-Farmer » Framlingham, président de la commission de réexamen des affaires criminelles. Ils avaient travaillé ensemble par le passé.

– Il vient de recevoir le feu vert pour constituer une équipe, à l'échelon national, sur le modèle de la Brigade criminelle territoriale, pour réexaminer les affaires non élucidées, celles qui débordent des compétences habituelles, pour prodiguer des conseils. Le genre de choses que tu as déjà faites une fois ou deux. Il aimerait que tu sois à ses côtés, au démarrage. Pour l'aider à mettre tout ça sur pied. Il m'a demandé de te le faire savoir.

– Je suis flatté, dit Elder. Je mentirais si je disais le contraire.

– Alors, je peux lui dire que tu es intéressé ?

– Je ne pense pas.

– Bon sang, Frank…

– Cette équipe, où serait-elle basée, d'abord ?

– À Londres, j'imagine, initialement. Après ça… ma foi, « territoriale », ça concerne tout le territoire. Ça pourrait être n'importe où.

– Mais sans doute pas en Cornouailles.

– Sans doute pas.

Elder finit son scotch.

– Je te donnerai des nouvelles, Bernard. La prochaine fois que je viendrai voir Katherine, je te rendrai visite et on prendra un verre.

– D'accord. J'y compte bien.

Dans un an ou un peu plus, Bernard Young aurait pris sa retraite dans les Yorkshire Dales, et Katherine ferait ses études à Loughborough ou Sheffield. C'est comme ça ; c'est ainsi que va la vie.

Katherine était déjà à la maison quand Elder arriva. Sa mère et elle buvaient un gin-tonic dans la cuisine, Joanne apportant la touche finale à une copieuse salade. Des marmites ronronnaient sur la cuisinière.

– J'espère que tu as faim, Frank.

– Je ferai de mon mieux.

L'assaisonnement étant prêt, mais pas encore versé dans le saladier, Joanne s'excusa et monta se changer. Elder accepta un verre de vin blanc et sonda en douceur Katherine sur ce qu'elle avait prévu de faire après la fin de ses examens.

– Je vais aller en Afrique, dit-elle. Travailler dans l'une de ces équipes qui veulent enseigner la gymnastique à des petits mômes au Zimbabwe ou un pays de ce genre.

– Tu ne parles pas sérieusement ?

– Non. Mais je devrais, sans doute.

Joanne reparut dans une robe légère, bleu pâle, fendue sur le devant et jusqu'à mi-cuisse d'un côté. Katherine exprima son approbation par un petit sifflement, et Elder parut vaguement gêné.

En entrée, il y avait une tarte à l'oignon que Joanne avait achetée chez un traiteur de luxe près de l'endroit où elle travaillait ; un ragoût d'agneau au thym et aux anchois fut servi avec du couscous, suivi par la salade. Pour le dessert, il y avait des petits ramequins individuels de crème caramel, provenant de la boutique du même traiteur. Il y avait aussi du fromage pour lequel personne n'avait vraiment plus de place ni d'appétit.

Le vin blanc avait cédé la place au rouge, et Joanne déboucha une petite bouteille de vin doux pour le dessert. La conversation, un peu guindée au début, glissa bientôt vers des anecdotes relatant diverses situations embarrassantes et autres écarts de conduite, comme on en raconte souvent en famille autour d'une table.

Une famille : depuis plusieurs années, ils avaient un peu trop facilement oublié qu'ils en constituaient toujours une.

Bien qu'elle eût tenté de convaincre ses parents qu'elle ne risquait absolument rien à regagner à pied sa résidence pour étudiants, Elder avait insisté pour que Katherine prît un taxi. Sur le pas de la porte, il l'embrassa et la tint dans ses bras.

– Quand tu sauras dans quelle fac tu iras faire tes études, tu me tiendras au courant ?

Elle sourit.

– Ça m'étonnerait.

Il lui glissa un billet de cinq livres pour le taxi.

Quand il rentra dans la maison, Joanne avait presque fini de débarrasser la table, et il apporta les derniers verres dans la cuisine.

– Tu veux que je te donne un coup de main pour les laver ? proposa-t-il.

– Pas la peine, Frank. J'ai un lave-vaisselle.

Il sourit.

– Autrefois, c'était mon boulot.

Ce souvenir fit sourire Joanne.

– Cet appartement à Shepherd's Bush, fit Elder. La cuisine était si petite qu'on ne pouvait pas y être tous les deux en même temps.

– Sans se coller l'un à l'autre, ajouta Joanne. Ce qui n'était pas forcément un mal.

L'embrassant, elle glissa une main derrière sa tête, ses doigts lui caressant la nuque, ses seins pressés contre son thorax. Les yeux clos, Elder lui rendit son baiser, et pendant un moment, il n'y eut rien d'autre : le corps de Joanne plaqué contre le sien, son haleine, son baiser. Pas de souvenirs, ni bons ni mauvais.

– Joanne..., dit-il quand elle finit par se décoller de lui.

– Je sais, je sais.

– Ce dîner, c'était génial.

Baissant les yeux, elle secoua la tête.

– Je veux dire, tout était parfait. Kate. Toi. C'était formidable. Une merveilleuse soirée.

– Frank, si tu dois partir, va-t-en, c'est tout.

Sa veste était dans la penderie, près du vestibule.

Joanne s'était servi un verre de cognac, avait allumé une cigarette. Elle était debout près de la porte-fenêtre, sa silhouette se dessinait sur la vitre obscure.

– Quand repars-tu en Cornouailles ?

Elder haussa les épaules.

– Demain ? Après-demain ?

– Fais bien attention sur la route.

– Ne t'inquiète pas.

Il était à la porte du salon quand elle éteignit sa cigarette.

– Ne pars pas, Frank. Reste.

Elder fit trois pas de plus, s'arrêta, et se retourna.

Remerciements

Les écrivains, comme le laisse entendre Alan Bennett, ne sont pas des gens sympathiques. Raison de plus pour exprimer ma reconnaissance à ceux qui se hissent au-dessus de la palissade pour offrir leurs encouragements, leurs conseils, et à l'occasion leurs mises en garde. Mes remerciements, par conséquent, vont à mon éditrice, l'exemplaire Susan Sandon ; à mon agent, Sarah Luytens ; à Mary Chamberlain, pour sa minutieuse préparation de copie ; ainsi qu'à Justine Taylor et à d'autres personnes de Random House, trop nombreuses pour que je les cite toutes ; à Sarah Boiling et Graham Nicholls (encore une fois) et, tout particulièrement, à Bernard Ratigan, sans qui ce livre aurait été difficilement envisageable. Les erreurs qu'il contient, comme on dit, me sont toutes imputables.

Rivages / noir
Dernières parutions

Petits Romans noirs irlandais (nº 505)
Sherlock Holmes dans tous ses états (nº 664)

Eric Ambler	*Le Masque de Dimitrios* (nº 680)
	Sale Histoire (nº 721)
	Docteur Frigo (nº 771)
Claude Amoz	*Étoiles cannibales* (nº 487)
	Racines amères (nº 629)
Raul Argemi	*Les morts perdent toujours leurs chaussures* (nº 640)
Olivier Arnaud	*L'Homme qui voulait parler au monde* (nº 547)
Ace Atkins	*Blues Bar* (nº 690)
Cesare Battisti	*Terres brûlées* (nº 477)
	Avenida Revolución (nº 522)
William Bayer	*Le Rêve des chevaux brisés* (nº 619)
	Pèlerin (nº 659)
	La Ville des couteaux (nº 702)
	Wallflower (nº 763)
Marc Behm/Paco Ignacio Taibo II	*Hurler à la lune* (nº 457)
A.-H. Benotman	*Les Poteaux de torture* (nº 615)
	Marche de nuit sans lune (nº 676)
	Éboueur sur échafaud (nº 729)
Joseph Bialot	*La Ménagerie* (nº 635)
James C. Blake	*Les Amis de Pancho Villa* (nº 569)
	Crépuscule sanglant (nº 637)
	Un Monde de voleurs (nº 743)
Lawrence Block	*Moisson noire* (nº 581)
Michel Boujut	*La Vie de Marie-Thérèse qui bifurqua quand sa passion pour le jazz prit une forme excessive* (nº 678)
Marc Boulet	*L'Exequatur* (nº 614)
Frederic Brown	*La Nuit du Jabberwock* (nº 634)
	La Fille de nulle part (nº 703)

Edward Bunker	*L'Éducation d'un malfrat* (nº 549)
	Stark (nº 766)
Declan Burke	*Eight Ball Boogie* (nº 607)
James Lee Burke	*Sunset Limited* (nº 551)
	Heartwood (nº 573)
	Le Boogie des rêves perdus (nº 593)
	Purple Cane Road (nº 638)
	Jolie Blon's Bounce (nº 739)
	Bitterrott (nº 770)
James Cain	*Au bout de l'arc-en-ciel* (nº 550)
G. Carofiglio	*Témoin involontaire* (nº 658)
Daniel Chavarría	*Le Rouge sur la plume du perroquet* (nº 561)
George Chesbro	*Hémorragie dans l'œil du cyclone mental* (nº 514)
	Loups solitaires (nº 538)
	Le Rêve d'un aigle foudroyé (nº 565)
	Le Seigneur des glaces et de la solitude (nº 604)
Andrew Coburn	*Des voix dans les ténèbres* (nº 585)
	La Baby-sitter (nº 712)
Piero Colaprico	*La Dent du narval* (nº 665)
	Derniers Coups de feu dans le Ticinese (nº 722)
Michael Connelly	*Moisson noire* (nº 625)
Christopher Cook	*Voleurs* (nº 501)
Robin Cook	*Quelque Chose de pourri au royaume d'Angleterre* (nº 574)
Peter Craig	*Hot Plastic* (nº 618)
David Cray	*Avocat criminel* (nº 504)
	Little Girl Blue (nº 610)
Jay Cronley	*Le Casse du siècle* (nº 468)
A. De Angelis	*Le Banquier assassiné* (nº 643)
J.-P. Demure	*La Culotte de la mort* (nº 682)
J.-C. Derey	*L'Alpha et l'Oméga* (nº 469)
Pascal Dessaint	*Mourir n'est peut-être pas la pire des choses* (nº 540)
	Les hommes sont courageux (nº 597)
	Loin des humains (nº 639)
J. Dickson Carr	*Les Nouveaux Mystères d'Udolpho* (nº 758)
Peter Dickinson	*L'Oracle empoisonné* (nº 519)
	Quelques Morts avant de mourir (nº 537)
Sean Doolittle	*Savemore* (nº 773)
Rolo Diez	*Les 2001 nuits* (nº 772)
Tim Dorsey	*Triggerfish Twist* (nº 705)
	Stingray Shuffle (nº 706)

L.L. Drumond	*Tout ce que vous direz pourra être retenu contre vous* (nº 717)
James Ellroy	*Le Dahlia noir* (nº 100)
	L.A. Confidential (nº 120)
	Crimes en série (nº 388)
	American Death Trip (nº 489)
	Destination morgue (nº 595)
	Revue POLAR *spécial Ellroy* (nº 662)
	Moisson noire (nº 668)
	Tijuana mon amour (nº 750)
V. Evangelisti	*Anthracite* (nº 671)
	Nous ne sommes rien, soyons tout ! (nº 774)
Howard Fast	*Un homme brisé* (nº 523)
	Mémoires d'un rouge (nº 543)
François Forestier	*Rue des rats* (nº 624)
Kinky Friedman	*Passé imparfait* (nº 644)
	Une fessée pour Watson (nº 720)
B. Garlaschelli	*Alice dans l'ombre* (nº 532)
	Deux Sœurs (nº 633)
Doris Gercke	*Aubergiste, tu seras pendu* (nº 525)
Barry Gifford	*L'Imagination du cœur* (nº 731)
A. Gimenez Bartlett	*Des serpents au paradis* (nº 636)
	Un bateau plein de riz (nº 719)
David Goodis	*Nightfall* (nº 741)
	Ceux de la nuit (nº 760)
Joe Gores	*Privé* (nº 667)
James Grady	*Comme une flamme blanche* (nº 445)
	La Ville des ombres (nº 553)
	Les Six Jours du condor (nº 641)
Davis Grubb	*Personne ne regarde* (nº 627)
Wolf Haas	*Silentium !* (nº 509)
	Quitter Zell (nº 645)
P. Hamilton	*Hangover Square* (nº 732)
Josephine Hammett	*Dashiell Hammett, mon père* (nº 736)
Joseph Hansen	*À fleur de peau* (nº 631)
	Promesses non tenues (nº 681)
	Gravedigger (nº 757)
Cyril Hare	*Meurtre à l'anglaise* (nº 544)
	Le Clarinettiste manquant (nº 686)
John Harvey	*Now's the Time* (nº 526)
	Derniers Sacrements (nº 527)
	Bleu noir (nº 570)
	De chair et de sang (nº 652)
	De cendre et d'os (nº 689)
	D'ombre et de lumière (nº 777)
	Demain ce seront des hommes (nº 778)

M. Haskell Smith	*À bras raccourci* (nº 508)
Tony Hillerman	*Blaireau se cache* (nº 442)
	Le Peuple des ténèbres (nº 506)
	Le Vent qui gémit (nº 600)
	Le Cochon sinistre (nº 651)
	L'Homme squelette (nº 679)
	Le Chagrin entre les fils (nº 713)
Mike Hodges	*Quand tout se fait la malle* (nº 734)
Craig Holden	*Les Quatre Coins de la nuit* (nº 447)
	La Rivière du Chagrin (nº 685)
Rupert Holmes	*La Vérité du mensonge* (nº 699)
Philippe Huet	*L'Inconnue d'Antoine* (nº 577)
	L'Ivresse des falaises (nº 751)
Fergus Hume	*Le Mystère du Hansom Cab* (nº 594)
Lorent Idir	*Un nageur en plein ciel* (nº 767)
Eugene Izzi	*Le Criminaliste* (nº 456)
Bill James	*Franc-Jeu* (nº 583)
	Sans états d'âme (nº 655)
	Mal à la tête (nº 684)
	Club (nº 708)
	En son absence (nº 747)
Hervé Jaouen	*Les Moulins de Yalikavak* (nº 617)
Stuart Kaminsky	*Soleil post mortem* (nº 733)
	L'Impossible Monsieur Grant (nº 744)
Thomas Kelly	*Le Ventre de New York* (nº 396)
	Rackets (nº 773)
Claude Klotz	*Darakan* (nº 730)
Helen Knode	*Terminus Hollywood* (nº 576)
Jake Lamar	*Le Caméléon noir* (nº 460)
	Nous avions un rêve (nº 748)
Michael Larsen	*Le Serpent de Sydney* (nº 455)
	Le Cinquième Soleil (nº 565)
Hervé Le Corre	*L'Homme aux lèvres de saphir* (nº 531)
Alexis Lecaye	*Einstein et Sherlock Holmes* (nº 529)
Cornelius Lehane	*Prends garde au buveur solitaire* (nº 431)
	Qui sème le vent (nº 656)
Dennis Lehane	*Un dernier verre avant la guerre* (nº 380)
	Ténèbres, prenez-moi la main (nº 424)
	Sacré (nº 466)
	Mystic River (nº 515)
	Gone, Baby, Gone (nº 557)
	Shutter Island (nº 587)
	Prières pour la pluie (nº 612)
	Coronado (nº 646)
Christian Lehmann	*La Tribu* (nº 463)
Robert Leininger	*Il faut tuer Suki Flood* (nº 528)

Elmore Leonard	*La Loi de la cité* (n° 632)
	Bandits (n° 674)
	Médecine apache (n° 675)
	Glitz (n° 695)
	3 heures 10 pour Yuma (n° 701)
	Dieu reconnaîtra les siens (n° 725)
	Quand les femmes sortent pour danser (n° 726)
	L'Homme au bras de fer (n° 752)
Bob Leuci	*L'Indic* (n° 485)
Ted Lewis	*Billy Rags* (n° 426)
Eva-Marie Liffner	*Chambre noire* (n° 761)
Chuck Logan	*Presque veuve* (n° 696)
	Brume de chaleur (n° 762)
Steve Lopez	*Le Club des Macaronis* (n° 533)
Ernesto Mallo	*L'Aiguille dans une botte de foin* (n° 745)
J.-P. Manchette	*Chroniques* (n° 488)
	Cache ta joie (n° 606)
D. Manotti	*Nos Fantastiques Années fric* (n° 483)
	Lorraine connection (n° 683)
Thierry Marignac	*À quai* (n° 590)
Ed McBain	*Le Paradis des ratés* (n° 677)
	Alice en danger (n° 711)
Stéphane Michaka	*La Fille de Carnegie* (n° 700)
Bill Moody	*Sur les traces de Chet Baker* (n° 497)
	Bird est vivant ! (n° 768)
R. H. Morrieson	*L'Épouvantail* (n° 616)
Tobie Nathan	*613* (n° 524)
	Serial Eater (n° 718)
Jim Nisbet	*Comment j'ai trouvé un boulot* (n° 710)
	Le Codex de Syracuse (n° 753)
Jean-Paul Nozière	*Je vais tuer mon papa* (n° 660)
	Cocktail Molotov (n° 746)
Jack O'Connell	*Et le verbe s'est fait chair* (n° 454)
	Ondes de choc (n° 558)
Renato Olivieri	*Ils mourront donc* (n° 513)
	L'Enquête interrompue (n° 620)
J.-H. Oppel	*Chaton : trilogie* (n° 418)
	Au Saut de la Louve (n° 530)
	French Tabloïds (n° 704)
Samuel Ornitz	*Monsieur Gros-Bidon* (n° 716)
Abigail Padgett	*Poupées brisées* (n° 435)
	Petite Tortue (n° 621)
Hugues Pagan	*Tarif de groupe* (n° 401)
	Je suis un soir d'été (n° 453)
Robert B. Parker	*Une ombre qui passe* (n° 648)

David Peace	*1974* (nº 510)
	1977 (nº 552)
	1980 (nº 603)
	1983 (nº 672)
	GB 84 (nº 735)
	44 Jours (nº 769)
Pierre Pelot	*Les Chiens qui traversent la nuit* (nº 459)
	Pauvres Zhéros (nº 693)
Anne Perry	*Un plat qui se mange froid* (nº 425)
Andrea G. Pinketts	*La Madone assassine* (nº 564)
Gianni Pirozzi	*Le Quartier de la Fabrique* (nº 756)
	Romicide (nº 775)
Philip Pullman	*Le Papillon tatoué* (nº 548)
Michel Quint	*À l'encre rouge* (nº 427)
Rob Reuland	*Point mort* (nº 589)
John Ridley	*Ici commence l'enfer* (nº 405)
Christian Roux	*Les Ombres mortes* (nº 575)
	Kadogos (nº 749)
Marc Ruscart	*L'Homme qui a vu l'homme qui a vu l'ours* (nº 657)
D. Salisbury-Davis	*L'Assassin affable* (nº 512)
James Sallis	*Drive* (nº 613)
Louis Sanders	*Passe-Temps pour les âmes ignobles* (nº 449)
G. Scerbanenco	*Le sable ne se souvient pas* (nº 464)
	Les Amants du bord de mer (nº 559)
	Mort sur la lagune (nº 654)
John Shannon	*Le Rideau orange* (nº 602)
Roger Simon	*Final Cut* (nº 592)
Pierre Siniac	*Carton blême* (nº 467)
	La Course du hanneton dans la ville détruite (nº 586)
Maj Sjöwall/Per Wahlöö	
	Roseanna (nº 687)
	L'Homme qui partit en fumée (nº 688)
	L'Homme au balcon (nº 714)
	Le Policier qui rit (nº 715)
	La Voiture de pompiers disparue (nº 723)
	Meurtre au Savoy (nº 724)
	L'Abominable Homme de Säffle (nº 754)
	La Chambre close (nº 755)
	L'Assassin de l'agent de police (nº 764)
	Les Terroristes (nº 765)
Jerry Stahl	*À poil en civil* (nº 647)
Richard Stark	*Backflash* (nº 473)
	Le Septième (nº 516)

	Flashfire (nº 582)
	Firebreak (nº 707)
Jason Starr	*Mauvais Karma* (nº 584)
	La Ville piège (nº 698)
	Frères de Brooklyn (nº 738)
Rex Stout	*Le Secret de la bande élastique* (nº 545)
D. Swierczynski	*The Blonde* (nº 759)
Paco I. Taibo II	*Le Trésor fantôme* (nº 465)
	Nous revenons comme des ombres (nº 500)
	D'amour et de fantômes (nº 562)
	Adios Madrid (nº 563)
Paco I. Taibo II/Sous-Commandant Marcos	*Des morts qui dérangent* (nº 697)
Hake Talbot	*Le Bras droit du bourreau* (nº 556)
Josephine Tey	*Le Plus Beau des anges* (nº 546)
Tito Topin	*Photo Finish* (nº 692)
	Parfois je me sens comme un enfant sans mère (nº 737)
Nick Tosches	*Dino* (nº 478)
	Night Train (nº 630)
Jack Trolley	*Ballet d'ombres à Balboa* (nº 555)
Cathi Unsworth	*Au risque de se perdre* (nº 691)
E. Van Lustbader	*Tableau de famille* (nº 649)
Marc Villard	*La Guitare de Bo Diddley* (nº 471)
	Entrée du diable à Barbèsville (nº 669)
	Le Roi, sa femme et le petit prince (nº 776)
M. Villard/J.B. Pouy	*Ping-Pong* (nº 572)
	Tohu-Bohu (nº 673)
J.-M. Villemot	*Ce monstre aux yeux verts* (nº 499)
	Les Petits Hommes d'Abidjan (nº 623)
	L'Évangile obscur (nº 781)
M. Wachendorff	*L'Impossible Enfant* (nº 653)
Jim Waltzer	*Keene en colère* (nº 740)
John Wessel	*Le Point limite* (nº 428)
	Pretty Ballerina (nº 578)
Donald Westlake	*Le Couperet* (nº 375)
	Smoke (nº 400)
	Le Contrat (nº 490)
	Mauvaises Nouvelles (nº 535)
	La Mouche du coche (nº 536)
	Jimmy the Kid (nº 554)
	Dégâts des eaux (nº 599)
	Pourquoi moi ? (nº 601)
	Pierre qui roule (nº 628)
	Adios Shéhérazade (nº 650)
	Personne n'est parfait (nº 666)

	Divine Providence (nº 694)
	Les Sentiers du désastre (nº 709)
	Bonne Conduite (nº 727)
	Motus et bouche cousue (nº 728)
J. Van De Wetering	*Le Perroquet perfide* (nº 496)
	Meurtre sur la digue (nº 518)
	Le Cadavre japonais (nº 539)
Charles Willeford	*Combats de coqs* (nº 492)
	La Différence (nº 626)
	La Machine du Pavillon 11 (nº 742)
John Williams	*Gueule de bois* (nº 444)
Colin Wilson	*Meurtre d'une écolière* (nº 608)
	Le Doute nécessaire (nº 670)
Daniel Woodrell	*La Mort du petit cœur* (nº 433)
	Chevauchée avec le diable (nº 434)

Achevé d'imprimer en mars 2010
par Novoprint (Barcelone)

Dépôt légal : avril 2010

Imprimé en Espagne